KB133127

AWAY WITH THE PENGUINS
펭귄을 부탁해

헤이즐 프라이어 장편소설 | 김문주 옮김

미래타임즈

"펭귄이 인생에서 유일하게 위안이 되는 존재라는 것을 깨달았다……. 펭귄을 보고 있으면 그 누구도 화를 낼 수 없을 테니까."

존 러스킨

1

베로니카

스코틀랜드 에어셔, 발라하이즈

2012년 5월

에일린에게 분명 거울을 몽땅 다 치우라고 이야기했지. 한때는 그 거울을 좋아했지만, 이제는 그렇지 않은 게 확실하니까. 거울은 너무 솔직해. 한 여자가 감당하기에는 너무 적나라한 진실이지.

"확실한가요, 맥크리디 부인?" 에일린의 목소리는 자기가 나보다 내 마음을 더 잘 안다고 얘기하는 것 같다. 그녀는 항상 그랬다. 내 신경을 거슬리게 하는 그녀의 수천 수백만 가지 버릇 중 하나다.

"당연하지!"

그녀는 혀를 끌끌 차더니 고개를 한쪽으로 갸우뚱했다. 곱슬곱슬한 머리카락이 어깨에 닿았다. 기이할 정도로 굵은 그녀의 목을 떠올린다면 꽤나 공들인 동작이었을 것이다.

"사방에 금박을 두른 그 예쁜 거울도요? 벽난로 위에 걸려 있는 거울 말이에요."

"그래, 그 거울도." 나는 끈질기게 설명했다.

"화장실에 있는 거울들도 전부 다요?"

"물론이지. 특히 그 거울들은 전부 다!" 화장실이야말로 내 모습을 절대로 비춰보고 싶지 않은 곳이었다.

"그렇게 말씀하신다면." 그녀는 일부러 버릇없이 들릴 법한 목소리로 대꾸했다.

에일린은 매일 이곳에 온다. 그녀는 가사 도우미로, 하는 일은 주로 청소인데 집안일 솜씨가 많이 서투르다. 에일린은 내 눈에 먼지가 보이지 않는다고 생각하며 일하는 것 같다.

에일린이 지을 줄 아는 표정은 고작 몇 가지뿐이다. 즐겁거나, 참견하거나, 바쁘거나, 어리둥절하거나, 멍청하거나. 이제 그녀는 바쁠 때 짓는 표정을 하고 있다. 지루한 벌처럼 음악 비스름한 소리를 내며 하나씩 거울을 가져와서 복도 한가운데에 차곡차곡 쌓느라 이리저리 휘젓고 다닌다. 그녀는 두 손을 모두 써가며 거울을 든 탓에 자기 뒤쪽으로 난 문을 닫을 수가 없어서, 내가 그 꽁무니를 쫓아다니며 문마다 조심스레 닫았다. 내가 살면서 견딜 수 없는 한 가지가 있다면 바로 열린 문이다.

나는 응접실 두 개 중 더 큰 방으로 슬렁슬렁 들어갔다. 그 응접실의 벽난로 위 벽지에는 어두운 사각형 하나가 보기 흉하게 남겨져 있었다. 다른 뭔가로 그 자리를 채워야 한다. 푸르른 신록으로 가득 찬 멋진 유화라든지, 아니면 존 컨스터블 그림이라든지. 그러면 황록색 벨벳 커튼이 더욱 돋보일 것 같았다. 언덕과 호수가 그려진 차분한 전원 풍경이 좋아. 사람은 등장하지 않는 풍광이 길게 펼쳐져 있다면 최고지.

"이 정도면 됐어요, 맥크리디 부인. 거울은 이게 다일 것 같아요."

적어도 에일린은 내 이름을 함부로 불러대지 않는다. 요즘 젊은이들은 모모 씨라든지, 모모 부인, 모모 양 같은 말은 집어치우기로 한 것처럼 보인다. 이에 대해 내 의견을 묻는다면, 현대사회의 슬픈 자화상이라고 말하고 싶다. 나는 에일린이 우리 집에서 일하기 시작한 뒤 첫 6개월 동안은 그녀를 톰슨 부인이라고 불렀고, 그러지 말아달라고 간청을 받은 뒤에야 그만두었다. ("제발 저를 에일린이라고 불러주세요, 맥크리디 부인. 그래 주신다면 훨씬 좋을 것 같아요." 나는 답했다. "글쎄요, 그렇다면 나를 계속 맥크리디 부인이라 불러주겠니, 에일린. 그래 준다면 훨씬 행복할 거야.")

이제 집 구석구석에서 나를 비웃는 베로니카 맥크리디의 소름 끼치는 망령이 사라지자, 이 집이 훨씬 더 좋아졌다.

에일린은 두 손으로 엉덩이를 짚었다. "그럼 저는 이것들을 모두 치울게요. 뒷방에 처박아도 되겠지요? 거기엔 빈 자리가 좀 있으니까요."

뒷방은 어둡고, 냉골이기 때문에 실제 생활공간으로 쓰지 않았다. 거미들은 그 방이 자기들 세상인 양 굴었다. 에일린은 머리를 최대한 굴려서 그 방을 내가 치워버리고 싶어 하는 아무 물건이나 넣어 두는 보관소로 사용했다. 그녀는 모든 물건을 '만약의 상황에 대비해' 쟁여야 한다고 굳게 믿는다.

에일린은 끙끙거리며 부엌을 가로질러 거울들을 옮겼다. 나는 그녀가 들락거릴 때마다 문을 닫아주고 싶은 충동을 가까스로 억눌렀다. 그랬다가는 에일린만 더 힘들어질 뿐일 테니까. 나는 그 문들이 곧 닫힐 거라고 자신을 다독였다.

그녀는 5분 후에 돌아왔다. "맥크리디 부인, 제가 이런 질문을 해도 괜찮을까요. 거울들을 그 방에 들여놓느라 이걸 원래 있던 자리에서 옮겨야만 했거든요. 이게 무엇인지, 그 안에 뭐가 있는지 아세요? 이걸 계속 가지고 있을 건가요? 언제든 더그에게 이걸 쓰레기장에 갖다 놔 달라고 부탁할 수 있어요."

에일린은 오래된 나무상자를 부엌 탁자 위에 올려놓고는 동그랗게 뜬 눈으로 녹이 잔뜩 슨 맹꽁이자물쇠를 들여다봤다.

나는 그녀의 질문을 무시하기로 마음먹고는 대신 이렇게 물었다. "더그가 누구지?"

"아시잖아요. 더그요, 제 남편이요."

그녀가 결혼했다는 것을 잊고 있었다. 그 불운한 남성을 따로 소개받은 적은 없었다.

"글쎄, 가까운 시일에, 아니 아주 나중까지도 내 소지품 중 무엇이든 네 남편에게 쓰레기장까지 옮겨달라고 부탁하지 않을 거야." 나는 그녀에게 말했다. "당분간은 탁자 위에 놓아두지."

에일린은 상자 꼭대기를 따라 손가락을 움직였다. 먼지 사이로 선명한 자국이 남았다. 2번 표정인 '참견하기'가 이제 그녀의 얼굴에 나타났다. 그녀가 음모라도 꾸미듯 내게 몸을 기대어오자, 나는 몸을 뒤로 조금 뺐다. 그 어떤 공모도 하고 싶은 마음이 전혀 없었으니까.

"저 안에 귀중한 뭔가가 들어 있나 궁금해 자물쇠를 열어보려고 했어요." 그녀가 고백했다. "하지만 꼭 잠겨 있어요. 부인이 그 상자를 열고 싶으시면 비밀번호를 아셔야 해요."

"나도 잘 알고 있어, 에일린."

그녀는 나 역시 자기만큼이나 그 내용물에 대해 전혀 모르고 있다고 확신했다.

에일린이 그 안을 들여다보고 있는 모습을 생각만 해도 소름이 끼쳤다. 다른 사람들의 참견이야말로 내가 애초에 그 상자를 완전히 잠가버린 이유였다. 나는 단 한 사람에게만 그 상자의 내용물을 보도록 허락할 것이고, 그 사람은 바로 나 자신이다.

부끄럽지 않다. 아이고, 전혀 아니지. 적어도…… 하지만 나는 그러한 방향으로 생각이 흘러가는 것을 단호히 거부했다. 그 상자 안에는 내가 수십 년 동안이나 가까스로 잊으려 했던 물건들이 담겨 있었다. 이제 그 상자를 보는 것만으로도 무릎이 후들후들했다. 나는 재빨리 자리에 앉았다. "에일린, 주전자를 불에 올려주겠니?"

시계 종이 일곱 번 울렸다. 에일린이 가고 나는 홀로 남았다. 홀로 있다는 것이 나 같은 사람들에게는 으레 문제 되기 마련이지만, 사실 나는 아주 만족스럽다. 사람 친구란 가끔은 필요하다는 걸 인정하지만, 대부분은 어떤 식으로든 짜증을 유발하는 법이다.

이제 나는 두 번째 응접실이자 좀 더 아늑한 장소인 '별실'의 난롯가에서 여왕풍 안락의자에 자리 잡았다. 유감스럽게도 이 난로는 나무와 석탄을 태우는 진짜가 아니라 가짜 불꽃이 일렁이는 신묘한 전자기기다. 나는 인생의 수많은 것과 마찬가지로 이 점에 대해서도 타협해야만 했다. 난로는 적어도 열기를 만들어내는 기본적인 요구 조건에 부합했다. 에어셔는 여름에도 서늘한 동네니까.

티브이를 켰다. 삐쩍 마른 여자애가 화면에 나타났다. 여자애는 고개를 젖히며 꽥꽥 소리를 지르고 허공을 향해 손가락을 찌르고 새된 소리로 티타늄이 된다나 뭐라나 울부짖었다. 성급히 채널을 바꿨다. 퀴즈쇼, 범죄 드라마, 고양이 사료 광고를 휙휙 넘겼다. 처음의 채널로 돌아오자 여전히 여자애가 꽥꽥 소리를 질렀다. "나는 티타늄이라고!" 누군가가 그 애에게 그렇지 않다고 말해줘야 했다. 그 여자애는 어리석고, 시끄럽고, 버르장머리 없는 꼬맹이다. 마침내 그 애가 입을 다무니 어찌나 마음이 놓이던지.

마침내 〈소중한 지구〉를 할 시간이다. 일주일을 통틀어 유일하게 볼만한 프로그램이다. 그 외에는 온통 섹스며, 광고며,

퀴즈를 푸는 연예인, 요리하는 시늉을 하는 연예인, 무인도에 떨어진 연예인, 밀림 속 연예인, 다른 연예인을 인터뷰하는 연예인, 연예인이 되기 위해 할 수 있는 일은 뭐든지 하는 (자신을 희화화할 가능성이 아주 큰) 연예인 지망생들 무리뿐이다. 〈소중한 지구〉는 동물이 인간보다 훨씬 합리적이라는 것을 다양한 방식으로 보여주는 반가운 휴식과도 같은 프로그램이다.

그러나 실망스럽게도 〈소중한 지구〉의 이번 시즌이 끝나버렸는지 그 시간에 〈곤경에 빠진 펭귄〉이라는 프로그램이 방송됐다. 일말의 희망을 품고 나는 로버트 새들바우가 이 프로그램을 진행하고 있음을 눈여겨봤다. 이 남자는 가끔은 정당한 명분을 가지고 연예인이 될 수도 있음을 입증했다. 다른 연예인과는 달리 이 남자는 실제로 뭔가를 하고 있었다. 그는 수십 년 동안 전 세계를 항해하며 자연보호 캠페인을 벌이고, 자연에 대한 인식을 높여왔다. 내가 어느 정도 존경심을 품을 수 있는 몇 안 되는 사람 가운데 하나였다.

오늘 저녁 로버트 새들바우는 모자를 뒤집어쓰고 꽁꽁 동여맨 채 허옇고 황량한 불모지 한가운데서 방송을 하고 있었다. 그의 얼굴 주변으로 눈보라가 휘몰아쳤다. 그의 뒤편으로 검은 그림자들이 무리 지어 있었다. 카메라가 가까이서 이들을 비추자, 이 아우성치는 거대한 집단은 펭귄이라는 것이 드러났다. 어떤 펭귄들은 함께 옹기종기 모여 있었고, 또 어떤 펭귄들은 엎드려서 자고 있었다. 또 다른 펭귄들은 무리 안에서 나름대로 어기적거리며 돌아다녔다.

새들바우는 이 세상에는 열여덟 종의 펭귄이 살고 있고(쇠푸른펭귄을 흰날개펭귄에 속하지 않는 별도의 종이라고 보면 열아홉 종이 된다), 이들 중 다수의 종이 멸종 위기에 처해 있다고 알려줬다. 그러면서 이 프로그램을 촬영하는 동안 새 전체뿐 아니라 종(種) 하나하나, 개별적인 한 마리 한 마리에게 엄청나게 경탄하고 탄복하게 됐다고 말했다. 이들은 지구상의 가장 가혹한 조건에서 살아가고, 인간들을 부끄럽게 만들 활기와 기개로 기꺼이 도전을 받아들인다. "이 가운데 한 종이라도 지구상에서 사라지게 된다면 얼마나 끔찍한 비극이겠습니까!" 화면 속 로버트 새들바우는 서늘한 푸른 눈으로 나를 똑바로 바라보며 단언했다.

"비극이지요, 그렇고말고." 나는 대꾸했다. 로버트 새들바우가 이렇게나 펭귄을 걱정한다면 나도 당연히 그래야지!

그는 매주 자신이 다른 종의 펭귄을 선택해서 그 선택한 종이 왜 특별한지 우리에게 그 특징을 보여주겠다고 설명했다. 이번 주 주인공은 황제펭귄이었다.

나는 완전히 여기에 꽂혀버렸다. 매년 황제펭귄은 번식지에 도달하기 위해 얼음사막을 가로질러 몇 킬로미터나 걸어간다. 이는 주목할 만한 성취다. 특히 발로 하는 이동이 펭귄의 특기가 전혀 아님을 생각한다면 더욱 그렇다. 펭귄들은 에일린처럼 걷는다. 우아함이라고는 한 톨도 없이, 발을 질질 끌며 앞으로 나아간다. 펭귄들은 자기 모습 그대로를 전혀 편안해하지 않는다. 하지만 이들이 보여주는 인내심은 감동 그 자체다.

프로그램이 끝나고 나는 의자에서 몸을 일으켰다. 이러한 동작이 나이 지긋이 먹은 많은 내 동년배들에겐 나처럼 쉽지 않을 것이다. 나는 확실히 동년배들에 비해 훨씬 정정하고 활기 넘친다. 분명히 이 몸을 전적으로 신뢰할 수 없으리라는 것은 알고 있다. 과거에는 고장 없는 기계같이 움직였지만, 요즘 들어 탄력이나 효율성 모두 떨어졌다. 나는 머지않은 미래에 몸 때문에 실망하게 되리라는 사실에 대비해야만 한다. 아직은 훌륭하게 동작하면서 잘 살아가고 있다. 에일린은 습관적으로 종종 내가 '질기고 강한 사람'이라고 말했다. 매번 그녀가 그리 말할 때마다 나는 "네 엉덩이를 걷어차기에 딱이지, 얘야."라고 대꾸해 주고 싶은 유혹에 시달린다. 물론 나는 그런 충동을 억누르지만. 사람은 항상 무례함을 피하기 위해 노력해야 한다.

8시 25분이었다. 나는 저녁마다 마시는 다르질링차 한 잔과 캐러멜와플 하나를 가지러 부엌으로 향했다. 여전히 탁자 위에 꾹 닫힌 채 놓여 있는 나무상자에 눈길이 꽂혔다. 자물쇠의 다이얼 부분을 비틀어서 그 안에 무엇이 담겼나 슬쩍 엿볼까 고민했다. 조리에 맞지 않는 가학적인 방법을 쓰고 싶었다. 하지만, 아니, 그건 어리석은 행동이 될 것이다. 신화 속의 판도라가 한 것처럼 수천 마리의 악마를 풀려나오게 할 테니까. 그 상자는 내가 끼어드는 일 없이 거미들 사이로 반드시 되돌아가야만 했다.

2

베로니카

발라하이즈

인생이 한층 더 까다로워졌을 뿐이다. 오늘 아침, 단정한 모습을 하려고 머리를 빗으려 했지만, 화장실에 거울이 없었다. 서둘러 침실로 돌아가도 거울은 없었다. 복도에 있던 거울, 거실에 있던 거울도 마찬가지였다.

아침을 먹는 내내 이 새롭고 어이없는 상황이 조금도 달갑지 않았다.

9시가 되자 에일린이 나타났다.

"좋은 아침이에요, 맥크리디 부인! 정말로 아름다운 아침이죠!" 그녀는 언제나 짜증 날 정도로 발랄하길 고집한다.

"거울은 다 어떻게 했지?"

에일린은 두꺼비처럼 천천히 눈을 끔뻑였다.

"부인께서 말씀하신 대로 뒷방에 가져다 놓았어요."

"황당하네! 거울도 없이 어떻게 머리를 하고 화장을 하겠어?" 에일린은 정말로 비합리적인 존재다. "다른 일을 시작하기 전에 먼저 거울을 제자리로 돌려놓아 주겠니?"

"뭐라고요? 전부요?"

"그럼, 전부 다."

그녀는 들릴 듯 말 듯 씩씩거리고 있었다. "부인께서 원하신다면 당연히 그래야죠, 맥크리디 부인."

나도 그러길 바랐다. 이유도 없이 그 정도 월급을 주는 건 아니니까.

한참 뒤에 나는 그 나무상자가 여전히 부엌 탁자 위에 놓여 있다는 것을 기억했다. 에일린은 참견하고 싶은 게 분명했다.

"아직도 상자를 열지 못하신 거네요?" 그녀는 상자를 본 순간 이렇게 말했다. 일부러 상자를 안 연 것이 아니라 열지 못한 것이라고 생각하는 눈치였다. "부인이 비밀번호를 기억하지 못한다면, 더그에게 쇠톱으로 자물쇠를 잘라버리라고 할 수도 있어요."

"에일린, 난 비밀번호를 기억하고 있어. 내 기억력은 완벽하거든. 학생 때 읽은 《햄릿》의 대사도 수십 가지나 기억해 낼 수 있어." 이쯤에서 에일린은 눈을 희번덕거렸다. 내가 못 봤으리라 생각했겠지만, 나는 보고야 말았다. "더그 같은 사람이 내 상자에 어설프게 손대는 게 싫어." 나는 말을 이어나갔다. "더 지체 말고 거울들이나 찾아주면 고맙겠구나, 얘야."

"물론이죠, 맥크리디 부인."

나는 에일린이 혼잣말로 투덜거리며 뒷방에서 거울들을 끌고 나와 그 거울들을 전에 걸려 있던 그 자리에 거는 모습을 지켜봤다.

거울들이 제자리를 찾자 머리 모양을 정리했다. 요즘 들어 머리숱도 많이 없어졌고 눈에 띄도록 백발이 되었지만, 나는 머리를 단정하게 유지하길 좋아했다. 물론 내 모습을 들여다보기를 즐기지는 않았다. 거울에 비친 모습은 과거의 모습과 비교했을 때 유쾌한 장면이 아니었다. 얼마 전까지 나는 꽤 볼만한 모습이었다. 사람들은 나를 '진짜 미인', '멋쟁이', '깜짝 놀랄 만한 미모' 등등으로 불렀다. 빗으로 얇은 머리카락을 빗으면서, 이제 그 흔적이 전혀 남아 있지 않는다고 생각했다. 피부는 얄팍하고, 다 늘어졌고, 얼굴 전체는 주름으로 자글거렸다. 눈꺼풀은 축 처지고 한때 그토록 아름답던 광대는 이제 기이한 각도로 돌출되어 보였다. 내 나이쯤이면 이러한 혐오스러운 신체적 결점에 익숙해져야겠지만, 나는 여전히 이런 모습을 보며 분개했다.

나는 립스틱이며 파우더, 볼터치를 덧바르며 결점들을 커버하려고 최선을 다했다. 하지만 여전히 내가 거울을 좋아하지 않는다는 사실은 그대로 남아 있었다.

바람이 나를 훑고 지나갔다. 스코틀랜드에서만 만날 수 있는 축축하고 음산한 바람이다. 나는 코트 속으로 몸을 잔뜩 웅크리고 바닷가에 난 길을 따라 북쪽으로 조심스레 발걸음을 옮졌다. 나는 매일 걷기의 효용을 믿었고, 날씨가 아무리 궂어도 절대 걷기를 미루지 않았다. 왼편으로 바다가 청회색 무늬를 그리며 소용돌이치다가 거칠고 하얀 거품을 공기 속으로 뿜어냈다.

나는 울퉁불퉁한 잔디밭과 모래 위에서 지팡이에 의지했다. 금색 테두리를 두른 형광 분홍 핸드백을 들고 왔더니 넓적다리 위에 자꾸 부딪쳐 요동쳤다. 복도 옷걸이 위에 그대로 걸어두고 왔어야 했는데, 혹여 누군가가 손수건이나 진통제를 달라고 부탁할지도 모르니까 들고 온 것이다. 나는 쓰레기 집게와 작은 쓰레기봉투도 가져왔다. 언젠가 사랑하는 아버지가 하셨던 말씀 때문에 쓰레기 줍는 일은 내 평생의 습관이 되었다. 이 습관은 인간이 일으킨 카오스에 대해 속죄하려는 형식적인 몸짓일 뿐 아니라 작은 추모의 행동이기도 했다. 에어셔 바닷가에 난 바위투성이 길조차도 인간의 경솔함 때문에 더럽혀지지 않았던가.

지팡이와 집게와 봉투와 가방을, 특히 이렇게 바람 부는 속에서 건사하기는 쉽지 않은 일이었다. 그 모든 것에 노력을 쏟느라 뼈마디가 쑤시기 시작했다. 나는 돌풍이 불 때마다 바람에 맞서 싸우는 대신 힘을 받을 수 있도록 몸무게를 싣는 방법을 찾아냈다.

갈매기 한 마리가 새된 소리로 울부짖더니 구름 사이를 뚫고 내려갔다. 나는 거센 폭풍이 몰아치는 바다 경치의 아름다움을 감탄하느라 잠시 멈췄다. 나는 바위와 파도, 황야를 좋아한다. 그런데 선홍색 뭔가가 큰 파도 사이로 넘실거렸다. 바스락거리는 비닐봉지일까, 아니면 비스킷 포장지일까? 젊은 나였다면 잰걸음으로 바닷가까지 단숨에 내려가 곧바로 물속을 헤치고 건져왔겠지만, 이제는 그런 일은 할 수가 없다. 물보라가 내 얼굴을 향해 휘몰아치더니 눈물처럼 흘러내렸다.

시골을 더럽히는 자들은 죽여야 해.

나는 바람을 등에 지고 엎치락뒤치락하며 집으로 향했다. 대문에 도착할 때쯤엔 조금은 진이 빠진 상태였다.

발라하이즈는 크고 튼튼한 진입로를 자랑하며, 3,700여 평 정도의 쾌적한 대지로 둘러싸여 있다. 내가 이곳을 그토록 좋아하는 이유 중 하나는 정원 대부분이 벽으로 둘러싸여 있다는 점이다. 벽 안쪽에 있는 삼나무와 암석정원, 분수, 다양한 조각품과 네 군데의 다년초 화단은 우리 집 정원사인 퍼킨스 씨가 모두 관리한다.

차츰 가까워지는 집을 나는 흘깃 쳐다봤다. 후기 재커비언(Jacobean, 영국 제임스 1세 시대에 이탈리아의 영향을 받은 고딕 건축 양식 - 옮긴이)식 건물인 발라하이즈는 부드러운 빛깔의 벽돌과 돌로 지어졌고, 건물 전체를 담쟁이덩굴이 뒤덮고 있다. 침실은 열두 개나 되고 삐걱거리는 오크나무 계단을 여러 번 올라야 하니, 인정하건대 내게 이상적인 집은 아니다. 계속 손 가는 부분이 생기는 것은 꽤 큰일이다. 회반죽이 무너져 내리고 웃풍이 세게 들어와 괴로웠고, 지붕에는 쥐가 살았다. 나는 이 집을 1956년에 샀다. 그냥 주머니 사정에 맞춰 산 집이었다.

이 집의 고즈넉함과 전망 모두를 사랑했기에 굳이 번거롭게 이사를 하지 않았다.

나는 성큼 안으로 들어가 쓰레기봉투와 집게를 현관에 던져 놓은 뒤 코트를 걸었다.

부엌에 들어가자마자 시선이 상자에 꽂혔다. 또 저 끔찍한 상자네. 거의 까먹고 있었는데. 식탁에 앉았다. 내가 상자를 바라보고 상자가 나를 바라봤다. 상자의 존재감이 공간 전체에 퍼져 있었다. 이 발칙한 상자는 자기를 열어보라고 나를 조롱하고 자극했다.

그 누구도 베로니카 맥크리디를 도전에 선뜻 응하지 못하는 그런 사람이라고 우기지는 못하리라.

나는 바로 도전에 응했다. 잠금장치를 비틀어 숫자를 하나씩 맞췄다. 분명 어찌 내가 그 번호를 완벽하게 기억하고 있는지에 주목하는 이들이 있을 것이다. 하나, 아홉, 넷, 둘. 1942. 그토록 오랜 세월이 흐른 뒤에도 내 기억 속에 새겨져 있는 그 숫자. 자물쇠는 뻑뻑했지만 놀라운 일은 아니다. 70년이 지났으니까.

내 눈길을 처음 사로잡은 것은 로켓(사진 등을 넣어 목걸이에 다는 작은 장신구 - 옮긴이)이었다. 작은 타원형 로켓의 변색한 은 위에는 곱슬곱슬한 덩굴손 그림과 함께 가운데 V 자가 새겨져 있었다. 목걸이 줄은 아름답고 섬세했다. 나는 손가락 사이로 줄을 흘려보았고, 스스로 깨닫기도 전에 걸쇠를 낚아채는 바람에 로켓이 용수철처럼 튕기며 열려버렸다. 목이 메여 나도 모르게 숨을 헐떡였다. 네 가지 흔적이 모두 그 안에 들어 있었다. 내가 알고 있던 것 그대로. 당연히 작은 로켓에 딱 맞아야 하는 만큼 아주 작은 크기였고, 너무 낡아서 금방이라도 바스러져 버릴 것처럼 보였다.

나는 울지 않을 거야. 아니야. 절대로 아니지. 베로니카 맥크리디는 울지 않아.

대신 나는 그것들을 들여다봤다. 네 명의 사람에게서 온 네 가닥의 머리카락. 그중 둘은 갈색과 적갈색으로 엉켜 있었다. 짙고 짙은 부드러운 머리카락 뭉치도. 더 이상 내가 아닌 아주 오래전의 나는 이따금 이것을 꺼내어 입을 맞추곤 했지. 그 곁에 끼어 있던 것은 작디작은 머리카락 한 가닥이었다. 너무나 가늘고 얇아서 거의 투명해 보일 지경이었다. 나는 차마 그것을 만져볼 수도 없었다. 로켓을 닫아버렸다. 두 눈을 감고, 마음을 가라앉히고 심호흡을 하자. 열까지 세어보자. 다시 억지로 눈을 떠야만 해. 나는 그 로켓을 조심스레 상자 구석에 되돌려 놓았다.

검은색 가죽 표지의 공책 두 권도 있었다. 공책들을 꺼냈다. 끔찍할 정도로 익숙하게 느껴졌다. 그 냄새마저도. 내가 한때 뿌렸던 은방울꽃 향수의 잔향과 결합한 오래된 가죽의 너저분한 향이었다.

시작했으니 멈출 수가 없었다. 첫 번째 공책을 열었다. 한 장, 한 장 손 글씨로 빼곡했다. 푸른색 잉크로 쓰인, 간절하고도 잔뜩 성이 난 글자들이었다. 나는 눈을 가늘게 뜨고 안경 없이 겨우겨우 몇 줄을 읽어나갔다. 그리고 슬픈 미소를 지었다. 십 대 시절 내 맞춤법은 그다지 훌륭하지 않았지만, 글솜씨는 오늘날보다 단정했다. 나는 다시 공책을 덮었다.

반드시 읽어야만 하고 꼭 읽게 되겠지만, 내 과거가 나를 삼키려 든다면 나는 자신을 지켜야만 하리라.

나는 향기로운 얼그레이 한 주전자를 끓이고 얇게 저민 생강 몇 조각을 그릇 위에 올렸다. 분홍색 히비스커스꽃이 그려진 웨지우드 도자기 그릇이었다. 이 모두를 트롤리 위에 올려 응접실로 가져갔다. 그리고 내닫이창(Bay window, 벽면보다 밖으로 돌출되게 만들어진 창 - 옮긴이) 곁에 놓인 안락의자 위에 자리 잡았다. 그곳에서 비스킷 두 조각을 먹고 차 한 잔을 비운 뒤, 첫 번째 공책을 꺼내 들기 전에 또 한 잔을 따랐다. 5분간은 공책을 열어보지 않아야지. 그리고 나서 돋보기를 썼다.

마치 햇살과 신선한 여름 공기를 향해 열린 창문처럼, 거기에 내 젊음이 있었다. 만지면 얼얼하고 생생한 젊음이 눈앞에 펼쳐졌다. 그리고 나를 세 배는 더 아프게 만들 것을 알면서도, 계속 읽지 않을 수 없었다.

3

베로니카

발라하이즈

더 젊은 나이였다면 나는 달려 나갔을 것이다. 달리고 비명을 지르고 소리치고 뭔가를 부쉈겠지. 그런 것은 지금 내 방식이 아니고 그럴 수도 없다. 대신 나는 차를 마시고 곰곰이 생각했다.

밤새 공책을 읽었고 이제는 충격에 휩싸였다. 꼬박 몇 시간 동안 열다섯 살의 내 목소리를 물리도록 듣고 나니, 마치 그 거칠고 취약한 자아의 일부가 내 안으로 들어온 양 느껴졌다. 그 감각은 외과용 메스가 내 피부 아래로 미끄러져 들어오기라도 한 듯 기묘하고 불편했다. 아주 오랫동안 그 기억에 접근하길 거부해 왔다. 이제 잃어버린 시간을 보상받기라도 하듯 기억은 정신적 성채의 문을 부수고 들어왔고, 이제 나를 홀로 내버려 두지 않으리라.

이러한 혼란과 함께 비열하고 하찮은 질문 하나가 떠올랐다. 아침을 먹는 내내 그 질문을 곱씹었다. 에일린이 도착했을 때도 여전히 생각했다. 오전 나절 산책을 하면서도, 점심으로 연어크루트를 먹을 때도, 식곤증으로 누워 있을 때도, 《텔레그래프》에 실린 십자말풀이를 하거나 식탁을 꾸밀 장미를 꺾는 동안에도 내내 머릿속을 맴돌았다. 나중에 손톱을 다듬다가 문득 이 질문의 답을 찾기 전까지는 평화를 되찾을 수 없으리라는 사실을 깨달았다.

나는 침실로 돌아왔다. 두 일기장을 다시 상자에 집어넣고 잠가버렸다. 로켓은 빼놓았다. 이제 그 로켓은 내 베개 아래에 자리 잡았다.

로켓을 찾아 손에 쥐고선, 다시 한번 목걸이 줄이 내 손가락 사이로 흘러내리게 했다. 이번에는 로켓을 열어보지는 않았지만, 내 생각은 그 가늘고 너무나 옮은 머리카락에 머물렀다. 상당한 노력을 기울여 다시 한번 감정이 파도처럼 밀려들어오는 것을 가까스로 막을 수 있었다. 나는 억지로 머리를 굴렸다.

오늘따라 시계는 시끄럽게 똑딱거렸다. 나는 시계를 싫어하지만, 시계는 마치 정치인과 진통제처럼 어쨌든 이 세상에서 없어서는 안될 존재다. 나는 보청기를 빼놨다. 똑딱 소리가 잠잠해졌다. 적어도 나는 내 생각을 들을 수 있었다.

에일린이 집안일을 끝낼 무렵 나는 마음을 정했다.

부엌으로 곧장 내려가, 네 번째로 좋은 도자기 세트를 내놓고 진한 잉글리시 브렉퍼스트 한 주전자를 만들었다. 나는 늘 직접 차를 끓인다. 그 누구도 나만큼 맛있게 차를 끓이지 못한다.

"잠깐 앉아볼래, 에일린. 나를 위해서 해줬으면 하는 게 있어."

에일린은 의자에 털썩 앉더니 뭐라고 중얼거렸다.

"에일린, 좀 크게 말해줬으면 좋겠구나."

"보청기는 어디에 두셨어요, 맥크리디 부인?" 그녀는 입 모양으로 대답하며 정신없이 손을 흔들어대고 자기 귀를 가리켰다.

"침실…… 같아. 혹시 나를 위해서……."

"당연하지요."

에일린은 벌떡 일어나 재빨리 방문을 나섰다.

"문 닫아야지, 에일린!"

"금방 다시 올 건데요……. 아, 아니에요, 신경 쓰지 마세요." 그녀는 목소리를 높여 대꾸하고는 문을 세게 닫아버렸다. 그녀는 보청기를 손에 들고 금세 돌아왔다. 이번에는 문 닫는 것도 잊지 않았다.

나는 보청기를 끼고, 차 두 잔을 따랐다.

에일린은 다시 자리에 앉아 시끄럽게 차를 들이켰다. 나는 차 한 모금을 마시고는 생각을 정리했다. 내 결정은 내게 다가올 그 어떤 미래의 끄트머리에라도 깊은 영향을 미칠 것이다.

나는 절대로 미신을 믿는 사람이 아니다. 사다리 아래를 지나가야 한다면 언제나 기꺼이 사다리 아래를 걸어 지나갔고, 내 앞을 가로질러 가든 말든 검은 고양이를 특히 예뻐했다(서양에서는 사다리 아래를 지나가거나 검은 고양이가 앞을 지나가면 불운하다고 여긴다 - 옮긴이). 평생 단 한 번도 유언장을 작성해 본 적이 없다. 그런 일이 화를 자초하는 것이라고 생각해 왔으니까. 그러나 내가 제대로 대비를 하지 않았다가는 내 재산은 정부에 귀속되거나, 그와 비슷하게 내가 원치 않은 상속자에게 가버릴 것을 알고 있었다. 팔십 대 중반에 이른 만큼 이 문제를 어느 정도 깊이 고민해야 하는 것이 의무라고 믿었다. 지금 이 몸을 앞으로 15년은 더 붙들고 있을 가능성이 컸다. 어쩌면 여왕님에게 백 번째 생일을 축하하는 카드를 받을 수도 있다. 하지만 그렇지 못할 수도 있다.

내가 아는 한, 내게는 이 세상에 살아 있는 혈족이 하나도 없다. 하지만 과거를 되짚어 봤을 때, 여러 정황상 절대적으로 확신할 수 없다는 생각이 문득 떠올랐다. 어쨌든 인간 하나를 탄생시키는 데에는 그리 많은 것이 필요하지는 않다. 모든 탄생이 공개적으로 축복받는 것도 아니고, 자신이 아버지가 되었는지도 모르는 아버지가 수천 명쯤 될 것이다. 이 작지만 부인할 수 없는 의혹이 너무나 자명했기에 지금까지 나는 그러한 믿음에 꽤 집착해 왔다. 나는 그 답을 찾기로 했고, 망설이지 않고 곧장 추진했다.

에일린은 내 건너편에서 손으로 자기 찻잔을 감싼 채 앉아 있었다. 이제는 특유의 멍청한 표정을 지었다. 나는 그녀의 머리가 평소보다도 더 헝클어지고 곱슬곱슬하다는 것을 눈여겨봤다. 제발 에일린이 저 머리를 어떻게든 해주었으면.

"에일린, 그 인터넷인가 하는 신통한 걸로 믿을 만하고 유명한 회사 좀 찾아주겠어?"

"네, 물론이지요, 맥크리디 부인. 부인께서 원하신다면요. 어떤 회사를 원하시는 건가요?"

에일린이 차를 마시며 능글맞게 웃었다. "데이트 회사요?"

나는 그녀의 바보 같은 소리에 장단을 맞출 기분이 아니었다. "우습게 말하지 마! 나는 오래전에 잃어버린 가족과 관련한 서류를 찾아내 주는 그런 회사가 필요해."

에일린은 밀가루처럼 허연 자기 얼굴에 손을 가져다 댔다. 두 눈이 휘둥그레지며 능글맞은 웃음은 호기심으로 바뀌었다. "어머, 맥크리디 부인! 이 세상 어딘가에 부인 가족이 살고 있다고 생각하시는 거예요?"

더 자세한 이야기에 목마른 에일린이 잠시 기다렸다. 나는 그녀에게 더 이상 뭔가를 이야기해 줄 생각이 없었다. 내 나이쯤 되면 내가 하고 싶은 그대로 행동할 줄 알아야 하고, 또 그렇게 하겠다는 이야기를 굳이 대놓고 공표할 필요는 없어지는 법이다.

"저보고 에이전시를 검색해 보란 말씀이신 거죠? 이산가족 재회나 뭐 그런 거 말이에요." 그녀가 물었다.

"그래, 그런 종류로. 그 구글 어쩌고를 쓰거나 아니면 네 능력껏 할 방법을 사용해 봐. 아주 신중한 회사여야만 해." 나는 그녀에게 주의를 주었다. "평판도 좋고 실적도 좋은 곳으로. 자기가 그 부분을 확인해 주면 정말 고마울 거 같네."

"당연하죠, 맥크리디 부인. 엄청 재미있겠네요!" 그녀가 단언했다.

"글쎄, 재미있든 없든 그 문제를 제대로 조사하고 싶어. 가능한 한 빨리 주소랑 전화번호를 줄 수 있다면 좋겠어. 신세 좀 질게."

"문제없어요, 맥크리디 부인. 오늘 밤에 집에 돌아가자마자 알아볼게요. 자세한 정보를 찾을 수 있을 거예요. 내일 출근하면서 가져올게요."

"아주 훌륭해. 고마워, 에일린."

스위치를 눌렀다. 가짜 불꽃이 순식간에 오렌지색 불이 되어 솟아올랐다. 그러고는 가장 좋아하는 프로그램인 〈소중한 지구〉를 보기 위해 티브이를 켰는데, 이 방송이 펭귄을 다룬 다큐멘터리로 대체된 것이다. 그러고 보니 최근에 비슷한 방송을 본 기억이 났다. 이 다큐멘터리는 온종일 내 곁을 떠나지 않던 그 파멸적인 생각을 떨쳐버릴 수 있는 반가운 휴식처가 되어줄 것이다.

이번 주에는 킹펭귄을 알아볼 차례였다. 나는 대단히 용감하지만, 한없이 굼뜬 이 생명체에 꽤 반하고 말았다. 도저히 가까이 갈 수 없는 가파른 협곡에 알이 굴러떨어진 펭귄 한 마리를 카메라가 비출 때, 나는 이 불쌍한 새가 절망에 빠져 하늘을 향해 부리를 치켜세우면서 어떻게 애도하는지를 볼 수 있었다.

로버트 새들바우는 최근 몇 년간 펭귄의 개체 수가 막대하게 줄어들고 있다고 격렬하게 말했다. 환경 요인 때문인 것으로 추정하지만, 더 자세한 연구가 필요하다고 했다.

나는 이 우아하고 매력적인 새가 지구상에서 사라져버릴지도 모른다는 생각을 하고 싶지 않았다.

아버지의 말씀이 떠올랐다. 어린 시절 아버지 무릎 위에 앉아서 듣던, 커가면서 수차례 듣던 그런 이야기. 아버지가 진지하고 다정한 목소리로 들려주던 그 이야기들이 귓가에 들려오는 것만 같았다. "이 세상에는 세 종류의 사람이 있단다, 베리(아버지는 나를 '베리'라고 불렀다)." "이 세상을 더 나쁜 곳으로 만드는 사람, 아무런 변화도 만들어내지 못하는 사람, 그리고 이 세상을 더 좋은 곳으로 만드는 사람이지. 가능하다면 이 세상을 더 좋은 곳으로 만드는 그런 사람이 되렴." 나는 평생을 살면서 세 번째 카테고리에 속하는 사람을 거의 만나지 못했다. 나 자신도 더 좋은 세상을 만들기 위해 한 일이 거의 없었다. 나는 세 가지 카테고리를 이렇게 해석하기로 했다. 시골에 쓰레기를 버리는 사람, 쓰레기를 못 본 척하는 사람, 그리고 다른 사람들의 쓰레기를 줍는 사람. 나는 집게와 쓰레기봉투를 가지고 내 양심을 채워왔다. 이것 말고는 내 인생에서 쓸모 있는 구석이라고는 조금도 찾아볼 수 없었다.

이제 생각에서 뿌리가 뻗어나가기 시작했다. 어쩌면 내 죽음이 어떻게 해서든 유용하게 쓰일 수도 있겠군. 달리 증명되지 않는 한, 나는 내게 아무런 혈연이 남아 있지 않는다는 가정하에 일을 진행해야만 했다. 내가 이 세상에 작은 차이를 만들어 낼 수 있다면 기쁠 테지. 골몰할수록 이 생각에 더욱 마음이 끌렸다.

저녁에 목욕할 때쯤 나는 강박에 사로잡혔다. 사실 펜과 종이를 손에 쥘 때까지 기다릴 수 없을 정도였다. 나는 뭔가를 쓰기 위해 가장 가까이에 있는 물건을 집어 들었는데, 화장실에 있다 보니 공교롭게도 그 물건은 눈썹연필이었다(그래, 나처럼 나이가 많아도 작디작은 허영심의 영향을 받지 않을 수 없었다. 눈썹이 가엽게도 한 움큼의 회색 털로 줄어들고 말았기에, 매일 아침 눈썹을 덧그리는 수고를 마다할 수 없었다). 나는 눈썹연필을 사용해 거울 오른쪽 아래편 구석에 '펭귄'이라는 단어를 썼다.

내 기억력은 전적으로 끄떡없다. 나는 스스로를 안심시키기 위해 가끔은 《햄릿》의 한 구절을 암송한다. 하지만 내가 대뇌 앞쪽에 꼭 저장해 두고 싶은 뭔가가 있다면 보이는 곳에 글로 쓴 메모를 남겨두는 것쯤은 그다지 문제가 되지 않으리라.

테리의 펭귄 블로그

2012년 11월 3일

아델리펭귄과 관련해서 귀여운 이야기 하나 들려드릴까요? 아델리펭귄은 꽤 로맨틱한 습성을 가지고 있어요. 수컷 펭귄은 선물로 여자 친구에게 구애한답니다. 그 선물이란 아주 신중하게 고른 특별한 조약돌이지요. 여자 친구가 어찌 감동하지 않겠어요? 또한 수컷 펭귄은 화려한 과시 행동도 선보이지요. 머리를 뒤로 젖히고, 가슴을 불룩하게 부풀린 다음에 귀청이 떨어져 나갈 것같이 크고 시끄러운 소리를 낸답니다. 물론 암컷 펭귄에게는 완전히 유혹적인 행동이에요.

운이 좋으면 수컷은 암컷이 바다에서 돌아올 때쯤이면 다 지어진 반짝반짝한 신상 둥지를 소유하고 있을 수도 있어요. 사실 조약돌 선물은 충성심과 사랑 이상을 의미해요. 조약돌은 가장 소중한 화폐랍니다. 왜냐하면 둥지를 짓는 핵심 재료거든요. 펭귄들은 도둑이나 다름없기도 해요. 우리는 펭귄들이 번갈아 가며 한쪽이 등을 돌리면, 나머지 한쪽이 둥지에서 조약돌을 슬쩍하는 우스꽝스러운 장면을 목격합니다.

지난해 맺어졌던 여러 커플이 이제 기쁨에 차서 재회합니다. 전체적으로 아델리펭귄은 짝에게 충실하지만, 가끔은 문제가 생기기도 합니다.

예를 들어, 여기 흥미로운 펭귄 한 마리가 있어요. 아델리펭귄은 보통 비슷비슷하게 생겼지만 이 녀석은 조금 독특하게 생겼어요. 사진을 보면 우리가 이 펭귄을 멀리서도 항상 알아볼 수 있는 이유를 깨닫게 되지요. 가슴과 배는 하얗고 나머지 부위는 검은색으로 뒤덮인 일반적인 모습 대신 이 녀석은 거의 전체가 까매요. 턱 아래로 깃털 몇 가닥만 조금 더 옅은 색일 뿐이랍니다. 녀석의 짝은 보통의 흑백 펭귄인데, 지난 사계절 동안 녀석과 함께해 왔습니다. 하지만 그녀는 어디 있을까요? 얼룩무늬물범들에게 잡아먹혔을까요? 아니면 바람피운 펭귄이라는 희귀한 사례를 보게 되는 걸까요? 절대 알 수가 없어요. 그 이유가 무엇이든, 수티(녀석을 '수티'라 부르기로 해요)는 외롭게, 아주 외롭게 둥지에 앉아 있어요.

4

패트릭

볼턴의 아파트

2012년 5월

반복, 또 반복. 내가 들어본 외로움에 관한 모든 노래가 한 곡 한 곡 머릿속에서 계속 흘러나온다. 미칠 것만 같다.

벌써 2주가 흘렀다. 내장을 쥐어짜는 듯 잔혹하고 정신병을 불러일으킬 것 같았던 2주. 그녀에게서 아무런 소식도 들리지 않았다. 그래도 4년을 함께한 남자인데 어떤 설명이라도 해줄 수 있지 않았을까. 하지만 아니, 르넷은 그렇게 생각하지 않았다. 그저 짐을 몽땅 싸서 내 인생에서 사라져버렸을 뿐이다. 쪽지도, 아무것도 없이. 어쨌든 최근에는 내가 아는 한 잘못한 일이 없었다. 보통 때처럼 그녀를 돌게 만드는 그런 일은 없었다는 소리다. 재활용 쓰레기를 내놓는 것을 깜빡했던가? 아니지. 침대에 콧물투성이 손수건이라도 던져놨던가? 아닌데. 저녁 먹고 빈 접시를 핥았던가? 아니야. 말다툼했다든지, 그런 것도 아니었다. 어쨌든 그날은 그러지 않았다.

나는 그녀가 무슨 짓을 하는 것인지, 무엇 때문에 그런 것인지 전혀 감도 잡을 수 없었다. 그리고 개브가 두 사람이 손을 잡고 가는 모습을 봤다고 말해주고 나서야 그 문제의 진실이 머리 한 대를 얻어맞은 듯 선명하게 와닿았다. 나는 자전거 가게와 술집, 그리고 내가 떠올릴 수 있는 볼턴의 모든 소문의 온상지를 이리저리 캐고 다니면서 조사했다. 나는 그녀가 나를 버리고 만난 그놈이 공사장 인부임을 알게 됐다. 분명 근육남이겠지. 우리 일자리를 빼앗아 가는 폴란드 놈들이나 파키스탄 놈들에 대해 악에 받쳐 떠드는 자리에서 볼 수 있는 그런 놈.

르넷, 르넷, 르넷! 당신은 내 가슴에 못을 박았어. 빌어먹을 그 인종차별주의자 벽돌공이랑 뭘 하고 싶은 거야? 인류학 석사에 비싼 디자이너 청바지를 입고 완벽한 클레오파트라 머리를 한 당신이. 직업윤리와 긍정적인 윤리와 그냥 모든 것에 대한 윤리를 가진 당신이. 당신은 스스로의 도덕적 잣대를 완전히 뒤엎은 모양이지. 당신은 머릿속이 책 대신 근육으로 넘쳐나는 남자를 선택한 게지. 하필이면 당신이!

이제 어떻게 될까? 그래, 이렇게 되는 거지. 나는 버림받았어. 르넷, 당신은 나를 건강염려증 환자로 바꿔놓고, 과일이니 채소니 슈퍼푸드니 하는 식사를 준비하게 했지. 그래, 아마 당신은 나를 발가락의 때만큼도 신경 쓰지 않겠지만, 혹여 알고 싶을까 봐. 나는 케이크와 과자 쪼가리와 맥주를 주식으로 삼고 있어. 이제 와 고백하지만 내가 한때 자랑스러워하던 이두박근은 이제 사랑스러운 살로 덮여버렸지. 내 복부도 마찬가지야. 매일 지방이 점점 더 쌓이고 있어. 곧 늘씬하고 훌륭한 섹스머신은 걸어 다니는 젤리덩어리가 되어버릴 거야. 모든 게 고맙군, 르넷. 아주 훌륭해.

3주가 지났다. 이 모든 게 어떻게 틀어져 버린 거지? 문제는 나였나? 그럴 수도 있겠다. 내가 요리를 담당하는 것을 르넷이 좋아하지 않았다는 것을 안다. 그녀는 퇴근했을 때 자기를 위해 차려진 맛있는 저녁을 마다하지 않았지만, 부엌을 자신의 영역이라고 생각했다. 커피머신이며 주물 냄비, 주스기를 사들인 것은 그녀였다. 식기세척기가 삐걱거릴 때마다 집주인에게 전화를 거는 것도 그녀였다. 그 점을 생각해 보면 그녀는 독불장군이었을지도 몰라. 아니면 모든 게 내 잘못인가?

어느 정도 다툼은 있었던 것 같다. 하지만 그리 중요하지 않다고 생각했다. 여전히 그녀는 나만의 여인이라 생각하고, 여전히 그녀 앞에선 바지를 벗어 던지고 싶다. 여전히 그녀와 함께 있고 싶다.

나는 내 멍청한 머리 밖으로 그녀를 떨쳐버릴 수 없을 것 같다. 그녀는 내 아파트를 떠나지 않는 살아 있는 유령이다. 어느 순간 르넷은 마거릿 애트우드 소설 위로 고개를 푹 수그리고 머리카락이 책장 위로 넘실거리게 하는가 하면, 다른 순간에는 크고 시끄러운 웃음을 터트려 그 소리가 계단통에 울려

퍼진다. 그다음 순간에는 하이힐을 신고 넘어질 듯 비틀거리는 그녀의 모습이 나타난다. 그리고 우리의 유일한 반려동물이자 그녀가 데려왔던 금붕어 '호라티오'에게 물고기 밥을 흩뿌려 주기도 한다. 나는 완전히 맛이 가버렸다. 전혀 벗어날 수 없을 것만 같다. 그럼에도 그녀를 되찾을 수는 없으리라. 그녀가 내게 애걸복걸하게 되면 모를까. 내가 모든 옷을 다 벗어 던지고 온몸에 타라마살라타(taramasalata, 염장한 생선알로 만든 그리스식 스프레드 - 옮긴이)를 바르는 한이 있더라도 안 될 것이다.

나는 월요일에 거의 30분이나 늦게 출근해 버리는 엄청난 지각을 했다. 다크서클은 늘어지고 손톱 밑엔 빼곡 때가 낀 채로, 지독한 숙취에 시달리며 엉금엉금 기어들어 갔다.

"전혀 좋아진 게 없군, 그렇지?" 개브가 말했다. 너무나 개브다웠다. 자전거 가게는 그가 밑바닥부터 세워온 자기 가게였는데도 비난의 말은 한 마디도 섞여 있지 않았다. 그가 이 가게에 대해 얼마나 신경을 썼냐 하면…… 글쎄, 그에겐 아내와 아이들이 있었으니까. 개브는 일주일에 한 번 내가 그를 위해 일하는 날에 대한 급료도 겨우 빠듯이 줄 정도였다. 제멋대로 일하는 내 태도 때문에 그가 망한다면 그건 다 내 잘못이리라.

"미안해, 친구." 나는 웅얼거렸다. "패트릭, 난 네가 이 모양인 게 꼴 보기 싫을 뿐이야." 그는 내 어깨에 손을 얹으며 말했다.

"오늘 아침엔 수리할 게 없어?"

"있지. 뒤편에 두어 대 놔뒀어."

기름과 타이어와 고무 튜브를 만질 기대에 잠시나마 기뻐하며 뒷마당으로 슬그머니 나갔다.

나는 르넷이 내게 시켰던 그 짓거리를 벽돌공에게도 시킬지, 그리고 그놈이 나보다 더 잘하는 건 아닌지 궁금해하느라 아침나절을 다 보냈다. 그는 그 짓이 즐거울까, 아니면 수치스러울까? 그녀는 여전히 매혹적인 클레오파트라 머리를 뒤로 젖히며 그 깔쭉깔쭉하고 섹시한 모습으로 웃고 있을까?

내 두 손은 본격적으로 심하게 떨리고 있었다. 체인을 제자리에 걸 수 없어 계속 벗겨지고 미끄러졌다. 아, 대마초가 필요하다…….

대마초라……. 이 생각이 머릿속에 떠오르자마자 나를 콕콕 쪼아댔다. 대마초 한 대만 피울 수 있다면 어떻게든, 무슨 일이든 할 수 있었다. 가지고 있던 것들은 몇 년 전 다 피워버렸고, 더는 그 동네로 얼씬도 하지 않는다. 주디스가 가지고 있을 것 같긴 하지마는…….

4주가 흘렀다. 물론 집주인은 나를 내쫓았지. 집세를 감당할 수 없었으니까 그랬겠지? 베닝필드 법무법인에서 받아오는 두둑한 르넷의 월급이 없다면 나는 길거리에 나앉을 거라 생각했지만 운이 좋았던 것 같다. 나는 개브의 친구의 친구가 소유한 원룸을 얻을 수 있었다. 개브가 나를 위해 주변에 물어봐준 것이다. 그는 친절한 행동을 하곤 한다. 개브는 교회를 너무 열심히 나가긴 하지만, 괜찮은 사람이다. 그의 친절함은 진심이고, 다른 사람들에게 종교를 강요하지는 않으니까. 그랬다면 '바이크'인지 '바이블'인지를 운운하기가 무섭게 나는 그 가게에서 뛰쳐나왔을 것이다.

새집은 음침한 계단을 올라가야 나오는 2층이었고, 아래층에 사는 커플은 온종일 서로에게 소리를 질러댔다. 하지만 이봐, 소파도 있고 텔레비전도 있다고. 조금은 어둡고 지저분하지만, 집세는 아파트를 빌리는 돈의 5분의 1이면 됐으니까.

나는 여전히 벽에다 머리를 들이박고 있었고, 내면부터 말라비틀어지는 기분이었다. 그게 흔히 사랑이라 부르는, 그 말도 안 되는 미친 짓거리일 거라 생각했다. 내가 생각했던 것보다 훨씬 더 르넷을 사랑했던 게 분명해.

하아, 난 벽돌공을 증오한다.

나는 화요일에 주디스(여전히 연락하며 지내는 전 여자 친구)를 만났다. 그녀는 대마초를 조금도 내어주고 싶저 않아 했지만, 내 수상쩍은 매력과 두툼한 현금 뭉치 덕에 이를 얻는 데 성공했다. 그녀는 머리카락을 새로 파란색으로 부분 염색 했고, 비쩍 마르고도 유들유들한 분위기를 풍겨서 꽤 예뻐 보였다. 우리는 과자를 조금 먹으며 대마초 한 대를 나눠 피웠고, 나는 옛정을 생각해 우리가 잠자리할 수도 있으리라 생각했지만, 아니었다. 그녀는 귀찮다고 했다. 지금 그녀는 여자들에 더 끌렸다.

음, 그러니까, 나는 단지 안에 잘 말린 대마초를 담아서, 잎이 풍성한 멋진 화초 두 그루로 만든 DIY 화분과 함께 가져왔다. 내겐 대마초를 계속 사들일 능력이 없음을 알고 있었기 때문이다. 우리 아가들. 나는 여기에 위들덤과 위들디라는 이름을 붙였다(나는 내가 인정하는 것보다 그 금붕어를 그리워하는 모양이다). 탁자를 창가 쪽으로 끌어다가 그 위에 화분을 놓았다. 이른 아침 햇빛을 받을 수 있는 자리였다. 급히 고전력 램프도 마련했다. 전기료야 비싸겠지만 꼭 필요하다. 나는 바싹 마른 꽃봉오리를 잘라 몇 차례 피워보았다. 더없는 환희였다. 스트레스가 그냥 싹 녹아 없어진다니까. 나는 이 길을 다시 걷는다는 게 자랑스럽지 않다. 그리고 이 식물이 좀 더 자랄 때까지 자신을 자제시켜야만 한다.

나는 여전히 엉망진창이다. 아파트도 인생도 엉망진창이고, 내가 하는 모든 일이 엉망진창이다. 나는 월요일에 개브에게 왜 나를 해고하지 않았는지 물었다.

"친구야, 그럴 이유가 없잖니." 그가 말했다.

"네가 원한다면 날 그냥 해고해도 돼." 나는 그에게 말했다. "그것 때문에 널 나쁘게 보지는 않을 거야."

"글쎄……. 네가 여기서 자전거에 대해 알아야 할 모든 것을 알게 되면, 아무도 고치지 못하는 부분을 고칠 수 있게 되면, 그때 그렇게 할게……. 음, 아니면 내가 너한테 안전핀 두 개와 배터리, 당근 하나를 줬더니 네가 끝내주는 하드론 입자 가속기나 그런 걸 만들어올 수 있다든가. 게다가 너는 정직하고, 성실하고, 적어도 얼마 전까지는 완전 믿음직한 사람이었거든."

"나는 고객들도 잃고 있다고." 나는 그에게 말했다.

나는 이제 영혼 없는 접대용 말을 끌어낼 수가 없었다. 이를 테면 이런 것들 말이다. *안녕하세요, 부인. 예쁜 자전거군요! 어떤 문제가 있으신 거죠? 아, 맞아요. 금방 고쳐드릴 수 있어요. 당연히 타이어에 바람 넣는 법을 보여드려야죠. 아뇨, 걱정하지 마세요. 터지지 않아요.* 나는 그런 요령을 잃어버린 것만 같다.

수요일. 어떤 일정도 없는 날이다. 가느다란 햇살이 커튼 사이로 슬그머니 비쳤다. 나는 오늘 아침 온종일 꼼짝 않고 텔레비전을 보기 전에 잠시 바깥세상을 구경하러 집 앞에 나가려고 했다.

계단을 따라 공동 복도까지 내려갔다. 우편물을 올려놓는 선반 위에 편지 하나가 놓여 있었다. 봉투에 쓰인 내 이름이 눈에 들어오는 순간 가슴이 철렁 내려앉았다. 편지는 분명 르넷에게서 왔을 것이다. 내게 편지를 보낼 사람은 그녀 말고는 없으니까. 물론 이메일은 받지만 편지는 아니지. 마음을 가라앉히고 찬찬히 살펴보다가 그녀에게 온 편지가 아님을 깨달았다. 르넷의 글씨는 마치 학교 선생님이 쓴 것 같았다. 가늘고 단정하며 마치 뭔가를 증명하려는 듯 아주 똑바로 쓴 글씨. 봉투에 쓰인 글씨는 매우 비스듬하게 기울어져 있었다. 필기체로군. 볼펜이 아니라 만년필 글씨야. 선이 아주 가늘고. 조심스러우면서도 휘갈긴 것이 꼭 고양이 발톱으로 긁은 자국처럼도 보여. 우체국 소인은…… 세상에, 모르겠네. 스코틀랜드나 뭐 그런 곳 같아. 이 편지는 내 옛 주소로 보내졌지만 전 주인이 이곳으로 전해준 것처럼 보였다. 나는 그가 그런 신경을 써줬다는 것이 놀라웠다.

나는 봉투를 쭉 찢어서 열었다. 고작 문단 몇 개가 예스러운 필체로 쓰여 있었다.

패트릭에게

안녕하세요. 저나 당신이 놀랄 수밖에 없는 소식을 전하려고 해요. 어느 유명한 회사가 철저히 조사해 준 덕에 저와 연이 끊긴 아들에 관한 중요한 정보를 알게 됐지요. 이 정보의 진실 여부를 의심했지만, 몇 가지 자료를 바탕으로 사실이 입증된 것처럼 보이네요. 출생증명서, 인구조사, 다른 법률 서류 등으로요.

저는 아기였던 아들을 입양 보냈습니다. 슬프게도 제 아들은 이제는 이 세상 사람이 아니에요. 하지만 그런 소식들은 제게 전해지지 않았죠. 제 아들은 한 여성과 연을 맺고 아이도 가졌다고 합니다. 믿을 만한 정보원에 의하면 그 아이가 바로 당신입니다. 당신과 저는 단 한 번도 만나본 적 없지만, 우리는 아주 가까운 혈연관계가 분명합니다. 제가 당신의 할머니인 거지요.

당신은 제가 더는 한창때가 아니라는 것을 알겠지요. 그럼에도 당신을 진심으로 만나보고 싶습니다. 저는 건강한 편이고, 당신이 편할 때 사시는 곳까지 찾아갈 용의가 있습니다.

빠른 답장을 기대합니다.

안녕히 계세요.

베로니카 맥크리디

5

패트릭

볼턴

2012년 6월

제기랄, 내가 뭘 어째야 하는 거지? 새 할머니라고? 그런 건 당장 내가 필요로 하는 게 아니라고. 새 할머니 같은 게 내 버킷리스트에 있을 리 없잖아. 더군다나 그 여자가 내 아버지의 엄마라는 점을 염두에 둔다면. 음, 까놓고 말해서 나는 아버지를 좋아해 본 적이 없었다. 엄마에게 한 짓을 감안한다면 더더욱.

나는 쿵쾅거리며 위층으로 돌아가, 편지를 구겨서 쓰레기통에 던져버렸다. 구겨진 편지는 빗나가서 수북이 쌓인 빨래 더미 옆 바닥에 떨어졌다. 이곳에는 세탁기가 없었다. 서둘러 준비를 하고 빨래방을 찾아야만 했다.

〈톱 기어〉의 지난 방송을 녹화해 뒀기 때문에 그것을 볼 예정이다. 그러고 나서는 <누가 백만장자가 되고 싶은가?>의 에피소드도 한두 개 보려고 한다. 나는 아무짝에도 쓸데없는 정보들을 좋아한다. 이런 프로그램들은 죽음이니 우울함이니 살인이니 하는 것 때문에 멍하니 무기력하게 바라보게 되는 순간이 없다. 티브이 앞에 앉아서도 마음이 무거워진다면 우리에겐 전혀 도움이 되지 않을 테니까, 그렇지?

르넷을 그다지 떠올리지 않고도 성공적으로 하루의 3분의 1을 보냈으니 그건 좋은 일이다. 나는 벌떡 일어나 기지개를 펴고 창가로 갔다. 여기서 보이는 광경이라곤 주로 더러운 벽돌과 배수관뿐이다. 나무 한 그루가 있지만 구질구질하고 별 특징도 없다. 하늘은 옥상으로 어두컴컴하게 펼쳐졌다. 태양은 오늘 아침 아주 잠시 모습을 드러내더니 다시 파업에 들어간 듯 보였다.

위들덤과 위들디는 무럭무럭 자라고 있다. 똑 따서 말린 다음에 대마초로 피워버리기에는 그저 마음 아픈, 예쁘고 자그마한 꽃송이들이다. 아름다운 존재다. 화초들이 나를 유혹하듯 웃고 있었다.

"안 돼, 안 된다고. 그만해. 아직은 아니야." 나는 화초들에게 말했다. 대신 방을 가로질러 바닥에 떨어져 있던 구깃구깃한 편지를 집어 들었다. 편지 주름을 천천히 펼치고 다시 한번 읽어보았다.

이 여자는 헛소리하고 있다. 자기가 지금 어떤 세상에 살고 있다고 생각하는 거지? '이 정보의 진실 여부에 의심을 품었지만…… 더 이상 한창때가 아니라…….' 나를 놀리는 건가? 내 진짜 할머니인 게 진짜일 수 있을까? 이 여자는 나름의 조사를 마친 것처럼 보였다.

나는 아버지를 찾으려고 어떤 노력도 하지 않았다. 그럴 가치가 없으니까. 아버지에 대해서는 아무런 기억도 없지만, 나와 우리 엄마에게는 관심이 개미 눈곱만큼도 없었다는 것은 분명 알고 있다. 불쌍한 엄마. 그날의 악몽이란…… 언제나 역겹고 기운 빠지게 하는 기억.

나는 베로니카 맥크리디에게 온 편지를 바라보며 멍청이처럼 서 있었다. 가족이란, 알다시피 좋은 것이어야만 한다, 그렇지? 하지만 복잡하군. 나는 이미 엉망이다. 스물일곱에 난데없이 이 말도 안 되게 정중하고, 꽤 멍청해 보이는 할머니를 얻게 된 것이다. 진짜로 이런 게 큰 도움이 될까? 그렇지 않을 것 같은데.

그래도 조금은 궁금했다. 호기심을 지닌다는 게 어떤 것인지 다들 알 것이다. 계속 나를 갉아먹는 벌레와 같다. 내가 무너져 내릴 수밖에 없을 때까지 갉아먹고 또 갉아먹는다.

내게 벌어질 수 있는 가장 최악의 상황은 무엇일까?

베로니카 맥크리디는 내게 이메일 주소나 전화번호를 줄 생각을 하지 않았기에 내가 답장을 하려면 옛날식으로 편지를 써야만 했다. 편지지는 없지만 어딘가 메모지는 있을 거라 생각했다. 그래, 책이랑 잡지가 쌓인 곳 옆에, 스크루드라이버로 눌러놨지. 나는 스크루드라이버를 주머니에 넣고선 볼펜을 들어 메모를 썼다. 짧게 요점만 담았다.

좋아요. 언제 만나고 싶으신가요?
저는 다음 주에 시간이 많아요. 월요일만 빼고 다 됩니다.

맨 위에는 새 주소와 전화번호를 적었다. 그 여자가 편지를 제대로 읽는다면 눈여겨보겠지. 그렇지 않는다고 한들 어쩌겠는가.

그런 식으로 편지를 쓰는 게 무례하다는 것을 알고 있지만, 사실 그 여자 때문에 꽤 짜증이 난 상태였다. 더 일찍, 내가 여섯 살 정도였고, 나를 돌봐줄 어른이 절실하게 필요하던 시절에 연락이 닿았다면 좋았을 테지. 여러 사람이 벌인 수많은 싸움도 줄여줄 수 있었을 텐데.

맥주 한두 잔 할 생각을 하니 발걸음이 날아갈 듯 가벼워졌다. 편지를 뒷주머니에 넣고, 다시 계단으로 돌진했다. 바깥 공기는 축축하고 우중충했다. 나는 거리를 달렸다. 차들이 큰 소리를 내며 지나갔다. 하지만 우체통에 쪽지를 던져 넣자마자 베로니카 할머니에게 그토록 단도직입적으로 이야기했음을 후회했다. 어쨌든 할머니는 할머니니까. 어쩌면 연약한 할머니일 수도 있다. 아무리 할머니의 편지가 요상하다 하더라도 그런 식으로 간단하게 답장을 쓰는 것은 올바르지 않았다.

나는 할머니가 답장할 것인지 궁금했다. 한쪽의 나는 할머니가 답장을 쓸 거라 예상했고, 다른 한쪽의 나는 그러지 않을 거라 예상했다.

나는 베로니카 할머니가 다정하고 수다스러운 노파일 거라 생각하기 (그래, 어쩌면 희망하기) 시작했다. 바닐라 향을 풍기는 포동포동하고 장밋빛 뺨을 가진 할머니를 그려볼 수 있었다. 할머니는 눈빛을 반짝이고, 또 명랑하고 소녀답게 웃을 수도 있다. 아마도 부드러운 스코틀랜드 사투리로 말하겠지. 체크무늬 천으로 싼 홈메이드 사과케이크를 가져다줄 수도 있다.

바에서 맥주 첫 잔을 마시며 서 있다가 (곧 개브에게 전화할 예정이었다) 어떤 생각을 떠올렸다. 심지어 계획을 세웠다. 내가 무슨 일을 해야 할지 알았다. 베로니카 할머니가 오면 케이크를 구워야겠다. 케이크는 좋지. 난 분명 케이크를 구울 수 있어. 케이크 굽기는 할머니와 나의 공통 관심사가 될 수 있다. 이를 통해 유대감을 쌓을 수도 있겠지. 할머니는 내가 당신의 눈과 코와 아몬드 에센스를 좋아하는 취향을 그대로 물려받았다고 이야기해 주시겠지. 그러면 나는 할머니에게 르넷에 대해 모두 털어놓으련다. 할머니는 다정하게 공감하며 나를 돌봐주실 거야. 이렇게 해결되는구나.

할머니는 나를 아주 예뻐해 주실 거야.

6

패트릭

볼턴

왜 그런지 전혀 모르겠지만 기분이 훨씬 좋아진 채 잠에서 깼다. 나는 새로운 삶에 대한 투지로 들떠 있었다. 침대에서 벌떡 일어나 더러운 옷가지를 바닥에서 주워 비닐봉지에 담았다. 깨끗한 옷은 남아 있지 않아서 낡은 고릴라 티셔츠와 무릎이 찢어진 청바지를 주워 입었다. 그나마 다른 옷들보다는 조금이라도 냄새가 덜 나는 옷들이었다. 세상에, 나는 되는 대로 살고 있었다. 비참했다. 이제는 나 자신과 화해해야 할 시간이었다. 냉장고에 머리를 들이밀었지만, 반쯤 남은 상한 우유밖에 없었다. 아침을 거르고 나가야만 했다.

공동 복도로 서둘러 나가 계단을 내려간 뒤 현관을 나섰다.

나는 최고 속도로 달려 나갔다. 아직 차 막히는 시간은 아니었고, 보통 듣게 되는 퉁명스러운 경적도 울리지 않았다. 오늘 태양은 눈이 부셨고 나무 위 잎사귀들은 그 빛을 받아 반짝였다. 멋지군.

새로운 삶의 시작이야. 혼자지만 훨씬 더 견실한 새로운 나야. 르넷은 한 가지 점에선 옳았어. 건강을 돌보지 않는다면 모든 것이 산산이 부서진다는 거지. 나는 길을 따라 달리면서 숨을 깊이 들이마셨다. 공원을 지나고 언덕을 지나 테스코(영국의 대형 유통업체)로 향했다. 나는 이 삶을 즐기리라.

카트에는 아보카도, 대추야자, 표고버섯, 갈색 버섯, 푸성귀샐러드, 기름기 적은 양고기, 신선한 박하, 감자, 사과, 해바라기씨가 들어간 빵, 퀴노아 그리고 (그래, 나는 천사는 아니니까) 이 모든 것을 보상할 수 있는 라거 맥주 열두 캔이 들어 있었다. 나는 가격에 움찔하지 않으려고 애쓰며 신용카드를 내밀었다. 운이 좋다면 다음번 보조금이 제때 들어오겠지.

집으로 가는 길에는 신문가판대에 잠시 멈춰 서서 잡지를 넘겨보느라 정신이 팔렸다. 그러다가 너무 오랫동안 머물러서 고기가 맛이 갈 수도 있다는 걸 깨달았다. 나는 집을 향해 내달렸고 쇼핑백은 다리에 부딪혀 흔들거렸다.

"안녕, 패트릭. 난 베로니카 맥크리디란다." 목소리에서는 스코틀랜드 억양이 전혀 느껴지지 않았다. 너무나 영국식 영어였다. 딱딱 끊어지고 지나치게 점잔 빼는 영어. "지금 에든버러 웨이벌리에 왔다는 걸 알려주려고 전화했어. 11시 17분에 볼턴에 도착할 예정이야. 기다리지 않고 택시를 바로 탈 수 있다면 12시쯤에는 자네 집에 갈 수 있겠지."

그 말 외에는 아무것도 없었다. 그뿐이었다. 제기랄!

할머니는 미리 내게 뭔가를 더 알려줬어야 했다. 시계를 들여다보았다. 거의 10시에 가까웠다. 그리고 나는 아직 레몬 폴렌타케이크에 들어갈 재료를 다 준비하지 못한 상태였다. 죽을 듯이 배가 고팠고, 전체적으로 처음보다 활기와 열정이 떨어져 있었다. 하지만 생존해 있는 유일한 친척을 만나려고 한다면, 케이크를 굽는 것이 낫겠지. 모든 것이 케이크에 걸려 있는 것처럼 보였다. 케이크는 새로운 할머니와 만나자마자 친해질 유일한 기회일 수 있었다.

나는 뒤로 물러서서 문을 쾅 하고 닫았다. 왔던 길을 돌아가(교통은 이제 악몽과도 같아졌고 자동차들은 미친 경적 모드에 돌입했다) 공원을 다시 통과한 뒤 언덕을 따라 슈퍼마켓까지 내려갔다. 덥고 땀이 줄줄 흘렀다. 나에게서 나는 냄새가 느껴졌다. 그다지 좋지 않았다.

나는 급히 둘러보며 폴렌타와 고운 황설탕, 레몬과 그 외 갖가지 것들을 집었다. 줄이 가장 짧은 계산대를 골라 섰지만, 세상에서 가장 느린 계산원을 만나고야 말았다(내가 그렇지 뭐).

"아름다운 아침이에요, 그렇죠? 정말 좋아요." 그녀는 레몬 봉지의 가격표를 찍기보다는 공중에 들고선 이렇게 말했다. 그녀는 말과 행동을 동시에 할 수 없는 그런 사람 중 하나였다.

나는 끙 하고 앓는 소리를 내며 레몬을 매섭게 쳐다봤다.

"오후에는 비가 올 거라 하던데요. 즐길 수 있을 때 최대한 즐기세요."

"넵"

"폴렌타네! 가끔 폴렌타가 뭔지 궁금하더라고요."

"음……."

마침내 여섯 가지 물품 모두를 계산했다. 신용카드를 기계에 꽂으려는 순간 그녀가 내 눈앞에 현란한 손짓을 해보이며 나를 저지했다.

"회원카드를 잊으셨어요!"

"아니, 없어요." 나는 그녀에게 말했다.

"정말로 회원카드가 없으세요?"

"잘 아시네요."

"세상에! 제가 회원카드에 관해 설명 좀 드릴까요? 알다시피 아주 좋아요. 쇼핑할 때마다 포인트를 얻을 수 있고요. 일부 물품에 한에서는 돈을 돌려받을 수도 있어요. 금세 쌓인답니다."

"지금은 아니에요. 미안해요. 서둘러야 해서요."

그녀는 내가 까다롭게 굴기라도 하는 양 얼굴을 찌푸리더니 (신이시여) 심지어 더 느려졌다.

"여기 영수증하고 토큰이요." 그녀가 동그란 플라스틱 원반을 내 손에 꾹 놓으며 말했다. "바깥으로 나가시는 길에 자선 상자 중 하나에 넣어주세요."

나는 적당히 첫 번째 자선 상자에 그 플라스틱 원반을 넣어버렸다. 그 자선 상자가 동네 학부모회로 가는지, 원예 클럽으로 가는지 제대로 읽지도 않았다. 마침내 편안하게 집으로 돌아가 그 빌어먹을 케이크를 구울 수 있었다. 헐떡이며 언덕을 올라가 인도에 있는 사람들을 제치고 나아가기 위해 갈지자를 그리며 휙휙 방향을 틀었다. 모두 짜증 나는 느림보들이었다.

그런데 잠깐만, 이건 뭐지? 내 앞으로 인도 위의 두 사람이 서로를 부둥켜안고 있었다. 남자는 크고 네모난 머리와 넓은 어깨를 가졌으며 목덜미는 햇볕에 몹시도 까맣게 그을려 있었다. 여자는 날렵한 경주견처럼 말랐다. 디자이너 브랜드 청바지에 빳빳하게 다림질된 윗옷을 입고, 완벽한 클레오파트라 머리를 하고 있었다. 그녀였다. 르넷이었다.

곧장 내 배 속에는 어마어마한 지진이 일었다. 모든 장기와 창자가 갑자기 뒤틀리고 서로 배배 꼬이기로 한 것 같았다. 내 머릿속은 소리를 질렀고, 내 발은 길을 따라 힘차게 걷는 일을 멈췄다. 나는 그곳에 꼼짝 못 하고 우두커니 서서 바보처럼 멍하니 그들을 쳐다보고 있었다.

르넷! 르넷 르넷 르넷. 르넷에 대한 생각이 나를 감쌌다. 저 미친 벽돌공.

나는 그들이 저 멀리 거리 끝으로 사라져버릴 때까지 지켜보았다.

제길, 대마초 한 대가 간절했다. 나는 원룸으로 도망치듯 돌아와, 장 본 것들을 바닥에 던져놓고는 담배종이를 집어 들었다. 그 안에 대마초를 그득 쑤셔 넣고는 재빨리 불을 피운 후, 깊이 한 모금 빨았다가 방 안으로 연기를 내뱉었다. 아직도 손이 벌벌 떨렸다. 대마초 끄트머리에서 카펫 위로 재가 떨어졌다.

초인종이 울렸다. 벌떡 일어났다. 르넷인가?

아니, 당연히 아니지. 그 빌어먹을 베로니카 맥크리디일 거야.

그 여자는 20분 이상 일찍 도착했다. 나는 미리 도착하는 것을 좋아하지 않았다. 르넷은 모든 일을 미리 해야 한다고 생각했지만, 이봐…… 늦어진다는 건 좋은 일이야. 사람들이 나를 맞아줄 준비를 할 수 있게 해주거든. 20분이나 일찍 오다니, 이건 절대 아니지.

나는 여전히 젤리처럼 흐물거리고 있었고, 소소한 대화를 나눌 기분이 아니었다. 어쨌든 이 맥크리디라는 여자는 자기 아들도 포기했고, 도대체 뭐 하는 사람이지? 내 말은…….

초인종이 다시 울렸다. 나는 창문을 내다보았고, 그 시점에 맞춰서 택시가 떠나는 모습을 볼 수 있었다. 한 여성이 현관 앞에 서 있었다. 여기서는 모습이 잘 보이지 않았고 그 여자의 정수리와 흰 머리만 눈에 들어왔다. 보라색 파일과 커다란 선홍색 핸드백을 든 여자였다.

그냥 그대로 내버려둘 수는 없었다. 늙은 여자니까.

나는 내려가서 문을 열었다. 그 여자가 나를 아래위로 훑어보았다. 나? 대마초를 손에 쥐고, 다 찢어진 청바지에, 다 구겨진 티셔츠, 머리는 다 헝클어지고 면도도 안 한 얼굴에다 온몸에선 돼지우리 같은 냄새를 풍기며 서 있었다. 할머니는 빳

빳빳하게 풀 먹인 재킷에 주름치마를 입은 날렵한 모습이었다. 투피스 정장에 진주목걸이를 한 정도는 아니었지만, 거의 비등했다. 할머니는 조글조글한 입술에 선명한 빨간색 립스틱을 바르고 있었다.

"패트릭이니?"

"넵, 접니다."

할머니 얼굴에 떠오른 공포에 질린 표정을 두고 누굴 탓할 수 있겠는가. 나는 할머니에게 미안할 지경이었다. 아마도 나는 할머니가 예상했던 최악의 모습보다도 더 괴로운 수준이었을 것이다.

"올라오세요." 억지웃음조차 지어지지 않았다. 할머니는 나를 쫓아 계단을 올랐다. 할머니의 눈길이 오래되고 낡은 난간과 얼룩진 80년대식 벽지에 머물렀다. 나는 원룸으로 들어가는 문을 열어 할머니에게 들어오라고 손짓했다.

"여기가 자네가 사는 곳이로군." 할머니의 목소리에는 못마땅함이 잔뜩 배어 있었다. 더러운 빨래가 담겼던 주머니는 나동그라져서 그 내용물들이 모두 바닥에 쏟아진 채였다. 침대는 전혀 정리되어 있지 않았고, 대마초 화분이 창문 옆 아주 잘 보이는 자리에 놓여 있었다. 하지만 이런 게 상관이 있나? 전혀. 내 머릿속은 온통 르넷과 그 벽돌공 생각뿐이었으니까. 본래의 내가 아닌 다른 사람인 척할 방법이 없었다. 아니면 베로니카 맥크리디가 와서 기뻐하는 척한다거나.

나는 가슴 가득 들이마셨던 연기를 내뿜었다. "앉으세요."

할머니는 안락의자 위에 놓여 있던 팬티 두 벌을 치우고 조심스레 그 위에 앉아서, 그 비싸 보이는 핸드백을 꽉 움켜쥐었다. 반짝이는 선홍색 핸드백은 여왕이 언제나 들고 다니는 것과 비슷해 보였다. 루비빛 립스틱만 빼면 할머니는 그 나이대의 노인들과 똑같아 보였다. 그러니까 흰머리와 핼쑥한 뺨, 푹 꺼진 두 눈 같은 것 말이다. 가족이라 닮았냐고? 어쩌면 뼈대가 그런 것 같기도 하지만, 거의 그래 보이지 않았다. 난 그렇다고 생각하지 않았다.

나 자신은 할머니가 전혀 다정한 노인네가 아니라는 점에 오히려 마음이 놓일 정도로 안 좋은 상태였다. 할머니는 정반대였다. 할머니는 르넷이 '심술궂은 노파'라고 부르던 그런 유의 노인이었다. 자존심 강하고 꽉 막히고 지나치게 격식을 차리는 그런 노인. 그리고 할머니는 케이크를 구워다 주지 않았다. 찡그린 얼굴을 하고 나타났을 뿐이다.

테리의 펭귄 블로그

2012년 11월 10일

남극에서 살아남기란 방심할 수 없는 일이에요. 남극의 생물들은 모두 이곳의 적대적인 환경을 극복하는 방향으로 진화해 왔습니다. 남극풀마갈매기는 특별한 위유(胃油)를 만들어내는데, 이 위유는 기나긴 비행 동안 에너지 풍부한 먹이자원이 되면서도 입에서 포식자의 얼굴을 향해 뿜어내는 자기방어 기능을 하기도 하지요. 질긴 가죽 역시 필수적이에요. 얼룩무늬물범은 극강의 추위에서 스스로를 보호하기 위해 두꺼운 지방층을 가지고 있지요. 펭귄들은 바닷물 속에서도 자기들을 따뜻하게 지켜줄 공기층을 깃털 아래에 붙들어 놓고 있지요.

또한 펭귄들은 음식 없이도 오랫동안 견뎌야만 해요. 믿기 어렵겠지만 남극의 겨울에 수컷 황제펭귄들은 4개월간 먹지도 않고 살아남습니다. 암컷들이 새로 태어날 새끼들을 위해 먹이를 비축하는 동안 두 발로 단단히 균형을 잡고 알들을 따뜻하게 품는 것이지요. 아델리펭귄은 훨씬 현명하게도 11월(그러니까 남극의 봄)에 알을 낳습니다. 날씨가 상대적으로 온화한 때거든요. 하지만 견뎌내야 할 문제들이 가득합니다. 포식자들이 많거든요. 얼음과 눈은 위험할 수 있고요. 살아남기 위해서는 엄청나게 강해져야만 합니다.

7

베로니카

볼턴

2012년 6월

나는 살아남기 위해 해야 하는 일은 뭐든 해왔다. 그 일로 내가 고생하거나 신랄해지는 것을 받아들였다. 내 모습 그대로가 나였다.

나는 패트릭의 모습 그대로 패트릭이라는 사실도 받아들여야만 했다. 하지만 실망을 감추기 쉽지 않았다. 완벽한 모습을 기대하지는 않았다. 애정을 기대한 것도 아니었다. 삶에 대해서 그보다는 잘 알고 있으니까. 하지만 이게 뭐람? 나는 절망했다. 흔히 운명이라고 알려진 잔인한 독재자에게 또 한 번 뒤통수를 얻어맞은 기분이었다.

이토록 수치스럽고 불결하며 약물에 취해 있는 인간이 내 손자일 수 있는가? 비누와 물이란 게 존재한다는 걸 알고 있을까? 게다가 그 아이의 원룸은! 그런 불결한 곳에 사람이 어찌 살 수 있는지 이해가 가지 않을 뿐이다. 토끼도 좁아터졌다고 느낄 그런 곳이었다. 쥐조차도 그 방이 너무 더럽다고 할 것이다.

나는 일부러 그 애에게 내 방문을 미리 알리지 않았다. 그 애가 사는 진짜 모습을 보고 싶기 때문이었다. 그 결정이 후회스러웠다. 어느 정도 깔끔하게 단장할 시간이 있었건만 그 애는 나를 위해 최소한의 노력도 하지 않은 것이다. 패트릭은 다른 사람들을 존중하도록 배우며 크지 못한 것처럼 보였다. 틀림없이 그 애 엄마 탓이지.

패트릭은 내게서 완전히 등을 돌리고 저 먼 방구석까지 쿵쿵거리며 가더니 '더럽게 까다롭네'처럼 들리는 무슨 말을 중얼거렸다. 그러더니 다시 돌아와 내 앞에 섰다. 그 아이는 마치 굴뚝처럼 연기를 뿜어냈다. 그 애가 도대체 무슨 약물을 피워대면서 이미 고약한 냄새를 풍기는 이곳을 더욱 오염시키고, 자기 폐와 뇌세포를 죽이고 있는지 도무지 알 수가 없었지만, 분명 담배는 아니었다. 나는 패트릭의 이목구비를 켜켜이 묵은 때 사이로 최대한 관찰했다. 약간 두드러진 광대와 강한 턱선이 나와 비슷한 느낌을 주었고, 구릿빛 피부와 헝클어진 갈색 머리(정수리 숱은 너무 많고, 또 옆머리 숱은 너무 적었다)를 한 덩치 큰 젊은이였다. 패트릭의 눈은 짙은 색이었지만, 내가 한때 사랑하던 남자와 닮은 점을 전혀 찾아볼 수 없었다. 명치가 쿵 내려앉는 느낌이었다. 오늘을 위해 마음을 강하게 먹었어야 했는데.

이제 나는 마음을 추슬렀다.

"그러니까, 내 할머니세요?" 기나긴 여정을 거쳐 온 내게 차를 권하는 일 따윈 없었다.

나는 그 정보가 아주 불편하고도 설명할 수 없는 행정적 오류에서 나온 것이며 사실은, 그래, 내가 절대로 그 젊은이의 할머니가 아니라고 말하고 싶은 유혹에 시달렸다. 하지만 나는 어린 시절에 늘 정직해야 하고 진실함이 몸에 배어야 한다는 이야기를 들으며 자라왔지. "그래, 정말이야. 그런 것 같구나. 몇 가지 서류를 인쇄해 왔단다." 나는 서류를 끼워놓은 파일을 꺼냈다. 마약중독자의 지독한 냄새는 그 애가 가까이 다가와서 서류를 보려고 몸을 굽히자 더욱 심해졌다. "여기 자네의 출생 기록이 있어. 자네 아버지의 이름이 조 풀러라고 들어가 있을 거야. 그 이름은 내 아들의 양부모가 캐나다에 데려가면서 지어준 이름이란다. 다른 여러 자료를 보면 조 풀러가 똑같은 사람이란 게 드러나지. 필요하다면 DNA 검사로 입증할 수도 있지만, 법률 전문가들에게 이 자료들이 백 퍼센트 믿을 만하다는 확답을 받았다."

패트릭은 오래전 잃어버린 가족은 별로 중요치 않다는 듯 시큰둥했다. "난 엄마의 이름을 따랐어요. 아버지는 내가 태어난 후 나타나지도 않았죠. 실제로 함께 지낸 시간은 일주일도 안 될 거예요."

그 아이는 내가 그 점에 대해 사과해야 한다고 생각하는 것 같았다. 하지만 나는 사과하지 않았다.

"그러니까 할머니는 무슨 일이 있었는지 얘기해 주려는 건가요?" 패트릭은 퉁명스레 물었다.

"자네 아버지에 대해?"

"네, 아버지요. 나와 우리 엄마를 버린 그 남자요. 할머니의 아들 말이에요. 할머니는 아들과 '연이 끊겼다'고 했죠. 어쩌다 그렇게 된 거죠?"

나는 패트릭만큼 무례해지고 싶지 않았다. 따라서 사실을 간략하게 요약해서 알려줬다. "자네 아버지는 고작 생후 몇 개월의 아기였을 때 나와 헤어졌지. 슬프게도 그 이후에 나는 아들을 만나지 못했단다. 어떻게 사는지 뒤를 좇는 게 불가능했어. 그러다 너무 늦어버렸지."

나는 수년간 몇 번이고 애를 썼다. 그 끔찍한 편지가 발라하이즈에 도착했던 1993년이 되어서야 정보를 얻을 수 있었다.

패트릭은 헛기침 소리를 냈다. "아버지가 죽었을 때인가요?"

"내 아들은 1987년에 죽었단다." 무거운 돌과 같은 이 말이 내 입에서 새어 나왔다.

"그렇군요." 그 아이는 아무런 감흥도 없어 보였다. 창가로 갔다가 다시 제자리로 돌아와 역겨운 냄새가 나는 연기를 허공에 대고 길게 뿜어냈다.

"어떻게 죽었나요?"

"자네 아버지는 열정적인 등산가였어." 나는 경직된 말투로 대답했다. "로키산맥을 등반하다가 비참하게도 협곡으로 추락해 죽었지."

"멋지네요."

나는 그 아이의 무신경한 태도에 움찔했다. 이 패트릭이란 아이가 몸서리치게 싫어지기 시작했지만, 말을 계속 이어갔다. "자네 아버지를 입양한 그 부부와는 한 번도 연락한 적이 없단다. 아이를 낳을 수 없는 부부였던 것 같아. 아버지가 사고를 당하던 때에는 둘 다 이 세상 사람이 아니었지. 몇 년 후에 아마도 사촌이었던가, 어떤 친척이 마침내 가족 문서를 정리하다가 내가 생모라고 쓰인 오래된 문서를 발견한 거야. 시카고에 사는 사촌 중 하나가 내게 무슨 일이 벌어졌는지 편지로 알려줬지. 그게 1993년이란다." 난 내 아들을 만나볼 수 있을 거라는 희망을 모두 내려놓았지만, 그래도 부고를 듣게 되리라고는 전혀 상상하지 못했다. 그 편지의 기억은 여전히 아프게 남아 있다. "그 사촌은 너무 멀리 떨어져 살아서 자네 아버지를 만난 적이 거의 없다고 하더군. 그래서 내가 바랐던 만큼 정보를 줄 수가 없었지. 자네 아버지는 미혼인 채로 죽었고, 사촌의 편지에 따르면 아이가 없다고 했단다. 나는 당연히 그 말을 믿었지."

패트릭은 다시 한번 연기를 들이마셨다가 내뿜었다. 그 아이의 표정은 뭐라 헤아리기 어려웠다. "하지만 지금 할머니는 그 남자가 우리 아버지라고 했잖아요."

"그렇지." 나는 내가 얼음처럼 차가운 눈빛으로 그 아이를 바라보고 있음을 깨달았다. 이토록 씁쓸한 실망을 경험해 보기란 쉽지 않은 일이었다. “최근에 우연히 그 사촌이 잘못 추측하고 있었다는 것을 알았다. 그래서 이 부분을 더 깊이 파볼 만하다는 생각이 들었어. 내 아들이 혈육을 남기지 않았다고 백퍼센트 확신하기 위해서. 그리고 정말로 놀랍게도 내가 의뢰한 회사가 이 모든 걸 밝혀냈지.”

“그쪽 집안엔 저에 대해 아는 사람은 하나도 없고요?”

“그래 보이더구나. 네 말대로, 네가 태어나자마자 자네 아버지는 영국을 떠났거든.”

내 곱슬곱슬한 머리카락을 움켜쥐려고 하늘을 향해 작디작은 손가락을 꼬물대는 아주 작은 아기였던 내 아들. 책을 읽어주는 동안 내 무릎 위에 누워 올려다보던 아들……. 그 아기가 남자가 됐지. 그리고 아들을 낳았어. 수년 전 이 나라에 머물면서 나를 찾아봤을까? 아니면 내가 존재한다는 사실조차 몰랐을까? 그 사촌은 그 아이가 입양된 것을 몰랐으니, 어쩌면 아들도 그 사실을 몰랐을 수도 있지. 우리가 헤어질 때 아들은 나를 기억하기에 너무 어렸고, 캐나다인 부모는 진실을 털어놓지 않는게 낫겠다고 생각했을 수도 있어. 모르겠다. 그리고 내 앞의 이 남자, 즐거움과는 거리가 먼 우리 손자는 아무것도 모르고 있지. 수많은 의문은 답을 찾지 못한 채 남아 있었다.

패트릭이 으르렁댔다. “아버지는 엄마와 나에 대해 몽땅 다 쉽게 잊은 것 같네요.”

다 잊었다고 그 누가 알까? 아들은 자기 애인과 아이에 대해 연락을 모두 끊었던 것처럼 보였다. 남자가 왜 이런 짓을 저지르는지는 모르겠다. 아마도 아들에게는 나름의 이유가 있었으리라. 역사를 통틀어 남자들이 자기 여자와 아이들을 버리는 일은 몇 번이고 반복됐다. 이 지구에 인류가 존재하는 한 남자들은 똑같은 짓거리를 계속할 것임은 의심의 여지도 없다.

나는 이 모든 상황을 이해하려는 패트릭의 머릿속을 들여다볼 수 있었다. 그 아이가 자리에 앉았으면 했다. 패트릭은 긴장한 것 같았고, 적대적으로 보였다. 한 손에는 여전히 대마초를 쥔 채 다른 한 손으로는 머리카락을 쓸어 넘겼다.

"아버지의 인생에 대해 뭔가 또 알아낸 게 있나요?"

"그럼, 하지만 그 사촌에게서 알아낸 별거 아닌 것들이지." 나는 들려줄 준비가 된 이야기들을 확인했다. "자네 아버지는 캐나다에서 거의 일생을 보냈단다. 등반뿐 아니라 스키나 낙하산 타기처럼 위험한 활동을 즐겼다고 하네. 여행도 많이 했다지. 40대 초반에는 잠깐 영국에도 있었다더군. 그 시기에 자네 엄마를 만났고, 곧 자네가 태어난 거지."

"천지 분간 못 하는 아버지. 딱히 자랑스럽지도 않은 나의 아버지." 패트릭이 웅얼거리더니 이렇게 덧붙였다. "엄마가 불쌍해요." 아이는 얼굴을 찌푸리더니, 내게 다시 대들었다.

"할머니는 왜 아버지가 고작 아기였을 때 떠나보낸 거지요?"

패트릭은 너무나 퉁명스럽고, 힐난하듯 질문을 던졌다. 울컥하는 느낌이 들었다. 내가 그런 인간임을 스스로 정당화해야 한다는 게 싫었다. 그럼에도 나는 패트릭에게 알 권리가 있다고 믿었다.

"난 너무 어렸단다."

"그리고요?"

"그리고 결혼하지 않은 상태였지."

패트릭이 방을 천천히 돌아다녔다. "아이를 버리는 게 가풍인가 보네요."

어떻게 감히 내게 이렇게 말을 하지? 나는 이 아이의 혈육이었고, 이 아이를 찾기 위해 이 먼 곳까지 왔는데. 나는 이 모든 것이 어마어마한 실수임을 깨달았다. 과거는 너무 복잡하고 간극은 너무 컸다. 패트릭은 패트릭 자체였고, 나는 나였다. 우린 완전히 다른 존재였다.

새로 알게 된 이 관계를 더 지속하길 원하는지 자신에게 물었다. 그 답은 면도날처럼 날카롭게 돌아왔다. 나는 그러기를 원치 않았다.

"아버지를 낳았을 때 할머니는 몇 살이었죠?" 패트릭이 따지듯 물었다.

나도 마찬가지로 딱 잘라 대답했다. "너무 어렸단다."

아이의 눈빛에서 뭔가가 언뜻 비치는 듯 보였다. 연민일 수도 있겠지만 확신할 수는 없었다.

"지금은 몇 살이세요?"

"너무 늙었지."

"너무 늙었다는 게 얼마나 늙은 건데요?"

나는 패트릭이 너무 어린 나이가 몇 살인지를 묻지 않았음에 주목했다. 한숨이 나왔다. "6월 21일, 그러니까 다음 주 목요일이면 86세가 되지."

패트릭은 얼굴을 찡그렸다. "그렇군요. 그러면 혼자 사시나요?"

"응. 청소를 도와주러 오는 사람이 있긴 하지. 에일린이라고. 나 혼자서 정리하기엔 집이 너무 크고 곧 망가질 것 같거든."

"저기, 할머니." 패트릭이 말했다. 나는 그 단어에 당황스러워졌다. "혼자 괜찮게 잘살고 계셨네요."

나는 인정하듯 고개를 끄덕였다. "자네가 생각하는 '잘살았다'의 정의가 무엇인지에 따라 다르겠지. 하지만 맞아. 그 집값이 몇백만 파운드 정도는 된단다."

패트릭은 사레들린 듯 캑캑 거렸고, 카펫에 재가 흩뿌려졌다. 순간 내 자신에게 화가 났다. 재산에 대해서는 언급하지 말았어야 했다. 이제 자동적으로 내 재산에 대한 권리가 자기에게 생겼다고 생각할 것이다. 산더미 같은 이자를 받고 있는 여러 은행 계좌의 몇백만 파운드에 대해서 언급하지 않은건 그나마 다행이다.

패트릭은 얼마간 말을 잇지 못했다. 그리고 나를 쳐다보기 싫다는 듯 창문 너머로 시선을 돌렸다.

"어떻게 부자가 된 거예요?" 패트릭은 배수관을 보며 물었다.

"결혼을 했지. 남편은 부동산 사업을 했단다. 이혼하기 전까지 한동안 그 일을 도왔지." 나에 대해 밝히기로 마음먹은 정보는 여기까지였다.

패트릭이 나를 심문했듯, 이제는 내가 캐물으며 질문을 할 차례가 됐다. 하지만 나는 전의를 불태우는 대신 더 예의를 갖춰 묻기로 했다. 나는 패트릭이 자전거 가게에서 일주일에 단 한 번만 일한다는 사실을 알아냈다. 이 일조차도 그 가게 사장인 친구가 너그럽게 봐준 덕이었다. 나머지 수입은 정부에서 받아내는 것이었다. 최근에 여자 친구와 헤어졌다. 그렇다고 해서 내가 놀란 것은 아니었다. 애초에 이런 남자가 여자 친구를 사귈 수 있었다는 점에 놀랐을 뿐. 어떤 여자였을지는 생각하고 싶지 않았다. 이곳에서 시간을 보낸 뒤 좀 씻고 싶다는 생각이 들었지만, 이 아이의 화장실은 전혀 보고 싶지도 않았다.

우리의 대화는 아주 금세 맥이 빠져버렸다. 나는 악취를 풍기는 이 사내의 곁에서 탈출하기를 점차 더 갈망했다. 손자와 더 일찍 알지 못했다고 해서 안타까울 일이 하나도 없음을 확신했다. 택시를 불러달라고 부탁해도 예의에 어긋나지 않을 시점이 되자 나는 그렇게 했다.

그곳을 떠나오면서 극도로 안도감이 들었다.

8

베로니카

발라하이즈

“부인의 손자가 곧 이곳을 방문할 거라고 기대할 수 있겠네요!” 에일린이 진공청소기에 붙은 솔을 청소하면서 들뜬 목소리로 물었다.

“진심으로 그러지 않았으면 좋겠네.”

나는 패트릭을 보러 떠난 여행에 대해 에일린에게 말하지 않을 수 없어서, 내 편의에 맞게 줄여 이야기했다. 그 주제에 관해 더 대화하고 싶은 마음은 없었다.

“정말로요, 맥크리디 부인?” 그녀는 나와 내 손자가 서로에 대해 애정을 품어야만 한다고 간절히 믿으면서 잠시 말을 멈췄다. “그래도 손자가 당장 문을 두드린다면 분명 반갑게 맞이해 주실 거잖아요, 그렇죠?”

나는 대답하지 않았다. 귀가 잘 들리지 않는다는 것은 장점이 될 수도 있다. 바보 같은 질문들에 대답하지 않고 빠져나올 수 있으니까.

에일린은 즐겁게 어깨를 으쓱였다. "뭐, 진공청소기가 알아서 청소해 주는 건 아니니까요." 그녀는 진공청소기를 끌고 부엌을 통해 복도로 나갔다. 문을 그대로 열어둔 채였다.

"에일린, 문 닫아."

"죄송해요, 맥크리디 부인." 그녀가 대답하고는 문을 닫고 나갔다.

나는 차 한 잔을 마시며 원예 카탈로그를 한 장 한 장 훑어봤다. 최근 들어 장미나무의 가지치기 외에는 직접 정원을 가꾸는 일은 거의 하지 않았지만, 가끔은 화단용 화초라든가 관목을 주문했다. 발라하이즈에는 내가 특별히 자랑스러워하는 몇 종류의 진달래가 있다. 환하게 피어나는 꽃들은 평생 도움이 된다고 나는 굳게 믿고 있다. 게다가 정원사 퍼킨스 씨(26년 동안 우리 집에서 일했고, 이제는 조금 고리타분해 보이기 시작한 남자)는 계속 흥미를 쏟을 만한 새로운 계획이 필요했다.

나는 코트를 입고 장갑을 낀 후 바깥을 배회하면서 깨끗하고 가벼운 스코틀랜드의 공기를 들이마셨다. 패트릭의 구역질 나는 집을 다녀온 뒤 나는 아직도 오염된 기분이다.

로켓은 내 베개 밑에 놓여 있다. 다음번에 위층에 올라가게 되면 그 로켓을 가져가 상자 안에 다시 넣어버릴 것이다. 상자는 분명 뒷방 어딘가 깊숙한 구석으로 돌아갔을 텐데. 나는 그토록 고통스럽게 기억해 낸 것들을 다시 한번 잊기 위해 애써야 한다. 이것들은 처음부터 발견되지 말았어야 했다.

오늘 저녁 로버트 새들바우는 남극 사우스셰틀랜드제도의 어느 외딴섬에 있는 펭귄 서식지에서 이야기를 들려주었다.

"남극반도는 지구에서 가장 빨리 온난화가 진행되는 지역입니다." 그가 군데군데 눈이 쌓인 산기슭에 서서 정보를 전했다. "최근 수십 년간 해빙(海氷)이 상당히 많이 줄어들었죠."

"세상에나!" 나는 탄식했다.

다부지게 생긴 그의 얼굴이 점차 크게 카메라에 잡히면서 화면을 (상당히 기분 좋게) 꽉 채웠다. "과학자들은 남극 생태계 안에서 펭귄들을 변화의 지표로 삼고 있습니다. 번식 행위나 개체 수의 변화는 남극 전체의 변화를 반영하는 것일 가능성이 큽니다. 따라서 아델리펭귄 같은 종을 관찰하는 것으로, 우리는 대규모의 환경 변화에 대한 소중한 통찰력을 얻을 수 있습니다." 그가 계속 말을 이어갔다.

"와, 로버트, 당신은 정말 전문가예요! 우리처럼 무지한 사람들은 이런 점들을 알 필요가 있답니다." 나는 웅얼거렸다.

그가 미소를 지었다. "아델리펭귄들은 특히 발랄합니다." 그는 카메라가 한 번 더 자신의 모습을 잡자 이렇게 덧붙였다.

나는 진심으로 여기에 동의했다. 한데 모인 새들이 떠들썩한 생명력으로 그 척박한 풍경을 가득 채웠다. 이 종의 이름은 19세기 프랑스 탐험가의 아내 이름을 딴 것이다. 이름에서 느껴지는 것과는 달리 아델리펭귄은 특별히 여성스럽다는 인상을 주지 않는다. 날렵한 흑백의 외양을 한 아델리펭귄은 키 작고 통통한 남자들이 턱시도를 차려입은 것처럼 보인다. 아델리펭귄은 몸길이가 고작 70센티 정도에 불과한 작은 품종 가운데 하나다. 흰 테두리를 두른 두 눈은 총명하게 반짝인다. 어찌나 매력적인지. 육지에서 실컷 장난을 즐긴 후 이 펭귄들이 물속에서 수영을 즐기는 멋진 장면이 펼쳐졌다. 땅딸막한 몸매의 펭귄이 우아하고 발레리나 같은 정확도를 보여주는 모범생으로 변신했다.

이 프로그램에는 남극에 살면서 펭귄을 연구하는 한 무리의 과학자들도 등장했다. 로버트 새들바우는 그 가운데에 디트리히라는 독일 출신 연구원을 인터뷰했다. 디트리히는 스스로를 펭귄 전문가라 불렀다. 나는 그의 발음이 익숙하지 않았지만, 말에서 묻어 나오는 열정에 감명받았다. 그는 아델리펭귄이 (북부바위뛰기펭귄이나 선눈썹펭귄처럼) 가장 심각하게 멸종 위기에 처한 종은 아니지만, '멸종 위기 근접종'으로 분류된다고 강조했다. 게다가 이 특정 조류 서식지가 최근 몇 년간 놀랄 만큼 줄어들었는데, 아무도 그 이유를 알 수 없었다. 진짜 이유를 알아내기 위해 7년 전 새로운 현지 조사센터가 섬에 세워졌고, 과학자들이 계절마다 펭귄을 심층적으로 연구하고 있지만, 자금이 거의 바닥난 상태였다. 이 프로그램을 촬영할 당시 겨우 네 명의 과학자들이 다섯 명의 일을 하고 있었다. 올해는 세 명이 남게 될 예정이다. 추가로 자금을 모금하지 못한다면, 이 프로젝트는 모두 멈춰야만 했다. 그의 말이 내 잠재의식 속에 있는 뭔가를 건드리는 듯했다.

이 디트리히라는 남자는 커다랗고 털이 북슬북슬한 얼굴 전체에 수심이 가득했고 격렬한 몸짓을 해댔다. 나는 보통 그러한 불안감을 드러내는 모습을 보고도 별 느낌이 없지만, 로버트 새들바우는 꽤나 감명을 받은 것처럼 보였다. 그는 과학자들이 귀중한 연구를 계속할 방법을 찾게 되리라는 희망을 피력한 뒤, 이 남자와 악수를 하며 그에게 진심으로 행운을 빌었다. 어느새 화면이 옮겨가 다소 통통하지만 잘생긴 펭귄 한 마리를 비췄다. 이 펭귄은 바위 위에 서서 몸에서부터 날개를 수직으로 들고선 물기를 빠짝 말리고 있었다. 녀석의 시선이 내게로 날아와 꽂혔다. 남극의 바위 위에 우뚝 선 녀석과 포근한 발라하이즈의 안락의자에 앉은 나 사이에 기묘한 유대감이 생겨났다.

"아델리펭귄 공동체에 대해 더 많이 알고 싶다면 '테리의 펭귄 블로그'를 참고하세요. 로켓섬 과학자들과 펭귄들의 근황을 정기적으로 업데이트합니다." 로버트 새들바우의 목소리가 흘러나왔다.

로켓섬이라고? *로켓섬?* 이 단어가 단조롭던 내 삶의 여정에 찌릿찌릿한 전류를 흘려보내는 것 같았다. 희한한 우연일까? 어떤 징조일까?

엔딩 크레디트가 올라가는 동안 티브이를 껐다. 의자에서 깜박 잠드는 일이 없도록 (그랬다가는 목 근육이 더 아파질 수 있으니까) 곧바로 위층으로 올라갔다. 화장실에 들어서면서 놀라움에 숨이 막혔다. 거울 아래쪽에 갈색 눈썹연필로 선명하게 쓰인 '펭권'이라는 단어가 있었다. 언제든 다시 생각날 수 있게 낙서라는 행위에 의존했어야 할 정도로 아주 중요했나 보다. 흥미로운 일이었다.

나는 다시 연필을 들어 '아델리'와 '남극'이라는 단어를 추가했다. 나중에 생각이 나서 '로켓섬'이라고 덧붙였다.

내 앞으로 펭귄 한 마리가 목에 로켓을 걸고 뒤뚱뒤뚱 걸어가고 있었다. 내게 뭔가를 말하려는 듯 부리를 열었다가 닫았지만, 아무 소리도 새어 나오지 않았다. 풍성한 다갈색 곱슬머리가 바람에 흩날리는 나는 아무런 걱정 없는 젊은 시절의 내 모습 그 자체였다. 내 주변의 모든 것은 다 하얀색이었다. 하얀 꽃, 하얀 나무, 허공에서 소용돌이치는 하얀 깃털까지. 부리에서 흘러나오는 펭귄의 말을 거의 알아들을 수 있던 찰나에 뭔가가 끼어들었다. 고막을 찢는 듯 날카로운 벨 소리였다.

나는 침대에서 벌떡 일어나 앉았다. 내 선잠을 방해한 것은 전화벨이었음을 단박에 알아차렸다. 의자에서 실내복을 주워 들어 어깨에 두르고 시계를 쳐다봤다. 밤 9시 반이었다. 어떤 바보가 이 시간에 전화하는 거야? 비틀거리며 방을 가로질러 수화기를 들었다. 상대편의 목소리가 웅얼웅얼 뭉개져 들렸다.

"잠시만 기다려요." 이렇게 말하고는 주섬주섬 보청기를 꼈다.

"베로니카 맥크리디가 전화받았습니다." 준비를 마친 후 말했다.

"안녕하세요, 할머니."

잠시 내 머리가 어떻게 된 게 아닐까 생각하다가, 새로 찾은 손자와의 불쾌했던 만남을 기억해 냈다. 할머니라니. 웩. 왜 얘는 나를 그렇게 불러야만 하지?

"패트릭." 그 아이의 이름이 곧장 입에서 튀어나왔다. 내가 아직은 머리가 제대로 돌아가고 뛰어난 기억력을 가지고 있어 다행이었다. 비록 패트릭에게 내 전화번호를 준 것이 좋은 생각이었는지는 확신할 수 없었지만. 당시에 꼭 필요한 절차이자 예의처럼 보였다. 이제는 그 아이가 내 선의를 악용할 것 같은 불안감으로 가득 찼다.

"미안하지만 할머니 생일을 까먹었어요. 그저께였죠, 그렇죠?"

창턱에 놓인 달력을 찬찬히 들여다보았다. 나는 매일 하루가 끝날 때마다 그 날짜에 조심스레 빨간색으로 X자를 그었다.

"그 전날이란다." 나는 왜 패트릭이 그 일에 신경을 쓰는지 이해하지 못한 채 대답했다.

"아, 그러니까 날짜로는……." 패트릭은 마약에 취해 희미해진 머릿속에서 정보를 쥐어짜려고 노력하며 잠시 말을 멈췄다.

"……22일인가요?"

"21일이지."

"21일이라. 이제 할머니가 몇 살이라고요? 여든여덟이요?"

"맞춰봐."

"여든일곱?"

"아니야, 패트릭."

"여든여섯?"

나는 그 아이를 얼렀다. "그래, 좋았어. 잘했네. 똑똑해. 정답이야."

"음, 앞으로도, 음, 좋은 일이 많길 바라요! 그러니까…… 그러니까 멋진 인생이요."

패트릭은 명랑한 척했지만 그다지 성공하지는 못했다. 얘는 내가 자기 인생에 나타났다는 게 얼마나 짜증이 날까. 내가 죽어서 사라진다면 얼마나 안심이 될까.

"특별한 약속이라도 있었나요?"

"별로. 에일린이 케이크를 가져왔지." 에일린이 누구인지 저 아이가 알 리 없지.

"와, 좋으셨겠어요. 에일린이 할머니의 간병인이지요?"

"절대로 아니지! 나는 간병인이 필요 없단다. 내 몸을 완전히 가누지 못할 정도는 아니거든. 에일린은 필요할 때 집안일이나 살림을 하는 가사 도우미란다."

잠시 정적이 흘렀다. "아! 좋아요. 고마운 분이네요! 맛있었나요? 케이크 말이에요."

"꽤 괜찮았어." (사실 끔찍한 음식이었다. 아몬드와 설탕 범벅의 분홍색 아이싱이라니. 충치가 생길 법한 맛이었다. 내가 충치가 없는 게 문제라도 된다는 듯) "에일린은 어쨌든 뛰어난 요리사는 아니야. 하지만 그녀의 다정한 표현이었지. 에일린은 노력한 셈이야."

"나와는 다르군요." 손자가 이례적으로 눈치 빠르게 말했다.

"지금 노력하고 있잖니." 나는 다정하게 지적했다.

"아주 열심히요."

나는 여기에 동의하고 싶었지만, 겉으로 드러내지는 않았다.

"저기요, 이 말을 어떻게 해야 할지 모르겠지만요, 계속 신경이 쓰였어요. 내가 느끼기론…… 할머니, 우리는 출발이 좋지 않았다고 느꼈거든요. 할머니와 손자의 관계에 대해 내가 기대하던 바와는 달랐고, 제가 완전히 바보 멍청이 같은 인상을 줬다는 것도 알아요. 나쁜 말을 써서 죄송해요. 우리가, 그러니까, 다시 처음 만난 날로 돌아갈 수 있을는지 궁금했어요."

이 진부하고 번지르르한 말은 내게 전혀 감동을 주지 못했고, 이 아이가 내 돈을 노리고 있음을 단번에 알아챘다.

"아주 좋아." 나는 신중하고 참을성 있게 대답했다.

잠시 불편한 침묵이 이어졌다. "어찌 지내니?" 내가 물었다. 특별히 대답을 듣고 싶었던 것은 아니었다. 저 아이의 삶이란 천박하고 하찮은 일들로 이뤄져 있지만, 둘 중 하나는 무슨 말이든 해야 하니까.

"아시겠지만, 평범해요. 크게 별일은 없었어요. 월요일에는 자전거 가게에 나가고요. 비가 오고. 청구서가 날아오고. 요리하고, 먹고. 가끔 입사 지원을 하는데 영원히 아무 대답도 못들을 것 같다가 결국 아무 결과도 얻지 못하죠. 하지만 불만은 없어요. 술집에도 들르고 〈누가 백만장자가 되고 싶은가〉를 보며 기분 전환을 하거든요."

"보아하니 그런 거 같구나."

또다시 정적. "음, 물론 살다가 백만 파운드가 갑자기 생기더라도 가슴이 터지도록 대성통곡을 하지는 않을 거지만요."

나는 아이의 뻔뻔함에 상처를 입었다. 패트릭은 상상할 수 있는 한 가장 확실한 방법으로 내게 힌트를 보내고 있었다. 자기 말고는 내가 재산을 남겨줄 수 있는 사람이 하나도 없다는 걸 분명히 아는 것 같았다. 다시 말해, 내게는 가족이라고 할 수 있는 사람이 전혀 없다는 것이다. 나는 정말 최근에 이 진퇴양난의 상황에 주의를 기울이게 됐다. 재산이 그토록 많이 있다는 데 딸려오는 중대한 책임이었다. 모든 재산을 에일린에게 남겨줄 수도 있었다. 에일린은 결점도 많지만, 수년간 성실하게 내게 헌신해 왔으니까. 하지만 그녀는 자기 양심에 거리낀다면서 그 재산을 곧장 패트릭에게 넘겨버릴 수도 있다. 에일린은 교회 성가대에서 노래(라고 일컬으려면 일컬을)를 불렀고, 스스로를 올곧고 도덕적인 사람이라고 생각했다.

또다시 의미심장한 침묵이 전화상으로 흘렀다.

혹자는 패트릭이 어쩌면 자기 할머니에 대한 최소한의 관심이라도 표현하는 것이리라 생각할 수도 있지만, 아니었다. 대화는 이미 바닥을 드러냈다. 극도의 괴로움을 연장하는 것은 아무 의미 없었다.

"전화 줘서 고맙구나, 패트릭."

나는 수화기를 내려놨다. 씁쓸함과 분노가 가슴속을 훑고 지나갔다. 감히 저 아이는 사흘이나 지난 내 생일을 축하한답시고 한밤중에 전화해서 호감을 사려 했단 말인가? 내가 시궁창 같은 집에 방문했을 때 그토록 형편없이 대해놓고선 말이다. 저 아이는 내게 무례하게 굴었고, 더 중요한 것은 세상을 떠난 자신의 아버지이자 내 아들의 추억에 대해 전혀 경의를 표하지 않았다. 분명 패트릭은 유산에 관한 생각을 떠올리고는 그저 생각을 바꾸게 되었으리라.

저 아이가 백만장자의 꿈을 계속 꾸도록 내버려 두자. 내가 왜 타락과 순전한 나태함에 보상을 해주어야만 하는가? 대단치 않은 것이 아닌 내 재산은 현재 여러 은행과 건축 조합 들이 관리하고 있다. 법무사에게 연락해 약속을 잡아야겠어. 사람들은 피가 물보다 진하다고 말하지. 불행히도 내 경우에는 전혀 진실이 아니다. 아니, 맥크리디의 피는 물보다 훨씬 더 묽게 흐르는 것만 같았다. 저 아이는 내 재산을 술이나 약, 아니면 더 나쁜 것에 탕진해 버리는 것 말고 자기 인생을 어떻게든 해결할 필요가 있었다. 나는 결심했다. 유산은 좀 더 가치 있는 명분을 위해 쓰일 것이다. 패트릭이 그 추잡하고 짤막한 손가락으로 내 돈을 거머쥘 방법은 없으리라.

9

패트릭

볼턴

할머니가 떠난 후 그 찜찜하고 불쾌한 감정을 떨쳐버리려고 노력했다. 빌어먹을, 나는 최선을 다했다고. 그렇지 않나? 딱히 전화를 걸고 싶지 않았지만, 내면의 목소리가 계속 말을 걸어왔다. 친구, 그냥 전화하라고. 할머니한테 전화를 걸라고. 그래서 억지로 그렇게 했다. 그리고 또 모든 걸 대박으로 망쳐놓았지. 내가 늘 그렇듯이. 나는 깊이 뉘우쳤지만 날짜를 헷갈리고 말았다. 월화수목금토일. 언제가 무슨 요일인지 나는 항상 모르지. 월요일은 근무일이라 그건 잘 알고 있지만 다른 요일은 모두 덩어리져서 엉켜 있었다. 어쨌든 나는 생일을 놓치는 바람에 할머니를 기분 상하게 했을 뿐이고, 게다가 할머니 연세를 원래보다 더 많을 거라 짐작하는 바람에 곤란의 구렁텅이에 빠지고 말았다. 할머니는 분명 노하셔서 전화를 끊었지.

빈정대기 대회라도 있다면 할머니가 금메달을 땄을 것이다. 나는 너무 스트레스를 받아서 그만 '바보 멍청이'라는 말을 써버렸지. 그리고 실없는 소리를 지껄이기 시작했다. 할머니와 손자 사이에 있을 법한 평범하고 편안한 대화로 만들기 위해 아무 이야기나 했다. 그 후 어쩌다 보니 화제가 바뀌면서 내가 백만장자가 되고 싶어 한다는 식으로 흘러가고 말았는데, 너무나 이상하고 얼토당토않은 이야기였다. 내가 뭔가를 암시한다거나 하는 식으로 할머니가 생각하지 않기만을 바랐다.

나는 적어도 노력했으니 맥주 한잔쯤은 해도 되겠다고 생각했다. 겨우 밤 10시밖에 안 됐으니 여전히 이른 시간이었다. 개브에게 문자를 보낸 후 밖으로 나갔다. 그는 아이들을 재운 후 보통은 맥주 한 잔을 마시려고 깨어 있다.

개브는 내가 도착할 때쯤 이미 바에 와 있었다. 우리는 주문한 술을 받아 구석에 처박혔다.

"이봐, 어떻게 지내?" 그가 첫 모금을 홀짝이더니 물었다. "좀 나아졌나?"

"응, 한고비는 넘긴 거 같아."

"다행이네. 르넷을 드디어 잊은 건가?"

"잠깐, 지금 나한테 욕을 한 거지?"

"알았어, 이해해. 이제 'ㄹ'로 시작하는 말은 꺼내지 말자."

내가 그런 식으로 르넷과 그 벽돌공을 목격하게 된 것은 잘된 일이라고 생각했다. 가슴속을 헤집는 완전한 아픔이었고, 그보다 더 나쁜 타이밍은 없었겠지만, 적어도 끝이 났으니까.

그 점에 대해서는 두말할 필요가 없었다. 이제 르넷은 내 인생에서 지워졌다.

"재미있는 이야기 해줄까?" 나는 개브에게 말했다. "속보야. 나한테 새로 할머니가 생겼거든."

개브는 언제나 내가 중요한 이야기를 하는 것처럼 느끼게 해준다. 내가 모든 이야기를 털어놓는 동안 그는 용기를 북돋아주는 침묵 속에서 귀를 기울였다. 할머니와의 끔찍했던 첫 만남과 전화 통화를 통해 이를 만회해 보려던 거지 같은 시도들. 할머니가 스코틀랜드에 있는 저택에 산다는 대목에 이르자, 개브는 나지막이 휘파람을 불었다.

그는 맥주잔을 빙빙 돌렸다. "내가 무슨 생각을 하는지 알아?"

"몰라. 이제 말해주겠지."

"맞아, 친구, 그래야지. 할머니와 너는 마음이 아주 잘 맞지는 않았어. 하지만 할머니에게 다시 연락해 볼 가치가 있다고 생각해. 어쨌든 네 유일한 가족이잖아. 시간을 들이면 둘은 서로에게 특별한 존재가 될 수 있을 거야."

나는 씩 웃었다. "이봐, 할머니를 보지도 못했잖아. 할머니는 냉정해. 냉정한 사람이야. 할머니에 비하면 고드름이 따뜻하고 폭신해 보일 지경이라니까."

개브도 웃어보였다. "그래, 할머니가 딱히 포근한 분은 아니란 건 알겠어."

"젠장, 아니라니까."

그의 표정이 어두워졌다. “하지만 진지하게 말이야, 너는 노력해야 해. 나이 많은 사람들은 조금…….”

개브는 표현을 떠올리느라 애썼고, 나는 몇 가지 단어를 던졌다. “지루해? 이기적이야? 못됐어?”

“아니, 그런 말을 하려던 게 아니야. 나이 많은 사람들은 관점이 달라. 너무 많은 일을 겪어왔으니까. 노인은 가득찬 주름만큼…… 이야기가 많은 분이야. 그런데 노인이 세상을 떠나고 나서야 그 진가를 깨닫는 경우가 많지.”

개브는 목이 메어서 말했다. 여전히 자기 어머니의 죽음에 가슴 아파하는 터였다. 나는 그 사실을 잠시 잊고 있었다. 개브의 어머니 역시 경제적 형편이 좋았다(물론 베로니카 할머니만큼은 아니겠지만 감사하게도 잘사셨다). 비록 개브가 겪는 경제적인 문제들은 전혀 도와주지 않으셨지만. 개브의 여덟 살 난 딸이 암에 걸렸을 때도 마찬가지였지.

개브는 그 모든 어려움을 겪으면서도 어머니를 엄청나게 사랑했다.

대화가 우리 둘 모두에게 버겁게 흘러가서 화제를 바꿔 자전거에 관해 이야기하기 시작했다. 그는 최고급 전기자전거의 재고를 늘릴 생각을 하고 있었다. 지금 우리 가게에서 비싼 자전거는 잘 팔리지 않았다. 너무 위험 부담이 크다.

집으로 돌아가는 길에 나는 할머니에 대해 또다시 생각했다. 당연히 개브 말이 옳다. 나는 계속 노력해야 해.

케케묵은 양말들이 온갖 곳에 널브러져 바닥을 뒤덮고 있었다. 나는 양말들을 주워 모아 비닐봉지에 쑤셔 넣었다. 일이 끝난 후 곧장 빨래방으로 갈 생각이었다. 나는 정상적인 생활로 돌아가려고 노력했다. 그러지 않으면 르넷을 만나기 전의 내 모습으로 스르륵 돌아가 버릴 것만 같았다. 아파트를 대대적으로 점검했다. 주말 동안 침대 시트를 갈고, 진공청소기로 카펫을 청소했으며, 오븐 안의 더께를 모두 긁어냈다.

몸매를 되찾기 위해 운동도 시작했다. 어제 나는 교외에서 자전거를 타고 몇 킬로미터를 달렸고, 저녁에는 건강하고 맛있는 식사를 준비했다. 레몬치킨에 데친 강낭콩, 감자볶음이었다. 게다가 티브이를 켜지 않고 저녁을 먹었다. 대신 음악을 들었다. 식스 에이엠(Sixx:A.M.)의 'This is Gonna Hurt(많이 아프겠지)'였다. 리듬에 맞춰 포크로 감자를 찍어 먹고 콩깍지를 벗겼다. 최고였다.

나는 레몬폴렌타케이크를 만들었다. 비싼 케이크 재료를 낭비해서는 안 되니까. 이번 주에 기차를 타고 스코틀랜드까지 올라가서 할머니 손에 이 케이크를 건네줄 수도 있었지만, 차마 그럴 수는 없었다. '할머니는 나를 미워해'라는 확신이 들었고, 나 역시 할머니를 좋아하기 쉽지 않았다. 나는 할머니가 자기 아이를 버렸다는 사실과 그 일이 아버지 인생 전체에 어떤 영향을 미쳤는지를 계속 생각했다. 내 모든 것이 얼마나 달라질 수 있었는지도.

그럼에도 불구하고 나는 할머니에게 그런 식으로 말해서는 안 됐다.

위들덤과 위들디에게 다가가 물을 조금 주었다. 케이크는 화분 옆 탁자 위에 놓여서, 아파트 전체에 레몬 향 섞인 케이크의 따끈한 냄새가 가득 퍼졌다. 그 모습을 보는 것만으로도 죄책감이 느껴졌다.

그래서 출근할 때 케이크를 가져가기로 했다.

"개브, 널 위해서 케이크 좀 만들었어." 나는 계산대 위에 케이크를 덜렁 올려놓으며 웅얼거렸다. "그러니까…… 고맙다고…… 나를 도와준 거라든지, 모든 게."

나는 가장 좋은 때에도 제대로 말하는 것에 서툴렀다. 특히 이런 식으로 먹먹하고 목이 멜 때면 더욱 그랬다.

"패트릭, 이 친구야!" 개브가 활짝 웃으며 목소리를 높였다. "이럴 필요까진 없는데."

"아니, 이렇게 해야지. 나는 몇 주 동안이나 완전히 못난 놈처럼 굴었으니까." 내가 말했다. "집에 가져가서 아내랑 아이들하고 먹어."

나는 굳이 긴 말로 미안하다고 표현하지 않았지만, 그가 알아들었을 거라 생각했다.

일이 끝난 후 (아주 좋은 날이었다. "부인, 이제 부인의 자전거가 완벽하게 굴러간다는 말씀을 드릴 수 있어서 기쁘네요") 나는 대망의 빨래방을 방문했고, 깨끗한 옷가지로 가득한 가방을 들고 버스정거장으로 되돌아갔다. 헤드폰을 통해 콜드플레이의 노래가 흘러나와 헤드뱅잉을 조금 하지 않을 수 없었다. 콜드플레이를 듣는 사람은 다 이해하겠지. 길을 건너 커다란 웅덩이를 피하는 찰나에, 느닷없이 거대한 트럭이 굉음을 내며 나타나 나를 들이박을 뻔했다. 트럭은 경적을 울려대며 끼익하고 브레이크를 밟으면서 겨우 비껴갔다. 심장마비에 걸리는 줄 알았다.

운전사는 붉은 얼굴을 가진 대머리였다. 그자가 유리 너머에서 내게 욕설을 퍼부었다. 나는 입 모양으로 "죄송합니다."라고 말하고 가던 길을 갔다.

나는 "죄송합니다."라고 말한 것에 대해 자책했다. 그래, 길을 건너기 전에 잘 살폈어야 했지만, 트럭 운전사는 제한속도보다 지나치게 빨리 달려왔다. 나는 쌩하고 지나가는 트럭 뒤에다 손가락으로 V 자를 만들었다(영국에서는 검지와 중지로 V자 모양을 만들어 손등을 내보이면 남을 욕하는 행동이 된다- 옮긴이). 운전사가 알아채기에는 너무 늦었다.

한번 생각해 봤다. 내가 죽었다면 누가 슬퍼했을까? 아마도 개브겠지. 그래, 개브는 진심으로 슬퍼했을 거야. 주디스(여전히 나와 연락을 하는 옛 여자 친구. "넌 좋은 사람이야, 패트릭. 다만 남자 친구로선 최악이지")는 아마도 눈물을 흘려줄 수도 있다. 르넷? 벽돌공이 있는데 내게는 아예 신경조차 쓰지 않을 거라 생각했다. 그 외에 또 누가 있지? 베로니카 할머니? 왠지 관심도 없을 거란 생각이 들었다. 할머니는 영원히 살 것만 같다. 내가 살아가는 속도로 보자면 어쨌든 나보다는 오래 살 것 같았다. 내가 차에 치이더라도, 할머니는 거들떠보지도 않을 것 같다는 생각이 들었다. 할머니를 돌본다는 그 여자는 동정심에 혀를 끌끌 차겠지만 할머니는 그저 "에일린, 그만 좀 하겠니? 냅킨 정리를 하느라 무지하게 바쁘다고"라고 말하고 말겠지.

죽음에 가까워졌을 때, 그동안의 삶이 눈앞에 펼쳐지는 것 아닌가? 글쎄, 내겐 그런 일이 벌어지지 않았고, 그저 화가 난 운전사가 나를 노려보았을 뿐이다. 내 몸이 이제야 뒤늦게 반응하는 것 같았다. 어린 시절이 부분 부분 머릿속에 계속 떠올랐고 음악 소리가 귓가에 울렸다. 수양 가족 다섯 명의 모습이 눈앞에 펼쳐졌다. 바로 그 다섯 명! 정말로 엄격한 사람부터 말도 안 되게 느긋한 사람까지 다양했지. 단지 욕을 했다는 이유로 내 방에 갇혔던 기억이 난다. 제니와 에이드리언 팬쇼는 내가 얼마나 행운아인지 일장 연설을 했지. 그랙슨의 지갑을 뒤져 제멋대로 돈을 쓴 기억도 난다. 수치스러운 일이었지만 어쩔 수 없었다. 마약을 살 돈이 필요했으니까. 나는 문제아였다.

그럼에도 나는 대체적으로 잘 살아왔다. 먹을 것이 부족하지도 않았고, 언제나 쉴 곳이 있었으며, 별거 아니지만 교육도 받았다. 분명 나는 조심스럽게나마 사랑을 받았다. 이 사람 중에 그 누구도 부모로 칠 수 없었지만.

열일곱 살에 나는 동네 정비사인 찰리 밑에서 일하기 시작했다. 나는 차를 분해하고 다시 조립하는 것을 꽤 좋아했다. 찰리는 좋은 사람이었다. 그가 파산할 때까지 우린 4년 동안 함께 지냈다. 그 후 잠깐 실직 상태였다가 돈 많은 집을 다니며 정원 가꾸는 일을 했고, 주디스를 사귀다가 헤어졌다.

주디스 다음에 만난 사람이 르넷이었다. 르넷을 처음 만난 날, 그녀는 차가 고장 나는 바람에 길 한가운데에 서서 핸드폰을 보며 미친 듯이 번호를 누르고 있었다. 르넷은 스트레스를 받은 것 같았고(스트레스를 받아 팍삭 늙어 보이는 게 아니었다. 짧은 치마를 입고 머리카락을 휘날리며 입술을 삐죽거리는, 섹시해 보이는 스트레스였다), 나는 도와주겠다고 말을 걸었다. 나는 자동차라면 문제없었기 때문에 곧장 차 보닛을 열었고, 문제를 해결했다.

르넷은 내 남자다운 지저분함에 반했다고 했다……. 어쨌든 그녀는 나중에 그렇게 말했다. 그녀는 지저분하지 않았다. 그런 것과는 거리가 멀었다. 그녀는 모든 면에서 주디스와는 반대였다. 정리도 잘하고, 책도 많이 읽었으며, 선의에 차 있는 여자였다. 우리는 꽤 빨리 동거를 시작했다. 내가 그녀 집으로 들어간 것이다. 그녀는 크고 말끔한 아파트에서 살고 있었고 법무사로 일했다. 그녀는 나를 '구해주려' 애썼다……. 음, 어느 정도는 성과가 있었다. 어쨌든 그녀 덕에 건강한 식사를 하게 됐으니까. 내가 브로콜리에 꽂히리라고 단 한 번도 생각지 못했건만, 그렇게 된 것이다! 한동안 나는 마약을 끊었다. 개브네 가게에서 상태 좋은 중고 자전거를 샀고, 거기서 일자리도 얻었다. 르넷은 임시로 거쳐 가는 직장일 뿐이고, 곧 내가 전일제 일자리를 얻게 될 것이라 말했다. 나는 여전히 그런 날이 오기를 기다리고 있다.

어쨌든 르넷은 이제 과거다. 나는 대신 할머니라는 괴팍한 노인네를 만났고. 정말 희한하지 않은가?

나는 베로니카 맥크리디가 내 아버지의 어머니라는 사실을 받아들이기가 쉽지 않음을 깨달았다. 솔직히 아버지에 관한 생각을 많이 해보지 않았다. 나는 아버지에 대해 쥐뿔만큼도 몰랐다. 아주 어린아이였을 때 한두 번쯤 엄마에게 아버지가 누구냐고 자꾸 물어보며 귀찮게 굴었던 기억이 난다. 유치원 친구들은 모두 아빠가 있는데, 우리 아빠는 어디 있는지 궁금했으니까.

엄마의 대답은 언제나 같았다. 지체 없이 나오는 냉정한 말. "넌 아빠가 없어." 그다음에는 재빨리 화제가 바뀌었다. 언젠가 단 한 번 엄마가 이렇게 덧붙였다. "아빠가 계속 함께 있었더라면 달라졌겠지." 엄마는 그 말을 다시는 꺼내지 않았다.

엄마와 나는 처음에 이동식 주택에서 살았다. 뭐랄까, 잡초가 우거진 버려진 땅 위에 세워진 다 부서진 낡은 캠핑카였다. 그 후 임대주택으로 이사했지만, 엄마가 외풍을 막기 위해 오래된 신문들을 갈라진 틈새마다 끼워 넣었다는 것 말고는 기억나는 게 별로 없다. 집처럼 느껴지지 않았다.

엄마는 여러 직업을 전전했지만 오래 버티지 못했다. 엄마는 항상 감정의 기복이 심했다. 명랑하게 노래를 부르다가 이내 대성통곡을 했다. 내가 여섯 살 때 엄마는 더 삶을 이어갈 가치가 없다고 결심하고 내 방으로 들어왔다. 나는 블록으로 성을 쌓느라 정신없는 와중이었다. 엄마의 어깨는 축 처졌고 뺨은 축축하게 젖어 있었다. "패트릭." 엄마가 한숨을 내쉬었다. "사랑하는 아들, 엄마는 모든 게 다 미안해. 내가 너무 쓸모없는 인간이라 미안해.” 나는 엄마가 무슨 이야기를 하는지 이해하지 못했다. 내 눈에 엄마는 아주 잘하고 있는 것처럼 보였으니까. 엄마는 나를 먹여주고, 입혀주고, 유치원에 보내주었다. 하지만 엄마는 돈과 에너지 모두에 있어서 너무 힘에 부쳤을 것이다. 지금 와서 생각해 보면 엄마가 모든 것을 희생했다는 것을 알 수 있다. 그중 하나는 엄마의 사회생활이었다. 엄마에겐 친구가 없었다. 엄마는 외로웠다. 엄마는 내게 당신의 불행을 내비치지 않으려 최선을 다했지만, 하아, 어마어마한 불행이었을 것이다.

왜냐하면, 어느 날 엄마가 나를 난생처음 본 베이비시터에게 맡기고 떠나버렸으니까. 베이비시터가 그날 밤 내게 소시지와 콩을 주고 나서 시계를 들여다보며 초조해 하던 모습이 떠오른다. 그 후 그녀는 오랫동안 통화를 했다. 수화기를 내려놓은 뒤에 몇 군데 더 전화를 돌렸고 목소리는 점차 절망적으로 바뀌었다.

베이비시터가 내게 말했다. “걱정하지 마, 패트릭. 엄마가 꼭 돌아오실 거야.” 그 후 “이제 잠자리에 들어야겠다. 엄마는 아침에 돌아오신대.”라고 덧붙였다. 그렇게 아침이 됐고, 여전히 엄마의 흔적을 찾아볼 수 없자 그녀는 말했다. “좋았어, 패트릭. 우리 잠깐 나가볼까?”

나는 잘 모르는 사람들의 집을 전전했다. 내 손을 잡고 씩씩한 아이가 되어야 한다고 말해주는 이들이었다. 엄마는 한동안 돌아오지 않을 거라 했고, 그 후에는 엄마가 다시는 돌아오지 않을 것처럼 보인다고 했다. 나중에 엄마가 주머니 속에 돌을 가득 채우고 바다로 걸어 들어갔다는 것을 알게 됐다.

나는 버스정거장까지 가서, 출근하는 사람들과 장 보러 가는 사람들 사이에 서 있었다. 사람들은 모두 안정되어 보였다. 저게 바로 자존심이겠지. 양복을 입고 넥타이를 매고 검은 우산을 쓴 저 남자. 분명 일요일 저녁이면 아내와 아이들을 데리고 태국 음식을 먹으러 나가겠지. 그리고 손을 꼭 잡은 저 커플. 집에 도착하기가 무섭게 서로의 옷을 벗길 거야. 저기 금발로 염색한 여자는 애인에게 문자를 보내고 있겠지. "집에 가는 길이야. 20분 안에 도착할 거야." 문자 끝에는 엄청나게 많은 하트를 붙이고.

다시 싱글로 돌아온 나는 무기력했다. 나는 르넷을 완전히 잊었지만 빌어먹을 놈의 생활 구석구석을 그녀가 지배하고 있다. 그녀가 함께 있을 때는 우울한 생각에 갇혀 있을 틈이 없었다. 이제 그녀가 떠나버렸고, 내 삶은 이 차갑고 소름 끼치는 침묵으로 가득 찬 것만 같았다. 나 자신이 누군가 다 마셔버린 빈 맥주병처럼 느껴졌다. 쓸모도 없고 가치도 없는 존재. 텅 비어버렸어.

테리의 펭귄 블로그

2012년 11월 21일

펭귄들은 혈기왕성하고 고집스럽지요. 절대로 포기하지 않아요.

예를 들어, 우리의 외로운 검은 펭귄 수티를 볼까요. 녀석은 여전히 그 둥지에 앉아 참을성 있게 기다리면서 어느 날 공주마마가 찾아올 것이라는 기약 없는 희망을 품지요.

이 사진 속에 있는 대담한 펭귄도 한번 보세요. 이 의문의 펭귄(수컷일 수도, 암컷일 수도 있어요. 장담할 수 없지만 암컷 같아요)은 아주 가파른 빙산을 올라가려고 결심했나 봅니다. 어째서 녀석이 빙산에 오르는 일이 그토록 중요하다고 판단했는지 누가 알까요? 어쨌든,그 무엇도 녀석 앞을 막을 수는 없습니다. 녀석이 수직에 가까운 빙하면을 기어올라 가는 모습을 지켜봅시다. 꼭대기까지 반쯤 올라갔다가 바닥까지 주르륵하고 완전히 미끄러져 떨어지네요. 녀석은 옆으로 쓰러져서는 발과 날개까지 망신스러운 각도로 뻗어버렸어요. 단념하지 않고 녀석은 허둥지둥 일어났습니다. 빙하 꼭대기를 올려다봅니다. 절대 그 비탈에 패배하지 않을 거예요. 균형을 잡기 위해 양쪽 날개를 펴고 조금 뒤뚱뒤뚱 걸어가다 미끄러지고, 또 뒤뚱뒤뚱 걸어가다 다시 앞으로 엎어졌지만, 또 일어났어요. 빙하의 마지막 부분은 특히 가파르네요. 녀석은 눈 속에 부리를 박고 이를 갈고리로 삼아 몸을 끌어 올렸어요. 우아하지는 않지만, 효과는 확실하네요. 마침내 꼭대기에 올랐어요. 녀석이 정상에 도달했을 때 저는 손뼉을 치지 않을 수 없었어요. 녀석은 의기양양하게 보였어요.

그런 끈기는 존경할 만하지요.

10

베로니카

발라하이즈

2012년 6월

나는 엄청난 결단력을 발휘해야만 했다. 그것은 우리가 인생에서 뭔가를 달성하고 싶을 때나 하는 일이다.

어린 시절 나는 대단히 멋진 일이 눈앞에 뚝딱 생겨나길 기대했다. 많은 사람이 이런 환상 때문에 괴로워한다. 이들은 거의 항상 길모퉁이만 돌면 경이로운 일이 나타날 것이라고 기대하며 살아간다. 그러나 나는 이런 기대가 일찌감치 사그라졌다. 약 70년 전 어느 특정한 순간에 내 꿈은 모두 흔적 없이 사라져버리고 말았다. 이후로 모든 일은 그저 시간의 흐름을 보여주는 표시일 뿐이었다. 인생은 의미 없는 사건이 꼬리를 물고 이어지는 과정이었다. 인생은 부질없이 이어져 나갔고, 어떤 일이 벌어지면 다음 순간 잊혔다. 내과 의사, 치과 의사, 안과 의사, 소아과 의사와의 약속. 슈퍼마켓에서 줄 서기. 에일린에게 빨래 가르치기. 퍼킨스 씨에게 피튜니아 손질에 대해 지시하기. 자기. 읽기. 퍼즐 풀기. 꽂꽂이하기. 차 마시기.

나는 그저 습관적으로 살아갈 뿐이었다. 하지만 이 일기들은 나를 예리하게 난도질하는 듯했다. 내가 그동안 잊고 있었던 것, 그러니까 옛 남자를 다시 떠올리게 만든 것이다. 일기를 다시 읽자 내면의 목소리가 이렇게 속삭이며 나를 조롱했다. "넌 정력가였지. 네 전부를 던지곤 했어. 그 어떤 도전에도 맞서 싸웠지. 하지만 실질적으로 뭔가를 해낸 적 있니? 가치 있는 일을 말이야. 적어도 지난 반세기 동안에?"

나는 너무 늦기 전에 뭔가를 해내야만 했다. 내 재산으로 할 수 있는 일이 아니라, 얼마나 남았는지 몰라도 인생을 걸고 할 수 있는 일을 해야 했다. 순진하게도 나는 새로운 가족을 찾는 일이 양쪽 모두에게 해결책을 줄 것이라 믿었다. 내가 틀렸지.

대안을 찾아야만 했다. 나를 자극해 줄 수 있는 그런 임무. 아아, 이러한 서술에 딱 들어맞는 일은 이 세상에 거의 없지.

하지만 그중 하나가 최근 들어 스스로 모습을 드러냈다. 이를 닦으면서 나는 세면대에서 눈을 들어 흘깃 쳐다봤다. 여전히 아무런 의심의 여지 없이, 그 거울 위에 내 손 글씨가 또박또박 적혀 있었다.

"안 될 건 없지?" 나는 거울에 비친 내게 물었다.

베로니카 맥크리디가 이글이글 타오르는 눈으로 나를 되쏘아 보고 있었다.

에일린이 흉측한 분홍색과 흰색 체크 무늬 작업복을 입고 왔다. 그녀에게는 분명 백치 같은 기운이 있다.

"맥크리디 부인, 화장실 거울을 닦으라고 말씀하셨나요?" 특별히 이 질문을 내게 하려고 아래층으로 내려온 것처럼 보였다. 당시 나는 돋보기안경을 찾아내느라 분주했다. 언제나처럼 또다시 사라져버린 안경.

"정말로, 에일린, 그걸 꼭 물어봐야 해? 청소가 필요하다면 깨끗이 치우는 게 네 일이란다."

"그럼요, 저도 알아요. 하지만 거울 위에 갈색 연필로 쓰인 메시지 같은 게 있어서요. 중요한 얘기인지는 확실치 않지만요. 뭔가 로켓이랑 섬이랑 아델리라는 사람이랑…… 그리고 펭귄에 관한 이야기였는데요?"

에일린의 말투가 마음에 들지 않았다. 반쯤은 걱정하는 듯, 반쯤은 흥미로운 듯 들리는 그 목소리는 내가 치매에 걸렸다고 의심할 때 나오는 그런 목소리였다.

"'분명 광기 어린 헛소리임이 분명하지만, 그만한 이유가 있는 법.' 알겠지만, 이건 《햄릿》에 나오는 대사란다." 내가 말했다.

"그럼요, 그럴 줄 알았어요, 맥크리디 부인. 하지만 그 거울에 쓰인 거는 뭐죠?"

"거울에 쓴 낙서는 그냥 메모 같은 거야." 그녀에게 말했다. "꼭 필요할 때면 펜과 종이가 손에 없더구나. 필요한 대로 내 창의력을 발휘했지."

"메모요?"

"응. 물론 내가 잊어버릴까 봐 그런 건 아니야. 내 기억력은 완전히 믿을 만하고, 또 백 퍼센트 온전하거든."

"네, 늘 그렇게 말씀하시죠."

나는 그녀를 똑바로 바라봤다. "내가 글씨를 써놓은 부분 말고 나머지 곳만 청소하도록 해."

"옳은 말씀이세요……. 그런데 뭐에 대한 메모예요? 제가 여쭤봐도 되는 거라면요." 그녀는 이제 참견하는 표정을 짓고 있었다.

나는 한숨을 내쉬었다. 솔직히 말하자면, 나는 에일린이 물어보는 게 신경 쓰였다. 하지만 안타깝게도 그녀에게 털어놔야만 했다. 무엇보다 그녀의 도움이 필요할 테니까.

나는 그녀에게 내가 사우스셰틀랜드로 여행을 떠날 계획임을 알려줬다.

"셰틀랜드라고요!" 그녀가 과장된 몸짓으로 부르르 떨며 목소리를 높였다. "세상에, 맥크리디 부인! 당신은 정말 저를 놀라게 만드시는군요. 너무 희한한 휴가지네요! 그래도 '남부'로 정하셨네요. 북쪽보다는 그다지 춥지 않겠죠."

"아니, 에일린." 나는 그녀에게 알아듣기 쉽게 설명해야만 했다. "사우스셰틀랜드는 완전히 다른 군도야. 스코틀랜드 가까이에 있는 섬이 아니란다."

그녀는 이제 아연실색하는 표정이었다.

"남반구에 있는 군도지."

"세상에, 이제 알겠어요. 그러니까 거기는 이렇다고 생각해야겠네요." 에일린이 씩 웃었다. "멋지고 이국적인 곳이겠죠. 틀림없이 금빛 모래가 깔린 바닷가에 야자수가 우거지고요. 맥크리디 부인, 저는 부인이 잠시 정신이 어떻게 되셨나 했어요!"

에일린에겐 여전히 설명이 필요했다. "사우스셰틀랜드는 남극에 있단다." 내가 다시 말했다.

내가 진지하다는 것을 확신시키기 위해서는 시간이 조금 걸렸다. 그래, 내가 틀림없이 정신을 붙들고 있음을 몇 번이고 확언해야 했으니까.

이 엄청나게 힘든 임무를 완수한 끝에 나는 로버트 새들바우가 머무는 로켓섬 현지 캠프에 이메일을 보내기 위해 에일린이 자신의 컴퓨터 지식을 활용해 줄 수 있는지 물었다.

"구글인지 뭔지를 사용하면 블로그를 통해서 올바른 주소를 찾아줄 수 있지?"

"오, 무슨 말씀인지 알겠어요. 맞아요, 맥크리디 부인. 할 수 있을 거 같아요. 웹사이트에는 보통 연락처 정보가 있거든요. 그곳에 가길 원한다고 확신하신다면야, 그렇게 할 수 있어요."

"여태껏 내가 뭔가에 대해 확신 없이 그러는 걸 봤니?"

"음, 아뇨, 맥크리디 부인. 하지만……." 에일린이 뭐라고 웅얼거렸지만 알아들을 수가 없었다. 요즘 사람들은 또박또박 말할 줄 모른다니까. 그러나 그녀에게 다시 한번 말해달라고 부탁하지 않았다. 그렇다고 해서 딱히 귀중한 지혜를 놓쳤을 리 없다고 확신했다.

일단 돋보기안경(어찌 된 일인지 냉장고 꼭대기에서 발견됐다)을 쓰고 나서 나는 종이 한 장에 모든 세세한 사안들을 적어 내려갔다. 이것이 에일린에게 정확한 지시를 전달할 수 있는 최고의 방법임을 깨달았기 때문이다. 그녀는 내가 이렇게 할 때면 무조건 진심임을 알고 있다.

다시 펭귄을 생각했다. 나는 스스로에게 중요하고 가치 있는 임무를 부여했다. 기분이 한결 좋아졌다.

11

과학자 여러분께

최근에 여러분의 프로젝트를 다룬 로버트 새들바우의 티브이 프로그램을 시청한 후, 저는 남극의 아델리펭귄에 대한 여러분의 연구에 깊은 감명을 받았습니다. 이 종을 보호하려는 여러분의 임무에 대한 열렬한 숭배자이자 환경보호 지지자로서, 여러분의 연구가 현재 보이는 모습처럼 매우 유용한 것으로 판명된다면, 제 유언장에 명시된 조건처럼 상당한 돈을 과학자 여러분이 물려받게 될 것입니다. 저는 곧 여러분의 현장을 방문해서 더 자세한 정보를 받고, 그 연구가 상당한 가치를 지니는지를 확인하고 싶습니다. 제 몫의 음식과 생필품은 가져가겠으나, 3주간 머무를 (되도록 화장실이 딸린) 침실을 마련해 주시길 요청합니다. 또한 여러분이 불편하지 않을 선에서 여러분의 연구와 펭귄 관찰에 참여하고 싶습니다.

안녕히 계세요.

베로니카 맥크리디

추신

안녕하세요. 저는 에일린 톰슨(부인)이며 맥크리디 부인의 가사 도우미입니다. 맥 부인께서 이메일을 다룰 줄 모르시기 때문에 제게 대신 이 메시지를 보내달라고 부탁하셨어요. 맥 부인은 건강한 정신 상태를 잘 유지하고 계시지만, 마음이 종종 바뀌시는데, 그것은 그리 크게 걱정할 일이 아니에요. 제가 여러분의 입장이라면 딱히 개의치 않을 거예요.

감사합니다.

에일린 톰슨

톰슨 부인께

이메일을 보내주셔서 감사합니다. 저희의 감사함이 담긴 답장을 맥크리디 부인께 전해주시기를 정중히 부탁드립니다. 감사합니다. 안녕히 계세요.

디트리히 슈미트

> 맥크리디 부인께
>
> 부인께서 보내주신 응원에 저희는 매우 기뻐하고 있으며, 아델리펭귄 연구에 관심을 가져주셔서 정말로 즐거운 마음입니다.
>
> 현지 캠프는 매우 협소하고 편의시설이라고는 거의 없이 극도로 기본적인 조건들만 갖춰진 상태입니다. 개별 욕실은커녕 온수와 냉수도 제대로 쓰기 어렵습니다. 부인을 만날 수 있다면 좋겠지만, 부인께서 요청하신 대로 모시기 불가능합니다.

아마도 부인께서 흥미를 느끼실 만한 아델리펭귄에 대한 자료표를 첨부합니다. 언제든 아델리펭귄의 보호에 대한 기부금은 감사히 받겠습니다. 관심을 보여주셔서 감사합니다.

펭귄 전문가이자 로켓섬 팀장
디트리히 슈미트

디트리히 씨, 다시 한번 번거롭게 해서 죄송해요. 하지만 맥 부인께서 다음과 같은 이메일을 다시 보내달라고 고집하셔서요.
안녕히 계세요.

에일린

슈미트 씨께
빠르고 적절한 답장을 보내주셔서 감사합니다. 전에도 말씀드렸지만, 제가 여러분의 연구센터에서 만족스러운 시간을 보낼 수만 있다면, 여러분의 프로젝트는 최종적으로 700만 파운드의 혜택을 받게 될 것입니다. 지금 저는 킹조지섬까지 가는 비행기표와 함께, 그곳에서 블루 아이스버그 페리를 타고 가는 여정을 예약했습니다. 저는 12월 8일 아침 8시 30분에 로켓섬에 도착할 예정입니다. 저와 제 짐을 싣고 여러분의 연구센터까지 에스코트해 주실 도우미를 보내주신다면 정말 감사하겠습니다. 제가 요청했던 사항들은 괘념치 마세요. (86년의 삶 중에) 지난 53년 동안 스코틀랜드의 서쪽 해안에 살면서 저는 강인함을 키워왔고, 불편한 상황도 쉽게 견딜 수 있게 됐습니다. 에일린이 그 섬의 기온을 찾아보고는 남극의 여름 동안 기온이 어는점을 맴돈다는 사실을 알려줬어요. 그렇다면 이곳 에어셔의 12월 기온보다 특별히 낮지 않답니다. 물론 그곳에 머무는 동안 제 식사와 숙박 비용을 지불할 예정입니다. 믿을 만한 정보원에 의하면 런던의 호화 아파트를 하룻밤 빌리는 데에 약 400파운드가 든다고 하네요. 제가 머무는 동안 24시간당 400파운드를 지불하려 합니다. 그곳 상태가 기본적인 조건들만 갖춰졌다고 말씀하셨으니, 이 정도면 그곳에서 드는 비용들과 여러분 연구센터에 추가적인 인원이 거주하면서 생기는 불편함을 충분히 감당할 수 있을 거라 믿어요. 제 방문과 관련해서 예측하지 못한 비용이 발생하면 기꺼이 부담하겠습니다. 개인적으로 필요한 모든 약과 기타 음식은 제가 가져가겠습니다.

신세를 지게 되었네요. 여러분과 함께 지낼 그날을 기대합니다.

안녕히 계세요.

베로니카 맥크리디

에일린 씨께

저희는 맥크리디 부인께서 최근에 보내주신 이메일을 읽고 매우 놀라고 걱정하고 있습니다. 부인의 관대한 제안에 정말로 감사하고 있지만,

3주간 부인을 모시기는 어렵습니다. 사실 연세가 지긋한 분들만이 아니라 그 어떤 손님도 모시기 어려운 상황입니다. 아주 가끔 로켓섬을 방문하는 분들이 계시지만 이곳은 관광지가 아니며, 저희는 연구하느라 매일 바쁘게 보내고 있습니다. 맥크리디 부인께서 선의에서 하신 말씀이고, 부인께서 약조하신 금액 역시 놀랍도록 후하지만, 부인의 계획은 현실적이지 못하다는 점을 꼭 알려주시기 바랍니다.

감사의 마음을 담아,
디트리히와 로켓섬 팀

슈미트 씨께
정말로 죄송합니다. 저는 맥크리디 부인께서 마음을 바꾸실 거라 생각했어요. 보통은 그렇거든요. 하지만 이번만큼은 꽤 집착하시는 것처럼 보여요. 부인께서 뭔가를 하려고 할 때 말리는 건 좋은 방법이 아니에요. 그분을 더 단호하게 만들 뿐이거든요. 하지만 걱정하지 마세요. 맥크리디 부인이 아주 강하다는 건 사실이에요. 깨어 있는 90퍼센트의 시간 동안에는 아주 활발하게 움직이시니까, 저는 그다지 문제가 되지 않으리라 확신합니다.
고작 3주니까요.

에일린 씨께
맥크리디 부인께 저희가 이메일로 소통할 수 있는 가족분이 있으신가요? 부인께서 오시는 것을 막을 수는 없지만, 건강이나 편의에 대한 책임을 지고 싶지 않습니다.
안녕히 계세요.

디트리히

슈미트 씨께
볼턴에 손자가 있긴 하지만 자주 만나는 상황은 아닙니다. 원하신다면 여기에 그분의 이메일 주소를 첨부합니다.

패트릭 씨(맥크리디 씨?)께
귀하의 할머니 베로니카 부인께서 우리 캠프를 방문하고자 남극까지 오는 항공권을 예약하셨음을 알고 계시리라 생각합니다. 저희는 무척 걱정하고 있습니다. 할머니께서 이곳에 오신다면 한 시간가량 현지 센터를 돌아보시는 건 환영입니다만, 이곳 시설이 부족하므로 3주 동안 머문다거나 하룻밤을 지내시는 것조차 불가능하다는 점을 할머니께 설명해 주셨으면 좋겠습니다.
펭귄과 과학적 임무에 대해 관심을 보여주시는 것은 언제나 좋은 일이지만, 할머니께서 여기 머무시는 동안 예상 밖의 일이 벌어진다면 매우 괴로울 것입니다. 맥크리디 부인의 가정부인 에일린 톰슨 씨는 할머니께서 90퍼센트의 시간 동안 '활발히 활동하신다'고 단언하셨지만, 그 90퍼센트라는 수치조차 충분치 않습니다. 할머니께서는 이곳이 얼마나 험한지 전혀 상상도 못 하실 거라고 생각합니다. 아무리 건강한 분이더라도 연세가 지긋한 분들께는 추위 자체로도 중대한 위협이 될 겁니다. 진심으로 귀하가 할머니께서 단념하시도록 설득해 주시고, 그 장기적인 방문을 허용할 수 없다는 사실을 설명해 주시기 바랍니다.

안녕히 계세요.

디트리히 슈미트(펭귄 전문가)와 로켓섬 팀

패트릭 맥크리디 씨께

지난 이메일에 대해 답장을 받지 못해서 다시 한번 이메일을 씁니다. 제가 보낸 이메일을 받지 못하셨을까 봐 걱정이네요. 귀하의 할머니 베로니카 맥크리디와 관련해 긴급하게 저희에게 연락을 주세요.

에일린 씨께

맥크리디 부인의 손자에게 연락하려 했으나 실패하고 말았습니다. 부인의 남극 방문을 진행할 수는 없지만, 즐거운 휴가를 보내시길 기원한다고 전해주세요.

디트리히 씨께

여러분들이 패트릭을 통해 연락하실 수 없었다니 유감이네요. 어쨌거나 성과가 있었을 거라고 생각하지 않아요. 맥크리디 부인은 여러분과 그 펭귄들을 만나러 간다는 생각에 완전히 빠져계세요. 부인의 마음을 바꿀 수는 없을 것 같습니다. 부인은 정말로 독립적이고 고집이 세거든요. 부인을 직접 만나보면 아실 거예요. 별문제가 없을 거라 확신합니다.

안부를 전합니다.

에일린

12

패트릭

볼턴

2012년 11월

이 희한한 일은 최근에 벌어졌다. 펭그룹4앤트(Penggroup4 Ant)라는 단체가 보낸 이메일이 편지함에 있었다. 나는 좀처럼 이메일 받는 일이 없어서 상당히 흥미로웠다. 그렇다고 해도 위험을 무릅쓸 생각은 없었지만. 사실 지난달에 모르는 사람에게서 온 이메일을 열어보는 바람에 엄청나게 심각한 문제를 겪었다. 그 메일 때문에 컴퓨터의 시스템이 불안정해졌다. 컴퓨터 가게의 그렉에 맡겼더니 3주에 걸쳐 문제를 해결하고는 250파운드를 받아먹었다. 다시는 그러지 말아야지. 나는 펭그룹4앤트에서 온 이메일이 스팸이라 생각하고 재빨리 지워버렸다. 하지만 그다음 주에, 이것 봐라, 펭그룹4앤트에서 또 다른 이메일이 도착했다. 그래서 또다시 지워버렸다.

어쨌든 오늘 저녁에 나는 칠리콘카르네(다진 소고기에 강낭콩과 칠리파우더, 향신료를 넣고 끓인 스튜 - 옮긴이)를 만드는 중이었다. 베로니카 할머니의 도우미, 아니 뭐라 부르든 간에 그녀에게서 전화를 받았을 때 마침 고추 다지는 일을 막 마친 차였다. 이 참견쟁이의 이름은 에일린이라고 했고, 할머니가 장거리 여행을 떠나려고 한다는 계획에 대해 뭐라고 지껄여 댔다. 전화를 받기 전에 손을 씻지 않았더니 고추 때문에 손가락이 너무 따가웠다. 빨리 전화를 끊어버리고 싶었지만, 에일린이라는 여자는 숨조차 쉬지 않았다. 그녀의 목소리가 점점 커졌다.

"맥크리디 부인은 그 여행에 너무 집착하고 계세요. 부인이 발견한 상자 안에 든 물건 때문에 그런 거예요. 그 이후로는 달라지셨어요. 가끔 부인이 변덕스러워지는 건 알지만, 이번에는 정말 걱정돼요. 당신을 귀찮게 해서 미안하지만, 당신이 부인의 손자고, 정말로 저는 어찌할 바를 모르겠거든요. 부인이 뭔가에 대해 그토록 열중하는 것을 본 적이 없어요. 부인이 어떤 사람인지 이미 알고 있으리라 생각하지만…… 부인은 정말 아무도 막을 수 없는 막무가내예요. 남극으로 가기로 완전히 마음먹으셨더라고요. 제가 뭐라고 말을 얹어도 소용이 없어요. 부인이 어떤 분인지는 알 거예요. 부인께 어떤 일을 하지 마시라고 얘기해 봤자 고집을 키울 뿐이에요."

"잠시만요. 휴우. 천천히 말씀해 주세요!" 나는 고함을 질렀다. "할머니가 남극에 가신다고 말씀하시는 건가요?"

"네, 그런 계획을 세우셨어요."

나는 웃음을 터트렸다.

에일린이 충격을 받은 듯 잠시 침묵을 지키더니 이렇게 말했다. "당신이 부인을 말려보세요. 제발요."

점점 비현실적이 되어가는군. 내가 만났을 때만 해도 할머니는 정신적으로 괜찮아 보였지만, 나는 전문가가 아니니까. 어느 쪽이든 내가 할 수 있는 일이 있다고 에일린이 생각하다니 믿을 수 없었다.

"글쎄요, 할머니는 자유의지를 가진 분이니까요." 에일린 눈에는 보이지 않을 테지만, 나는 어깨를 으쓱했다.

"뭔가를 해야죠!" 그녀가 애원했다. 나는 에일린이라는 여자를 한 번도 만나보지 못했지만, 앞치마를 두르고 쪼그리고 앉아서는 두 손을 쥐어짜며 불안해하는 사람을 떠올렸다.

난처했다. 남극이라고? 할머니에게 돈은 문제가 아니란 것은 알지만, 그래도 남극이라니? 절대로 평범한 휴가지라고 할 수는 없다.

"왜 남극이죠?" 내가 물었다.

"펭귄 때문에요!"

"펭귄이요?"

"펭귄이요!"

나는 자세한 이야기가 나오기를 기다렸다. 에일린을 재촉할 필요는 없었다. "부인께서는 화장실 거울에 온통 펭귄과 관련한 메모를 써두었어요! 그리고 제게 펭귄과 관련된 사람들에게 연락하라고 하셨죠. 펭귄에 대한 티브이 프로그램을 보신 거예요. 부인은 펭귄에 집착하고 계세요. 펭귄들을 구해주고 싶어 하시죠. 그렇게 구해주기 전에 먼저 만나보고 싶은 거예요."

"죄송해요. 무슨 말씀인지 전혀 못 알아듣겠어요."

수화기 너머로 초조하고 부루퉁한 목소리가 전해졌다. "부인께선 완전히 펭귄에 빠져서 비행기니 배니 모든 것을 위한 표를 사라고 하셨어요. 저는 그래도 괜찮을 거라 생각했지만, 과학자들 말로는 그렇지가 않다고 하네요. 정말로 그렇지 않대요. 그냥 거기 갈 수 있는 게 아니라고요. 하지만 부인께선 자기가 할 수 있다고 생각하세요. 만약 자기가…… 그러니까 돈으로 할 수 있는 일이라면 펭귄이 멸종하지 않도록 지켜줄 수 있다고 생각하시는 거죠……."

에일린의 목소리가 갑자기 약해졌다. 뭔가를 깨닫거나 기억을 떠올린 것 같았다.

"저는 당신이 부인을 막을 수 있으리라 생각했어요." 그녀가 웅얼거렸다.

"도대체 왜 할머니가 제 말을 듣겠어요?"

"당신은 손자니까요. 단 하나뿐인 손자요. 당신이 노력해 봐야 해요!" 그녀가 울부짖었다.

에일린을 설득하는 것은 어려웠다. "할머니가 남극에 가시거나, 가시지 않거나 뭐가 문제인가요?"

"과학자들이요!" 에일린이 씩씩거리며 말했다. "과학자들은 거기가 평범한 사람이 머물기에 불가능한 환경이라고 했어요.

노부인은 둘째 치고 그 누구에게라도요. 부인께선 자기가 그곳으로 간다는 이메일을 저보고 그 사람들한테 보내게 시켰지만, 과학자들은 그럴 수 없다고 답장을 보내왔어요. 정말로 그래서는 안 된다고요. 그러자 부인은 어쨌든 거기에 갈 거고 걱정할 필요 없다고 답장을 보내게 했죠. 분명 그 과학자들은 걱정하고 있어요. 제가 그 사람들한테 당신의 이메일 주소를 줬어요. 이메일 못 받았어요?"

이제야 깨달았다. 펭그룹4앤트는 나와 연락하려 했던 과학자들이 틀림없었다. 아마도 내가 할머니를 어떻게든 설득할 수 있으리라고 생각했겠지. 나는 낄낄 웃을 수밖에 없었다.

"웃을 일이 아니에요." 에일린이 다그쳤다. "펭귄들을 찾아갔다가 부인께 무슨 일이라도 생긴다면 절대 저 자신을 용서할 수 없을 거라고요."

에일린은 할머니를 좋아하는구나. 사실 나는 할머니에 대한 경탄과 반감의 마음이 뒤섞여 뒤죽박죽이 되어버렸다. '이 여자는 정말 진취적이구나.'라고 인정해야만 했다.

"에일린." 나는 말했다. "진정하세요. 괜찮을 거라 생각해요. 그리 오래 가 계시지는 않을 거잖아요, 그렇죠?"

"3주라고요!" 에일린이 완전히 절망적인 목소리로 답했다.

"음, 제가 어떻게 할 건지 말씀드릴게요. 과학자들에게 이메일을 보내서 우리가 최선을 다할 거라고 할 거예요. 당신은 할머니가 따뜻한 옷 잔뜩이랑 약이랑 챙겼는지 확인해 주시고…… 할머니에게 필요할 것은 뭐든지요. 그렇게 해주실 수 있지요?"

내가 할머니한테 전화를 건다고 성공할 수 있을지는 알 수 없었다. 이제까지 겨우 한 번 통화했을 뿐이고, 솔직히 말해 엄청나게 망하고 말았으니까.

"이미 할머니가 비행기표를 샀다고 하셨죠?" 나는 에일린에게 물었다.

"네."

"음, 그렇다면 별 소용이 없지 않을까요? 듣자 하니 할머니는 우리가 좋아하든 말든 간에 지구 반대편으로 날아가실 거 같은데요."

테리의 펭귄 블로그

2012년 12월 6일

펭귄들은 다양한 방식으로 여행을 다녀요. 많은 사람이 펭귄이 뻣뻣하고 뒤뚱뒤뚱 걷는다고 생각하는데, 그건 육지에 있을 때 펭귄들이 돌아다니는 방법이에요. 펭귄들의 거친 발에는 천연 아이젠이 달려서 눈 덮인 돌투성이 지형에서 이동할 수 있도록 도와줍니다. 녀석들은 바보가 아니어서 미끌미끌한 얼음을 어떻게 활용해야 하는지 알지요. 가끔은 배로 털썩 엎어져서는 썰매 타듯 빠른 속도로 미끄러져 내려가기도 합니다. 썰매를 타는 펭귄들을 보면 언제나 미소가 떠오르지요. 저는 오늘 오후 군집지에 갔다가 이 사진을 찍었답니다. 펭귄들이 어떻게 날개를 양옆에 척 붙이고 발을 뒤로 쭉 뻗는지를 한번 보세요. 두 발로 가끔 밀어주면서 앞으로 쭉쭉 나아가지요. 나머지는 물리학 법칙이 알아서 해준답니다.

물론 펭귄은 일생의 대부분을 바다에서 보냅니다. 완벽하게 유선형의 몸을 한 녀석들은 바다에 뛰어들어 지느러미처럼 변한 날개와 물갈퀴가 달린 발을 이용해 완벽한 타이밍으로 파도를 탑니다. 물속에서 펭귄들은 진정한 움직임의 달인이 됩니다. 급강하하다가 치솟다가 믿을 수 없는 아크로바틱을 선보입니다. 숨 한 번

쉬지 않고 물속에서 15분 동안 머무를 수 있는데, 그 후에는 돌고래처럼 거대한 호를 그리면서 수면 위로 뛰어오릅니다. 가끔은 다시 한번 물속으로 돌격하기 위해 숨을 들이마시거나, 가끔은 계속 물 위에 떠서는 파도에 몸을 맡기기도 합니다. 엄청난 장관이지요. 정말로 순수한 즐거움의 행위처럼 보인답니다.

13

베로니카

남극으로 가는 길에
2012년 12월

한때 나는 여행을 즐겼다. 이제는 여행에 복합적인 감정이 든다. 죽은 전남편은 우리가 한창 연애를 할 때, 여러 이국적인 여행지로 나를 데려가곤 했다. 샌프란시스코, 피렌체, 파리, 모나코와 모리셔스까지. 당시에는 상당히 즐거웠지만, 휴우, 그 추억들은 이후 우리 사이에서 벌어진 일 때문에 더럽혀지고 말았다. 나는 최근 몇 년간 굳이 여행을 다니지 않았다. 비행 자체는 아무런 문제가 없었다. 나를 귀찮게 만드는 수많은 사람이 너무 가까이 있다는 게 더 문제였다.

이제 비행기표를 E-티켓이라고 부른다고 했다. 예전에 나는 E가 에테르(Ether, 무선 통신의 매개체로서의 대기로 가상의 매질)에서 나온 말이라고 생각했지만 에일린은 그렇지 않다고 했다.

분명 '전자(Electronic)'를 의미하겠지. 오늘날 엄청나게 많은 단어가 E, 그렇지 않으면 I로 시작된다. I로 시작되는 단어는 아주 흔하다. 아이-폰, 아이-플레이어, 아이-패드, 아이-튠즈, 아이-참-언제까지-계속-나올지-모르겠네. 모두가 '아이'에 집착한다. 그것 말고는 다른 사람이나 물건에 신경 쓸 시간이 없다.

비행기표는 킬마녹에 있는 여행사에 전화해서 예약했다. 여행사는 에일린을 통해 이메일로 표를 확인했고, 비행기표도 에일린을 통해 이메일로 보내줬으며, 에일린은 그 표를 인쇄해서 내게 전해줬다. 왜 사람들은 내가 절대로 이해하지 못하도록 모든 것을 복잡하게 만들어야만 할까.

에일린이 글라스고 공항까지 택시로 동행했다. 나는 그녀의 도움을 받아 탐험을 준비했고, 인간적으로 이 여행은 그녀 덕에 가능할 수 있었다. 우리는 소수점 끝자리까지 모든 것을 계산했고, 티눈약을 마지막으로 필요한 것들을 모두 슈트케이스 안에 쑤셔 넣었다. 그 과학자들이 '기본적인 조건'을 강조했음을 염두에 두고, 나는 생활의 작은 활력소가 될 만한 것들도 챙겼다. 더 정확히 말하자면 신선한 다르질링 찻잎이 든 캔, 박하 크림 조금, 가장 좋아하는 핸드백 세 개, 일랑일랑과 석류로 만든 비누 두 개 같은 것들이다. 또한 돈으로 살 수 있는 가장 따뜻한 방한복에도 투자했다. 내복에 맞춰 입을 긴팔 메리노 울 조끼, 각종 코듀로이 바지와 방수 바지(나는 치마를 선호하지만 유감스럽게도 치마는 남극 환경에서는 실용적이지 않다), 이중으로 뜬 캐시미어 스웨터, 두꺼운 모직 카디건. 어쩐지 기괴한 '다이노썸' 후드 오리털 점퍼는 내가 두 번째로 좋아하는 핸드백에 맞추기 위해 선홍색으로 마련했다. 신발은 '머클럭'이라는 이름을 가진 특별한 부츠였다. 머클럭이라는 창작품은 보기에는 흉해도 극한의 환경 속에서는 이상적이었다. 이 신발은 얼음과 돌로 뒤덮인 땅에 알맞았다(인터넷이 그렇게 에일린에게 알려주고, 에일린은 내게 알려줬다). 물론 이 신발에 맞춰 보온 양말을 신어야 한다.

또한 나는 로켓을 가져갔다. 마지막에야 든 갑작스러운 충동이었다. 내가 가는 곳이 로켓섬이지 않나. 나는 몇 겹의 옷 아래에 이 로켓을 걸었다. 예전에 그랬듯이. 엉뚱하게 들릴지 몰라도, 그 로켓이 한때 나를 이끌어가던 젊은 기운을 가져다줄 것만 같다.

에일린과 나는 택시에서 내렸다. 공항은 과한 포장의 비싼 물건들과 유니폼을 입은 사람들로 가득 차 있었다. 이 사람들은 나를 계속 '친애하는 부인'이라고 불러서 짜증 나게 했다. 나는 뭐든지 될 수 있지만 분명 '친애하는'은 아니었다.

에일린은 우리가 공항에 미리 왔으니 복작복작한 카페에서 함께 커피를 마셔야 한다고 우겼다. 나는 다른 사람들이 버린 쓰레기가 없는 하나 남은 탁자를 발견함과 동시에, 키 크고 꾀죄죄한 남자가 코앞에 서 있는 것을 발견하고는 깜짝 놀랐다.

"안녕하세요, 할머니!"

전혀 예상치 못한 일이었다. "세상에, 여기서 뭐 하는 거니?”

그가 교활한 눈초리로 에일린을 흘깃 쳐다봤다. “할머니가 남쪽 겨울왕국으로 가신다고 들어서요. 와서 배웅해야겠다고 생각했어요.”

“왜지?”

“음, 얼마 전에 할머니도 수고롭게 저를 보러 오셨잖아요. 나는, 음…… 나도 똑같이 하면 좋을 거라 생각했어요.”

에일린은 얼굴이 홍당무처럼 벌게져서는 배신자처럼 보이지 않으려고 최선을 다했다.

“맥크리디 부인, 부인이 기뻐하실 줄 알았어요.” 그녀가 웅얼거렸다.

지금 내가 겪는 이 기분에 대한 정확한 표현이 ‘기쁘다’라고는 말할 수 없다. 이 애가 도대체 무슨 생각이지? 돈을 빌리기 위해서 내 환심을 사려고 애쓰는 걸까? 이런 터무니없는 행동으로 유리한 점수를 딸 수 있을 거라 생각하는 걸까?

“할머니, 그렇게 멀리 여행을 가시다니, 할머니의 용기가 존경스러워요.” 그 애가 내 생각을 읽기라도 한 듯 우물거렸다. “그리고 저는…… 음…… 할머니가 가족의 배웅을 받아 마땅하다고 생각했어요. 기나긴 여정이니까요.”

나는 그 애를 찬찬히 바라봤다. 그 애 눈에는 나를 기쁘게 해주고 싶은 솔직한 욕망이 담겨 있었다. 아마도 내가 성급하게 판단했는지도 모른다.

에일린이 커피를 사왔고, 우리는 딱딱한 대화를 나누면서 억지로 커피를 마셨다. 적어도 패트릭이 지난번에 우리가 만났을 때보다는 더 노력하고 있음을 알 수 있었다. 패트릭이 입은 옷은 아주 낡기는 했지만, 찢어지지 않았고 비교적 깨끗해 보였다. 그 애의 티셔츠 위에는 '까칠해'처럼 보이는 단어가 휘갈겨 쓰여 있었지만, 그 정도는 아무것도 아니었다. 왜 사람들은 온몸에 광고를 박고 돌아다녀야만 하는 걸까? 나는 엉덩이골을 반쯤 드러나도록 허리선이 내려간 청바지가 유행하는 것도 이해할 수 없다. 나로서는 절대 용납할 수 없다.

패트릭이 내게 해마다 이맘때면 남극 날씨가 추운지 물었고, 다른 무의미한 질문들을 이어갔다. 또한 펭귄에 관한 농담도 몇 번 던졌지만, 대부분의 농담이 끔찍할 정도로 별로였다. 그 애와 에일린은 긴장되고 걱정 섞인 명랑함을 드러냈다.

"정말로 괜찮으시겠어요, 맥크리디 부인?"

에일린이 눈썹을 찡그리며 애처롭게 물었다.

"당연히 괜찮지." 나는 상당히 단호하게 대답했다. "그렇지 않더라도, 그게 뭐 그리 중요하겠니."

"그렇게 말씀하시지 마세요, 맥크리디 부인! 당연히 중요하죠!" 그녀의 눈에 눈물이 그렁그렁 맺혔다. 그녀는 가끔 터무니없을 정도로 감상에 젖는다.

우리는 맛없는 커피를 마저 마시고 대기실로 갔다. 의자들이 너무 따닥따닥 붙어 있었지만, 바닥에 고정되어 어쩔 수가 없었다. 나는 수화물로 몸을 가리며 자리 잡았다. 비좁은 공간에서 내 공간을 확보하려고 했지만, 부족한 억제책이었다. 2분도 안 되어서, 칭얼대는 어린애들로 화룡점정을 찍은 다섯 명의 가족이 숨이 턱 막히도록 바짝 붙어 앉아서 내 개인 공간을 침범했다.

"패드하고 약은 속옷들이랑 같이 파란색 손가방에 다 넣었어요." 에일린이 내게 알려줬다. 목소리가 지나치게 크게 울렸다.

"그래, 알아, 안다고." 나는 굳이 이 시간에 패드와 약에 관해 이야기하고 싶은 마음이 없었다. 다섯 가족의 그 끈적끈적한 작은 얼굴에는 기쁨의 표정이 덕지덕지 묻어났다.

패트릭이 자기 시계를 들여다봤다. "죄송해요, 두 분. 지금 돌아가는 버스를 바로 타지 않으면 또다시 한 시간 반을 기다려야만 해서요." 그 애가 나를 주저하며 쳐다봤다. "이제 작별 인사를 드려야겠어요, 할머니."

"잘 가렴, 패트릭."

패트릭은 나를 한 번 껴안아 주려는 듯 다가오다가, 다행히도 다시 생각을 바꿨다.

"조심해서 다녀오세요. 음…… 안녕히 가세요!" 그 애는 가버렸다.

에일린은 비행기에 오르기 전까지 나와 함께 머물렀다. 수십 번 반복해서 내 일정을 점검하고 내가 바보라도 되는 양 갖가지 일을 지적하느라 바빴다. 여러 명의 남자가 비행기를 타고 내릴 때 나를 도와주고 짐을 옮겨주기로 약속되어 있었다. 에일린이 우긴 결과였다.

“맥크리디 부인, 가능하면 무사히 도착하셨는지 제게 알려주시겠어요?”

나는 고개를 끄덕였다. 그녀에게 추가적인 걱정을 안겨주기 싫었다. “할 수 있으면 엽서를 보낼게.”

“아니면 그냥 그 친절한 디트리히라는 남자한테 제게 이메일 좀 써달라고 해주세요.”

“그렇게 할게.”

“아아, 맥크리디 부인, 제가 부인과 함께 갈 수 있다면요! 더그에게 이야기했지만, 남편은 그냥 웃을 뿐이었어요. 그리고 제가 비행기조차 못 탄다는 사실을 일깨워 주었어요. 저는 비행기를 타면 부들부들 떨다가 멀미를 하거든요.”

“에일린, 난 네가 나와 함께 가주길 원치도 않고 그럴 필요도 없어.” 나는 다정하게 그녀를 안심시켰다.

“제발 몸조심하세요, 맥크리디 부인. 그래 주실 거죠?” 그녀가 훌쩍거렸다.

에일린은 무슨 일이든 필요 이상으로 도를 넘는 경향이 있다. 나는 단호한 눈빛으로 앞만 바라봤다.

나는 예상치 못한 순간에 나타난 손자의 영향으로 결심을 굳히고는 그 특별한 나무상자에 대해 에일린에게 천천히, 그리고 알기 쉽게 구체적인 지시를 내렸다. 그녀는 참견하는 표정을 떠올렸으나 내게 질문 세례를 퍼붓지 않고 꾹 참았다.

“복도 탁자 위에 마닐라지로 된 봉투와 뚜껑에 튤립이 그려진 깡통을 놔뒀는데, 그 안에 네게 줄 뭔가가 있단다.” 나는 그녀에게 말했다. 3주간 에일린이 벌이 없이 지내야 할 테니, 그녀에게 3주 치 급료를 준 것이다. 여기에 에일린이 가장 좋아하는 초콜릿 마시멜로 비스킷이 가득 든 대용량 깡통까지. "에일린, 이제 할 일이 생겼으니 가보렴!"

"좋은 시간 보내세요, 맥크리디 부인!" 그녀가 보들보들한 티슈로 눈가를 꾹꾹 누르면서 웅얼거렸다.

"잘 가렴, 에일린." 나는 그녀가 군중 속으로 사라지는 모습을 지켜보았다. 그리고 몸을 돌려 탑승권을 꺼내 들고 로비를 향해 걸어갔다.

선홍색 다이노썸 재킷이 이리도 고마울 줄이야. 갑판에 나오자 바람이 바늘처럼 얼굴을 찔러댔지만, 재킷이 든든하게 제 역할을 했다.

비행기는 비좁고 답답했지만, 다행히 예정된 시간에 맞춰 도착했다. 내게 필요한 부분을 돌봐주기 위해 배정된 여러 직원은 특히나 마지막엔 내게 아첨을 좀 했지만, 효율적으로 자신의 임무를 수행했다(또한 그래야만 한다고 생각했다……. 그 사람들에게 꽤 많은 돈을 지불했으니까). 비행기에서 내려 배에 오르니 마음이 놓였다. 나는 탁 트인 바다가 훨씬 좋다.

나는 물을 뿜어내는 혹등고래와 바위 위에서 버둥대는 바다표범, 그리고 작은 섬 바닷가에 무리 지어 있는 후줄근한 펭귄들을 보았다.

오늘 나는 일찍 갑판에 나왔다. 객실은 시설이 잘 갖춰져 있었지만 작고 흥미로운 게 없다 보니 용감하게 추위에 맞서기로 마음먹었다. 하늘에는 회색빛 구름이 대리석 무늬를 그리며 천천히 움직였다. 거대한 빙하는 우아한 바다 괴물처럼 바다 위를 떠다녔다. 갈매기가 머리 위를 빙빙 날아돌았다. 파도가 배의 옆 부분을 찰싹 때렸다. 산산이 부서진 바닷물이 얼음 결정이 되어 쟁그랑 부딪쳤다. 나는 하얀 세상이 더 하얘지는 모습을 가만히 지켜보았다.

그 광경에 너무나 빠져 있던 나머지 어깨 너머로 들리는 목소리에 깜짝 놀라 펄쩍 뛰고 말았다. "아주 쿨해요. 그렇죠?"

내 나이의 절반쯤 되어 보이는 조금 통통한 남자가 엄청난 크기의 사진기를 들고 있었다. 나는 그 '쿨하다'는 말이 온도를 말하는 건지, 아니면 경이로운 광경을 말하는 건지 확신할 수는 없었지만 동의하며 끄덕였다.

남자가 옆으로 슬그머니 오더니 렌즈를 만지작거렸다. 본능적으로 한 걸음 물러설까 싶었지만, 우선은 제자리를 지켰다. 그는 나와 대화를 나누고 싶어 하는 것처럼 보였고, 나 역시 자기와 대화를 나누고 싶을 거라 짐작하고 있었다.

"저기요, 저 모습을 보세요." 그가 아치 모양으로 깎인 빙하에 서서히 가까워지자 이렇게 소리쳤다. 뭘 봐야 할지 내게 말해줄 필요는 없는데. 이 남자는 빙하에 카메라 초점을 맞추느라 바빠서 정작 빙하를 제대로 보지 못하고 있었다. "우와, 아름답네요!" 찰칵, 찰칵, 찰칵.

"사진을 안 찍으시는군요!" 그가 믿을 수 없다는 듯 말했다.

"안 찍어요." 나는 대답했다. "크고 무거운 기계의 벽에 막혀 방해받는 것보다 내 눈으로 똑똑히 보는 게 좋아요."

"어이쿠. 뜨끔하네요!" 그가 이렇게 말하더니 한마디 덧붙였다. "하지만 미래를 위해 기막히게 좋은 추억들을 쌓는다는 것은 기분 좋은 일이죠."

"미래를 위해 추억을 쌓는 일에는 관심이 없어요." 나는 그에게 알렸다. "현재가 그렇게 해주겠죠."

그의 지겨운 수다를 들으면서도 나는 이 놀랍도록 황량한 극지의 풍경을 바라보며 마음이 가벼워졌다. 내일 나는 목적지에 도착한다. 어린아이 같은 흥분이 내면에서 솟아올랐다. 아주 오랜만에 떠나는 모험이었다.

14

베로니카

남극반도 사우스셰틀랜드의 로켓섬

로켓섬은 산으로 이루어진 섬이었다. 해안선은 들쭉날쭉한 곳도 매끈한 곳도 있었다. 배는 찬찬히 멈추었다. 우리 곁에는 군데군데 눈으로 덮인 검은색 화산모래 해변이 나란히 자리하고 있었다. 꽁꽁 언 물웅덩이와 시내가 희끄무레한 빛을 반사했다. 펭귄은 한 마리도 보이지 않았다.

나는 이곳에 내리기로 예정된 유일한 승객이었고, 다른 승객들의 흔적은 전혀 없었다. 어젯밤 소위 '푸난자(Funanza)'라는 시끄러운 음악과 술과 난장 피우는 사람들이 어우러진 끔찍한 행사가 있었고, 사람들은 과음의 잔재에서 회복하는 중일 게 분명했다. 다행히 내 객실은 만취와 방탕의 소굴에서 멀찍이 떨어져 있었기 때문에 나는 숙면할 수 있었고, 오늘 아침 상쾌하고 활기 넘치는 기분이었다.

선상 보조원을 맡은 남자는 어두운 피부에 눈매는 날카롭고 영어가 서툴렀다. 나는 그에게 우리를 육지까지 데려다줄 작은 조디악 고무보트에 내 짐을 모두 실어달라고 말했다. 그는 손짓, 발짓하며 웅얼거렸지만 명령받은 대로 움직였고, 안정된 손길로 내가 배에 오르도록 도와주었다. 다행이었다.

찰싹찰싹 물결치는 파도를 타고 육지에 다가가면서 바닷가의 두 사람이 눈에 띄었다. 나는 다시 조수의 도움을 얻어 보트에서 내렸고, 그는 짐을 내리기 시작했다. 울퉁불퉁하고 돌투성이이긴 하지만 발아래로 느껴지는 땅이 안도감을 안겨주었다. 머클럭 부츠와 신상 남극용 지팡이 덕에, 나는 바위를 장식한 색색 가지 해초들의 미끄덩한 타래를 피해가며 그 지역을 통과해 나갈 수 있었다.

두 사람이 우리를 맞이하기 위해 다가왔다.

둘 다 두꺼운 파카를 입고 있었다. 한 남자가 한 걸음 성큼 다가왔다. 마흔쯤 되어 보이는, 덥수룩한 굵은 갈색 머리카락과 세척 솔처럼 보이는 수염에 다부진 몸매를 가진 남자가 내 곁에 섰다. 그러더니 손을 꽉 잡고 힘차게 흔들었다.

"그러니까……환영합니다! 저는 디트리히입니다. 드디어 오셨군요, 맥크리디 부인." 그의 목소리에는 다정함과 걱정이 뒤섞여 있었다. 뚝뚝 끊어지는 억양이었다.

"물론이죠. 제가 그럴 거라 했잖아요. 당신은 독일에서 오셨나 봐요." 나는 덧붙였다.

"오스트리아 사람입니다." 그는 거슬린다는 듯 답했다.

"저는 테리예요." 그녀가 내 손을 잡고 명랑하게 말했다. 나는 팀에 테리라는 사람이 있다는 것은 알았지만(에일린이 말해주길 블로그를 쓰는 사람이라고 했다), 테리가 남자라고 생각했다. 테리라는 사람은 20대 중반쯤 보였는데, 어깨까지 내려오는 금발 머리를 하고 창백한 얼굴에 안경을 썼다. 그녀는 소심하게 미소 지었다. "부인의 가사 도우미에게서 메시지를 받았어요. 오늘 부인이 배를 타고 도착할 예정이라고요. 저희는…… 음, 무사히 도착하셔서 기뻐요. 부인께서 오실지 확신하지 못했거든요."

"왜 그렇게 생각하신 거죠?" 에일린이 그 이메일들을 확실히 보냈다면, 그것으로 나는 방문 의사를 충분히 명확하게 밝혔다고 생각했다.

"딴 뜻이 있는 것은 아니고, 남극의 환경이 얼마나 험한지를 제대로 깨닫지 못하셨을 거 같아요. 부인께서 건강하고 충분히 능력이 있다고 믿지만, 이 기본적인 조건들에 익숙한 저희조차 가끔은 힘들거든요."

"기본적인 조건이요." 또 나왔군. "제가 직접 판단하게 해주시지요." 내가 말했다.

둘은 마음속으로 상의라도 하듯 서로를 바라봤다. 누구라도 눈치챌 법했다.

디트리히가 시계를 들여다봤다. "맥크리디 부인, 이 배는 세 시간 후에 다시 출발한답니다. 한번 시간을 내서 이곳을 돌아보시는 건 어떨까요? 저희가 무슨 의미로 말씀드렸는지 깨달으실 거예요. 모든 것을 둘러보신 후 배로 돌아가셔서 상대적으로 호사스러운 항해를 즐기시고, 남은 휴가 기간에는 좀 더 적합한 관광지를 여행하시는 건 어떨까요."

"저는 펭귄들하고 시간을 보내려고 머나먼 길을 왔어요." 나는 그들에게 말했다. "그리고 그것이야말로 정확히 제가 할 일이지요."

로켓섬의 현지 기지는 바닷가 가까이에 자리하고 있었다. 툴툴대는 외국 남자와 썰매를 가져온 테리와 디트리히 덕에 짐을 그곳으로 옮기는 데 그다지 오래 걸리지 않았다.

테리는 팔을 뻗어 눈과 돌로 뒤덮인 평원 위에 경량 콘크리트 블록으로 지어진 가건물을 가리켰다. 아름다운 건물은 아니었다. "우리 집입니다!" 그녀가 말했다.

가건물 뒤로 눈 덮인 언덕 위에 평범한 금속 풍차가 얼룩얼룩한 하늘을 등지고 천천히 돌아가고 있었다. 이곳에 뭔가가 만들어졌다는 게 신성모독처럼 느껴졌고, 이 순결한 하얀색 얼굴에 인간이 만든 흉측한 흉터는 내게 어떤 감명도 주지 않았다.

"저희는 태양열 발전기를 보유하고 있지만, 풍력발전으로 보충하고 있어요." 디트리히가 설명했다. "다양한 전자기기를 쓰기에 충분할 정도의 전기를 두 가지로 함께 만들어내고 있어요."

"펭귄들은 어디 있나요?" 내가 물었다. 센터 주변에 펭귄 무리가 있을 거라 기대했다.

"여긴 아니에요. 멀지 않은 곳에 있어요. 저기 넓은 눈 비탈이 보이세요? 그 반대쪽이 펭귄들이 모여 있는 군집지예요. 부인께서 좀 쉬신 후에 그곳을 방문해 보려 합니다."

테리가 문을 열고 안으로 안내했다. 우리는 외투를 벗었고, 내 짐들은 커다란 중앙 공간에 놓였다. 내 조수가 디트리히에게 무슨 말을 웅얼거리더니, 뒤로 물러나 사라졌다.

테리가 커피를 권했지만 거절했다. 배에서 내리기 직전에 크루아상과 차를 이미 양껏 먹고 마셨다. 대신 나는 숙소를 살피는 데 집중했다.

한쪽 벽에는 프로판가스 난로와 의자 몇 개, 상당히 큰 탁자 하나가 있었다. 또한 평범한 가정의 것이라고는 보기 힘들 정도로 엄청난 양의 잡동사니들이 있었다. 상당한 물건들이 못에 걸려 있었는데, 냄비, 숟가락, 플라스틱 태그, 그물, 눈이 휘둥그레지는 물건과 갈고리 모양의 도구 등이었다. 이 물건들이 모두 어디에 쓰이는 것인지는 알 수 없었지만 분명 펭귄과 관련된 것이리라. 뒤엉킨 전깃줄이 천장에 걱정스러운 방식으로 축 늘어져 있었다. 선반에는 빛바랜 깡통과 꾸러미 들이 이끼, 약간의 뼈와 알껍데기, 깃털, 생선 뼈 같은 여러 가지 자연의 잔해들과 함께 쌓여 있었다. 그곳에 책 몇 권도 꽂혀 있는 것을 발견하고는 기뻤다.

"저희가 원하는 대로 다 꺼내놓을 수 없어요. 거기 물건들은 몇 년간 쌓여온 것들이에요." 디트리히가 설명했다.

"그 책들을 읽을 만큼 시간이 많은 건 아니에요." 테리가 한숨을 내쉬었다. "베로니카, 이제 다리를 잠시 올리고 쉬세요."

나는 사람들이 노인을 무기력함과 동일시하는 게 정말로 싫다. 나는 사흘 동안 비행기와 배 안에 꼼짝도 못 하고 갇혀 있었다. 게다가 침대에서 일어난 지 고작 두 시간밖에 안 됐는데, 저들은 내가 벌써 다시 눕기를 기대하고 있다.

나는 저들 말마따나 딱딱한 의자에 15분간 앉아 있다가, 벌떡 일어나 방 안을 성큼성큼 걸어 다녔다. 기운이 펄펄 넘친다는 것을 입증하고 싶었다.

벽에 펜과 잉크로 그린 그림이 몇 점 걸려 있었다. 잘 그린 그림들은 아니었다.

"디트리히가 그렸어요. 멋지지 않나요?"

그러나 테리의 열의에 동참할 수는 없었다. 그림은 모두 의인화된 펭귄들을 묘사하고 있었다. 노래하는 펭귄 합창단과 납작한 모자를 쓰고 낚싯대를 드리우고선 빙하 위에 앉아 있는 외로운 펭귄 한 마리, 그네를 타고 놀고 있는 새끼 펭귄들 한 무리. 예외랄 것도 없이 완전히 우스꽝스러운 모습이었다.

디트리히는 변명하듯 헛기침을 했다. "소소한 취미예요. 시간이 있을 때마다 그리고 있어요. 아이들과 아내를 즐겁게 해주려고 사진을 찍어서 이메일로 보내죠. 테리가 원본을 여기에 붙여 놓자고 우겨서요."

테리가 미소를 지으며 말했다. "음, 이곳을 아늑하게 만들어주거든요."

“이곳은 겨우 7년 전에 특별히 만들어졌어요.” 디트리히가 말했다. “펭귄을 관찰하기에 가장 알맞은 장소예요. 보통은 바다에서 둥지, 아니면 소위 ‘떼까마귀 숲’으로 갈 때 이곳을 지나가거든요.”

“떼까마귀 숲이라고요?” 펭귄 군집지를 부르기에 아주 부적절한 이름이었다. 떼까마귀는 떼까마귀, 펭귄은 펭귄이 아니던가.

디트리히는 프로젝트에 대해 열정적으로 이야기를 들려줬다.

“곧 보시겠지만, 우리 센터는 딱 좋은 크기예요. 일 년 내내 다섯 명의 과학자들이 머물 수 있도록 지어졌고, 첫해에는 그렇게 했답니다. 보세요, 침대가 여기랑 여기, 저기도 있죠.”

그가 문을 너무 빨리 열어서 나는 어떤 방이 내 침실이 될 것인지 보지 못했다.

“이젠 저희 셋만 남았어요.” 그가 말을 이어갔다. “저희는 말도 안 되게 낮은 급여를 받고도 연구하겠다고 동의했기 때문에 여기 남아 있는 거랍니다. 다른 한 명의 과학자 이름은 마이크예요. 지금 펭귄들과 함께 밖에 있습니다. 나중에 돌아올 거예요.”

“당신들은 펭귄의 개체 수가 줄어드는 이유를 연구하느라 바쁜 거군요?”

“그렇죠. 저희는 한 번 더 시도해 보기로 했거든요. 표본을 가지고 몇 가지 실험을 해볼 수 있는 작은 연구실을 갖추고 있어요. 대부분 마이크가 하는 일이에요. 컴퓨터실도 있어요. 데이터를 입력하고 영국의 수치 처리기로 보내느라 필요하죠. 인터넷 연결이 자주 끊기지만, 없는 것보단 나아요."

"제대로 돌아가는 컴퓨터는 한 대예요." 테리가 덧붙였다. "다른 컴퓨터는 몇 주 전에 망가졌어요. 컴퓨터실은 언제나 바빠요."

디트리히가 활짝 웃었다. "컴퓨터 때문에 싸우지 않으려고 애쓰고 있어요."

나는 싸움을 소재로 농담하는 사람은 무조건 싫었다. 싸움은 웃을 일이 아니니까.

나는 얼굴을 찌푸렸다. "제가 어느 방을 침실로 쓸지 보여주시겠어요?"

두 사람 사이에 속이려는 기색이 언뜻 스치는 것을 보았다.

"베로니카에게 시설을 먼저 보여주는 게 좋겠어." 테리가 지금껏 봐왔던 가장 작은 방으로 나를 부드럽게 밀면서 이렇게 말했다. "변기라는 호사스러움은 누릴 수 있지만, 목욕이나 샤워는 안 돼요. 뜨거운 물도 부족하답니다."

세면대는 꽤 넓었다. 변기는 양동이와 그 양동이 높이에 딱 들어맞을 위치에 자리 잡은 딱딱한 고무의 조합이었다.

또 테리와 디트리히가 서로 은밀한 눈빛을 주고받았다. 변기는 이들의 비장의 무기였다.

"멋져요!" 나는 지팡이로 바닥을 두드리며 말했다. 나이는 내게 몇 가지 불리한 점을 안겨주었음을 인정하지만, 분명 극복하지 못할 약점들은 아니다. 나를 포기시키려면 더 불편한 화장실이어야 할 것이다. "훌륭한 화장실이에요. 그렇다면 욕실은 어디죠?"

"정말로 죄송합니다, 맥크리디 부인." 디트리히가 꺼림칙한 표정으로 대답했다. "너무 바빠서 아직 부인의 욕실을 마련하지 못했어요……."

"그렇다면 저는 소란을 피우지 말고 펭귄을 보러 가야겠군요."

보아하니 디트리히는 나를 이곳으로 데려온 바로 그 배에서 식량을 내리는 모습을 감독해야 하는 모양이었다(배는 3주마다 인기 관광지로 가는 길에 로켓섬을 지나갔고, 그 덕에 과학자들은 식품 저장고를 다시 채울 수 있다). 따라서 테리가 나를 안내했다.

"따뜻하게 옷을 입으셨나요?" 그녀가 물었다. "두꺼운 내복을 입으셨길 바라요. 동상은 정말 끔찍하거든요."

나는 그녀를 오랫동안 쳐다봤다. 바보 취급 당하는 건 싫어. 나는 양모 점퍼 아래로 세 겹의 보온조끼와 긴 내복에 에일린이 사준 양털을 덧댄 바지를 챙겨 입었다. 다이노썸 코트는 325파운드나 주고 산 옷이었다. 어찌나 꽁꽁 싸맸는지 간신히 움직일 정도였다.

바깥으로 나갔다. 태양이 구름 뒤에서 슬며시 나타났고, 강렬한 하얀 빛이 우리에게 쏟아졌다. 나는 머클럭 부츠를 신고 지팡이로 눈 위를 짚으며 조심조심 앞으로 나아갔다.

테리는 내 느릿한 속도를 건강하지 못한 탓으로 오해하고는 내 팔을 잡아주려 했다. 나는 그 손길을 뿌리쳤다. 그녀는 엄청난 크기의 장비를 마치 깃털처럼 가벼운 양 옮기고 있었다. 자신이 그러한 힘을 가지고 있다는 게 얼마나 다행인지 모르고 있을 것이다. 나도 그녀의 나이였을 시절엔 마찬가지였지.

눈빛이 너무나 밝아서 눈부심 방지 안경을 썼는데도 눈을 거의 쳐다볼 수가 없었다. 우리는 낑낑대며 산기슭을 올랐다. 가파르거나 멀지 않았지만, 나는 시간을 들여 천천히 올랐다. 풍광을 살피려고 가끔 걸음을 멈췄다. 청아하게 푸르른 산맥이 내 오른편으로 펼쳐졌다. 유리처럼 매끈한가 하면 또 험난한 바위투성이기도 한 양면성을 드러내는 산이었다. 바위틈 사이로 눈이 녹아 만들어진 물이 반짝이며 흘러내렸다. 더 낮은 비탈은 놀라울 정도로 다채로운 색깔로 물들어 있었는데, 노란기 섞인 연두색, 노란색, 분홍색과 선명한 주황색의 이끼가 빛났다.

꼭대기에 다다르자 테리가 손가락으로 가리켰다.

"이쪽을 먼저 보세요." 그가 말했다. "왜 이 섬 이름이 로켓인지 알게 될 거예요."

저 멀리 좁다란 땅이 고리 모양으로 쭉 뻗어 반원 모양의 호수를 감싸고 있었다. 그 뒤는 바다였다. 달걀처럼 생긴 모양에 자연적으로 만들어진 구멍 덕에 이 섬을 그린 지도는 분명 로켓을 닮았으리라.

"이제 이쪽을 보세요."

나는 그렇게 했다 평평하게 펼쳐진 땅 위로, 파리한 배경 위에 더 어두운 그림자들이 모자이크처럼 박힌 모습이 보였다. 뒤뚱뒤뚱 걷는 작은 생명체들이 거대한 무리를 이루고 있었다. 그곳에 가까워질수록 흥분에 가까운 어떤 감정이 내 속 깊숙이에서 생겨났다. 나는 갑자기 더 빨리 걸었다.

"저 분홍색들은 뭐죠?" 테리에게 물었다.

"아마 펭귄의 똥일 거예요. '구아노'라고도 부르지요."

"아하!" 펭귄들은 자신들의 배설물로 만들어진 늪에서 사는 것 같았다. 역겹군.

"음, 펭귄들이 모두 깔끔하고 만화 같을 거라 생각하신 건 아니죠? 크리스마스카드에 그려진 그림처럼요."

어느 정도는 내가 기대한 바가 정확히 그랬다. 하지만 내 실망은 빠르게 흥분 속으로 사라졌다. 이 펭귄들은 책에 나오는 귀여운 그림들이 아니라 진짜로 살아 있는 생명체로, 삼차원의 입체적인 모양새가 장관을 이루며 거리낌 없이 움직였다. 대담하고 영리한 펭귄들이 커다랗고 부산한 공동체를 이루며 인생을 살아가고 있었다. 지저분하고, 시끄럽고, 무모하며, 생명과 에너지가 맥동 치는 펭귄들. 이곳에 와서 야생의 펭귄들, 흑백의 옷을 입은 약간은 코믹한 그 영광의 브랜드를 보는 것은 엄청난 특권이었다. 여기저기 구아노가 널브러져 있어도 실로 경이로운 광경이었다. 이들의 소란스러운 울음이 내 귀를 채웠다. 하지만 이제 내 눈이 문제였다. 눈이 찌르는 듯 심하게 아팠고, 눈물이 고이기 시작했다. 추위 때문이었다. 나는 눈을 깜빡여서 눈물을 날렸다.

사방이 펭귄이었다. 부리로 몸치장을 하는 녀석들, 엎드려서 자는 녀석들, 또 서로 수다를 떠는 것처럼 보이는 녀석들도 있었다. 다른 펭귄들은 그저 허공을 바라보며 태연하게 가만히 서 있었다. 따로 또 같이 펭귄들은 모두 뭔가를 하고 있었다. 녀석들은 우리의 존재에 조금도 동요하지 않는 듯 보였다.

내 후각은 지난 몇 년간 상당히 쇠퇴했는데도, 물고기 악취가 몹시 코를 찔렀다. 끈적끈적하고 흙냄새 섞인 지독한 악취였다.

테리는 어깨에 둘렀던 작은 카메라를 내렸다. "전 언제나 사진을 몇 장 찍어봐요." 그녀가 말했다. "언제 완벽한 포즈를 포착할 수 있을지 알 수 없거든요." 그녀는 펭귄 무리의 가장자리 가까이에 쭈그려 앉았다. 몇 마리가 고개를 돌려 그녀를 바라봤다.

"인간을 두려워하지 않아요." 테리가 설명했다. "저희에겐 아주 편한 일이죠."

"훌륭해요!" 나는 옹기종기 모인 폼이 담배를 피우며 쉬고 있는 작은 젊은이 무리와 어쩐지 닮은 그 작은 패거리에 한 걸음 가까이 다가가며 말했다. 나는 이 펭귄들의 표정을 하나하나 살펴보고, 녀석들의 캐릭터며 존재 이유를 시험해 보고 또 연구해 보고 싶었다. 펭귄에 접근하고 싶은 욕망에 사로잡혔다. 마찬가지로 녀석 중 하나는 내게 흥미를 느끼는 것처럼 보였는데, 고개를 숙이는 모양새를 나는 환영의 몸짓쯤으로 받아들였다.

우리는 잠시 서로를 바라보았고, 펭귄은 다시 자기 친구들과 수다를 시작했다. 테리는 내가 펭귄 무리의 주변부를 빙빙 돌며 녀석들 한 마리 한 마리를 즐기는 동안 카메라로 사진을 찍었다. 나는 전혀 추위를 느끼지 못했다. 갑자기 테리가 나를 향해 카메라를 돌렸다.

"그러지 마세요!" 나는 날카로운 목소리로 외치며 얼굴을 가리려 두 팔을 올렸지만 이미 늦었다.

"어머, 죄송해요." 그녀가 바로 말했다. "딱 그 순간이었거든요. 부인의 얼굴이며 표정. 완전히 매혹당한 것처럼 보였어요. 희망에 찬 모습이요. 완전히 다른 분 같았어요."

그 말은 보통 때 내가 짓는 표정이 '별로'라는 얘기와 다르지 않았지만, 테리는 이런 말을 언짢게 들리지 않게 하는 재주가 있었다.

"걱정하지 마세요." 그녀가 나를 안심시켰다. "블로그에 올리거나 하지는 않을 테니까요."

"아, 맞아. 에일린이 블로그 얘기를 했던 기억이 나네요."

"구독자 수가 많지 않지만, 점점 늘고 있어요. 로버트 새들바우 씨 프로그램 덕이죠. 저는 블로그에 사진을 올리고 저희가 무슨 일을 하는지 전 세계에 알리고 있어요." 그녀는 잠시 카메라를 만지작거리더니 나를 찍은 사진을 보여주려 카메라를 내밀었다.

나는 눈 속의 노파처럼 보였다.

"아름다워요, 그렇죠?"

전혀 그렇게 보이지 않았다.

"아, 이 사진을 블로그에 올릴 수 있다면 정말 멋질 텐데요." 테리가 그 사진을 다시 들여다보며 말했다. "정말 흔치 않은 일이니까요. 부인이 여기 계신 모습은 엄청난 관심을 끌게 될 거예요."

그러더니 그녀는 자기 시계를 재빨리 살폈다.

"세상에! 이제 가야 해요. 배는 40분 내로 떠날 거예요! 제가 부인을 제시간에 모시고 가지 않으면, 동료들이 화를 낼 거라고요."

15

베로니카

로켓섬

돌아가는 걸음은 몹시 느려졌다. 지팡이에 문제가 생긴 모양이었다. 세 번 정도 바위틈에 끼었는데 테리의 도움을 받아도 다시 뽑아내기가 쉽지 않았다. 그 후 10분간 바위에 걸터앉아 쉴 필요가 있었다. 내가 "필요가 있다"라고 말한 것은 조금 과장일지도 모른다. 사실 나는 그 순수하고 오염되지 않은 공기를 한껏 즐기면서 좀처럼 흔치 않은 활기를 느꼈다. 두툼한 충전재 덕에 바위는 예상했던 것만큼 불편하지 않았다. 테리는 요란하게 손짓을 하더니 내게 뭐라고 이야기했다. 보청기가 제대로 작동하지 않은 탓에 나는 그녀에게 다시 말해 달라고 여러 번 부탁해야 했다.

마침내 현지 센터에 도착했을 때쯤 사뭇 고소한 기분이 들었다. 테리와 나는 언덕 꼭대기에 다다르자마자 배가 떠나버리는 모습을 목격했다. 테리는 짜증을 냈지만 할 수 있는 일은 아무것도 없었다.

"이제 여기 머무르셔야만 하겠군요, 맥크리디 부인." 우리가 코트를 벗는 동안 디트리히가 말했다. "다음 배는 3주 후에나 들어오거든요." 그는 신난 것과는 아주 거리가 멀어 보였다.

"뭐, 아예 방이 없는 건 아니니까." 테리가 어깨를 으쓱했다. "이렇게 하면 돼. 베로니카가 여기 머무는 동안 내 침실을 쓰면 되지. 가장 따뜻한 곳이니까. 나는 승무원실로 옮길게."

의심하던 바가 확실해졌다. 이들은 애초에 나를 머물게 할 생각이 없었다. 그러나 이 아가씨가 내 편의를 위해 자기 방을 내놓을 준비를 하기에 불평하지 않으련다.

"여기 앉아서 제가 짐을 정리하는 동안 차 한잔 드시고 계세요." 그녀가 말했다. "20분이면 돼요. 그다음 부인이 오셔서 짐을 풀면 되죠."

"여러분이 미리 준비해 놓지 않았다는 데 놀랐단 얘기를 해야겠네요. 제가 방문한다는 이야기를 충분히 말해놓았는데요." 나는 다소 냉랭한 목소리로 지적했다.

디트리히가 벌떡 일어났다. "차를 끓여야겠어요." 그는 이렇게 말하고는 주전자를 불에 올리려고 움직였다. "아델리펭귄이 마음에 드셨나요, 맥크리디 부인?" 그는 예의가 바른, 너무나 예의 바른 남자였다.

"아주 마음에 들었죠."

이 건물 안에 열려 있는 문을 모두 조심스레 닫은 후에, 나는 쿠션이 있는 유일한 의자에 앉았다. 다른 의자들보다 조금은 편해 보였다. 빛바랜 주황색의 쿠션은 낡아서 푹 꺼졌지만, 그래도 없는 것보단 나았다.

그 순간 앞문이 열리더니 젊은 남자가 걸어 들어왔다. 그는 흔하게 볼 수 있는 파카를 입고 있었고, 빈약하고 왜소한 몸집에 긴 턱과 강렬하고 차가운 눈을 가지고 있었다. 시선이 곧장 내게로 꽂히더니, 비난하듯 디트리히를 보았다가 다시 내게 돌아왔다.

"안녕하세요." 전혀 반기는 목소리가 아니었다.

"마이크를 소개할게요. 마이크, 이분은 베로니카 맥크리디." 디트리히가 말했다. "여기 머무시게 됐어." 그는 신중한 목소리로 덧붙였다.

마이크는 겉옷을 벗어서 옷걸이에 조심스레 걸더니 천천히 머클럭을 벗고 운동화로 갈아 신었다(그 역시 머클럭을 신는다는 것이 흥미로웠다). 그러더니 방을 가로질러 와서는 내게 악수를 청했다.

"자리에서 일어나지 않아도 이해해 주세요." 내가 말했다. "펭귄을 보러 나간 첫 모험에서 막 돌아온 참이거든요."

"맥크리디 부인은 배 시간에 맞춰 돌아오지 못하셨어." 디트리히가 마이크에게 설명했다. 나는 디트리히의 억양도 싫었고, 태도도 마음에 들지 않았다.

"어쨌든 저는 배를 다시 타고 돌아가려는 게 아니었으니까요." 나는 날카로운 말투로 그에게 상기시켰다. 그는 내게 차

한 잔을 건넸다. 머그는 이가 빠져 있었고, 차는 타르 같은 맛이 났다.

"네가 끓이는 김에 나도 차 한잔 마실래, 디트." 마이크가 말했다.

그가 선반에서 비스킷 한 봉지를 꺼내더니 접시에 꺼내놓는 수고도 거치지 않고 내게 권했다. 정말로 평범한 다이제스티브 비스킷이었다. 나는 감사히 받아들었다.

우리는 잠시 차와 비스킷을 들며 조용히 침묵 속에 앉아 있었다.

"오늘 특이사항은 없고?" 디트리히가 마이크에게 물었다.

마이크가 고개를 저었다. "별로. 오늘 수티를 또 봤어. 아직도 희망을 품고 자기 둥지를 지키고 있어."

"수티는 이 동네 괴짜예요, 맥크리디 부인." 디트리히가 말해주었다. "거의 몸 전체가 검은색인 펭귄이죠."

내가 이 주제에 대해 좀 더 파고들기도 전에 테리가 침실에서 불쑥 나왔다. 두 팔 가득 불룩한 비닐봉지와 이불을 들고 있었다. 갑자기 분위기가 밝아졌다. 테리는 사람들에게 이런 영향을 미치는 것 같았다.

"와, 안녕, 마이크! 이미 베로니카를 만났군."

그가 고개를 끄덕였다. "응." 짧은 대답에는 못마땅함이 담겨 있었다.

"언제든 준비되면 이 방을 마음대로 쓰세요, 베로니카." 그녀가 종알거렸다.

"멋지군요." 내가 답했다.

우리는 형체를 알아볼 수 없는 고깃덩어리가 인스턴트 그레이비소스 한가운데에 떠 있고, 겨우 되살린 감자와 당근이 곁들여진 엉성하고 맛없는 식사를 했다. 마이크(아, 마크였던가? 기억이 나질 않네)가 오늘의 주방장이었다.

테리가 소매를 걷어붙였다. "내가 설거지 당번이네."

나는 그릇의 물기 닦는 일을 돕겠다고 했다. 그녀에게 질문할 수 있는 기회였다.

그릇을 주고받으며 그녀는 내게 이 프로젝트를 운영하면서 모든 의사결정이 민주적으로 이뤄지도록 애쓰는 사람이 디트리히라고 알려줬다. 그는 평생을 펭귄 연구에 바친 '펭귄 전문가'였다. 테리 말에 의하면, 사랑스러운 아내와 세 아이가 오스트리아에 살고 있다. 그는 표현하는 것보다 훨씬 더 가족들을 그리워한다고 했다. 디트리히는 '그 누구를 위해서든 무슨 일이든 하는 진짜 신사'였다.

테리가 뭐라고 말하든 나는 디트리히를 경계했다. 이곳에 있는 젊은이들과는 달리 나는 전쟁 통에서 살아남았다. 이 경험은 우리들 모두가 괴물을 품고 있다는 것을 깨닫게 해준다. 누군가는 계속 미소를 짓지만 실은 악당일 수 있다. 나는 이 디트리히라는 남자를 가까이하지 않으련다.

마이크(마크였나?)는 티를 내지 않아도 '착한 남자'라고 했다. 그의 삐딱한 태도는 오랫동안 거의 취미처럼 다져진 것이라고도 했다. "우린 그런 태도를 대충 무시해요." 테리가 비꼬는 듯 한 미소를 지으며 말했다. 젊은 남자들은 언제나 필사적으로 스스로를 어떻게 해서든 증명하려 하지. 신랄함은 마이크가 자신의 강인함과 남자다움, 기타 등등을 증명하려는 비뚤어진 방식임이 틀림없다. 딱하긴 하지만, 다 그렇지. 테리는 그가 생화학 전문가이며 무기질 함량을 분석하기 위해 뼈와 구아노를 실험하는 것을 가장 좋아한다고 알려줬다. 그에게는 런던에 사는 여자 친구가 있는데, 그녀에 대해서 잘 아는 사람이 아무도 없었다. 그는 자기 여자 친구에 대해서는 말을 아꼈다.

"당신은요?" 내가 테리에게 물었다. "마음을 나누는 사람이 있나요?"

그녀의 미소 뒤로 사랑스러움이 번졌다. 나처럼 완고한 사람도 느낄 수 있었다.

"저는 많은 사람, 또 많은 펭귄과 마음을 나누고 있어요." 그녀가 옅은 빛깔 머리 한 가닥을 귀 뒤로 넘기며 대답했다. "하지만 싱글로 분류되죠."

나는 그녀를 응시했다. 그녀가 제대로 된 머리 손질과 약간의 화장만 한다면 사실은 아주 아름다워 보일 것임을 깨달았다. 그녀의 피부는 어둡지만, 유난히 잡티 하나 없었다. 성격은 단정하고 싹싹했다. 그 어울리지 않은 안경 너머로 테리는 바다와 조약돌 색을 띤 커다란 눈을 가지고 있었다.

"왜 남자 같은 이름으로 불리나요?" 내가 물었다.

"음, 사실 제 이름은 테레사예요." 그녀가 얼굴을 찡그리며 답했다. "전 그 이름이 싫거든요."

"왜 그렇죠?" 나는 물었다. 나라면 '테리'보다 그 이름이 당연히 더 낫다고 생각했을 텐데. 테리라는 이름보다 더 못난 이름을 고르기도 어려웠을 것 같다. "테레사는 기분 좋은 이름인걸요."

테리는 단호히 대답했다. "제 이름은 언제나 테리였어요."

과학자들은 컴퓨터실과 실험실의 문을 열어두었다. 나는 꼼꼼하게 두 문을 모두 닫고, 내 방으로 향했다. 몸은 피곤하고 잠시 동안 평평한 곳에 누워 있길 간절히 바랐다. 울퉁불퉁한 침대 위에서 몸을 쭉 폈다. 테리는 여러 채의 이불과 담요로 침대를 마련해 두었지만, 여전히 울퉁불퉁했다. 그러나 나는 불평을 늘어놓지 않았다.

펭귄을 본 일은 즐거우면서도 왠지 충격적이었다. 그 반짝이고 생기 넘치는 눈, 땅딸막한 몸, 개성 넘치는 날개와 발. 틀림없이 역겹지만 동시에 흡족한 펭귄들의 냄새. 나팔 소리 같기도 한, 꽥꽥거리고 시끄러운 울음소리가 만들어내는 불협화음. 펭귄 고속도로를 따라 한 줄로 걸어가는 방식이며, 눈 위를 서둘러 걷고 미끄러지는 방식. 뒤뚱거리며 엉덩이를 흔들고 깃털을 털고 몸치장을 하는 방식. 외딴곳에서 무리 지어 살아가는 그 모든 삶의 방식.

내가 실제로 이곳에 있다는 게 믿기지 않았다. 마침내 나는 뭔가 재미있고 중요한 일을 하고 있었다. 그동안 상상해 왔던 모습보다 훨씬 더 진짜고, 진실한 그 모든 펭귄에 대해 생각했다. 바로 이 순간, 다른 사람들이 느끼는 불편함에 상관없이 이곳이 바로 내 재산을 남길 곳이라는 것을 그 어느 때보다 확신했다.

정말로 재미있는 3주가 될 것이라는 희망이 솟았다. 나는 갑작스레 스스로를 칭찬하고 싶은 마음이 들었다. 여기 오려고 노력했다는 점은 정말로 칭찬할 만했다. 기분 좋고 펭귄다운 이미지가 머릿속에서 빙빙 돌았다.

……부드럽게 웅얼거리는 소리가 들려왔다. 내가 얼마나 오랫동안 잠들었는지 모르겠다. 내가 어디에 있는지 깨닫기까지 시간이 조금 걸렸고, 그다음에 현실이 머릿속에 스미면서 얼굴에 미소가 피어올랐다. 나는 남극에 있지. 마지막으로 위대한 모험을 떠나고 철저히 즐기겠다는 목표를 마음에 품고. 내 임무는 아델리펭귄을 돕는 거야. 따뜻하게 데워진 로켓의 금속 느낌이 살갗으로 전해졌다. 완벽하게 제정신으로 돌아왔다.

가건물은 벽이 얇았다. 누군가 신랄한 목소리로 '베로니카'라고 말하는 것을 들었다. 마이크의 목소리 같았다. 몸을 일으켜 보청기를 향해 손을 뻗은 후 귀에 꽂고 소리를 가장 크게 키웠다.

이제는 테리가 말하고 있었다. "부인은 그렇지 않아." 나는 누군가의 이야기에 그녀가 동의하지 않는다고 말하는 목소리를 들었다. "아까 멀리 나갔을 때 베로니카의 얼굴을 봤어야 해. 베로니카는 펭귄에 사로잡혀 버렸다고. 그냥 한순간 느끼는 변덕이 아니야."

"상관없어. 3주는 말도 안 되게 긴 기간이야." 다시 마이크의 목소리다. "우리는 그분을 이곳에 둘 의무가 전혀 없어. 부인이 여기 와서는 안 된다고 일말의 여지없이 확실하게 얘기했잖아. 그 누구의 허락 없이 그분은 억지로 여기 끼어든 거야. 무례하게 멋대로 저지른 일이라고. 존중이라고는 전혀 없이, 완전히 상식에서 벗어난 짓이지."

잠시 침묵이 흘렀다.

"부인은 여기 머물면서 숙박비를 지불하겠다고 하셨어. 원래의 비용보다 열 배는 많은 돈이야." 디트리히가 지적했다.

"돈은 받아봐야 알지!"

"베로니카가 정말로 우리 프로젝트들에 막대한 돈을 기부한다면." 테리가 웅얼거렸다. "그러니까 수백만 파운드를 말이야. 우리가 마다할 수 있겠어?"

"그게 사실이라 하더라도, 그 돈은 부인이 돌아가시기 전까지 우린 만져보지도 못할걸." 마이크는 도를 넘은 수준으로 짜증을 내며 말했다. 그의 목소리는 온통 날이 서 있었다. "물론 얼마나 더 오래 사시려나 몰라." 그는 혼잣말하며 웃었다. 나머지 둘은 동참하지 않았다. "부인은 상당히 정정해 보여." 그가 말을 이었다. "장담컨대, 앞으로 십 년은 더 사실걸. 나는 그날을 기다리며 그 할머니한테 굽실거릴 준비가 안 되어 있어. 우리가 손에 쥘 수 있을지 없을지도 모르는 돈 때문에 말이지. 할머니가 골로 가실 때쯤이면 펭귄 프로젝트는 오래전에 끝나버렸을 테지.”

이쯤에서 나는 눈이 심하게 따갑다는 것을 깨달았다. 오늘 벌써 두 번째였다. 보통은 눈 때문에 말썽인 일은 없었다. 눈병이 시작되는 게 아니길 바랐다. 나는 가까스로 손수건을 찾아서 눈가를 재빨리 톡톡 두드리고는 다시 문에 귀를 댔다.

“베로니카가 여기 있는데 우리가 연구를 제대로 할 수 있겠어?” 마이크가 고함쳤다. “그 부인 때문에 우린 미쳐버릴 거야. 우리는 친구고 동료 과학자인데도, 이런 환경에서는 우리조차 서로를 죽여버리고 싶어지잖아!”

누구나 다 아는 진실을 인정하는, 다 안다는 웃음이 잔잔히 일었다.

“그건 맞아.” 디트리히가 대답했다. “우리가 아직도 서로 말이라도 섞고 있는 게 기적이지.”

“하지만 새로운 피를 수혈받는 건 정확히 우리에게 필요한 일일지도 몰라.” 테리가 강조했다.

“맞아, 모두 아주 좋은 얘기야. 하지만 진실은 베로니카가 늙은 할머니라는 거지.” 마이크가 다시 말했다. “노부인들은 이곳에 맞지 않아. 라디에이터와 딱 맞는 카펫을 갖추고 온종일 티브이도 켜져 있어야 한다고. 부인을 곧장 되돌려 보내야 한다는 것에 난 한 표 던질게.” 이쯤에서 누가 어떤 억양으로 말하든 간에 내 적은 디트리히가 아님을 깨달았다. 마이크가 적이었다.

테리가 목을 가다듬었다. “말은 언제나 행동보다 쉽지, 마이크."

이들은 목소리를 낮췄고, 나는 그 뒤에 나온 웅얼거리는 소리를 알아들을 수 없었다. 그 어느 때보다 좌절감을 느꼈다. 다시 마이크의 목소리가 커졌다. "우리에겐 부인을 돌려보낼 권리가 있어. 미안하지만 어떻게든 부인을 보내버려야 한다고. 부인이 여기 계시는 동안 우리는 그녀를 책임져야 하지. 나는 그게 싫은 사람이야."

"나도 좀 걱정돼." 디트리히가 솔직히 털어놨다. "부인이 아프면 아마도 부인께 필요한 치료를 제때 해줄 수 없을 거야."

"이봐, 베로니카에게 더 기회를 주자고." 테리가 애원했다. "부인을 곧장 돌려버릴 수 없어. 이제 막 도착했고……."

"……그리고 우린 벌써 부인을 싫어하고 있지." 마이크가 말했다.

16

패트릭

볼턴

볼턴 취업센터는 웃음꽃이 만발하는 곳은 아니다. 실은 내가 이 세상에서 가장 싫어하는 장소 중 하나다. 그곳에서 나와 집으로 돌아가는 길이었다. 취업하려고 노력한다는 표를 내지 않으면 복지혜택에서 잘리고 만다. 내가 할 수 있는 일들이 많을 거라 생각하지만, 서류상의 자격 없이 희망 따위는 없다. 이상적인 세상에선 자전거 가게에 출근하는 월요일을 빼고 나갈 수 있는 직업을 찾을 수도 있겠지. 그런 일이 있기나 할까? 사실은 사실로 인정하자. 아주 노골적으로, 절대 그럴 리 없지.

오늘 게시판에 올라온 내용 중에 유일하게 가능성이 있는 자리는 슈퍼마켓 주차장에서 카트를 관리하는 일이었다. 훌륭한 커뮤니케이션 능력과 공간 감각과 즉석에서 판단하는 능력이 필요하다고 적혀 있었다. 뭐라고? 카트를 카트보관소에 밀어

넣는 일 때문에? 서른다섯 개의 질문이 있는 온라인지원서에 답을 써야 하고, 자기소개서와 이력서도 보내야만 했다. 이 모든 과정을 거친 후에는 이 사람들은 내 코끝에 봉황의 알을 얹고 균형을 잃지 않으면서 에베레스트산 꼭대기까지 올라가 보라고 요구하겠지. 칫. 사람들이 그냥 나라에 빌붙어 살기를 선호하는 것도 놀랍지 않다.

"지원하시겠어요?" 책상 뒤 여자가 뻣뻣하게 굴며 '나야 상관없지'하는 로봇 같은 목소리로 내게 물었다.

"생각해 볼게요." 나는 말했다.

글쎄, 나는 이미 생각해 봤고 정말로 더는 그에 대해 생각하고 싶지 않았다. 스스로가 쓸모없음을 느끼고 침울해 하며 차들이 빵빵대는 거리를 따라 터덜터덜 돌아왔다. 딱 이요르(《곰돌이 푸》에 등장하는 염세적이고 비관적인 당나귀 - 옮긴이) 같군. 위들덤과 위들디 화분을 들쑤셔 놓을 때가 됐네. 그런 생각을 해도 기분이 전혀 나아지지 않았다. 나는 내가 잘 지내고 있다고 생각해 왔지만, 그 생각은 내가 여전히 의지박약임을 보여주었다.

아파트로 올라가기 직전 복도에서 나를 기다리고 있던 소포가 눈에 띄었다. 엄청나게 많은 우표가 붙어 있었다. 분명 우편 요금이 어마어마하게 들었을 것이다. 이게 도대체 무슨……?

잠시 이 소포가 내가 아닌 아래층 이웃에게 온 것이리라 생각했다. 다시 한번 확인했다. 아니, 이건 맨날 아옹다옹 다투는 아래층 커플 앞으로 온 것이 아니었다. 내 이름과 주소가 분명히 적혀 있었다.

르넷인가? 이 생각에 잠시 숨이 멎는 듯했다. 사실을 짚어보자면 나는 그녀를 백 퍼센트 완전히 잊었다. 하지만 그녀 말고 내게 뭔가를 보낼 사람이 누가 있겠는가? 분명 르넷일 거야. 그렇지 않나? 그녀는 충전기라든가 헤드폰 같은 몇 가지 잡동사니들을 가져갔다. 어쩌면 그녀는 양심의 가책을 느껴 그것들을 돌려주기로 마음먹었을 수도 있다.

소포는 르넷에게서 온 것이 아니었다. 분명했다. 그녀의 글씨체가 아니었으니까. 벽돌공에게 시켜 주소를 대신 쓰게 했을 수 있나? 그녀는 사람들이 자기를 위해 일하도록 만드는 데 세계 최고 전문가였다. 어쩌면 그 벽돌공 사내는 그녀를 위해, 이를테면 그녀의 비서로 일하고 있는지도 모르지. 그럴 가능성은 없지만. 나는 그놈이 글씨나 제대로 쓸 줄 아는지 의심스러웠다. 어쨌든, 이 글씨는 여자가 쓴 것처럼 보였다. 파란 볼펜으로 쓴 동글동글하고 땅딸막한 글씨였다.

나는 위층으로 소포를 가져가서 뜯었다. 여러 겹의 갈색 종이와 끈으로 묶인 안쪽에는 꽤 무거운 낡은 상자가 들어 있었다. 오래된 나무 냄새가 났다. 그리고 자물쇠가 있었는데, 열려면 비밀번호를 알아야 하는 그런 종류였다. 너무 이상하잖아?

그때 접힌 종이를 발견했다. 나는 그 종이를 펴보았다.

패트릭에게

잘 지내시나요.

맥크리디 부인(당신의 할머니)은 여행을 떠나기 전에 제게 이 상자를 당신에게 보내주라고 부탁하셨어요. 상자가 잠겨 있다는 건 저도 알지만, 부인께선 어쨌든 그걸 보내라고 하셨죠. 상자를 안전하게 보관해 달라고도 하셨어요. 비밀번호가 없다면 그 상자를 열 수 없고, 아직은 열어서도 안 돼요. 부인은 당신이 당장 비밀번호를 얻을 수는 없을 거라 하셨어요.

날씨가 궂어요, 그렇죠?

안녕히 계세요.

에일린

할머니가 왜 상자를 꼭꼭 잠가 두었는지 궁금해지기 시작했다. 모든 게 점점 더 초현실적으로 변해갔다.

도대체 상자 안에 뭐가 있는 거지? 아버지 물건 같은 건가? 아니면 16세기부터 가문에 내려온 무슨 가보 같은 것인가? 빅토리아 시대의 냅킨 고리? 골동품 다람쥐 인형인가?

할머니와 만났던 두 번의 자리에서 더 많은 것을 알아낼 수 있었으면 좋았을 텐데. 이제 나는 내 문제들에 그토록 깊숙이 매몰되어 있었다는 것을 자책했다.

몇 가지 숫자를 조합해서 자물쇠 다이얼을 돌려보았지만, 어떤 번호도 맞지 않았다. 나는 언제든 도구함을 꺼내서 어떻게 해서든 상자를 열어볼 수도 있었지만, 그래서는 안 된다. 하지만 다들 알겠지, 내가 얼마나 궁금할지…….

아니야, 할머니가 바라는 대로 하겠어. 할머니가 비밀을 간직하기로 마음먹었더라도 괜찮다. 아마도 할머니가 남극에서 돌아왔을 때 모든 것이 밝혀지리라. 할머니가 어떻게 지내는지 궁금했다.

나는 침대 밑에 상자를 쑥 집어넣었다.

17

베로니카

로켓섬

"마음껏 드세요, 베로니카."

이곳에서 처음 먹는 아침 식사였다. 식탁 위에 따끈한 음식이 산처럼 쌓였다. 베이컨, 달걀, 베이크드빈, 해시브라운과 토스트 같은 것들이었다. 질보다는 양이 중요한 식사였다. 모두 막 해동한, 색깔도 없는 갖가지 음식들이었지만 과학자들은 그게 천국에서 내린 만나라도 되는 양 입속에 쑤셔 넣었다. 짐작건대 모두가 그 게걸스러운 식사로 하루를 버티는 모양이었다. 나는 주전자에서 차를 따라 한 모금 마셨다. 역겨운 맛이었다. 내 짐 어딘가에 향기로운 다르질링차를 챙겨왔는데. 그것을 꺼내야겠어.

말로 표현하지 않아도 그곳의 분위기는 나를 향한 분노로 가득 차 있었다. 나는 토스트 한 쪽과 달걀인 척하는 노란색 곤죽, 가죽처럼 보이는 베이컨 한 쪽을 접시에 덜었다. 그리고 곧바로 하고 싶은 말을 했다.

"제가 아직 숙박비를 내지 않았지요. 아침 식사 후에 결제하고 싶어요. 이메일에 제가 제시했던 금액보다 더 많이, 상당한 금액을 낼까 해요."

그들의 얼굴에 믿기 어렵다는 표정이 스치는 것을 보았다.

"숙박비로 부인이 말씀하신 금액보다 더 지불하시겠다고요?" 디트리히가 내 말을 되풀이했다.

"네."

저들은 나를 얼빠진 듯 쳐다봤다. 마크…… 아니, 마이크였나? 그가 기분 나쁘게 킬킬댔다. "왜요? 여긴 오성급 호텔도 아닌데요."

"알아요. 저는 여러분의 프로젝트를 도울 수 있는 실질적인 기여를 곧바로 하고 싶어요. 펭귄들을 돕고 싶어요."

디트리히가 얼굴을 찌푸렸다. "저희가 그런 걸 받는 게 허용되는지 모르겠네요, 맥크리디 부인. 사실……."

내가 말을 가로챘다. "논쟁은 하고 싶지 않아요."

테리가 나를 보았다가 디트리히를 보더니 다시 나를 쳐다봤다. "베로니카, 정말로 너그러우세요."

마크와 눈이 마주쳤다. 그는 내가 무슨 뇌물이라도 주려고 한다는 듯 짜증 난 얼굴이었다. 분명 나는 뇌물을 주고 있지. 그가 내게 떠나라고 말하기 위해 다시 마음을 다잡고 있다는 것을 알아볼 수 있었다. 마크는 결정을 내리는 역할을 자청한 것처럼 보였다. 그 역할은 디트리히가 맡아야 하는데도.

나는 음식을 집어 들었다. 오늘은 뭔가를 먹는 게 쉽지 않았다. 지난밤에 거의 잠을 이루지 못했다. 여러 상황을 곰곰이 생각해 보느라 머릿속이 너무 분주했으니까. 나는 입에 안 맞는 베이컨과 달걀을 그릇 가장자리로 밀어놓고 가능한 한 음식을 남기지 않은 척했다. 감사할 줄 모르는 것처럼 보이는 건 언제든 좋은 생각일 수 없지.

"테리, 당신이 말한 어쩌구에 대해 생각해봤어요."

그녀의 눈이 휘둥그레졌다. "제 어쩌구요?"

"저는 바보가 아니에요, 아가씨. 당신과 디트리히와 마크는 제가 신속하게 이곳을 떠나고, 당신들을 평화롭게 놓아주기를 바란다는 걸 알아요."

"마크가 아니고요, 마이크요." 무례한 남자가 비난하듯 끼어들었다. 나는 무시했다.

"제가 이곳에 3주간 머문다면 상호 간에 도움이 될 거예요. 저는 펭귄들과 시간을 보낼 수 있겠죠. 그게 살아생전 마지막 소원이랍니다. 당신들 입장에서 보면, 당신들은 제가 머물 곳을 제공해 준 대신 충분한 돈을 받게 될 거고, 적절한 때가 되면 여러분의 프로젝트를 존속할 수 있도록 제 전 재산을 받게 될 거예요. 게다가 테리, 당신은 그렇게 하고 싶다면 블로그인가 뭔가에 제 사진을 올려도 돼요."

테리의 얼굴이 밝아졌다. "아, 그 어쩌구 말씀이시군요."

"저는 SNS인가 하는 사기를 그다지 좋아하지 않아요." 나는 말을 이어나갔다. “하지만 제 사진을 거기에 올리거나, 인터뷰 하거나, 아무거나 제게 해달라고 하는 일을 할 준비는 되어 있어요. 여러분이 그게 도움이 된다고 생각하는 것 같으면 홍보를 위해서요.” 나는 뭔가에 대해 이토록 관대한 적이 거의 없었다.

“정말 감사해요, 베로니카!” 테리가 외쳤다. “정말로 훌륭한 일이에요! 요즘 부족한 사람들의 관심을 불러일으킬 만한 눈요깃거리를 부인이 제공해 줄 수 있을 거예요. 정말로 큰 도움이에요!”

그녀는 ‘내가 뭐랬니’라는 표정으로 (마크가 아니라) 마이크를 향해 몸을 돌렸다. 그의 얼굴은 몹시 화가 나 보였다. 요란한 소리를 내며 칼과 포크를 함께 내려놓더니, 휙 하고 일어나 나가버렸다.

베로니카 맥크리디는 옹졸한 인간의 음모에 당할 사람이 아니지. 나는 강하게 밀려들어오는 승리의 기쁨을 만끽했다.

테리는 또다시 안내자가 되었다. 그녀는 빛의 속도로 방한복을 주워 입더니 나를 기다리고 있었다. 나는 뻣뻣한 여든여섯 살의 팔다리를 가진 약점 탓에 훨씬 느렸다. 우리가 채비를 마쳤을 때쯤엔 다른 둘은 이미 밖으로 나간 지 오래였다.

“정확히 저 둘이 하는 일이 뭐죠?” 나는 물었다.

“서로 담당하는 영역이 달라요. 둥지와 흔적이 있는 곳들을 확인하죠. 개체 수를 세고 몇몇 펭귄들은 체중도 측정하죠. 그리고 작년에 떠났다가 돌아온 녀석들을 감시해요."

"어떤 펭귄이 작년에 떠났다가 돌아왔는지 어떻게 알죠? 비둘기처럼 다리에 고리라도 거나요?"

"아니에요." 그녀가 내게 알려줬다. "펭귄 발은 너무 두껍고, 통통해서 그렇게 할 수가 없어요. 예전에 시도해 봤는데, 고리가 발에 닿는 부분이 감염됐어요. 고리가 아니라, 날개 위에 쇠로 된 암 밴드를 걸어요. 암 밴드마다 번호가 부여돼서, 우리가 전에 만났던 펭귄인지 알아볼 수 있어요."

바깥으로 나가자마자 차가운 공기가 폐를 가득 채웠다. 정말로 상쾌한 기분이었다. 햇살은 은빛이 감도는, 하얀 춤사위를 보이는 눈 위를 스치며 퍼져나갔다. 나는 선글라스를 쓰고 에일린이 준 라일락색 스카프를 둘렀다. 또한 손수건이나 진통제가 필요한 때를 대비해 내가 두 번째로 좋아하는 선홍색 핸드백을 들었다. 물론 지팡이도. 나는 빠르고 민첩하게 경사면을 오를 수 있을 것이다.

테리는 감명받은 듯했다. 그녀의 뺨은 오늘따라 더 벌겋게 보였고, 양쪽 귀에서 달랑거리는 술이 달린 모자를 썼다. 예뻐 보이는 옷차림은 아니었다.

"당신은 젊어요." 내가 말했다. "남극의 섬에서 그저 두 명의 괴짜 남자들을 친구 삼아 지내는 게 고립감을 주지 않나요?"

"사실 저는 제 주위로 간격이 있는 게 좋아요. 평범하지 않지만 그게 제 모습인걸요. 몇 년 전 여러 친구와 글래스턴베리 축제에 갔다가 처음 깨달았어요. 진흙도 좋고, 음악도 좋았어요.

간이화장실은 더럽고 텐트에서 춥게 자야 한다고 다들 투덜거렸지만, 저는 전혀 상관없었어요. 제가 견딜 수 없던 건 바로 사람들이었어요. 압박감이 느껴지고 숨이 막히는 것 같았어요."

"정말로요?" 어쩌면 내가 생각했던 것보다 우린 공통점이 더 많을지도 모르겠다.

"정말이요. 절 이상하게 보지 마세요. 저는 사람들을 좋아해요. 아주 좋아하죠. 저는 그저 많은 사람을 대하는 게 힘들 뿐이에요. 저는 그 모든 감정이니 계획, 꿈이며 염원 같은 것들이 다 눈에 들어와요. 사람들의 모든 문제가요. 그러면 제 체계에 막대한 과부하가 오는 것 같죠. 저는 다른 사람들이 부산스러움을 좋아한다는 걸 알아요. 하지만 제겐 너무 과해요."

갑자기 흥미가 솟아났다. "그러니까 사람 수가 많은 걸 견딜 수 없는 거군요. 짐작건대 펭귄이 많은 건 다른 문제고요?"

"맞아요! 펭귄은 아무리 많아도 괜찮아요. 인간들과는 다른 에너지를 가졌으니까요. 좀 더 본질적이고 땅에 가까운 그런 에너지요. 펭귄들은 상황에 대해 고민하지 않아요. 문제를 일으키지도 않죠." 그녀가 열변을 토했다.

"저 역시 무리 지어 있는 인간은 좋아하지 않아요." 나는 털어놨다. "당신과는 다르게 개별적인 인간도 좋아하지 않는답니다."

"네?"

"충격적인가요?" 내가 물었다.

"아뇨." 그녀가 대답했다. "그렇게 느끼신다니 슬프지만요.

아마도 부인께선 안 맞는 사람들만 만나셨나 봐요. 아니면 누군가가 부인을 그렇게 느끼게 한 짓을 저질렀거나."

나는 그녀를 향해 얼굴을 찡그렸다. 내 인생에서 벌어진 여러 비극에 대해 털어놓고 싶지 않았다. 테리 같은 사람에게 나는 돈만으로는 행복할 수 없다는 것을 보여주는 살아 있는 증거였다. 돈이 있다면 편안한 건 확실하다. 건강하고 오래 사는 것? 운이 좋다면야 그렇기도 하지. 행복은? 힘들다고.

우리는 잠시 꼭대기에서 멈춰 섰고, 나는 풍경을 바라보았다. 저 멀리 하얀 머리를 얹은 웅장한 산들이 무리 지어 있었다. 남쪽을 향하고 있는 산기슭은 누더기처럼 흰 눈이 드리워져 있었다. 반달 모양의 호수는 엷디엷은 청록색으로 빛났고, 그 뒤로 보이는 땅의 섬세한 선이 바다와 호수를 구분 지어줬다. 전경에서는 바위들이 화려한 색깔의 이끼들이 만들어낸 요란한 치장을 두른 모습을 과시했다. 촘촘히 난 이끼 하나하나가 아침 햇살을 받아 도드라졌다. 이곳을 덮은 눈은 고르지 않아 보였다. 구석구석 단단히 다져졌는가 하면 돌바닥에 맞서 잔뜩 주름이 잡히고, 다시 도랑을 따라 구불구불 휘어져 나갔다.

"선글라스 문제일까요, 아니면 눈이 분홍색과 황색으로 물든 건가요?"

"네, 부인의 선글라스 때문은 아니에요. 아주 작은 조류 때문에 착색되어서 빛나는 거예요. 예쁘죠?"

우리는 펭귄들에게 가까이 다가갔다. 펭귄들이 깍깍거리며 떠드는 소리가 천천히 사방으로 퍼져나갔다. 수천 개의 작은 형체는 섬세한 금빛 햇살 속에서 그 윤곽을 드러냈다.

"살아 있음에 감사하게 돼요. 그렇지 않나요!" 테리는 우리가 펭귄의 서식지에 도착하자 어깨에 걸고 있던 카메라를 내리면서 이렇게 외쳤다.

펭귄은 조아 드 비브르(Joie de vivre, '삶의 기쁨'이라는 뜻 - 옮긴이)를 한껏 뿜어냈다. 테리가 무슨 이야기를 한 것인지 이해할 수 있었다. 그 시끄러운 소리와 냄새, 지나치게 질퍽질퍽한 구아노라는 문제가 있기는 하지만, 나는 이미 인간보다 펭귄을 훨씬 더 좋아하게 됐다. 오늘 펭귄들은 부족의 춤 같은 것에 열중하고 있었다. 머리를 위아래로 움직이고 오락가락 행진하면서 혼잣말을 하거나 수다를 떨었다. 그러다가 속도를 높이더니 몇몇은 배를 깔고 누워 얼음을 따라 미끄러져 내려갔다. 날개는 활짝 펴고, 부리로는 세찬 맞바람을 갈랐다. 녀석들은 미친 듯이 행복해 보였다.

테리 역시 미친 듯이 행복해하며 펭귄들을 향해 달려나갔다. "정말로 아름다운 아침이에요. 일단 사진 좀 찍어야겠어요." 그녀는 바로 셔터를 눌렀다. 가끔 카메라를 내게로 돌렸다.

"웃어요, 베로니카!" 그녀가 불렀다. 그렇게 말할 필요도 없었다. 나는 이미 웃고 있었으니까.

테리가 저 멀리 암 밴드를 두른 펭귄을 가리키며 내게 쌍안경을 건넸다. 나는 쌍안경을 열심히 들여다봤다. 펭귄은 날개에 두른 거추장스러운 물건 때문에 당황하는 것처럼 보이지 않았지만, 꽉 조여 보였다.

“암 밴드가 수영을 방해하지는 않나요?”

“전혀요. 아프지도 않아요.”

“그 얘기를 들으니 안심이 되네요. 만약 당신들이 펭귄을 어떤 식으로든 아프게 한다는 것을 알았다면, 후원에 의구심을 가지게 됐을 거예요.”

테리가 고개를 끄덕였다. “맞는 얘기예요!”

우리는 펭귄들의 통로를 따라 돌아다녔다. 내가 그 광경을 감상하는 동안 테리는 희귀한 커플들에 대한 사실을 공책에 기록했다. 글을 쓰는 틈틈이 그녀는 몇몇 다른 토종 동물들을 가리켰다. 내 눈엔 똑같은 갈매기로 보였지만, 그중 하나는 앨버트로스였고, 도둑갈매기도 몇 마리 있었으며, 쇠바다제비도 있었다. 테리는 내게 다시 쌍안경을 건넸고, 나는 영역 표시를 하며 하늘을 빙빙 돌고 있는 쇠바다제비를 관찰했다.

갑자기 요란한 끽 소리와 함께 예리하게 찌르는 느낌이 다리에 전해졌다. 나는 그 충격으로 쌍안경을 떨어뜨렸고 날카로운 비명을 내뱉었다. 내 곁에 펭귄 한 마리가 있었다. 분노에 차서 날개는 빳빳이 세우고, 부리는 그다음 행동을 취하려고 작정하고 있었다. 내가 뭔가 조처하기도 전에 녀석은 내 정강이를 몇 번 더 가혹하게 부리로 찍어내더니 마치 집게처럼 내 무릎 아래에 매달려 자기 몸을 단단히 고정했다. 방수 바지와 긴 내복을 통해 살갗으로 아픔이 강렬하게 전해져 왔다.

“떨어져, 떨어져, 떨어지라고, 이 꼬마 녀석아!” 테리가 장갑을 낀 두 손으로 펭귄을 꽉 붙들며 고함쳤다. 녀석은 내 다리를 놓아주는 대신 내가 두 번째로 좋아하는 선홍색 핸드백에 딱 붙었다. 나는 꺅 소리를 내며 온 힘을 다해 핸드백을 흔들어댔다. 이 맹렬한 작은 동물은 절대로 핸드백을 놓지 않았고, 핸드백에 매달려 날아갈 듯 발을 구르며 빙글빙글 돌았다. 핸드백 가죽이 고칠 수 있다는 희망조차 가질 수 없을 정도로 찢어진 후에야 펭귄은 꽉 붙들었던 것을 놓아주고 술에 취한 양 나자빠졌다.

"어머, 죄송해요! 괜찮으세요?" 테리가 간신히 물었다.

"저는…… 저는 괜찮아요. 그냥 괜찮아요." 나는 거짓말을 했다. "미안해야 할 이는 당신이 아니라 펭귄이죠."

"펭귄이 덤벼들면 아무리 두꺼운 옷을 몇 겹 껴입어도 꽤 아플 수 있다는 걸 알거든요."

그녀는 몸을 굽히더니 내 다리를 부드럽게 문지르기 시작했다.

"그러지 마세요." 나는 그녀에게 빽 소리를 질렀다.

"이러면 좀 나아질 거예요. 기지로 돌아가면 연고를 바르세요. 여기에서는 멍이 들었는지 확인하거나 그 부위를 내놓을 수 없어요. 얼마나 아픈가요? 되돌아가고 싶으세요?"

"괜찮아요."

그녀가 눈썹을 찌푸렸다. "괜찮아 보이는 얼굴이 아니신데요."

"그저 진통제가 필요할 뿐이에요. 이걸 열게 도와주실래요?"

나는 망가진 핸드백을 그녀에게 쑥 내밀었다.

"어쩌면 좋아요. 부인의…… 아이고, 부인의 아름다운 가방이요!"

그녀는 장갑을 벗고 잠금장치를 풀더니 알약을 꺼냈다. 알약을 삼킬 수 있게 자기 물병에서 물을 조금 마시라고 권했다.

나는 그 펭귄 때문에 몹시 화가 났다. 그 펭귄은 부리나케 군집지로 돌아가서는 친구들 사이로 사라져 버렸다.

"그 펭귄은 왜 그런 짓을 한 거예요? 왜요?" 나는 따지듯 물었다.

"그건…… 음, 혈기 때문에요. 태생적인 혈기 왕성함이라고 치죠. 두세 살 된 펭귄은 조심할 필요가 있어요. 새끼를 낳기에는 아직 어려서, 시시덕거리거나 싸우거나 자기 능력을 증명하려 애쓰는 것 말고는 딱히 할 일이 없거든요. 녀석은 그저 거만한 청소년이에요."

"알 만하네요."

나는 글자 그대로, 그리고 은유적인 의미에서도 상처를 입은 기분이었다.

테리는 나를 안심시키려고 애썼다. "왜 녀석이 부인을 쪼았는지 모르겠네요. 제게도 어렵지 않게 덤빌 수 있었을 텐데요."

"글쎄요, 꽤 흔한 일이에요." 나는 그녀에게 말했다. "모두가 즉각적으로 나를 싫어하게 되니까요."

그녀는 나를 보려고 고개를 휙 돌렸다. "어머, 그렇게 말씀하지 마세요, 베로니카!"

"왜요? 사실인걸요."

테리는 그 말을 부인하기에는 너무 정직한 아가씨였다.

18

베로니카

로켓섬

테리는 기지로 돌아가는 내내 쉬지 않고 사과를 하면서, 나를 부축해서 가야 한다고 우겼다. 나는 품위 있게 침묵을 지켰다.

그녀는 머클럭을 벗을 수 있도록 도와준 후 쿠션이 달린 의자에 나를 앉혔다. 그 의자는 이제 내 것이 됐다.

"놀라셨으니까 일단 차 한잔 드릴게요. 그러고 나서 다리가 괜찮은지 제대로 보죠."

"원하시는 대로요."

저들이 차라고 부르는 기분 나쁜 타르 맛의 액체가 모락모락 김을 피우며 머그잔에 담겨 나왔다.

"부엌문을 그냥 열어놨군요." 그녀에게 말했다.

"그게 중요한가요?"

"문 좀 닫아주면 고맙겠어요."

그녀는 어깨를 으쓱하더니 가서 문을 닫고 다시 돌아왔다. 나는 그녀가 상처를 보기 위해 방수 바지와 긴 내복을 벗기도록 내버려 두었다. 상처는 보라색이 됐고 보기에는 흉했지만 크게 심각한 정도는 아니었다. 그녀는 응급 상자에서 꺼낸 소독제를 상처 위에 바르더니 반창고를 덧댔다. 이미 통증은 가라앉았다.

"이제 살아나신 거 같아요."

"틀림없이 살았어요."

"아마도 휴식이 필요하시겠죠?"

"아마도 그럴 거예요."

그녀는 나를 부축해 방에 데려다주려 했지만 나는 떨쳐냈다. 도움은 필요 없다고. 걱정으로 가득 찬 그녀가 자리를 못 뜨고 있었다.

"제발 가서 중요한 일을 하세요, 테리. 저는 괜찮을 거예요. 혼자만의 시간이 필요해요."

"정말 괜찮으신 거죠?"

"그럼요."

테리는 갈팡질팡하는 듯 보였다. "솔직히 말하자면 작업을 꼭 해야 해요. 약간 밀리긴 했거든요……."

"가세요."

"몇 시간 내로 돌아올게요. 푹 쉬세요. 집에 있는 것처럼 편안히요. 아무거나 먹고 싶은 게 있으면 마음껏 드세요."

나는 사람들이 호들갑 떠는 게 딱 질색이다.

그녀가 나가자 긴장이 풀렸다. 나는 울퉁불퉁한 침대 위에서 몸을 한껏 폈다. 여전히 속에는 분노가 남아 있었다. 이 모든 남극의 모험은 재앙 그 자체였다. 과학자들은 내가 이곳에 머무는 것을 원치 않는다는 것이 너무나 분명했고, 더욱 씁쓸하고 실망스러운 점은 펭귄들마저 그렇다는 점이었다. 저런 배은망덕한 새들 같으니! 지구 끝 동네가 내게는 어떤 운명이 아닐까 생각…… 아니, 확신했지만, 아무 소용없었다.

내 분노는 서서히 스러지고, 바람이 빠져나간 느낌이 남았다. 펭귄에서 시작된 자선 행위의 거품도 꺼져버렸다. 내게는 불굴의 의지가 필요했다.

다시 몸을 일으켜 진통제를 한 알 더 먹었다. 예전에 삼켜야만 했던 쓰디쓴 알약들이 모두 떠오르고 말았다. 내 과거가 잠시 머릿속을 위협적으로 장악했다. 나는 애써 과거와 맞서 싸우며 현재의 문제에 초점을 맞추려 했다.

펭귄을 향한 마음이 사라져버렸다.

변심은 여자의 특권이야.

의심할 필요도 없이, 유산이 아깝지 않게 쓰일 다른 고상한 명분은 수없이 많다.

"안녕하세요, 베로니카. 죄송해요. 제가 깨웠나요?"

나는 잠시 혼란에 빠졌다가 테리가 문틈으로 고개를 들이밀고 있음을 깨달았다.

"아뇨, 그냥 드러누운 상태로 가만히 있었어요. 편안한 의자가 없어서요." 나는 천천히 몸을 일으켜 세웠다.

걱정스러운 표정을 짓느라 아직도 테리의 입과 이마는 보기 싫게 일그러져 있었다. "어떠세요? 다리는 괜찮으세요?"

"완전히 회복됐어요. 고마워요."

"다행이에요. 어찌 그런 일이! 무례한 펭귄 대신 사과드릴게요."

"제발 사과는 그만하세요!"

"뭐 좀 가져다드릴까요?"

"아뇨."

"음, 그렇다면 저는 컴퓨터실에 있을게요. 오늘의 데이터를 시스템에 입력해야 하거든요."

테리는 사라졌다.

"테리!" 그녀를 불렀다.

"네?"

"문이요."

"문이요. 알았어요, 죄송해요." 그녀가 문을 닫았고, 나는 다시 평화롭게 혼자가 됐다.

고작 몇 분 후 그녀가 다시 문을 두드렸다.

"베로니카, 이메일이 도착했어요. 인쇄해 왔습니다. 당신이 좋아할 거라는 생각이 바로 들었거든요. 여기요."

그녀는 종이 한 장을 내 손에 쥐여주고는 다시 문밖으로 사라졌다.

나는 돋보기안경을 찾기 시작했다. 망가진 선홍색 가방과 또 좀 더 후지기는 하지만 적어도 훼손되지는 않은 금테를 두른 형광 분홍색 가방을 모두 뒤졌지만 소용없었다. 슈트케이스를 뒤지다가 깊숙한 곳에서 향긋한 다르질링차가 담긴 깡통을 발견했지만, 돋보기안경은 없었다. 어쨌든 차는 어느 정도 위안이 되지. 나는 주전자에 물을 끓이러 부엌으로 갔다. 다행히도 브라운 베티 찻주전자(Brown Betty Teapot, 짙은 갈색의 유약이 발라진 둥근 형태의 도자기 주전자)가 찻잎 여과기와 함께 어느 선반 뒤쪽에 처박혀 있는 것을 발견했다. 물을 끓였다. 찻잔이 없어서 이 빠진 머그잔을 사용해야 한다는 게 비극이었지만, 진정한 차의 맛은 따뜻한 격려가 되었다. 첫 모금을 마시는 순간 맥크리디의 결단력이 다시 핏줄을 타고 흐름을 느낄 수 있었다.

머그잔을 내려놓자 선반 위에 놓인 돋보기안경이 눈에 들어왔다. 예전에 선반 위 책들을 살펴보다가 놓아둔 모양이었다. 나는 의자에 앉아 인쇄된 에일린의 이메일을 읽기 시작했다.

맥크리디 부인께

부인께서 안전하게 도착하셨다는 내용의 이메일 두 통을 디트리히 씨와 블로그를 한다는 그 테리라는 녀석에게 받았어요. 그래서 이젠 그만 걱정하기로 했지요. 부인께서 춥지 않게 잘 지내고 계시길 바라요. 티눈 때문에 괴롭지 않길 바라고요. 펭귄을 만난다는 건 분명 즐거운 일이겠죠. 저는 펭귄에 대해서는 잘 모르지만 제 조카 케빈이 가장 좋아하는 새예요. 그 아이는 남색과 흰색의 펭귄 인형을 가장 좋아한답니다.

이곳 날씨는 꽤 흐려요. 부인이 안 계시니 그 시간을 보내기가 쉽지 않지만, 더그(제 남편이요. 혹시 기억 못 하실까 봐)는 제가 외출을 더 많이 해야 한다고 하네요. 제 생각에 남편은 제가 집구석에 있는 게 싫어서 그렇게 말하는 거 같아요. 제가 너무 콧노래를 많이 부른대요.

어쨌든 소식을 자주 전해 듣고, 부인이 행복하게 지내고 있음을 알게 되면 좋을 거 같아요. 친절한 과학자들에게 부인께서 쓰고 싶은 말을 알려주면 제게 이메일을 보내줄 거예요.

비스킷은 정말로 맛있어요.

안녕히 계세요.

에일린

에일린에게 다시 해야 할 일을 산더미만큼 안겨주게 되겠군.

마이크와 디트리히가 함께 들어왔을 때 나는 다르질링차를 한 잔 더 따르고 있었다.

“맥크리디 부인. 오늘의 외출은 어떠셨나요?” 디트리히가 예의 바르게 물었다.

“그다지 성공적이지 못했어요.” 안경 너머로 그를 바라보며 대답했다. “공격당했거든요.”

“공격이요?”

“네, 정말로요. 펭귄 한 마리가 자신의 분노를 제 종아리와 두 번째로 좋은 핸드백에 쏟아붓기로 했나 봅니다. 정말로 무례하고 공격적인 태도로요.”

“아, 안됐군요.”

"그렇죠."

"그래서 테리는 어떤……?"

"테리가 저를 도와줬어요. 소독제랑 반창고로요."

디트리히는 턱수염이 어찌나 덥수룩한지 그 아래 깔린 표정을 판독하기가 어려웠다. 하지만 그의 '안됐군요'라는 말에서 진정성이 느껴졌다. 반면에 마이크는 애써 꾸며낸 동정의 표정을 짓고 있었다. 그 아래 깔린 비웃음을 감추기엔 역부족이었다.

"펭귄은 야생동물이에요, 베로니카. 우리는 그 점을 기억해야 해요."

"꼭 그래야겠죠." 나는 감정을 담아 답했다.

"그다지 행복해 보이시지 않네요." 마이크가 플라스틱 의자 가운데 하나에 털썩 앉으면서 말했다. "집으로 돌아가고 싶으시다면 늦지 않았어요."

"사실 그에 관해 물어보려고 했어요."

마이크가 디트리히를 쳐다보더니 다시 나를 바라봤다. 비웃음이 노골적으로 드러나 내가 떠나리라는 기대에서 오는 기쁨과 섞여 있었다. "앞으로 3주 후에나 배가 있어요. 하지만 위험관리 팀에 무선을 쳐서 우리를 도와줄 수 있는지 물어볼 수 있습니다. 보통은 위급상황이 아니라면 헬리콥터를 보내주기를 꺼리지만, 아마도 그 비용을 부인께서 지불할 준비가 되어 있으시다면야……?"

"돈은 중요하지 않아요." 나는 그에게 확언했다.

"그렇다면야 가능하죠, 맥크리디 부인." 디트리히가 말했다.

그는 감정이 드러나지 않도록 목소리를 가다듬었다. "바로 알아볼 수 있어요." 그가 주머니 깊숙이 손을 넣더니 작은 검은색 기계장치를 하나 꺼냈다. 어떤 종류의 무전기 같아 보였다.

이들은 나를 떠나보내려고 무례할 정도로 서두르고 있었다. 마이크는 늑대처럼 잔인하게 미소 지었다. "로켓섬은 그다지 편한 곳이 아니지 않나요, 베로니카?"

나는 그가 내 이름을 부르면서 목소리를 꺾는 게 기분 나빠서 일부러 대꾸하지 않았다.

그는 자기 생각을 밀어붙이고 싶어 안달이 났다. "우리는 최선을 다해 부인께 경고를 드렸어요. 대단히 송구스럽게도, 부인께선 멋대로 하시겠다고 고집을 부리시지 않으셨나요, 그렇죠?"

송구 같은 소리 하고 있네! 그는 〈에베소서〉 같은 성 바울의 편지에 대해 땅돼지가 모르는 거나 마찬가지로 송구스러운 것이 뭔지도 모를 게다. 도무지 참을 수 없는 남자는 나를 깔보고, 내 결정에 콧방귀를 뀌려고 애쓰고 있었다. 감히 저게!

"베로니카, 인정하셔야 할 것 같아요. 이곳은 관광지가 아닙니다."

"저는 관광객이 아니고요!" 나는 그를 향해 내뱉었다.

"아마도 아니겠지요. 완전히 관광객은 아니지요. 하지만 과학자도 아니시잖아요. 그 어떤 훈련도 받지 않으셨으니까요. 오직 철두철미하게 훈련받은 과학자만이 이 로켓섬에 장기적으로 머물 자격을 갖추게 되지요."

나는 그가 이 말을 하는 동안 내 로켓을 떠올렸다. 방한 조끼

속 가슴팍에 매달려 있는 매끄러운 은제 로켓. 나는 마음속으로 그 안에 담긴 것들을 생각했다.

"집으로 가시는 길이 즐겁기를 바랍니다." 마이크가 뻔뻔스럽고 성의 없게 말했다.

이러한 무례함의 향연 속에 침묵을 지키고 있던 디트리히가 자기 무전기의 버튼을 누르기 시작했다. 나는 날렵한 몸짓으로 그를 저지했다. "제가 집에 간다고 누가 그래요?"

마이크가 허공을 향해 두 손을 번쩍 들었다. "그게 부인께서 원하시는 거라면서요!"

나는 그를 서늘하게 바라봤다. "아니, 전혀요. 저는 그걸 원치 않아요. 완전히 잘못 이해하셨어요. 저는 제 의견을 다시 검토하고 있었을 뿐이에요. 제 마음을 정했다고 단언할 수 있습니다." 여태까지 정하지 못했지만 이제는 확실했다. "앞으로 3주간 여기 머물 거예요. 여러분이 좋아하든 말든 상관없이요."

그 비열한 펭귄들이 고마워하거나 말거나 끈질기게 도와야겠다.

심술궂은 마이크가 저녁 식사를 준비할 차례다. 그의 노력은 통탄할 수준이었다. 소시지는 쇠수세미를 씹는 것 같았고 양배추는 초록색을 내는 데에 처절하게 실패했으며, 봉지에서 꺼낸 으깬 감자와 그레이비소스는 색깔이나 질감 모두 진흙을 닮아 있었다.

나는 양배추를 접시에 덜었다. 분위기는 사뭇 껄끄러웠다.

앞서 있었던 대화에 함께하지 않았던 테리는 내가 음식을 마음에 들지 않아 한다고 생각하는 것 같았다.

"베로니카, 신선한 채소를 대접하지 못해서 죄송해요."

"당신의 잘못도 아닌데 계속 사과할 필요 없어요."

마이크는 이 조악한 수준의 음식이 그의 잘못이라고 넌지시 이야기하는 것이라 생각하는 듯했다.

"만성적인 식량 재고 부족 상태, 엉터리 조리기구와 부족한 시간을 고려해 보자면 제가 그다지 요리를 못한 건 아니라고 생각합니다만."

나는 그를 보고 얼굴을 찡그렸다. 내가 견딜 수 없는 한 가지가 있다면 언제나 투덜거리는 사람들이다.

이어지는 침묵을 어떻게 해서든 메울 수 있는 말을 생각해내느라 모두 골머리를 앓는 것처럼 보였다.

"이 정도가 난관이라고 생각하시는군요." 내가 생각을 밝혔다. "여러분 세대는 그 어떤 음식이든 쉽게 얻고 전 세계 음식을 먹어보는 데 익숙할 거예요. 하지만 나는 빵을 좀처럼 구할 수 없고, 모두가 감자를 심느라 뒷마당을 파헤치고, 또 소시지랑 비슷하게만 생겨도 호사였던 그 시대를 기억합니다. 이 정도 식사라면 거의 만찬으로 생각했을 거예요."

디트리히가 마이크에게 윙크를 보냈다. "이봐, 마이크, 칭찬이라고!"

"그래, 뭐 그렇지." 그가 대답했다.

침묵이 다시 이어졌다. 보청기를 통해 불만스럽게 쩝쩝거리는 소리가 크게 들렸다.

"내일은 저 혼자서 펭귄들을 보러 나갈 수 있으리라 믿어요." 내가 선언했다. "여러분의 연구에 방해가 되고 싶은 생각은 전혀 없고, 군집지로 가는 길도 기억하니까요."

마이크가 중얼거렸다. "좋은 생각은 아니네요."

"왜요? 저를 과보호할 필요는 없어요. 제 몸 하나 정도는 돌볼 능력이 있거든요." 나는 신랄한 말투로 쏘아붙였다.

"이곳에 머무는 동안만큼은 저희 규칙을 따르셔야 해요." 그가 나를 쏘아보며 우겼다. 나도 그를 똑바로 바라봤다. 무례한 젊은이라면 얼마든지 눈빛으로 제압할 수 있으니까.

테리가 회유하려는 듯 내게 몸을 돌렸다. "저희 중 한 명과 함께 가주신다면 더 안심될 거 같아요, 베로니카. 당장은 날씨가 온화해 보여도 상황이 위험해질 수 있거든요. 저희 셋은 비상상황에서 어떻게 해야 할지 경험이 있어요. 제가 부인과 함께할 수 있다면 너무 기쁠 것 같아요. 그래도 되죠?"

나는 그녀의 제안에 짜증이 났다. 내가 가장 원하는 것은 고독이었다. 하지만 다시 한번 타협을 해야 할 것 같았다. "그러는 게 좋겠네요." 내가 대답했다.

"가면서 펭귄에 관한 이야기를 더 들려드릴게요. 블로그에 올릴 사진도 얻을 수 있을 거예요."

"블로그. 맨날 저놈의 블로그." 마이크가 중얼거렸다.

테리는 자기 소시지를 그에게 던지는 시늉을 했다. 적어도 그 소시지 덕에 마이크는 미소를 지었다.

테리의 펭귄 블로그

2012년 12월 12일

이 숙녀분을 한번 보시죠. 저는 독자 여러분이 감동할 거라고 생각합니다. 새로 도착한 대원이시죠. 펭귄을 얼마나 사랑하는지 스코틀랜드에서 남극까지 그 먼 길을 따라 이곳에 오셨답니다. 그리고…… 기대하세요……. 이분의 나이는 여든여섯이랍니다! 제가 여러분께 말하려던 게 바로 이거예요.

이분의 이름은 베로니카입니다. 앞으로 3주간 로켓섬의 현지 센터에서 우리와 함께 머물 예정이에요. 우린 이분이 적응하는 모습이 너무 기대됩니다.

사진에서 보듯, 이미 부인은 저기까지 가서 아델리펭귄 5천 마리가 만들어내는 풍경을 즐기고 계세요. 부인은 펭귄들의 세세한 부분까지 모두 알게 될 거예요……. 그리고 과학자들에 대해서도요.

부인은 이미 아델리펭귄에 관한 지식을 상당량 흡수하셨습니다. 예를 들어, 부인은 녀석들이 가장 좋아하는 음식은 크릴이라고 불리는, 작은 새우처럼 생긴 갑각류라는 걸 알고 있지요. 지금은 남극의 봄이에요. 펭귄들이 앞으로 어마어마한 변화들을 겪게 될 거라는 의미죠. 녀석 중 다수는 새로운 생명이 시작될 수 있도록 준비하고 지금 둥지에 앉아 있습니다.

베로니카는 이 돌로 만든 둥지가 아주 편안하거나 따뜻해 보이지 않는다고 언급했어요. 예리한 지적이죠. 우리는 펭귄들 자체가 겹겹이 지방을 두르고 있음을 기억해야 해요. 또한 녀석들은 아주 특별한 보온용 깃털로 만들어진 코트를 입고 있어요. 추위는 펭귄들에게는 큰 문제가 아닙니다.

혹여나 걱정하는 분들을 위해 말씀드리자면, 베로니카는 매우 정정합니다. 여기에 머물기 위해 철저히 준비하셨지요. 부인은 날씨에 알맞은 옷차림을 가득 준비해 온 만큼 결심도 단단히 하고 오셨어요. 여기에선 그 모든 게 필요하거든요.

19

패트릭

볼턴

오늘 남극의 펭귄 사람들에게서 이메일을 받았다. 테리라는 어떤 남자는 베로니카 할머니가 잘 지내는지 내가 알고 싶을 거라 생각한다면서 블로그 링크를 보냈다. 아침을 먹고 난 뒤 나는 그 블로그를 한번 보기나 하려고 컴퓨터를 켰다. 정말로 그 블로그에는 할머니의 사진이 있었고, 그것 때문에 내가 소스라치게 놀라고 말았음을 고백한다. 사진 속에서 할머니는 웃고 있었다. 진짜로 웃고 있었다고! 할머니는 천사의 무리나 뭐 그런 것을 보기라도 한 듯 황홀해 보였다. 하지만 천사가 아니잖아. 펭귄이잖아. 엄청난 펭귄 무리가 할머니를 둘러싸고 있었다. 땅딸막한 흑백의 형체로 이뤄진 바다 같았다. 그리고 모자가 달린 폭신폭신한 선홍색 재킷을 입고 크고 번쩍번쩍한 핸드백까지 든 할머니는 눈 위에서 찬란히 빛나는 빨강 그 자체였다. 그에 어울리는 선명한 빨간 립스틱까지. 그러니 할머니의 미소를 놓칠 수는 없었다.

확실한 건 할머니가 펭귄을 좋아한다는 것이었다. 그것도 아주 많이.

나는 커피 한 잔을 들고 블로그를 읽어나갔다. "숙녀분을 한번 보시죠"라고 쓰여 있었다. 테리라는 남자는 감동이라도 받았는지 할머니를 기적을 행하는 사람처럼 묘사했다. 나는 할머니가 최대한 예의 바르게 행동한 게 분명하다고 생각했다.

재미있었다. 나는 계속 할머니를 기억 저편으로 지우려고 애썼지만, 할머니는 자꾸 불쑥 튀어나왔다. 할머니가 아파트에 찾아온 날 나는 갑작스레 나타난 이 옛날 옛적에 헤어진 이산가족을 맞이할 준비가 눈곱만큼도 되어 있지 않았다. 나는 르넷을 원망했다. 그날 내 머릿속을 채우고 있던 것은 벽돌공에게 안겨서 돌아다니던 르넷의 충격적인 모습이었다. 그 외에는 그 무엇도 비집고 들어올 틈이 없었다(이봐, 타이밍은 엄청 중요한 거야). 하지만 공항에서 할머니를 만났을 때 나는 나-나-나에 대한 생각은 별로 하지 않았다. 그리고 마치 우리가 처음 만났을 때 뭔가를 놓치기라도 한 듯 희한한 감정을 느꼈다. 할머니의 까칠함은 그 누구도 속내를 볼 수 없도록 자기 자신을 꽁꽁 싸맨 외투 같았다. 심지어 에일린에게도.

나는 할머니가 살아온 인생의 아주 많은 부분을 놓치고 말았다. 할머니와 제대로 맞춰나가게 될까? 너무 늦어버렸나? 그 진한 화장과 숨 막힐 듯한 답답함 뒤에 숨겨진 할머니는 정말로 어떤 사람일까? 도대체 무엇 때문에 할머니는 펭귄들과 함께 있기 위해 그 먼 남극까지 간 것일까?

나는 아버지에 대해서도 더 많이 궁금해졌다. 조 풀러. 아버지는 할머니의 아들이다. 우리가 잃어버린 고리이자 중간세대고, 우리를 (좋든 말든) 결합해 주는 존재다. 하지만 우리 둘 다 아버지를 알 기회를 누리지 못했다. 나는 엄마에게 일어난 일 때문에 늘 아버지를 그저 끈적한 점액 덩어리 정도로 여겼다. 아마도 아버지는 어떻게 해야 할지 몰랐거나, 아니면 다른 문제가 있었을지도 모른다. 우린 다른 사람에 대해 아무것도 알 수 없다. 우리가 잘 아는 사람이라 할지라도, 그 사람이 무엇 때문에 살아가는지 정말로 잘 알 수는 없다.

이제야 불현듯 내가 더 많이 알 수 있으면 좋았을 것이라 생각한다. 어떤 정보라도 좋을 텐데. 아버지가 아침 식사로 무엇을 먹었는지, 티브이로는 어떤 프로를 봤는지, 나처럼 하찮은 것들이나 기계를 만지는 일에 관심이 많았는지도. 아버지는 등산가였으니, 분명 모험심이 강한 남자였을 거라 추측한다. 아마도 할머니에게 그런 성정을 물려받았겠지.

아버지를 입양했다는 그 가족이라면 분명 세세한 정보들을 알려줄 수 있지 않을까? 부모님은 돌아가시고 다른 형제나 자매는 없지만, 내가 알기론 시카고에 여전히 사촌이 살고 있었다. 어쩌면 그녀와 연락을 취해볼 수도 있다. 아니면 아버지의 동료들을 추적해 볼 수도 있다. 친구가 하나라도 있다면 말이다.

나는 창가로 어슬렁어슬렁 다가가 바깥 배수관을 바라봤다.

할머니 역시 당신의 아들에 대해 알고 싶을 거야, 그렇겠지? 할머니는 어쨌든 나를 찾아내는 수고를 아끼지 않았다. 인터넷에 능숙한 분은 아니니, 내가 할머니를 도와드릴 수도 있을 것이다. 할머니가 남극에서 돌아오면 우리는 꼭 만나서 그 이야기를 해야 해. 나는 할머니가 아버지를 포기하고 입양 보내기로 한 그 순간부터 할머니가 아는 모든 것을 갈구했다.

도대체 왜 할머니는 어리석게도 그런 짓을 한 거지? 나는 그 이면에 깔린 생각을 전혀 알 수 없었다. 아니, 그 반도 이해하지 못했지. 그저 껍데기 같은 일들에 시간을 낭비하느라 바빴으니까. 할머니가 집에 돌아오실 때쯤 모든 게 달라질 것이다. 나는 할머니의 마음속 깊이 다가갈 수 있으리라.

조깅에서 돌아왔을 때쯤 전화벨이 울렸다. 마지막 계단을 올라오느라 개처럼 헐떡이며 전화를 받았다.

"여전히 날씨가 궂어요, 그렇죠?" 마치 아까 시작한 대화를 계속 이어가기라도 하듯 말하는 목소리였다.

"음, 누구시죠?"

"에일린 톰슨이요. 아시잖아요. 우리 공항에서 만났잖아요."

"안녕하세요, 에일린. 도와드릴 일이 있나요?"

"음, 그러니까 막 그 사람들에게 이메일을 받았어요. 그 남극에 있는 사람들이요. 사실은 테리라는 사람한테서요."

"맞아요. 저도 받았어요. 블로그를 보셨어요?"

"네, 네, 봤고말고요. 맥크리디 부인은 정말 멋져 보였어요. 그렇죠? 아주 똑똑한 분이에요. 전 그리 생각해요."

"맞아요, 아주…… 음…… 다재다능하시고요." 나는 한 손으로는 티셔츠를 쥐고 찬 공기가 들어오도록 펄럭이면서 다른 한 손으로는 수화기를 귀에 대고 방 안을 서성였다.

"테리가 다른 이야기는 안 했나요?" 그녀가 말했다.

"무슨 다른 이야기요, 에일린?"

"맥크리디 부인에 대해 다른 이야기요. 펭귄이 부인을 물었대요!"

"뭐라고요?"

"당신 할머니가 물렸다고요. 펭귄한테요."

"그렇군요, 흠." 내가 걱정해야만 하는 건지 모르겠다. 펭귄에게 물린다는 게 어떤 건지 잘 모르니까. "치명적이지 않은 거로 짐작되죠?"

"네, 네, 전혀요! 테리라는 과학자가 말하길, 부인은 그 일로 기분이 나빠져서 거의 집으로 돌아갈 뻔했지만, 이제는 괜찮아지셨대요. 맥크리디 부인에게도 짧은 메모를 받았어요. 테리가 이메일로 보내줬어요."

"이 테리라는 녀석이 할머니의 하인 역할을 맡은 모양이에요, 그렇죠?"

"맞아요. 그런 거 같아요. 누군가가 부인을 돌봐줘서 아주 안심이 되네요. 부인은 좀…… 그러니까 아시잖아요. 예전처럼 젊지 않으니까요."

나는 미소를 지었다. 에일린은 보물 같은 사람이었다.

수화기를 타고 잠시 침묵이 흐르더니 갑작스러운 질문이 튀어나왔다. "상자 열어봤어요?"

내가 열어 볼 생각을 했던가? 그녀는 내가 그래 주길 바라는 건가?

"상자요? 당신이 보낸 그 상자요? 할머니가 열지 말라고 했다고 당신이 말했잖아요……. 그래서 안 열어봤죠."

"맞아요. 그냥 궁금했어요. 저는 정말 부인이 걱정돼요, 패트릭. 부인은 저를 제외하고 주변에 아무도 없는 게 익숙하고, 그러면서도 또 제가 가까이 가는 건 꺼려 하셔요. 물론 저를 집에는 들이시죠. 그래야만 하니까요. 하지만 부인의 생각이나 감정은 그리 많이 드러내지 않으시죠. 어제 더그가 보는 《데일리 메일》에서 이런 걸 읽었는데요……."

그녀는 극적인 효과를 위해 잠시 말을 멈췄다. 나는 그녀가 시사에 능통하다는 것에 감명받은 척이라도 해야 함을 깨달았다. 에일린은 자기가 다음에 꺼낼 말에 내가 완전히 걸려들었다고 생각했다.

"계속하세요." 내가 말했다.

"노인과 외로움에 관한 기사였어요." 그녀는 비밀을 털어놓기라도 하듯 속삭이며 말했다. "기사에서는 가장 나쁜 게 뭐냐면 소통을 하지 않는 거라고 했어요. 잠시만요. 그 신문이 여기 있는데." 또다시 침묵이 흐르고 종이를 넘기는 소리가 전해졌다. "네, 여기 있네요. '새로운 연구가…… 어쩌고저쩌고…… 외로움이 여러분의 건강에 큰 타격을 줄 수 있고…… 어쩌고저쩌고…… 다른 사람들과 생각이나 의견을 나누지 않을 때 치매에 걸릴 위험은 40퍼센트 증가한다.' 40퍼센트라고요!"

"치매요?" 나는 의아했다. "할머니를 겨우 두 번 봤지만 정확한 분이신 것 같았는데요."

"그럼요. 부인은 그렇죠. 부인은 그래요! 당신을 깜짝 놀라게 하려던 건 아니에요. 제발요, 저는 그런 의도가 절대 아니었답니다. 하지만 가끔은…… 깜빡깜빡하시는 때가 있어요. 사소한 기억력 저하요. 더 나빠지지 않으려면 가족이나 친구가 더 필요한 거 아닌가 싶어요. 그래서 부인이 당신을 찾았다고 했을 때 제가 그리 기뻤던 거예요, 패트릭. 이 친절한 테리라는 남자도요. 펭귄도 그렇고요."

20

베로니카

로켓섬

"저는 이 신선한 공기가 부인의 건강에 도움이 된다고 생각합니다, 맥크리디 부인." 디트리히가 말했다(나를 베로니카라고 부르지 않는 유일한 사람이었다. 그는 훌륭한 가정교육을 받았을 것이다). "얼굴이 좋아 보이세요."

"고마워요, 디트리히."

"마이크, 부인께서 더 젊어지신 거 같지 않니?"

뚜렷한 이유 없이 기분이 나쁜 마이크가 해석의 여지가 있는 헛기침을 나지막하게 했다. 나는 이 소리를 내가 진짜로 젊어 보인다고 인정하는 것으로 받아들이기로 했다. 어떤 식으로든 확인할 수 있는 것은 아니었으니까.

나는 디트리히가 놀라웠다. 테리의 응원은 블로그를 발전시키기 위해서는 자연스럽고도 절실한 것이었다. 하지만 디트리히가 지지해 줄 것이라고는 전혀 예상치 못했다. 그가 외국인임과 동시에 남자라는 성별을 가졌음을 염두에 둔다면 더욱 그랬다. 디트리히는 자기 자신과 타협하고 내게 무죄 추정의 원칙을 적용하기로 했다는 확실한 느낌이 들었다.

마이크는…… 글쎄, 우리는 서로를 봐주고 있었다. 모든 결정이 그에게 달려 있었다면 나는 진작 여기 머물지 못하고 쫓겨났을 것이다. 나를 어떤 식으로 쫓아냈을지는 몰라도 말이다. 어쩌면 그저 내게 냉랭하게 대했을지도 모르지. 내가 살면서 그런 일을 겪은 건 처음이 아니지만.

마이크는 고집스레 계속 문을 열고 다녔다. 그저 나를 짜증나게 만들려고 그런다는 것은 알고 있었다.

한발 앞선 엄청난 고민과 숙고 끝에 나는 한참 전에 목도리를 두르고 머클럭 부츠를 신기 시작했다. 테리가 파카를 입을 때쯤 나는 이미 채비를 마치고 문가에서 기다리고 있었다. 그녀는 카메라와 공책, 그리고 펭귄 태그를 한 아름 주워 들었다. 달랑거리는 술이 달린 흉측한 털모자 아래로 그녀의 금발머리가 단정치 못하게 비죽 늘어졌다.

"패션이나 스타일 같은 건 전혀 신경 쓰지 않나 봐요." 내가 말했다.

그녀는 깔깔 웃음을 터트렸다. "고마워요, 베로니카! 제 모습이 마음에 들지 않으신 거죠?"

예의에서 어긋나지 않으려면 적당히 얼버무려야 했다. "음, 남극에서는 옷차림에 타협이 필요하다는 점은 확실히 이해하고 있어요. 그리고 당신이 영국에 돌아가서는 아주 멋쟁이 아가씨로 변신할 수 있다는 것도 알아요……. 왠지 의심스럽긴 하지만요."

그녀가 킥킥댔다. "의심스러운 게 맞죠." 그녀는 고개를 끄덕이더니 이렇게 덧붙였다. "하지만 구아노로 된 늪지대와 5천 마리의 펭귄이 있는데 디자이너 핸드백 같은 걸 누가 필요로 하겠어요?"

나는 디자이너 핸드백을 내려다봤다. (선홍색 핸드백이 사망한 탓에) 내가 세 번째로 좋아하는, 금색 테두리를 두른 형광 분홍색 핸드백을 들고 나왔다. 나는 까칠하게 대답할 뻔했지만, 곧 그 말이 빈정거림이 아님을 깨달았다. 테리는 그냥 아무 말이나 던진 것이다.

우리는 함께 길을 나섰다. 발밑에서 눈이 끽끽거리다 뽀드득 부서졌다.

내 곁에 있는 이 아가씨는 내가 그 나이였을 때와는 전혀 달랐다. 그녀는 태평스러운 태도로 자기 앞에 놓인 기회의 시간에 신경 쓰지 않았고, 스스로의 진정한 가치를 당연하게 여겼다. 잘못된 방향으로 한 걸음만 잘못 디뎌도 이 모든 것이 만신창이가 될 수 있다는 생각은 전혀 하지 않았다. 나는 그녀가 나보다 자신의 삶을 더 잘 살아내기를 바랐다. 하지만 테리는 이미 더 잘 살고 있지 않은가? 처음으로 테리에 대해 궁금해지기 시작했다. 조용한 존재감을 가졌으면서도 그녀에게는 분명한 목적의식이 있었다.

"테리, 당신에겐 어떤 사정이 있을까요?" 나는 진심으로 궁금해서 물었다. "무엇 때문에 여기까지 오게 된 거죠?"

"특별할 건 없어요." 테리는 바다표범이나 희귀 새를 볼 수 있을까 싶어 주변에 좀 더 주의를 기울이다가 내 질문으로 돌아왔다. "저는 언제나 자연 애호가였거든요."

"더 자세히 얘기해 주세요."

"음, 어렸을 때 새에 완전히 푹 빠졌어요. 야생동물이면 다 좋았지만, 특히 새요. 십 대 시절엔 늘 바위 위에 앉아 있거나 강물을 헤치며 거슬러 올라가거나, 쌍안경을 들여다보며 늪지 한가운데에 서 있기도 했어요. 친구들은 제가 정말 따분한 애라고 생각했을 거예요."

적어도 그녀에겐 친구가 있었다. 나와는 다르게, 테리는 쉽게 호감을 사는 사람이었을 것이다.

"학교를 졸업한 후엔 자연과학을 전공했어요." 그녀가 말을 이어갔다. "그다음엔 야생동물 보호를 연구해서 석사 학위를 받았고요. 한동안은 자연보호 구역에서 일했고, 또 남는 시간에는 자연보호 자선단체에서 봉사도 많이 했어요. 몇 번의 여름 동안에는 아우터헤브리디스제도(스코틀랜드 북서 해양에 존재하는 5백여 개의 군도 - 옮긴이)에서 바닷새들을 따라다니기도 했죠."

요즘 시대엔 어딘가에 흥미가 있으면 곧장 뛰어들면 된다. 내가 젊었을 땐 그런 기회가 없었다. 어쨌든 여자들에겐 그랬다. 질투와 씁쓸함, 신물이 목에서 올라왔다. 인생의 다양한 불공평함을 삼켜버리기란 쉽지 않았다.

"여기 지원을 할 때만 해도 이 일을 할 수 있으리라고는 기대 못 했어요." 그녀가 산기슭을 쿵쿵거리며 올라가면서 말을 이어갔다. 이제는 자기 이야기에 더욱 열을 올렸다. "매일 이 일을 하게 됐다는 것에 정말로 감사드릴 뿐이에요! 여기 있는 게 좋고, 도전과 고난과 여기서 일어나는 소소하고 웃긴 일 모두가 좋아요. 저는 우리 팀이 좋아요. 우리는 완벽하지는 않지만 희한하게도 친하거든요. 물론 펭귄들 사이에서 일한다는 꿈이 현실로 이뤄진 거니까요."

우리는 꼭대기에 도착했다. 그녀는 걷는 속도를 늦추더니 팔을 부드럽게 휘두르며 전경을 어루만졌다. 옅은 라벤더빛 안개가 산 아래로 낮게 드리워 있었다. 얼음 결정은 어두운 바위틈에서 반짝였다. 펭귄 무리가 우리 아래쪽으로 퍼져 있었다. 검은색과 흰색으로 된 여러 조각의 그림 같았다.

"이 장소는 심장과 영혼 안으로 바로 쑥 들어와요." 그녀가 계속 말했다. "모든 것을 바꿔놓죠. 세상을 보는 방식, 나 자신을 보는 방식, 그 모든 것에 대해 생각하는 방식까지도요." 그녀가 불쑥 나를 쳐다봤다. "부인도 깨달으셨을 거예요. 그렇죠, 베로니카?"

나는 어떻게 대답해야 할지 몰랐다. 아마도 테리 말이 맞았다. 그 불운했던 첫 경험 이후로는 나나 내 핸드백 모두 다시는 공격받지 않았다. 실은 펭귄을 보았던 처음의 즐거움이 되살아났다. 이 작고 날개를 퍼덕이는 생명력과 매일 조우하기를 기대한다는 것은 크나큰 기쁨이었다.

어제 나는 처음으로 경이로운 광경을 목격했다. 아델리펭귄의 새끼가 부화하는 모습을 본 것이다. 처음에는 알이 흔들거리다가 안쪽에서 희미한 톡톡 소리가 들렸다. 그러더니 작은 부리의 끄트머리가 나타났다. 그 뒤로 끈적한 작은 생명체가 나타났는데, 혼자 힘으로 몸을 쭉 펴더니 투박한 발을 들어 껍질에서 기어나왔다. 회색 솜털이 가득한, 어쩐지 멍해 보이는 모습이었다. 나는 지켜보기만 했다. 엄마 펭귄은 새로 태어난 아기를 모든 각도에서 살펴보기 위해 고개를 이리저리 돌렸고 둘은 애정을 담뿍 담아 서로 비벼댔다. 새끼 펭귄은 엄마 뒤로 펼쳐지는 광경을 둘러보려 목을 쭉 뺐다. 녀석은 반짝이는 돌과 눈으로 만들어진 우주 안에 있는 자기 모습을 찾기 위해 들떠 있었다.

나는 역겨운 마이크에게 떠밀려서 로켓섬을 떠나지 않았다는 게 기뻤다. 이 경험은 에일린에게 장을 봐야 하는 목록을 써주거나 퍼킨스 씨에게 다년초와 관련해 지시를 내리는 것과는 비교도 되지 않았다. 또한 노년의 육체적인 한계가 그다지 크나큰 부담이 아님이 밝혀져서 자랑스러움을 느꼈다. 나는 남극 도전에 훌륭하게 성공했다.

테리가 본격적으로 작업에 들어갔다. 그녀는 펭귄을 한 마리씩 잡아서 가방처럼 생긴 휴대용 체중계에 매달아 보는 데에 열중했다. 몇몇 펭귄들은 반항하며 쪼아댔지만, 그녀는 민첩하게 부리와 발톱을 피했다. 그녀는 공책에 수치를 기록했고,

가끔은 카메라를 꺼내 사진을 찍었다. 나는 그 사진이 연구의 일환인지를 물었다.

"어느 정도는 그렇고, 어느 정도는 재미로, 또 어느 정도는 블로그를 위해 찍지요." 그녀가 대답했다.

"당신은 블로그를 아주 열정적으로 하네요." 내가 은근슬쩍 떠봤다.

그녀가 고개를 끄덕였다. "SNS는 사람들의 마음을 움직여서 관심을 쏟게 만들기에 가장 좋은 방법이고, 사실상 유일한 방법이에요."

나는 정말로 그럴까 궁금해졌다. 나는 SNS의 책략에 완전히 무지하지만, 미디어가 막대한 힘을 휘두르는 모습을 오랜 시간 지켜보았다. 로버트 새들바우가 몇 년 전 오존층에 대한 프로그램을 하자, 사람들은 모두 수십 년 동안이나 명백하게 존재했던 사실에 갑자기 관심을 가졌다. 즉 인간이 야생동물뿐 아니라 자신들도 함께 살아가는 지구를 파괴하고 있다는 사실 말이다. 몇몇 사람들은 행동을 취하기 시작했다.

SNS의 술책이 사람들의 관심을 끌 수 있다면, 그 결과는 그다지 나쁘지 않을 것이다.

나는 애정을 듬뿍 담아 펭귄들을 바라봤다. 테리가 내 사진을 찍었다.

"여왕처럼 보이세요. 신하들이 여왕의 주변에 모여 있는 것 같아요."

나는 이 생각이 꽤 마음에 들었다.

골똘히 생각에 잠겨 있는 동안 테리는 다시 말을 꺼냈다. “기분 나쁘게 듣지 말아주세요, 베로니카. 저는 솔직히 부인이 아델리펭귄 프로젝트에 수백만 파운드의 재산을 남기려 하신다는 점에 놀랐어요. 아주 기쁘고, 또 정말로 감사해요. 하지만 정말 궁금해요……. 손자가 있지 않으세요?”

“있죠.” 나는 대답했다. 내 열정은 그 생각에 차게 식어버렸다.

“패트릭이죠?”

“맞아요.” 나는 그녀가 나를 캐보는 게 불편했다. 나는 탐문당하려고 여기 온 게 아니었다.

테리가 펭귄 한 마리를 풀어줬고, 그 펭귄은 서둘러 떠나면서 처음에는 똑바로 섰다가 눈 위에서 미끄럼을 타기 위해 배를 깔고 폴짝 엎드렸다. “이런 질문을 해도 괜찮으시다면……무슨 문제가 있나요? 보통은 유산을 가족에게 남기잖아요. 제가 선을 넘었다면 죄송해요. 하지만 정말 궁금했어요.”

나는 한숨을 내쉬었다. 패트릭이 존재한다는 사실은 내 의식의 창으로 날아와서 몸을 부딪쳐 대는 끈질긴 파리 같았고, 내가 잊으려고 애쓸수록 그 소리는 점점 커졌다. 나는 그에 대해 이야기하고 싶지 않았고, 평소 같으면 주제를 바꾸는 게 나다운 방식이었을 것이지만 펭귄의 존재는 나를 평소보다 더 느긋하고 더 방심하게 만드는 힘이 있었다. 테리에게 설명이 필요하다면 해주지 뭐. “패트릭과 저는 서로를 거의 몰라요. 그 애를 가족이라 생각하지 않아요. 고작 몇 달 전에 처음 만났는걸요.”

“네?”

“맞아요. 완전히 불쾌했어요. 그 애를 만나기 위해 어찌어찌 먼 길을 거쳐 꽤 힘들게 왔는데, 다정한 것과는 거리가 멀었어요. 패트릭은 이를 만회하려고 몇 번 하찮은 시도를 했지만, 돈 때문인 것 같아 마음이 움직이지 않았어요. 게다가 걔는 쓸모없는 인간이거든요.” 그러다가 흔히 ‘결정타’라고 부르는 말을 던졌다. “패트릭은 마약중독자예요.”

테리는 예상대로 충격을 받았다. “베로니카, 너무 안타까운 이야기예요. 왜 그런지 이유를 아세요?”

왜냐고? 그 질문에 대해서는 전혀 생각도 해보지 않았다. 그 답은 너무나 뻔하다고 생각했던 모양이다. “지극히 흔한 타락이겠죠.”

테리의 얼굴에 희미한 미소가 떠올랐지만, 보기 흉한 안경 뒤로 보이는 두 눈에는 수심이 어렸다.

“손자에 대해 잘 모르신다면 아마도 부인께 말하지 못한 어려운 시간을 보냈을 수도 있어요. 아마도 그래서 마약을 하게 됐겠죠?”

이런 생각은 해 보지 않았다. 나는 다른 사람들이 왜 나쁜 행동을 하는지 깊이 생각해 보는 것에 익숙하지 않았다. 솔직히 말하자면 나는 사람들에 대해 그다지 깊이 생각해 보지 않았다. 경험상 그런 생각을 했다가는 불편하고 짜증이 날 뿐이었다. 테리 덕에 기억 한 조각이 마음속에 떠올랐다. 패트릭은 자기 엄마에 대해 몇 마디 중얼거렸었다. 그 애는 자세한 이야기를 하지 않았고, 당시 그 애의 아파트며 몸의 청결 상태, 무례한 태도에 너무 화가 나서 더 캐물을 수가 없었다. 이제야 패트릭이 과거에 벌어진 어떤 비극적인 일 때문에 그리된 것인지 궁금해지기 시작했다. 아마도 나와 똑같이, 그 애는 자신의 과거를 다른 사람들과 나누지 않기로 선택했나 보다.

"그분은 강력한 마약에 중독된 건가요?" 테리가 물었다.

"강력한 약인지 가벼운 약인지는 모르겠어요. 담배처럼 피우는 그런 거였어요. 아주 역겨운 냄새가 나고요." 내가 대답했다.

"대마초일 거예요." 그녀가 말했다. "그보다 훨씬 더 나쁜 마약들도 있어요."

"그럴 리가요!" 나는 코웃음을 쳤다.

나는 다시 펭귄에게 관심을 돌렸지만, 테리는 펭귄들의 몸무게 재는 일을 그만두었다. 그녀가 나를 쳐다보고 있는 것이 느껴졌다. 그녀는 신중한 목소리로 "대마초는 요즘 여러 지역에서 합법이에요. 예전엔 나쁜 소문이 있었지만, 의학적인 용도로 쓰이는 경우도 왕왕 있어요. 과학자로서 저는 대마초가 나쁜 면뿐이 아니라 이로운 면도 있다고 장담해요."

"그래요?" 나는 그녀를 의심스럽게 쳐다봤다.

"그럼요! 예를 들어 다발성경화증을 치료하거나 항암 치료의 끔찍한 부작용을 완화하기 위해서 사용될 수 있어요. 어떤 경우에는 진통제보다 덜 해롭기도 하거든요."

미처 예상치 못한 이야기였다. 나는 핸드백을 꽉 쥐었다. 안쪽 주머니에 들어 있는 파라세타몰과 아스피린 상자를 떠올렸다. 이 약들은 대마초보다 윤리적으로 나은 거겠지? 하지만 테리는 약물에 대한 내 우려를 눈치채지 못한 것 같았다.

"저는 패트릭이 대마초를 피우는 이유가 있을 거라 확신해요." 그녀가 강한 어조로 말했다.

"그렇겠네요." 나는 이 화제를 그만두고 싶다는 의지를 피력하는 목소리로 말했다. 하지만 그녀의 말은 나를 반성하게 했다.

21

패트릭

볼턴

"에일린, 무슨 일로 전화한 거예요?"

"테리라는 사람한테서 또 이메일을 받았어요."

"그래요……."

"맥크리디 부인이 쓴 편지의 사본이 함께 왔어요."

"좋아요. 어떤 소식이에요?"

"잘 지내고 계시대요. 펭귄들이 새끼를 낳았대요."

나는 미소 지었다. 또 다른 소식이 있다는 느낌이 들었다. "또 다른 소식은요?"

"맥크리디 부인이 편지에 쓰길, 테리를 통해 당신에게도 이메일을 보냈대요. 받으셨어요?"

흥미로웠다. 할머니가 실제로 쓴 소식이라고? 분명 그 상자에 관한 설명일 것이라고 생각했다.

"아직 이메일을 확인하지 않았어요."

그녀는 초조한 듯 혀를 찼다. "뭔가 중요한 얘기일 거라 생각해요. 제 생각에…… 아시잖아요. 확인해 보세요. 기다릴게요."

이 여자는 내가 그렇게 할 때까지 전화를 끊지 않으리라. 나와 이 뻔뻔한 여자는 매일 뭘 하는 거지? 나는 느릿느릿 노트북 컴퓨터를 꺼내서 이메일을 확인했다. 그래, 여기 펭그룹4앤트에서 온 이메일이 있네. 대충 훑어보았다.

"맞아요." 나는 에일린에게 말했다. "아주 짧아요. 할머니에게서 온 메시지는 더 짧고요. 메시지라 할 것도 없어요. 그냥 번호뿐이에요. 제 생각엔 분명 상자를 여는 암호일 거예요."

"저는 그 상자 안에 뭐가 들어 있을까 항상 궁금했어요. 그러니까 부인은 그 상자를 연 다음부터 그렇게…… 그렇게 아주 이상해진 거라고요."

"그래요?"

"네, 흥신소며, 당신을 방문한 일이며, 갑자기 펭귄을 구한다고 남극까지 간 일이며. 지금 열어볼 건가요?"

이런 참견쟁이!

"나중에요." 나는 그렇게 말하고 전화를 끊어버렸다.

그녀는 나중에 다시 전화를 걸어와 날씨에 대해 떠든 후 "아, 그건 그렇고, 상자 안엔 뭐가 있었수?"라고 묻겠지. 여전히 그녀의 신경은 그곳에 몰려 있을 테니 말이다.

나는 바닥으로 몸을 숙여 침대 밑에서 상자를 끌어냈고, 기대에 차서 번호를 맞췄다. 자물쇠가 딸깍하고 열렸다.

상자 안에는 구질구질하고 오래된 공책 두 권뿐이었다. 표지에는 제목도, 아무것도 쓰여 있지 않았다. 맨 위에 놓인 공책을 폈다. 페이지마다 아주 단정한 손 글씨가 빼곡하게 채워져 있었다. 옛날식으로 비스듬하게 쓰인 파란 글씨는 할머니의 필체와 비슷했지만, 더 부드럽고 둥그스름했다. 아주 오래전에 쓴 십 대 소녀의 일기장처럼 보였다. 일기는 1940년부터 시작됐다. 나는 시간여행을 하는 기분이었다.

침대에 앉아 몇몇 일기를 무작위로 읽었다.

1940년 7월 20일 토요일

셰퍼드 부시

내가 평범하지 않은가? 분명 그런 거 같다. 나는 오늘 잠시 밖을 돌아다녔는데, 이번에도! 모두가 나를 쳐다보는 것 같았다. 엄마가 말했던 것처럼 '또 다른 급성장기'에 들어서면서 다른 사람들의 시선을 더 의식하게 됐다. 남자애들은 모두 눈이 휘둥그레지고, 여자애들은 마치 훔쳐버리고 싶은 듯 내 몸을 보고 눈을 희번덕거렸다.

나는 과일 가게의 창문 앞을 지나가며 내 모습을 슬쩍 쳐다봤다. 챙 넓은 모자 아래로 갈색 고수머리를 늘어뜨린 내 모습이 사과 더미 위로 비쳤다. 엄마가 실용적이지 못하다고 하던 짙은 보라색 태피터 원피스를 입어 날씬해 보였다(내가 조르고 조른

끝에 엄마가 만들어주신 옷이었다). 나는 원피스가 허리 부분을 감싼 뒤 다리를 따라 물결치듯 떨어지는 모습이 마음에 들었다. 다른 여자애들이 입는 단정하고 똑 떨어지는 치마와는 달랐다. 오늘 내 모습을 망친 단 하나 옥에 티는 온종일 들고 다녀야 했던 상자였다. 끔찍할 정도로 평범한 모양이다. 내가 그 안에 담긴 흉측한 검은색 방독면을 쓸 일이 없었으면 좋겠다. 나는 그 상자를 반대쪽 손에 들어 유리창에 비치지 않게 했다. 좋은 것에만 집중할 때 얼마나 행복해질 수 있는지 놀랍기만 하다.

햇살 아래서 모든 것은 목가적이고도 감미로운 색깔을 입힌 것처럼 보였다. 거리에선 한 무리의 꼬마들이 굴렁쇠를 몰고 내 곁을 지나쳤다. 여자들은 줄을 서서 서로의 장바구니 안에 무엇이 들었는지 비교해 가며 고기 배급에 대해 수다를 떨었다. 이들 중 반은 귓가에 공습경보가 울릴 때 대피소에서 몸을 웅크린 채 벌벌 떨며 밤을 지새웠는지도 모른다.

나는 레이븐스코트 공원을 지나 집으로 돌아가다 철책에 묶인 터프티를 발견했다. 터프티는 나를 보자마자 꼬리를 아래위로 흔들었다. 터프티의 주인이 누구인지 몰랐지만, 매일 아침 그곳에 몇 시간 동안이나 묶여 있었다. 이 다정하고 조그만 스코티시 테리어에게는 가혹한 짓이다. 나는 이 아이를 너무나 간절하게 집으로 데려오고 싶지만, 엄마와 아빠는 안 된다고 하신다. 잔인한 주인이 이 더운 날 땡볕 아래 터프티를 내버려 뒀기 때문에, 나는 목줄을 풀어서 산책을 조금 한 뒤 호수에서 몸을 식혀주고는, 아름드리 삼나무 아래 있을 수 있게 앞쪽의 철책에 묶어주었다. 터프티는 신나서 이리저리 날뛰었다.

터프티의 주인은 자기 강아지를 원래 묶어놓은 곳보다 몇 미터 떨어진 곳에서 발견하면 뭐라고 생각할까? 게다가 홀딱 젖어서! 히히히.

전쟁 무기를 만드는 철이 부족해서 철책을 벗겨간다는 소문이 있다. 그런 일이 벌어진다면 터프티는 어디에 묶여 있게 될까 궁금해졌다.

연주대 근처에 사람들이 모여 있었다. 밴드가 익숙한 멜로디를 빵빵거리며 연주하고 있었고 구경하던 사람들은 머리를 끄덕이며 노래를 따라 불렀다. 몇몇 커플은 잔디밭에서 춤까지 추고 있었다. 집에 오는 내내 멜로디가 내 머릿속을 감돌았다. 아직도 내 귀에 들리는 것 같다.

추가

세상에. 아까 일기를 쓸 때는 모든 게 변하려 한다는 건 전혀 생각도 하지 못했다. 나는 일기를 쓰자마자 목소리를 잔뜩 높여 노래하며 계단을 달려 내려갔다. "람베스 워크 춤을 추세-아이!"

엄마가 나를 불렀다. "입 다물어! 너는 평생 나를 깜짝 놀라게 하는구나!"

나는 낄낄거리며 계속 노래를 부르며 부엌으로 뛰어 들어갔다. 그리고 '아이!'라는 추임새까지 부르다가 아빠의 코앞에서 뚝 멈췄다. 아빠는 스핀들백 의자에 앉아 무릎 위에는 오늘 자신문을 올려놓고 우드바인 담배를 피우고 있었다. 아빠는 씩 웃었다.

"아빠, 엄마, 나한테 람베스 워크 춤 좀 알려주세요."

아빠와 엄마는 거의 매주 춤을 추러 가신다. 춤 순서라면 다 알고 계실 것이다.

"지금은 안 돼, 베로니카." 엄마가 화로 곁의 자기 자리에서 대답했다. "내 손은 밀가루투성이란다."

"아빠, 아빠가 좀 보여주세요."

하지만 아빠의 미소는 사라지고 없었다. "글쎄, 베리야." (아빠는 이 세상에서 나를 베리라고 부르는 유일한 사람이었다. 아빠가 따스한 스코틀랜드 사투리로 그 이름을 부를 때 너무 듣기 좋았다. 불행히도 나는 그 억양을 닮지 못했다. 나는 엄마랑 똑같이 귀족식 영어로 말한다)

"우리를 위해 뭔가를 해준다면 람베스 워크를 보여줄게." 아빠가 말했다. "지금 입 내밀지 말고!"

아마도 나는 입을 약간 삐죽거렸었나 보다. "무시무시한 일을 시키시려는 거죠, 아빠? 요새는 다 그렇잖아요."

엄마와 아빠는 최근 들어 변했다. 가끔은 무거운 기운이 두 분에게 감돌고, 밤늦도록 뭔가를 진지하게 토론하는 소리도 듣는다. 또 다른 날엔 재미라는 게 이 세상에서 사라지기 전에 한껏 즐겨야만 한다는 듯 엄청나게 명랑해졌다.

아빠는 담배를 재떨이에 내려놓더니 두 손으로 내 손을 꽉 잡았다. "너는 너무 빨리 자라는구나, 베리. 너무 빨라." 아빠가 말했다.

아빠는 누구보다도 다정한 얼굴을 하고 있었지만, 근심 때문에 얼굴에 주름이 가득했다. 엄마는 화로 곁을 떠나 이쪽으로 걸어오더니 아빠 옆에 앉아 앞치마로 손의 물기를 닦았다.

나는 턱을 삐죽 내밀었다.

"그래서요?"

"너는 언제나 외국에 나가서 살기를 간절히 바랐지?"

"우리 이사 가요?" 내가 물었다.

"아니, 엄마와 아빠는 갈 수 없단다."

"우리는 여기서 일을 해야 해." 엄마가 말했다. "그 어느 때보다 중요한 일이야." 엄마는 최근 들어 구급차를 모는 교육을 받았고, 지루한 집안일보다 그 일을 훨씬 즐거워했다. 우리 모두 알 수 있었다. 아빠 역시 자기 일을 자랑스러워했다. 아빠는 지난번 전쟁에는 참전했지만, 이번 전쟁에 나가기엔 너무 나이가 많았다. 대신 아빠는 공습경보 관리자가 되었다.

나는 아빠와 엄마가 심각한 게 싫었다. 나는 춤을 추고 싶은 기분이었다.

"네가 더비셔까지 갈 기회가 있단다." 아빠가 말했다.

"뭐라고요? 왜요?" 많은 어린이가 런던을 떠나 피난을 갔다. 길 아래 사는 다이너와 팀도 그랬다. 하지만 내게는 벌어지지 않을 일이었다. 적어도 나는 그렇게 생각했다.

"왜인지 알잖니, 베리. 거기가 훨씬 안전하단다. 그리고 앤 마거릿 고모할머니가 우리에게 제안하셨지. 너는 고모할머니 댁에 머물면 된다."

"싫어요! 마거릿 고모할머니는 싫어요! 다른 데도 아니고 거기라니요!"

엄마가 한숨을 내쉬었다. "그게 최선이 아니란 건 알아. 미안하구나, 얘야. 그렇지 않으면 넌 완전히 모르는 사람이랑 같이 있어야 해. 고모할머니가 그렇게 제안하신 건 정말 큰 친절을 베푸신 거야."

"저는 이 바보 같은 전쟁이 싫어요!" 나는 울었다.

"우리 모두 그렇단다." 아빠가 말했다. "하지만 네가 생각하는 만큼 나쁘지는 않아. 주말에만 고모할머니 댁에 머물면 돼. 나머지 시간엔 세인트 캐서린이라는 학교에 다니게 될 거야. 전쟁이 나기 전에는 학교가 요크 지방에 있었지만 모든 학생이 던윅 홀로 옮겼단다. 거긴 성처럼 탑도 붙어 있는 어마어마한 전원주택이란다."

나는 사진에서 그런 건물들을 본 적 있었다. 모브캡을 쓴 하녀들이 창문 밖으로 시트를 털고, 가끔은 잘생긴 젊은이가 말을 타고 마당을 질주하는 그런 대저택. 어쩌면 괜찮을지도 몰라. 아빠와 엄마 곁을 떠나야 한다는 건 기쁘지 않지만, 가끔 두 분은 우스울 정도로 나를 과잉보호하는 경향이 있다. 여전히 나를 애 취급 하면서. 제발, 나는 열네 살이라고요!

나는 두 분의 얼굴을 번갈아 보았다. 가볍게 내린 결정은 아닐 거였다.

"알았어요. 갈게요."

엄마와 아빠가 어떻게 다시 참았던 숨을 내쉬기 시작했는지 보일 정도였다.

"아빠, 람베스 워크 춤을 가르쳐주세요. 약속했잖아요."

아빠가 자리에서 일어나 느릿하고 과장된 몸짓으로 절을 했다. "젊은 아가씨, 아가씨와 함께 이 춤을 추는 영광을 안겨주시겠습니까?"

"당연하죠!" 나는 으스대며 말했다. 우리는 함께 부엌 바닥 위로 걸음을 옮겼다.

엄마는 앞치마를 벗어 문 뒤 옷걸이에 걸었다. 그러더니 조용히 위층으로 올라갔다.

저녁 늦게, 내가 식탁에 앉아서 이 일기를 쓸 때 엄마가 다시 왔다. 엄마의 두 눈은 빨갛게 충혈되고 부어 있었다.

1940년 8월 16일 금요일
더비로 가는 기차 안에서

고모할머니를 다시 만나는 건 하나도 기대가 되지 않지만, 적어도 로켓이 생겼다. 아빠가 이 로켓을 내게 주셨는데, 정말 마음에 든다. 이 로켓은 원래 할머니 것이다. 구불구불한 잎사귀 그림 사이에 V가 새겨져 있었다. 바이올렛(Violet)을 의미하는 V였지만, 이제는 베로니카의 V다. 나는 이 로켓을 내 짐 중에서 무엇보다 소중하게 여긴다. 내 보라색 원피스보다도, 가장 좋아하는 동물 책보다도, 심지어 가장 소중하고 소중한 배급품 초콜릿보다도.

아직은 잘생긴 왕자가 나타나지 않았기 때문에 나는 엄마와 아빠에게 그 로켓에 넣을 머리카락을 달라고 졸랐다. 새로운 학교 친구들에게는 이 머리카락이 두 명의 젊은 로미오에게서 받은 것이며 둘 중 누구를 사랑해 주기로 했는지 아직 결정 못 했다고 말할 수 있겠지.

나는 터프티의 털도 한 움큼 로켓 안에 넣을까 생각했지만, 오늘 아침 서두르느라 그럴 시간이 없었다. 터프티가 나 없이도 잘 지내길 바라야지.

"걱정하지 마, 베리." 아빠와 엄마가 내게 굿바이 키스를 하자마자, 아빠는 이렇게 말했다. "모든 게 잘될 거야. 강해지렴!"

나는 분명 강해질 것이다. 나는 언제나 강했으니까. 하지만 약간 긴장되는 것은 어쩔 수 없었다.

새로운 삶은 어떤 모습일까? 남자 친구를 만날 수 있을까?

마거릿 고모할머니는 내 기억 속에 흐릿한 모습으로 남아 있다. 내가 기억하기론, 남자라는 성별을 가진 존재는 1킬로미터 안에 얼씬도 못 하게 할 위인이다. 유감스럽지만 나는 이를 벗어날 방법을 찾을 수 있을 거라 기대한다.

다시 8월 16일 금요일 저녁
애글워스의 마거릿 고모할머니 댁

더비역에 도착한 기차에서 내리자, 갈색 코트를 입고 헤드 스카프를 쓴 쇠약한 인물이 나를 반겼다. 마거릿 고모할머니를 보면 매부리코와 두꺼운 눈꺼풀 때문에 매가 떠오른다. 할머니는 내게 뽀뽀를 해주시려고 허리를 숙이셨지만, 거리 조준을 제대로 못 하시는 바람에 내 뺨에서 몇 센티 떨어진 허공에 입을 맞추고 말았다.

"많이 변했구나, 얘야." 할머니가 가느다란 목소리로 말했다.

"네, 할머니. 저는 잘 지냈어요." 나는 대답했다. 우리 사이에는 벌써 적대감이 흘렀다.

애글워스로 가는 버스 안에서 나눈 대화는 끔찍할 정도로 껄끄러웠다. 고모할머니는 엄마와 아빠의 안부를 물으면서 내 얼굴을 자세히 뜯어보았고, 내가 하는 대답들에는 한 번 이상 쯧쯧거렸다. 할머니 무릎 위에는 가는 내내 장바구니가 얹어져 있었다. 할머니는 주름이 자글자글하고 허옇게 관절이 튀어나온 손으로 그 장바구니 손잡이를 꽉 쥐고 있었다.

애글워스 마을은 상당히 예쁘지만, 온통 회색뿐이다. 대부분의 집은 무단 점유 건물로, 돌로 지어져서 지붕에는 슬레이트가 얹어져 있다. 나는 가족의 결혼식이나 장례식에서 몇 차례 고모할머니를 만나봤을 뿐 고모할머니 댁에 가본 것은 처음이었다. 고모할머니 댁은 매우 널찍했지만 생기라고는 전혀 없었다. 벽에 걸린 유일한 장식은 성경 구절을 자수로 놓은 벽걸이들뿐이었다. 하나님은 나의 안식처, 어쩌고저쩌고. 거실에는 라디오가 있었지만, 고모할머니는 오직 종교 프로그램과 뉴스만 듣는다고 한다. 나는 벌써 음악을 잃은 기분이다.

내 침실은 처마 밑에 있는 작고 천장이 낮은 방이다. 세면대 위에는 성모 마리아 그림이 걸려 있다. 성모님이 내게 우월감을 과시하시기에, 나는 그림을 돌려 성모님이 벽을 보고 계시도록 했다. 훨씬, 아주 훨씬 낫구나.

침실에서 유일하게 위안이 되는 점은 정원 한구석을 향해 난 창문이다. 나는 내내 그 창문에서 사과나무 세 그루 주변을 날아다니는 새들을 구경하며 시간을 보냈다. 아빠와 교외를 산책하면서 그 새들의 이름을 알게 됐다. 방울새, 명금, 딱새, 개똥지빠귀, 로빈새, 푸른박새와 박새, 까마귀 등이다. 이 새들의 날개에 올라 집으로 돌아가고 싶다.

1940년 8월 29일 목요일
던윅 홀의 세인트 캐서린 학교

내 생활은 완전히 달라졌다. 월요일 아침 일찍 나는 말이 끄는 우유 배달 차를 타고 학교로 간다. 토요일이면 같은 방식으로 고모할머니 댁으로 간다. 마차는 타가닥타가닥 소리를 내며 천천히 마을을 통과해 다른 여자애들도 태운다. 마차를 모는 사람은 베넷 씨였는데, 베넷 씨는 부드럽고 아주 예의 바른 중년의 남자다. 마차가 설 때마다 그는 우유병을 내린 후 모자를 들어 인사했는데, 그러면 우리는 모두 웃음을 터트렸다.

저 멀리서 던윅 홀은 거대한 그림자처럼 불쑥 나타난다. 네모반듯한 모양은 그나마 두 개의 둥근 탑과 약간의 성벽이 붙어 있는 덕에 무난해 보인다. 삼나무와 참나무, 우뚝 솟은 밤나무가 우거진 거친 더비셔 언덕 위에 자리한 외딴 초록 땅인 영지는 오싹하다.

집은 대리석 난로와 다이아몬드 모양의 유리창, 그리고 삐걱거리는 참나무 계단으로 채워져 있다. 값비싼 물건들은 모두 치웠지만, 여전히 웅장하고 오래된 저택이다. 나는 엄마와 아빠에게 편지를 써서 난간에 새겨진 인어와 반짝이는 샹들리에, 던윅 홀의 다른 아름다움들에 대해 말해주었다. 나는 내가 절절하게 집을 그리워한다는 이야기는 쓰지 않았다.

또한 잘생긴 왕자가 부족하단 이야기도 참았다. 나는 타협할 마음의 준비가 되어 있지만, 여기에는 평범한 보통 남자애들조차 없다. 전시(戰時) 개편으로 많은 학교가 남학생과 여학생을 모두 받기 시작했지만, 세인트 캐서린 학교는 그 순결한 여성성에 자부심을 가지고 있다. 듣자 하니 미스 해리슨 교장 선생님은 불안해하는 부모들에게 적어도 그들의 딸은 영원히 순결하게 남을 거라고 안심시키느라 바쁘다고 한다.

학교 공부는 그다지 어렵지 않다. 내가 가장 좋아하는 과목은 지리와 수학, 과학이다. 나는 그다지 큰 노력을 기울이지 않아도 새로운 정보를 쏙쏙 받아들인다. 가끔 나는 선생님들의 질문에 너무 급히 대답하기도 한다. 그러면 선생님들은 내가 버릇이 없다는 듯 쳐다보고 같은 반 친구들은 얼굴을 찌푸린다. 그 애들은 나를 그다지 좋아하는 것 같지 않다.

나는 다섯 명의 여학생들과 방을 같이 쓰는데, 모두 서로를 잘 안다. 가끔은 다양한 사투리 때문에 무슨 이야기를 하는지 이해하기 어려울 때도 있다. 이 학교 여자애들은 대부분 무리지어 다닌다. 걔들은 나를 뚫어져라 쳐다본다.

첫날 나는 복도에서 두 명의 친구들과 마주쳤고, 서로의 옆구리를 주먹으로 쿡쿡 찌르는 것을 보았다. "쟤는 자기가 뭐라고 생각하는 거 같니?" 납작한 얼굴에 들창코인 여자애가 기분 나쁘게 킬킬거렸다. 치켜 올라간 눈초리에 삐쩍 마르고 주근깨투성이인 그 애의 친구가 어깨를 으쓱이더니 내가 못 알아듣게끔 말을 속닥였다.

가끔 나는 눈에 띄는 사람인 게 좋은 건지 궁금해진다. 나 말고는 아무도 자연스럽게 구불거리는 머리를 길게 늘어뜨리고 있지 않다. 다른 애들은 머리를 뒤로 단단히 묶든지 빽빽한 곱슬머리를 했다. 모두가 그레이시 필즈(Gracie Fields, 영국의 배우이자 가수 - 옮긴이)의 모습을 따라 하려고 애쓰고, 내 블라우스와 풍성한 치마에 눈을 흘긴다. 나는 머리를 꼿꼿이 세우고, 그 애들 때문에 겁먹기를 거부한다.

실망스럽다. 성에서 누릴 법한 호사스러운 생활 대신 오직 음침함만 가득하다. 학교 급식도 끔찍하다. 다른 애들은 자기들끼리 딱딱한 사탕을 바꿔 먹지만 내게 사탕을 권하는 아이는 단 한 명도 없다.

1940년 9월 15일 일요일

고모할머니 댁에서

여름이 어느덧 가을의 옷으로 갈아입고 있다. 우리는 주변 교외 지역으로 몇 번 탐험을 떠났는데, 선생님과 학생들은 팔에 바구니를 걸고 산책했다. 병원에 입원한 부상당한 군인들에게 보낼 꽃들을 꺾고, 블랙베리와 로즈힙 열매를 따려고 울타리를 뒤졌다. 로즈힙 젤리는 비타민을 충전하는 데 도움이 된다고 한다.

나는 요전에 음식을 남겼다는 이유로 꾸중을 들었다. 무슨 감자파이였는데 역겨운 맛이었다. 못된 미스 필포츠 선생님은 억지로 내게 그걸 먹일 심산이었기 때문에 나는 일부러 실수한 척 바닥에 그릇을 떨어뜨렸다.

"어머, 베로니카! 얼마나 끔찍한 낭비니!" 선생님이 고함쳤다. 나는 벌로 음식을 추가로 더 받아야 했다.

'낭비'는 내가 끊임없이 듣는 말이다. 나는 여자애가 울고 있는 모습을 몇 번 봤다. 개나 고양이를 동물병원에 놓고 와야만 했기 때문이다. 듣자 하니 애완동물에게 음식을 주는 것은 '낭비'였다. 끔찍했다. 어째서 인간의 어리석은 싸움 때문에 동물들이 죽어야만 하는 걸까? 나는 레이븐스코트 공원에 있는 내 친구 터프티가 괜찮기를 간절히 바랐다. 나는 엄마와 아빠에게 전화를 걸 때마다 터프티의 안부를 물었지만, 한동안 터프티를 보지 못했다고 했다. 나는 꼬리를 살랑살랑 흔들어대는 내 작은 친구가 죽었을 수도 있다는 생각을 차마 할 수 없다.

'낭비'라는 말은 사람들, 즉 젊은이와 노인, 가족이 폭격 때문에 죽었다는 소식이 들려올 때 주로 쓰였다. "얼마나 소름 끼치는 생명의 낭비니." 선생님들은 이렇게 말한다.

주말은 너무 싫다. 고모할머니의 잔소리와 따분한 종교적 훈계를 견디기란 쉽지 않다. 오늘도 다른 일요일과 마찬가지로 우리는 교회에 갔다. 나는 딱딱한 교회 의자에 앉아 신은 무엇을 하며 놀까 궁금해했다.

엄마와 아빠는 보통 일주일에 한 번 전화를 걸어 런던 생활과 이웃들의 근황, 예전에는 장미와 아이리스를 키우던 우리 집 작은 정원에 심은 감자와 양배추가 자라는 모습에 관해 이야기해 주신다. 가끔은 비행기와 폭발, 쏟아지는 파편에 대해서도 말씀하셨다. 두 분은 집에 전화기가 없어서 셰퍼드 부시의 공습경보사무소에 가서 전화하신다. 고모할머니네 전화기는 복도에 있고, 고모할머니는 어떤 대화도 다 엿듣기 때문에, 나는 개인적인 이야기를 전혀 할 수 없다. 그래서 지난 주말에는 애글워스 그린에 있는 공중전화를 사용해서 공습경보사무소에서 기다리는 아빠에게 전화를 걸었다. 아빠의 부드러운 목소리를 듣자 모든 이야기가 내 속에서 쏟아져 나왔다. 학교가 얼마나 지겨운지, 왜 아무도 나와 친구가 되어주지 않는지, 내가 얼마나 마거릿 고모할머니를 미워하고 집을 그리워하는지. 아빠는 침묵을 지켰다. 나는 연민으로 가득 찬 아빠의 얼굴을 떠올릴 수 있었다. 아빠는 이해할 거야.

이날 오후에는 엄마와 통화했다.

"네가 행복하지 않아서 너무 안타깝단다, 얘야. 하지만 지금은 전시 상황이야. 우리가 얼마나 축복받았는지를 생각해야 해."

"축복받았다고요? 나는 그렇게 생각할 수가 없다고요!" 나는 연기하는 것처럼 들리지 않게 조심하면서 울먹였다.

"그렇게 말하면 안 돼! 네가 얼마나 많은 축복을 받았는지 알 거야." 엄마가 야단쳤다. 하지만 엄마는 냉정하게 굴 수 없었다. "고모할머니에 대해서는 안타깝게 생각한단다. 할머니가 재미없는 사람이라는 건 나도 알아. 할머니는 당신 댁에 누가 함께 사는 게 익숙하지 않거든. 아마도 너만큼 힘들다고 느끼실 거야."

나는 엄마가 맞을 거라 생각했다. 엄마는 다른 사람들의 입장을 잘 헤아린다. 나보다 훨씬 더.

엄마는 말했다. "아빠와 나는 너를 즐겁게 해줄 뭔가를 찾으려고 하고 있어. 매주 토요일 오후면 애글워스 마을회관에서 춤 수업이 열린단다. 마거릿 고모할머니 댁에서 15분만 걸어가면 돼. 춤추는 법을 배우고 싶지 않니?"

"좋아요!" 나는 그 말이 엄마 입에서 나오는 순간 기뻐서 고함을 질렀다.

얼마나 내가 춤을 추고 싶었던가!

수업에는 남자애들도 오겠지…….

1940년 9월 21일 토요일
마거릿 고모할머니 댁

믿을 수가 없다. 춤 수업을 시작했는데 수업에 남자애라고는 단 한 명도 없다! 모든 일을 교회 사람들이 맡아 하는데, 그 정도는 예상했어야 했다. 우리는 서로 짝을 짓고 번갈아 가며 남자 역할을 맡아야 한다. 여기에는 겨우 오래된 축음기와 몇 장 안 되는 레코드판만 있을 뿐이다.

뭐, 그래도 음악에 맞춰 움직이는 것은 좋다. 우리는 퀵스텝과 왈츠, 폭스트롯을 추는 법을 배우고 있다. 잘난 체하고 싶지 않지만, 솔직히 내가 우리 반에서 가장 우아하다. 다른 여자애들은 춤 순서를 계속 따라가기에 너무 느리다.

적어도 애네들은 학교 애들보다는 친절하다. 지난 토요일에 나는 집에 돌아올 때, 퀴니라는 여자애와 함께 왔다. 우리는 팔짱을 끼고 명랑하게 웃었다. 시간이 흐르면 우리는 친구가 될 수도 있겠다고 생각했다. 하지만 그러다가 어느 나이 든 아저씨가 길에서 우리를 불러 세웠다. 그는 몹시 화가 나 있었다. "너희는 지금 전쟁 중인 걸 모르니?"

나는 너무 화가 나서 퀴니에게 말했다. "흥, 모두가 계속 '지금 전쟁 중인 걸 모르니?'라고 묻잖아. 난 정말 그 말이 지긋지긋해. 우리도 알아. 어떻게 모르겠어!"

퀴니는 갑자기 싸늘하고 시무룩해졌다. 누구도 이제는 즐거움을 누릴 자격이 없어진 모양이다.

22

패트릭

볼턴

나는 견딜 수가 없었다. 왜 할머니는 나를 이 모든 일에 끌어들였을까? 완전히 못돼먹은 노인네 같은 얼굴에 이 세상에서 가장 차가운 얼음공주처럼 생겨서는. 그 사람이 저지르리라고는 전혀 상상할 수 없었던 일이다. 베로니카 맥크리디가 우리가 일상에서 흔히 볼 수 있는 평범한 할머니는 아니라는 것이 확실했다. 처음에는 남극으로 사라지더니, 그다음에는 내게 십 대 시절 일기장을 보내오다니. 빌어먹을, 도대체 왜 이런 짓을 한 거야?

내가 아는 그 쇠약한 노인네가 여기 이 멋지고 아름다운 열네 살 소녀와 같은 사람임을 믿을 수가 없었다. 분명 젊은 베로니카는 속물적이고 멋대로 구는 아가씨였지만, 마음이 따뜻한 사람인 것 같았다. 어쨌든 동물에 관심을 가지고 있었고, 부모를 사랑했다. 그녀에게 정말로 필요한 것은 친구였던 것 같다.

나는 어떻게 해야 할지 알 수 없었다. 갖가지 감정들이 내 안에서 불타올랐다. 아무리 어른 베로니카가 괜찮다고 해도, 소녀의 생각을 엿들어서는 안 된다는 기분이 들었다. 그러면서도 내가 그녀의 외로움에 귀를 기울이고 있다는 기분도, 내게 보기 드문 기회가 주어졌다는 기분도 들었다……. 하지만 정확히 어떤 기분인지는 알 수 없었다.

일기장 한가운데에 편지 한 장이 끼어 있었다. 오래되어 색이 바랜 종이 위에 가늘고 긴 글자로 쓴 편지였다. 나는 그것을 펼쳐보았다.

사랑하는 베리,

아주 좋은 소식이 있단다! 너는 이 편지와 함께 보낸 소포를 벌써 뜯어봤을 테지. 그래, 그 병에 쓰여 있는 그대로란다. 딸기잼이지! 나는 바로 이 순간, 네 표정을 볼 수 있으면 좋겠구나, 베리! 달콤한 음식을 맛본 지 얼마나 오래됐니? 분명 기뻐하고 있겠지. 혼자 다 먹어도 좋고, 친구들과 나눠 먹어도 좋아. 원하는 대로 하렴. 호주에 있는 사촌이 보내준 거야. 그는 설탕 배급이 모두에게 특별한 대우라 할 수 있다는 이야기를 듣고 그걸 보냈단다. 검은 당밀 한 병도 함께 보냈는데, 엄마에게 비밀로 하고 감춰뒀어. 네가 걱정하지 않았으면 좋겠다.

우리는 둘 다 잘 지내지만, 마음껏 잠을 자지는 못하고 있단다. 아직도 밤마다 공습경보가 울리는데, 그럴 때면 앤더슨 대피소로 보온병을 들고 가서는 담요로 꽁꽁 싸매고 있단다. 잠을 자기에 너무 시끄러울 때면 휘스트 카드놀이나 루도 주사위놀이도 하지. 최선을 다해 서로를 돌보고 있어. 엄마는 여전히 구급차 모는 일을 좋아해. 집에 돌아와서 팔다리를 잃거나 피가 사방으로 튀긴 사람들의 비참한 이야기를 해준 다음에, 가까스로 저녁을 준비한단다. 엄마는 글리세린 시럽으로 케이크를 만드는 법을 개발했어. 생각보다는 괜찮아! 네게 조금 부쳐주고 싶었는데, 엄마는 소포가 네게 도착할 때쯤엔 케이크가 상할 거라고 했어. 너도 엄마를 잘 알잖니. 언제나 실용적이지!

공습경보 업무는 항상 똑같단다. 지금 벌어지는 모든 일을 생각해 본다면 사람들은 가끔 어리석게도 위험을 감수하면서도 놀라울 정도로 사기를 잃지 않지.

사랑하는 딸아, 너도 사기를 잃지 않기를 바란다. 그리고 춤 수업이 도움이 되었으면 좋겠네. 엄마가 사랑한다고 전해달래. 다음번엔 엄마가 편지를 보낼 거야. 우리 둘 다 네가 열심히 공부하고 거의 성과 비슷한 그곳에서 즐겁게 지냈으면 좋겠다. 베리, 엄마와 나는 매일 너를 생각한단다. 네 소식 기다릴게. 제발 빨리 답장을 보내주렴.

너를 영원히 사랑하는 아빠

1940년 10월 4일 금요일
던윅 홀

우리 아빠는 정말로 세계 최고야.

나는 막 소포를 뜯었고 잼 한 병을 손에 넣었다. "혼자 다 먹어도 좋고, 친구들과 나눠 먹어도 좋아." 내게 친구가 있으리라고 생각하다니 너무 아빠답다. 아빠는 내가 그냥 인기가 없다는 사실을 절대 받아들이지 못할 것이다. 내가 조금 울었다는 얘기는 나중에 털어놓을 거야. 이 오래된 바보 같은 전쟁이 끝나고 집으로 돌아갈 수 있으면 좋겠다.

나는 방금 잼 뚜껑을 열고 손가락을 집어넣어 끈적한 붉은 천국의 맛을 조금 떠냈다. 그리고 혓바닥 위에 올려놨다. 가능한 한 오랫동안 삼키지 않고, 혀 위에 남겨두려고 애쓰는 중이다. 정말로 강렬한 맛이야. 딸기와 여름과 순수한 기쁨의 맛.

하지만 더는 먹어서는 안 되겠다. 내겐 계획이 있으니까.

1940년 10월 12일 토요일

오늘 아침 가벼운 마음으로 우유 배달 차에서 뛰어내려 고모할머니의 댁으로 달려갔다. 고모할머니는 문을 열어주고선 너무 놀라 어쩔 줄 모르는 표정이었다. 할머니는 자기 앞에 선 젊은 아가씨가 누군지 알아보지도 못하다가 갑자기 깨달았다.

"원 세상에, 도대체 네게 무슨 일이 벌어진 거니?"

"그냥 다른 사람들을 따라 한 거예요." 나는 의무적으로 할머니 뺨에 뽀뽀하며 대답했다.

짧게 자른 내 새로운 머리 스타일은 높은 광대와 섬세한 턱선을 돋보이게 했다. 아름다운 밤색의 머리카락은 내 머리를 눈썹 위부터 부드럽게 감싼 다음 귀 뒤쪽으로 짧고 윤기가 흐르는 고리 모양을 만들며 자리 잡았다. 보는 사람마다 이 머리가 내게 얼마나 잘 어울리는지 이야기했다. 특히 입술을 진한 빨강으로 칠해서 완성할 때 더 그랬다. 물론 립스틱을 구할 수는 없었지만, 비트주스로도 꽤 괜찮았다. 재닛의 농장에선 비트를 길렀다.

그래, 내겐 친구가 있다. 아니, 복수로 친구'들'이다! 얼굴이 납작하고 코는 들창코인, 처음에 내게 코웃음을 쳤던 그 여자애가 이제는 친구다. 그 애의 시녀인 주근깨투성이 노라도 그렇다. 나는 딸기잼 대부분을 바쳐야만 했지만, 그 정도면 비싸지 않은 대가였다.

재닛은 내가 웃긴다고 했다. 특히 선생님에게 장난을 칠 때면 좋아했다. 예를 들어 지난 수요일에 미스 필포츠의 의자에 끈적이는 풀을 붙여놨을 때처럼.

내게 머리를 자르라고 권한 것은 재닛과 노라였다. 왠지 얘네들은 내가 그렇게 머리를 잘랐을 때 그리도 어른스러워 보이고 매혹적이 되리라고는 전혀 예상하지 못한 것 같다.

"세상에나, 말세구나!" 고모할머니는 현관에 서서 소리를 질렀다. "매일 밤 너를 위해 기도한단다, 베로니카. 네가 저지른 일의 결과를 보렴!"

할머니는 패션과 타락은 밀접한 관련이 있다고 믿었다. 한 가지가 없으면 다른 한 가지도 불가능하다고 보았다. 나는 설명하려 했다. "제 모습 때문에 잘못되는 건 없어요, 고모할머니. 전에는 친구들이 저를 비웃었단 말이에요."

실은 아직도 친구들이 놀렸고, 여전히 내가 고상한 척한다고 생각했지만 적어도 예전보다는 잘 어울렸다.

잠자리에 들기 전 마거릿 고모할머니는 응접실의 나무 십자가 앞에서 내가 무릎을 꿇도록 했다. 할머니는 오래된 검은 기도책에서 기도 몇 가지를 읽었고 언제나처럼 주기도문으로 끝을 맺었다.

"저희를 유혹에 들지 않게 하시고, 다만 악에서 구하소서. 이 구절에 대해 생각해 보렴, 베로니카. 너희 아버지와 어머니는 런던에서 일하고, 용감한 청년들은 전쟁터에서 싸우고 있단다. 저 구절들을 생각해 봐. 그걸 생각해보고 나쁜 영향을 주는 친구들을 멀리해야 한다."

"네, 마거릿 할머니." 나는 예의 바르게 대답했다. "당연히 그래야죠."

당연히 나는 안 그래야지.

1940년 10월 21일 월요일

얏호! 나는 주말마다 고모할머니 댁에 돌아갈 필요가 없다. 재닛이 이스트콧 농장으로 오라고 초대했기 때문이다. 이곳에서 고작 5킬로미터 떨어진 곳에 있다. 노라는 이미 매주 그곳을 방문한다. 나와 마찬가지로, 노라의 집도 꽤 먼 곳에 있어서 오직 명절에만 돌아갈 수 있다.

토요일 아침 우리 셋이 가장 처음 한 일은 공원 입구에서 우리를 데리러 온 농장 마차를 타는 일이었다. 정말 신이 났다! 사랑스러운 점박이 말이 마차를 끌고 있었다. 재닛의 아버지와 오빠는 공군에서 근무하느라 없었기 때문에 마차는 재닛의 다른 오빠인 해리가 몰았다. 해리는 열여섯 살이었다. 덩치가 크고 쿵쿵거리며 돌아다녔는데, 재닛처럼 얼굴은 넓적했지만, 코는 괜찮았다. 귀는 툭 튀어나왔고 피부는 지저분했지만, 그 점만 빼면 봐줄 만했다.

이스트콧 농장으로 가는 길은 하얀 양들이 군데군데 선 푸른 초원과 언덕을 따라 구불구불 이어졌다. 길은 뒤틀린 산사나무들이 양쪽으로 늘어선 넓은 오솔길로 접어들었다. 해리는 말이 더 빠른 걸음으로 걷게 하려고 고함을 지르며, 말의 목 뒤쪽을 채찍으로 가볍게 쳤다.

"아프게 하지 말아요!" 내가 그에게 소리쳤다.

"안 그래요. 말은 아무것도 못 느껴요." 그가 말하더니 말을 향해 이렇게 덧붙였다. "가자, 이 게으른 놈아!"

"거들먹거리는 건 이제 그만해, 해리." 재닛이 꾸짖었다. "우리는 더 빨리 갈 필요가 없어. 지금도 충분히 길이 울퉁불퉁하고 덜컹거린다고!"

우리가 무질서하게 지어진 농장 건물들 사이로 내렸을 때, 해리의 눈이 내 몸을 훑었다. 나는 바로 그를 쏘아봤다.

재닛과 해리의 어머니인 드램웰 부인이 우리를 반겨주려 앞치마를 두른 채 밖으로 나왔다. 그녀는 얼굴이 넓적할 뿐만 아니라 다른 곳도 모두 넓적했다. 머리는 지저분했지만, 그 정도면 멋져 보였다.

부인은 우리를 초대해 뜨거운 우유를 대접했지만, 막상 자기는 자리에 앉지 않았다. 재닛은 아버지가 떠나신 후 농장의 상황이 좋지 않다는 이야기를 내게 털어놨다. 농사를 도와주는 여자 두 명이 그곳에 함께 살고 있었고, 힘든 육체노동이 필요한 경우 언덕 너머 기지에서 매일 전쟁포로를 보내줬다. 그렇지 않는다면 식량을 계속 재배하려고 애쓰는 사람이 드램웰 부인과 해리밖에 없을 테니까. 우리도 할 수 있는 일은 도왔다. 힘들지만 재미있었다.

나는 소젖 짜는 법을 알게 됐다! 아빠와 엄마는 내가 이야기 해도 믿지 않으실 거야. 소젖을 짜기 시작할 때 그 젖통들을 보고선 웃겨서 데굴데굴 굴렀고(너무 크고 축 늘어졌으니까), 우유를 짜기 위해서는 젖을 주물러야 한다는 것을 믿기 어려웠다. 재닛이 내가 어떻게 해야 하는지를 보여줬다.

그녀는 돼지우리에 우리를 데려갔다. 그때까지 나는 진짜 돼지를 본 적이 없었다. 귀여웠지만 정말, 정말로 더러웠고 냄새나는 분뇨를 온통 파헤쳤다. 새끼 돼지 한 마리가 움푹 파진 도랑 같은 곳에 빠져서 빠져나오지 못했다. 정말로 화가 났다.

"불쌍한 어린 것!" 나는 울었다.

"그냥 들어가서 꺼내주면 되잖아?" 재닛은 내가 그리도 신경을 쓴다는 것에 재미있어 하며 말했다.

나는 울타리를 훽 넘었다.

"안 돼!" 노라가 비명을 질렀다.

"날 봐!" 나는 말했다. 나는 돼지 똥 바다를 헤치고 걸어가서는 그 작은 생명을 도랑에서 데리고 나왔다. 꼬마는 꽥꽥 울면서 몸을 꿈틀거렸다. 나는 꼬마의 콧잔등에 입을 맞추고는 놓아주었다. 우린 얼마나 깔깔대며 웃었는지!

그러고 나니 나는 정말 엉망진창이 됐다. 신발이며 양말, 그리고 치마 밑단은 냄새나는 진흙투성이가 되어버렸다. 나는 흙을 긁어내고서 말리려고 난로 곁에 걸어두어야 했다. 그러는 동안 재닛의 옷을 빌려 입었다. 그래도 새끼 돼지는 행복해했다.

1940년 10월 28일 월요일

이스트콧 농장에서 두 번째 주말을 보내고 돌아온 참이다. 재닛의 오빠 해리가 다시 마차로 우리를 데려다주었다.

"베로니카, 넌 좋아하는 게 뭐야?" 농장에 도착했을 때 그가 물었다. 그는 내 이름을 약간 놀리는 듯 불렀지만, 재닛과 노라도 그랬다. 어쩔 수 없는 것처럼 보였다.

나는 그림 그리기와 과학을 좋아하지만 가장 좋아하는 것은 동물이라고 말했다. 제대로 대답한 것 같지 않았다. 나는 그가 무엇을 좋아하는지 물었다.

"음, 농장 일을 다 하고 시간이 남으면 비행기 모형을 만들어." 그가 대답했다. "주변에서 찾아낸 오래된 잡동사니를 사용하지."

"오빠는 비행기에 집착해." 재닛이 우리에게 말했다.

"그 비행기들은 모두 훌륭하고 독창적이야." 노라는 자신이 이곳에 먼저 다녔음을 내게 주지시키려고 안달이 나서 이렇게 덧붙였다. "비행기들을 다시 보여줄래, 해리?"

해리는 나무와 접착제 냄새가 진동하는 작은 뒷방으로 우리를 데려갔다.

"저 비행기는 웰링턴이야. 만드느라 한참 걸렸지. 이건 내가 지금 만들고 있는 모형이야." 그가 조심조심 모형을 집어 들었다. "이건 스핏파이어야. 원한다면 만져 봐도 돼."

나는 그 모형을 들어서 빛에 비춰보았다. 오래된 깡통을 오려낸 뒤 성냥개비와 구부린 못으로 모양을 잡았다. 독창성은 인정할 수 있었지만, 내가 관심 있는 분야는 아니었다. 나는 돼지가 더 좋았다. 그러나 그에게는 중요한 것임을 알 수 있었기에 관심 있는 척했다. 재닛은 하품하는 시늉을 했다. 가장 열심히 노력한 사람은 노라였다. 그녀는 홀딱 빠진 척했다. 나는 소중한 물건을 노라에게 건넸고, 노라는 마치 왕관의 보석이라도 받아든 것처럼 보였다.

"기막히게 좋아, 정말 최고야!" 그녀는 계속 이 말을 되풀이했다. 지금 그 모습을 떠올리기만 해도 자지러지게 웃게 된다.

1940년 10월 29일 화요일

어제만 해도 내가 행복했다는 게 믿을 수 없다. 나는 정말 어리석고, 바보 같아.

나는 다시는 행복해지지 못할 거야.

그곳으로 다시 돌아갈 수 있다면 영원히 어제에서 멈춰 있을 수 있다면 무엇이든 할 거야.

어떻게 다시 얼굴을 들고 다니지? 어떻게 계속 살아가야 하지? 다른 사람들에게 일어나는 일이어야지. 나는 아니어야 해.

하나님. 아, 하나님.

23

패트릭

볼턴

2012년 12월

할머니는 화가 나셨어. 정말로 화가 나셨어. 나는 그게 싫었다.

어쩌면 소름이 끼치기도 했다. 저 남자, 해리. 저 남자가 내 할아버지일 수도 있나? 내 핏속에 해리의 피가 흐르고 있나? 깨끗한 셔츠를 입고 거울에 비친 내 모습을 보았다. 내 얼굴은 그다지 넓적하지 않다. 피부 역시 나쁘지 않다. 이런 건 어머니에게서 물려받은 것일 수도 있었다. 귀가 툭 튀어나왔나? 그렇지는 않았다. 나는 확실히 확인하려 고개를 돌려봤다.

모형 비행기는 정확히 내가 푹 빠져 있는 취미였다. 이상한 일이었다. 나는 내가 바라는 게 뭔지 알 수 없었다. 나는 해리에게 호감이 없었지만, 그가 베로니카에게 푹 빠져 있음은 분명했다. 나는 할머니를 응원하고 있었다. 할머니가 너무 서두르지 않길 바랐다. 당시 할머니는 너무 어렸다.

모든 것이 나를 화나게 했다. 개브의 집에 갈 시간이 됐기 때문에 더는 읽을 수가 없었다. 내가 좋아하든 아니든 할머니의 십 대 시절은 잠시 멈춰 있어야만 했다. 그래야만 했다.

개브는 내게 친구가 필요하다고 생각했다. 그래서 나를 저녁 식사에 초대한 것으로 추측했다. 개브는 자기 인생에서 너무나 많은 일이 벌어지고 있어도 나를 생각해 주는 최고의 사람이다. 자기 어머니 일로 큰 슬픔을 다스리면서도 동시에 자기 딸을 걱정해야 한다는 것은 끔찍한 악몽일 것이다.

솔직히 개브와 술집에서 만나 맥주 한잔하는 게 훨씬 행복할 것이었다. 나는 사람들과 어울릴 줄 아는 훌륭한 재주를 타고나지 못했고, 저녁 파티에서 수다를 떠는 일도 끔찍했다. 그래도 그곳엔 아이들이 있었다. 나는 어른보다는 아이들과 대화를 나누는 게 훨씬 더 쉬웠다. 아이들에게는 잘 보여야 한다거나 하는 압박이 없기 때문이다. 아이들은 우리를 그냥 있는 그대로 인정해 준다.

나는 받은 주소대로 자전거를 타고 갔다. 개브의 집은 버섯 색깔의 옛날 임대 주택단지에서 세 번째 집이었다. 별채에는 자전거들이 첩첩이 세워져 있어서 내가 제대로 찾아왔음을 보여줬다. 개브네는 정원의 앞쪽을 정성껏 가꾸는 모양이다. 단정하게 가꾼 울타리와 몇 가지 꽃이 어우러진 화단도 있었다.

초인종을 누르니 무당벌레 무늬의 빨간 원피스와 거기에 어울리는 반짝이는 빨간 샌들을 신은 작은 여자아이가 문을 열어 줬다. 아이는 눈이 아주 컸지만, 머리카락이 없었다. 빛바랜 파란 천이 머리 윗부분을 단단히 감싸고 있었다.

"안녕, 얘야." 나는 말했다.

"엄마!" 그 애가 소리쳤다. "아저씨가 왔어요!"

대답을 기다릴 새도 없이 아이는 내 손을 붙잡고는 복도를 지나 거실까지 끌고 갔다. "아저씨가 패트릭이죠." 아이가 말했다. "전 데이지예요. 여긴 거실이에요. 이 사람은 우리 아빤데요, 아저씨는 자전거 때문에 우리 아빠를 알죠?" 개브는 의자에서 벌떡 일어나 내 손을 꽉 잡았지만, 데이지가 너무나 빠르게 말을 쏟아내는 바람에 아무 말도 할 수 없었다. "여긴 제 동생 노아예요. 하지만 관심을 안 가져도 돼요." 이 말에 만화책 사이에 머리를 파묻은 작은 남자아이가 나를 향해 손을 들고 흔들었지만 올려다보지는 않았다. "얘는 제 인형 트루디예요. 제 딸이에요. 사실 진짜 딸은 아니지만 제겐 딸이나 마찬가지예요. 제가 트루디를 돌봐주거든요." (트루디는 커다란 머리에 툭 튀어나온 눈을 한 인형인데, 분명 남동생 노아보다 중요한 존재였다) "이제 아저씨가 만나야 할 다른 두 사람은 엄마와 브리오니아예요. 부엌에서 맛있는 푸딩을 만들면서 와인을 마시는 중이에요. 엄마와 브리오니아요. 둘 다요." 데이지는 매우 단호했다.

"그래. 엄마를 전에 만났지." 나는 가끔 개브가 뭔가를 집에 두고 올 때면 가게에 나타나는 비쩍 마른 여자를 떠올리며 말했다. "브리오니아는 누구지?"

"브리오니아는 친구야." 개브가 음흉하게 웃으며 설명했다. "우리가 초대했어. 브리오니아도 요즘 딱히 할 일이 없거든."

"브리오니아는 아주, 아주 예뻐요." 데이지가 말해줬다. 그 애의 눈이 내 얼굴을 바쁘게 훑으면서 이목구비를 샅샅이 살폈다. "아저씨도 꽤 잘생겼네요." 그 애는 판정을 내렸다.

나는 브리오니아라는 여자를 기대하면서 약간은 기가 죽었다. 솔직히 약간 정도가 아니었다. 나는 매력적인 여성이 있으면 혀가 꼬여버린다. 바람직하지 못한 방향으로, 즉 십 대 시절로 돌아가 버린다.

예고 없이 데이지는 소리를 질러 우리 모두를 펄쩍 뛰게 했다. "엄마! 패트릭이 여기 왔는데 엄마 때문에 계속 기다리고 있어요. 그래서는 안 돼요. 곧 나올 건가요?"

부엌 방향에서 웃음소리가 들려왔다. "알았단다, 얘야! 가는 길이야."

개브의 아내가 방으로 들어와 뺨에 가볍게 입을 맞추며 인사를 했다. 그녀는 여전히 말랐고, 얼굴에는 나이에 비해 너무 빨리 주름이 졌다. "패트릭, 와줘서 정말 기뻐요. 저녁 식사는 아이들도 먹을 수 있는 걸로 간단하게 차렸어요."

"괜찮아요." 나는 선물로 사온 싸구려 포도주를 내밀며 말했다.

그녀가 한발 비켜서자 눈부신 미소를 짓고 있는 작고 갸름한 얼굴이 보였다. 서로를 소개한 뒤, 그래, 나는 브리오니아가

정말로 예쁘다는 사실을 인정했다. 그녀의 두 눈은 감미로웠고 속눈썹이 길게 드리웠다. 윤기 나는 단발머리는 그녀가 머리를 흔들 때마다 황갈색과 금빛의 다양한 색조로 반짝거렸다. 브리오니아는 외모에 공을 들인 모양이었다. 번쩍번쩍한 목걸이와 작은 반짝이 귀걸이로 스스로 빛이 나게 꾸몄다. 하늘하늘한 (거의 속이 다 보이는) 윗도리와 무릎 위로 올라오는 타이트한 검은 스커트를 입었는데, 다리가 예뻤다.

토드 인 더 홀(Toad-in-the-hole, 밀가루, 달걀, 우유 등을 섞은 푸딩 반죽에 소시지를 넣어서 구운 영국식 가정요리 - 옮긴이)과 콩 요리를 먹으며 나는 브리오니아가 이혼녀고, 지역 박물관에서 일한다는 것을 알게 됐다. 취미는 테니스와 고대사 공부, 뜨개질이었다. 그녀는 데이지에게 코뜨개로 기린 인형을 만들어주겠다고 약속했다. 나보다 훨씬 멋졌고, 훨씬 똑똑했으며, 훨씬 재미있는 사람이었다.

그럼에도 어쩐지 그녀에게 관심이 가지 않았다. 나는 계속 할머니의 일기에 대해 생각했다. 해리는 내 할아버지일까? 그는 할머니를 사랑했을까? 둘 사이에 무슨 일이 벌어진 걸까? 왜 할머니는 1940년 10월 29일에 그렇게 화가 난 걸까? 나는 그저 빨리 집으로 돌아가서 일기를 읽고 싶을 뿐이었다.

식사를 마친 뒤에 데이지와 노아는 손님들에게 자기들이 키우는 기니피그 세 마리를 보여주고 싶어 안달이 났다. 브리오니아와 나는 뒷마당으로 끌려나갔다. 데이지는 토끼장에서 기니피그들을 꺼내서 우리에게 한 마리씩 안겨주었다.

"귀엽지 않나요?" 브리오니아가 털이 북슬북슬한 녀석을 달래면서 말했다. "패트릭, 동물 좋아하세요?"

"네,어, 네, 그런 거 같아요."

데이지가 우리를 향해 밝게 웃었다. 데이지는 내가 뭐라고 더 말하기를 기대하는 것 같았지만, 내 머릿속은 아무 생각 없이 비어 있었다. 완전한 진공상태. 그 애는 좀 기다리다가 시무룩한 표정으로 브리오니아에게서 기니피그를 돌려받은 뒤 큰 소리로 말했다. "두 분이 결혼할 때 기니피그를 선물로 받으시면 되겠네요."

나는 쥐구멍이라도 찾아서 숨고 싶었지만, 브리오니아는 조금도 움찔하지 않은 듯 보였다. "데이지, 좀 급하게 결론을 내린 거 같은데!" 그녀는 낭랑하게 웃으며 말했다.

브리오니아는 길 아래쪽 가까운 곳에 살았고, 개브는 내게 그녀와 함께 걸어서 집에 가라고 했다.

나는 그다지 신경 쓰지 않았다. 그녀는 유쾌한 친구였다. 우리를 초대해 준 이들에게 작별 인사를 한 뒤 나는 한쪽으론 자전거를 끌고 그녀와 함께 길을 걸었다. 우리는 데이지에 대해 이야기했다. 브리오니아는 데이지가 그렇게 아픈 것이 얼마나 애석한 일인지, 이 작은 소녀가 얼마나 용감하며 대단한지, 그 문제에 관한 한 모든 가족이 얼마나 대단한지에 대해 이야기했다. 나는 동의했다. 그런 대화가 마무리되기까지 그다지 오래 걸리지 않았다. 그다음으로는 동네의 안전에 관해 이야기를 나눴고, 그녀는 보통 밤거리를 혼자 걸어가는 것이 꽤 행복한 일인데 개브가 너무 고집을 부렸다고도 이야기했다……. 나는 즐겁다고 이야기하면서 (즐겁다니! 이제 나는 영업용 말투로 말하고 있었다) 우리 집으로 돌아가는 길에서 그다지 멀지 않다고 했다. 어색한 침묵이 흘렀고, 발걸음 소리가 크게 울렸다.

"최근에 여자 친구와 헤어지셨다고 들었어요."

"맞아요." 나는 인정했다. "르넷이란 여자였어요. 몇 개월 전 말도 없이 저를 떠났죠."

브리오니아가 공감한다는 듯 큰 소리로 대답했다. "그런 일이 생기면 정말로 힘들죠. 저는 남편이 떠나버린 걸 극복하는 데 2년이나 걸렸어요. 결혼 기간만큼 오래였다고요!"

"설마요!"

그녀의 남편은 어떤 사람이었을까 막연히 궁금했다. 바보 같은 놈임이 틀림없어. 그녀는 더 좋은 대우를 받을 자격이 있는 여자였다.

브리오니아는 내 곁을 걸어가며 깊은 생각에 잠겨 있는 듯했다. 그녀가 커피를 마시고 가라며 집 안으로 초대할지, 그렇다면 어떻게 해야 할지 고민했다. 커피를 마시고 싶지 않았지만, 그다음에 벌어질 일은 조금 그랬다. 내가 예상했던 것보다 긴 밤이 되려나? 어디까지 나가도 될까? 그녀는 내가 어디까지 하길 원할까? 깨끗한 속옷을 입었던가? 행위와 관련한 모든 걱정이 늑대처럼 원을 그리기 시작했다.

우리는 그녀의 집 앞에 다다랐다. 새로운 침묵은 점차 견디기 어려워졌다. 나는 무슨 이야기로 채워야 할지 머리를 쥐어

짰다.

"저는 할머니의 일기를 읽고 있었어요." 나는 마침내 이렇게 말했다.

"흥미롭네요." 그녀는 예의 바르게 대답했다.

"할머니는, 그러니까, 젊었을 적에 아름다웠어요. 정말로 아름다웠죠." 나는 여기에 "당신처럼요"라는 말을 덧붙일까 고민하다가 그러지 않기로 했다. 너무 진부했다.

나는 발걸음을 멈췄고, 그녀도 멈췄다. 거리의 가로등 아래서 그녀와 마주 보았다. "브리오니아, 뭐 좀 물어볼 게 있는데, 솔직하게 얘기해 주었으면 좋겠어요."

"그럴게요, 패트릭." 그녀는 준비가 된 것처럼 보였다. 그녀의 표정은 신중하고 침착했지만 언제든 적절한 반응을 보일 준비가 되어 있었다.

우리는 가로등 불빛 아래에서 서로를 잠시 바라보았다. 그러다가 나는 불쑥 물었다. "브리오니아, 내 귀가 옆으로 툭 튀어나와 보여요?"

그녀는 깜짝 놀란 것 같았다. 그녀가 기대했던 것이 아니었다. 이런 질문은 그녀가 예상하지 못했을 것이다. "왜요, 아뇨, 특별히 그렇지는 않아요. 예쁜 귀예요."

그렇다면 희망이 있었다.

우리는 계속 걸었다.

"저," 그녀는 16번지 계단 앞에 도착했을 때 한숨을 내쉬었다.

"이제 다 왔어요. 그리고…… 저는 당신 귀가 마음에 들어요."

"그래요. 다행이에요."

그녀는 열쇠를 찾느라 가방 속을 뒤적거렸다. 마침내 열쇠를 찾은 그녀는 그걸 만지작거리며 나를 올려다봤다. 그녀에게 키스해야 할까? 그러는 게 좋은 생각인가? 도저히 빠져나올 수가 없었다. 그녀는 정말 매력적이었다. 두 눈은 자신의 장신구처럼 반짝였고, 머리칼 끄트머리는 해 질 녘 어렴풋한 빛 속에서 붉은 금색으로 반들거렸다. 그녀는 두툼한 입술을 살짝 벌리고 있었다. 그저 직진해도 될 것이었다. 그녀가 준비된 것처럼 보인다는 생각을 했지만, 나는 준비가 됐는가? 세상에, 내가 미쳤군! 나한테 무슨 문제가 생긴 거지? 이런 기회를 놓친다는 건 끔찍하게 수치스러운 일이었다.

나는 어떤 핑곗거리가 있는지 정확히 말할 수 없었다. 내가 아직 르넷을 못 잊었다고 해도 됐을 것이다. 하지만 그렇지 않았다. 쳇, 제정신이 아니군. 여기 아름답고 섹시한 여성분이 있어. 싱글인 데다 내가 수작을 걸어오길 기다리고 있지. 하지만 아니, 나와 브리오니아 사이에선 아무런 일도 벌어지지 않을 것이다. 내가 무슨 일을 할 것인지 알 만하지 않은가? 나는 곧장 집으로 향해 할머니의 일기를 읽을 거니까.

테리의 펭귄 블로그

2012년 12월 14일

펭귄 커플들은 늘 함께 움직입니다. 베로니카가 오늘 내게 알려준 것처럼 펭귄들은 인간 커플보다 훨씬 체계적입니다. 절대로 시간을 낭비하지 않죠. 일단 알을 낳으면 암컷들은 몇 주 동안 먹이를 구하러 바다로 돌아가고 수컷들이 알을 품지요. 12월 초가 되면 커플들은 알을 품는 일을 교대해요. 새끼 펭귄들이 부화하면 다시 엄마와 아빠는 어린 자식을 돌보고 먹이를 찾는 역할을 교대로 맡아 합니다.

펭귄들이 협동하는 모습을 보니 마음이 정말 따뜻해집니다.

떼까마귀 숲에 와 있는 베로니카 사진을 몇 장 올릴게요. 부인은 아델리펭귄 가족의 삶이 보여주는 역동성에 감탄하고 있어요.

24

베로니카

로켓섬

맥크리디 부인께

블로그에서 부인 사진을 보니까 정말로 좋아요. 부인께서는 잘 지내시는 것처럼 보여요. 아주 우아하고, 그다지 추워 보이지도 않고요. 부인의 티눈도 괜찮고, 펭귄들도 잘 지내고 있길 바라요.

어제 킬마녹 상점에서 펭귄 비스킷을 몇 종류 보고 부인을 생각했어요. 물론 사지 않았지만요. 부인께서 주고 가신 맛있는 마시멜로 초콜릿 비스킷을 아직 다 못 먹었거든요. 한번에 많이 먹지는 않으려고 애쓰고 있어요. 더그(제 남편이요)는 비스킷이 제 몸매에 도움이 되지 않을 거래요. 그이 말이 맞는다는 건 알아요. 하지만 저는 달콤한 게 너무 좋아요.

성가대에서 새로운 노래를 배우고 있어요. 두 쪽 반이나 되는 악보에 하나님, 하나님, 하나님 하는 말이 많이 나오고 아멘이라고 끝나죠. 따라 부르기가 아주 까다로워요.

최근 이곳 날씨는 맑지만, 아침에는 쌀쌀하고 눈도 좀 와요. 저는 매일 발라하이즈에 들려서 화분에 물도 주고 부인께서 제게 하라고 하신 대로 관리하고 있어요. 어제 나갔던 길에 퍼킨스 씨가 두엄을 가득 실은 외바퀴수레를 밀고 가는 것을 보았어요. 그에게 부인이 안 계신다는 게 얼마나 이상하고 공허한지 이야기했고, 그는 "맞아요, 에일린. 정말로 그래요"라고 말했답니다.

식사 잘 챙겨서 드셔야 해요.

안녕히 계세요.

에일린

나는 에일린이 별로 재미있는 이야깃거리도 없는데, 왜 이런 이메일들을 귀찮게 보내오는 건지 알 수가 없었다. 테리가 번거로움을 무릅쓰고 나를 위해 이메일을 인쇄해 주기 때문에, 나는 재빨리 읽어버리고는 쓰레기통에 던져버렸다.

그날 저녁은 조용하고 고요했다. 마이크는 자리에 없었다. 의심할 것도 없이 실험실에서 혈액과 뼈, 대변을 분석하고 있으리라. 디트리히는 탁자에 앉아서 연필로 자기 그림에 명암을 넣으면서 두 펭귄이 탱고를 추는 모습이라고 설명했다.

테리는 컴퓨터실로 돌아갔다. 그녀는 누구보다 컴퓨터실에서 오랜 시간을 보내면서, 펭귄 정보를 데이터베이스에 입력하고 블로그를 썼다. 나는 패트릭이 블로그를 읽고 조금이라도 관심을 가질지 궁금했다. 일기장을 읽어봤는지도 궁금했다.

디트리히가 펜을 한쪽으로 정리하더니 뭔가 할 일이 있다는 듯 자리에서 일어섰다.

"그림을 다 그렸나요?" 나는 예의 바르게 물었다.

"아뇨, 아직이요. 오늘은 제가 요리할 차례거든요."

그는 선반에서 깡통 몇 개를 꺼내더니 침울한 표정으로 들여다보았다. 그는 '식품저장고'로 사라졌다가 아무것도 쓰여 있지 않은 큰 고깃덩어리를 들고 나타났다. 어떤 동물의 어느 부위겠지.

"지금부터 해동해야 해요." 그가 웅얼거렸다.

"도와줄 일이 있을까요?" 내가 물었다. 지금까지 나는 테리가 맡은 가사일만을 도왔다.

"그러면 감사하죠." 깜짝 놀란 디트리히가 제안에 기뻐하며 말했다. 우리는 부엌으로 함께 갔다. 조리대 앞에서 그의 곁에 선 나는, 디트리히에게는 구레나룻뿐 아니라 목 전체에도 엄청나게 수염이 많이 났다는 것을 눈여겨봤다. 마치 곰 옆에 서 있는 기분이었다.

"이걸 저어주시겠어요?" 그는 깡통을 뒤집어 그 안에 든 초록색 내용물을 냄비에 부은 후 나무스푼을 건네며 말했다.

나는 충실하게 저었다.

“맥크리디 부인, 얘기 좀 해주세요. 테리가 잘 지낸다고 생각하시나요?” 그가 뜬금없이 물었다.

나는 어처구니가 없었다. 테리가 그렇지 않을 수도 있다는 생각은 단 한 번도 한 적 없었다. “당연히 잘 지내죠. 당신은 어떤 면에서 테리가 행복해야 한다는 점에 책임감을 느끼는 것 같네요, 맞아요?”

“제 위치에서는 그 부분을 도울 수가 없는 것처럼 보여요.” 그가 대답했다.

“당신은 테리를 좋아하잖아요, 그렇죠?”

“당연하죠. 아주 좋아해요. 테리와 마이크 둘 다요.”

나지막한 으르렁 소리가 목구멍에서 새어 나왔다. 그 누가 신사답지 못한 마이크를 좋아할 수 있겠는가.

“그들은 훌륭한 팀이에요.” 디트리히가 큰 식칼을 들고 약간은 필사적으로 고기를 자르면서 말을 이어갔다. “그 사람들이 잘 지내는 것은 중요해요. 사람들과의 접촉도 거의 없이 이런 곳에서 지내기에 8개월은 긴 시간이에요. 저는 이 모든 게 끝나고 나서 돌아갈 수 있는 아내와 아이들이 있다는 점에서 운이 좋죠, 마이크도 여자 친구가 있고요. 하지만 테리는요? 테리에겐 그런 특별한 사람이 없어요. 가족들도 정말로 그녀를 이해하려 하지 않고요. 테리에게는 펭귄뿐이에요.”

“당신 말이 맞아요. 테리는 펭귄들의 미래를 보장해 주기 위해서라면 무슨 일이든 할 거예요. 저는 그런 열정과 헌신을 가진 이를 본 적이 없어요.”

디트리히가 활짝 웃었다. "저도 정확히 그렇게 생각해요. 테리는 언제나 뒤에서 추가적인 업무를 도맡아 해요. 사람들에게도 아주 잘하죠. 심지어 마이크와 제게도요. 우리를 그토록 오랫동안 참고 견뎌줄 사람은 거의 없을 거예요." 그가 덧붙였다. "한동안일 뿐이지만 테리가 부인을 친구로 삼을 수 있어서 정말 좋아요."

"절 놀리시는군요."

"아니요, 진심입니다."

그는 잠시 식칼을 허공에 들고 있었다. "부인과 저는 다른 둘보다 나이가 많아요, 맥크리디 부인. 이 모든 상황을 다른 관점에서 볼 수 있지요."

적나라한 웃음소리가 내 목구멍에서 흘러나왔다. "당신은 기껏해야 그 사람들보다 열 살이나 많을까요? 그에 비해 저는 쉰이나 예순쯤 나이가 많답니다."

"부인께서 저보다 우위에 있으시죠, 맞아요." 그가 인정했다. "제가 예상하기론, 저와 마찬가지로 부인은 나이 드는 일이 적어도 한 가지 장점을 안겨준다는 것을 깨달으셨을 거예요, 맥크리디 부인. 세월이 흐를수록 점점 자신에게는 덜 집착하게 되고, 다른 사람들을 더 배려하게 된다는 것을 깨닫지 않으셨나요? 나이가 들수록, 사랑을 베풀 수 있는 능력이 향상되는 것처럼요."

나는 침묵을 지켰다. 그런 경우를 전혀 보지 못했다. 오히려 그 반대지.

25

베로니카

로켓섬

실험실에서 격양된 목소리가 들려왔다. 세 사람의 목소리였다. 나는 열악한 시설을 사용하고 방으로 돌아오는 길이었다. 언제나 저들보다 일찍 침대에 들었고, 이미 9시 15분이었기 때문에 목욕을 마치고 실내복으로 갈아입고 보청기를 뺀 상태였다. 그럼에도 몇몇 구절은 알아들을 수 있을 만큼 요란한 말다툼이었다. "빌어먹을!" 마이크였다. "아니, 나는 마음먹었어." 디트리히고. "제발, 싸우지 말자." 이건 테리였다. 여러 단어가 뒤죽박죽 섞여 불협화음을 만들어내는 와중이었다. 나는 더 주워듣기 위해 기다렸지만, 말다툼은 마무리 단계인 것처럼 보였다. 디트리히가 방에서 불쑥 나와 정중하게 "안녕히 주무세요, 맥크리디 부인"이라는 말만 하고 내 곁을 지나쳐 가버렸다. 디트리히가 문을 닫고 들어가 버린 침실에서 엘라 피츠제럴드(미국의 재즈가수)의 목소리가 희미하게 들려왔다.

돋보기를 가지러 라운지로 돌아왔다. 책 선반 앞에서 오랫동안 서성이면서 다음에 읽을 책으로 《셜록 홈스》를 고르는 것이 좋은 이유에 대해 고민했다. 아아, 그 책은 축약본이었지만 조금은 두뇌에 자극이 될 터였다.

테리가 들어왔다. 평소답지 않게 두 뺨은 진홍빛으로 물들어 있었다.

"안녕하세요, 베로니카. 실내복이 멋지네요."

"고마워요, 테리"

테리는 자리에 앉지 않았다.

나는 계속해서 코넌 도일의 작품을 살펴보고 있었는데, 그녀는 불안한 상태였다. 안경에 입김을 불고 거친 손길로 문지르더니 공기를 이 사이로 통과시키면서 요란하게 쉭쉭거렸다. 그런 다음엔 골칫거리 각다귀를 떨쳐버리기라도 하는 듯 고개를 빠르게 흔들어대기도 했다.

"무슨 일이에요?" 나는 셜록을 애거사 크리스티와 찰스 디킨스 사이에 되돌려 놓으며 물었다.

그녀는 또렷이 들리지 않는 말을 웅얼거렸다. 그냥 넘길 수 없었다.

"보청기 좀 가져다 줄래요? 그러고 나서 다 얘기해줘요."

테리가 얼굴을 일그러뜨렸지만, 재빨리 자리를 떠나 보청기를 가지고 돌아왔다. 보청기를 낀 후 서로 머그잔을 들고 라운지에 자리를 잡자, 그녀는 내가 그동안 의심쩍어 해왔던 바를 확인시켜 줬다. 문제는 바로 마이크였다.

"왜 나는 놀랍지도 않죠?" 내가 외쳤다.

테리가 눈살을 찌푸렸다. "마이크가 베로니카에게 좀 우습게 굴었다는 건 알아요. 그럴 이유가 있었어요. 예전에는 절대로 제게 못되게 굴지 않았거든요. 보통 우리는 잘 지냈어요."

나는 테리가 흘린 이야기를 놓치지 않았다. "잠시만요, 테리. 마이크가 제게 '좀 우습게' 구는 '이유'가 있다면 (그런 이야기를 고맙게도 해준 만큼) 그게 뭔지 설명해 줄 수 있어요?"

"글쎄요." 그녀가 천천히 대답했다. "말씀드릴게요. 부인께서 이해하는 데 도움이 될 테니까요. 저희가 지난해, 지난 몇 년간 다른 과학자와 지냈다고 했던 이야기가 기억나세요?"

어렴풋이 기억을 되살릴 수 있었다. 이들은 네 번째 과학자에 대해서는 절대로 이야기를 꺼내지 않았지만.

"그의 이름은 라이언이었어요." 테리가 알려줬다. "재미있고 똑똑하고 아이디어로 가득 찬 사람이었어요. 손재주가 좋은 사람이기도 했죠. 배관이 고장 나면 고쳐주고, 발전기와 역삼투압 설비를 설치해 주기도 했으니까요. 더 중요한 건, 라이언은 소통도 잘하고 협력도 능숙하게 하는 사람이라 마술봉을 휘두르듯 프로젝트 자금을 구해올 수 있었다는 거예요. 앵글로-남극조사위원회에서 상당한 금액을 약조했어요. 6년짜리 프로젝트에는 충분한 금액이었지만, 우리는 그 프로젝트에 더 많은 시간이 필요하다는 것을 알고 있었어요. 6년 동안 다른 지역보다 로켓섬의 아델리펭귄 개체 수 변화는 상당히 기복이 컸어요. 라이언은 자신이 담당하겠다고 약속했어요. 프로젝트가 처음으로 불안정해 보일 때, 라이언은 그다지 큰 문제가 아니라고 하면서 개인적인 인맥을 통하면 기부금이 더 많아질 것이라고 했어요. 그런데 그 반대의 일이 벌어졌어요. 위원회는 기부금을 완전히 끊어버렸죠. 그리고 라이언은 어떻게 했을까요? 우리를 떠났어요. 프로젝트를 망쳐버리고는 아이슬란드에서 바닷새를 추적하는 편한 일을 하러 간 거예요."

예전 같으면 아이슬란드에서 바닷새를 추적하는 일이 편하다고 절대 생각하지 않았을 것이다. 내 지식은 한정적일 뿐이니까.

"모두에게 암울한 시기였어요. 하지만 마이크가 가장 괴로워했어요. 마이크는 라이언과 가까웠거든요. 그를 전적으로 믿었지만, 완전히 내쳐지고 말았죠. 그래서 부인이 오셔서 엄청난 금액을 약속하셨을 때, 마이크는 그런 일이 일어날 거라고 믿을 수가 없던 거예요. 저희가 다시 희망을 품는 모습을 그냥 두고 볼 수가 없었을 거예요. 결국엔 깨져버릴 테니까요. 그래서 마이크가 부인께 이상하게 구는 거예요. 아델리펭귄 프로젝트를 그토록 아끼기 때문이에요."

테리는 사람들의 선한 부분만 믿기를 고집한다. 나는 그녀의 설명에 별로 감동하지 못했다. 나는 날카로운 소리를 내며 목을 가다듬었다. "에일린이 내 숙박비로 수천 파운드를 로켓섬 신탁기금으로 이체했을 거예요. 마이크는 그 정도로는 제가 진심이라는 걸 못 믿는 건가요?"

그녀는 어깨를 으쓱했다. "음, 마이크는 깨닫기 시작했을 거예요. 하지만 자기가 틀렸다고 증명되는 걸 싫어하죠."

그녀는 바보가 아니었다.

"그러니까 마이크와는 뭐가 문제인가요?" 나는 물었다. "오늘 왜 그리도 티격태격했던 거예요?"

여러 감정이 테리의 얼굴을 스쳤지만 금세 마음을 정리한 듯했다. 또 다른 비밀이 공개되기 직전이었다. 나는 그녀가 나를 이러한 비밀들을 털어놓아도 괜찮은 사람이라고 판단했다는 것에 매우 기뻤다.

"사실 디트리히가 업무를…… 제게 넘기려고 해요." 그녀가 약간 자랑스러워하며 털어놨다. "제가 앵글로-남극조사위원회와의 모든 커뮤니케이션 업무를 넘겨받기를 원하죠. 이건 엄청나게 큰 책임이에요. 특히 우리 프로젝트의 미래가 중대한 국면에 처해 있을 때는 더 그렇죠. 그리고 만약에…… 이건 중요한 가정인데, 우리가 연구를 어쨌든 계속할 수 있다면, 디트리히는 자신의 연구 시간 배분을 다르게 할 계획이에요. 오스트리아에서 가족들과 좀 더 시간을 보내는 방향으로요. 디트리히는 자신이 이곳에서 많은 시간을 보내지 않게 된다면, 제가 두 달간 조타수가 될 수 있겠냐고 물었어요. 그는 제게 로켓섬 팀의 책임자가 되어달라고 부탁했고, 저는 당연히 그러겠다고 대답했어요."

"와!" 정말로 비밀을 공개한 셈이었다. 나는 그녀의 손을 다정하게 잡았다. "축하해요! 당신만큼 자격이 있는 사람은 없어요."

"기대돼요. 제게 닥칠 모든 도전이요." 그녀가 활짝 웃으며 인정했다. "하지만 마이크는 그 업무를 받지 못해서 약간 화가 난 거 같아요."

"당연하죠." 나는 대답했다. "마이크가 원하는 걸 당신이 얻었으니까요. 그게 바로 질투예요. 저는 질투 때문에 괴로운 적이 없었지만, 주변에 질투로 꽤 심각하게 괴로워하는 사람들을 봤던 기억이 나요. 그런 징후 가운데 하나가 심술궂은 행동이에요."

"그렇게 보여요."

마이크의 불쾌함에는 또 다른 이유가 있을 것이다. 테리는 자신이 단정치 못한 데다 촌스러운 스타일을 하고 다니는데도 상당한 매력을 풍긴다는 것을 전혀 모르고 있었다. 사실 적당한 나이의 누군가는 그녀가 꽤 매력적인 상대라는 것을 알 것이다. 그가 영국에 여자 친구를 두고 왔다는 사실을 염두에 둔다면, 마이크는 테리에 대한 자신의 감정을 부정하고 있을 수도 있다.

"이제 마이크는 제가 하는 모든 일에 트집을 잡고 있어요." 그녀가 뿌루퉁하게 말했다.

나는 손을 뻗어 그녀의 팔을 잡았다. "그건 그 사람의 문제이지, 당신의 문제가 아니에요. 그는 곧 극복할 거예요."

"부인 말이 맞아요, 베로니카. 물론 그럴 거예요."

나는 언덕 위로 으르렁거리는 소리를 들었다. 공기는 으스스한 회색 기운으로 물들었다. 하늘에선 제멋대로 헝클어진 구름이 무섭도록 빠른 속도로 서로를 쫓았다. 펭귄들은 불안한듯 절

쩔매며 몸을 웅숭그리고 둥글게 모여 있었다.

갑작스러운 돌풍이 불어와 내 모자를 벗기고 머리카락을 마구 헝클어트렸다.

“자, 여기까지 하고 기지로 돌아가야겠어요.” 테리가 어리둥절한 펭귄을 땅에 내려놓으며 소리쳤다. 펭귄은 그 자리에서 재빨리 벗어나 바람을 등에 업고 둥지로 되돌아갔다. 테리는 펭귄 저울과 카메라를 챙기기 시작했다.

나는 시계를 확인했다. 이곳의 밤은 절대로 완전히 어두워지지 않고, 태양이 하늘을 거슬러 뒤로 물러날 뿐이라는 사실에 점차 익숙해지고 있었다. 그러나 여전히 남극의 시간 단위는 혼란스러웠다.

“이제 겨우 12시인걸요!” 내가 항의했다.

“알아요. 하지만 폭풍이 몰려오고 있어요.”

나는 산 쪽을 힐긋 보았다. 빙빙 소용돌이치는 안개가 산을 감싸고 있었다. 으르렁거리는 소리는 시시각각 커져갔다.

테리는 무전기를 꺼내 디트리히와 마이크에게 짧게 말했다.

“그래요, 모두 돌아가기로 했어요. 베로니카, 가능한 한 빨리 움직여요.”

우리는 산등성이를 올랐다. 꼭대기에 오르자 작은 하얀색 알갱이가 얼굴을 향해 날아들었다. 우리는 숨을 헐떡였다. 센터에 도착할 때까지 이제는 내려가는 길만 남았다는 데에 감사했다. 그럼에도 미끄러질 위험이 있어서 조심해야 했다. 머클럭 부츠는 훌륭하지만 땅 위로 넘어졌을 땐 너무 고통스럽다. 나는 이곳에 온 후 단 한 번만 넘어졌지만, 여전히 멍이 남아 있었다. 그 경험을 다시 되풀이하고 싶지 않았다.

우리는 무사히 센터에 도착했다. 머지않아 디트리히와 마이크도 합류했다.

디트리히가 난로에 불을 붙이기 위해 몸을 숙였다. "폭풍이 지나가는 동안 몸을 움츠리고 있자고."

"그렇다면 실험실에서 하루를 보내야겠군." 마이크가 문을 열어둔 채 자리를 떴다. 나는 문을 닫았다.

"좋은 생각이네요, 맥크리디 부인. 문이 외풍을 막아주겠죠." 디트리히가 말했다.

테리는 주전자를 향해 움직였다. "한동안 갇혀 있을 거예요. 책이나 소일거리를 찾는 게 가장 좋아요."

나는 다시 한번 《셜록 홈스》를 지나쳐 좀 더 이 사태에 맞는 책을 골랐다. 《스콧의 남극 탐험: 이 세상 최악의 여행》이었다. 먼저 안경을 쓰고 테리에게 차 한 잔을 받아 의자에 앉았다.

이틀 후에도 나는 여전히 그곳에 앉아 있었다. 위험을 무릅쓰고 바깥으로 나갈 수 없었다. 정신이 멍해질 정도로 지루하고, 숨이 막혀 폐쇄공포증에 걸릴 것만 같았다. 나는 땅과 공기와 하늘이 그리웠다. 펭귄들이 보고 싶었다. 더 이상 마이크를 견딜 수 없었고, 디트리히를 참을 수 없었다. 가끔은 테리마저 꼴도 보기 싫었다.

《스콧의 남극 탐험: 이 세상 최악의 여행》을 읽어도 기분이 전혀 나아지지 않았다.

26

베로니카

로켓섬

디트리히가 마침내 다시 밖에 나가도 좋다고 선언했을 때, 우리는 문을 박차고 나갔다. 우리는 모두 약간은 히스테리 상태였다가 한시름 놓게 됐다. 풍경은 변했고, 땅의 외형은 깃털 같이 부드러운 눈이 한 겹 더 덮이면서 부드러워졌다. 센터 주변으로 누구도 밟지 않은 눈이 펼쳐졌다. 땅 위로 휘핑크림과 같은 하얀색 물결이 깊게 퍼졌다.

우리는 몸을 펴고 신선한 공기를 들이마셨다. 세 명의 과학자는 눈 속에서 즐겁게 뛰어놀고 환호성을 질렀다. 나 역시 엄청나게 행복해졌지만, 탄성을 내지르거나 날뛰지 않도록 자제했다.

마이크는 테리가 가까운 미래에 자신의 상사가 되리라는 사실을 받아들인게 분명하다. 그렇기에 그가 두 손 가득 눈을 퍼서는 그녀의 목 뒤에 쑤셔 넣었을 것이다. 그녀는 할 수 있는 만큼 눈을 쓸어 담아 그의 얼굴에 세게 문질러서 복수했다. 이들은 모두 비명을 지르며 웃음을 터트렸다.

하지만 업무로 복귀해야 할 시간이었다. 전기 발전 어쩌고 하는 것 중 하나가 폭풍으로 망가진 것처럼 보였다. 디트리히는 뒤쪽에서 사다리를 끌고 와서 두 개의 풍력발전용 터빈 중 더 작은 쪽에 댔다.

"올라가시죠, 맥크리디 부인!" 그가 나를 보았다. 나는 그에게 미소를 지었다. 나는 건강하고 능력도 되지만, 우리 둘 다 내가 사다리에 올라갈 일은 없으리라는 것을 알고 있었다.

"제가 올라갈게요." 마이크가 자청했고 순식간에 꼭대기까지 올라갔다. 그의 좋은 기분은 순식간에 사라져버렸다.

그가 우리에게 욕을 쏟아붓는 동안 테리와 디트리히는 각자 삽을 들어 눈을 헤치고 언덕으로 올라가는 길을 내기 시작했다. 어떤 부분의 눈은 다른 부분보다 훨씬 깊었다. "어떤 쪽이 더 깊은지 보이지 않으니 너무나 위험해요." 테리가 알려줬다.

나는 두 사람이 열중해서 일하는 모습에 감명받았다. 그녀는 중노동 따위를 두려워하지 않았다. 멋진 여성이다.

문제가 다 해결될 때까지 떼까마귀 숲을 방문하는 것은 불가능했기 때문에 나는 다시 안으로 들어와서 다르질링차를 끓였다. 과학자들이 문을 몽땅 다 열어두고 간 것을 발견하고 부지런히 모두 닫았다.

반 시간 후 마이크가 머리는 다 헝클어지고 부루퉁한 얼굴로 내 앞에 나타났다.

"큰 문제가 생겼어요, 베로니카. 발전기가 고장 나서 고칠 수 없어요. 우리는 발전기 하나에만 의존해야 해요."

"아주 성가신 일이네요." 나는 말했다.

불행히도 그의 말은 다 끝나지 않았다. "에너지 사용량을 줄여야 할 것 같아요." 그가 이렇게 설명하면서 짐짓 권위 있는 표정을 지었다. "우선은 주전자 물을 끓이는 것부터 줄여야 한다는 의미예요. 지금부터 부인은 하루에 차 네 잔만 마셔야 해요."

나는 얼굴이 하얗게 질렸다. 정말 비극이다. "그것 말고 다른 방법이……?"

"테리는 블로그 하는 시간을 줄이기로 했고, 디트리히는 CD로 음악 듣는 일, 저는 한밤중에 실험실 불을 켜놓고 일하는 것을 줄일 예정이에요. 난방이나 펭귄 연구에 필요한 전기를 타협할 수는 없으니까요. 그 외에 모든 것은 아껴야 해요. 이제 아시겠어요?"

정말로 불쾌한 인간이야! 그는 '양해'란 말도 모르나 보다.

"우주여행을 다니는 이 시대에 간단한 발전기를 고칠 방법이 확실히 있지 않을까요?"

"아뇨, 없어요." 그가 쌀쌀맞게 대답했다. "제대로 된 도구가 없어요."

나는 실력 없는 일꾼과 장비에 대한 속담을 하나 읊어주고 싶은 충동이 강하게 들었지만 참았다. 그를 한 번 쏘아보는 것으로 만족하기로 했다.

언제나 마이크와 대화하고 나면 심기가 불편해진다. 다르질링차가 내 영혼을 어루만져줬다. 앞으로 차를 마실 수 있는 양이 제한된다면, 마지막 한 방울까지 감사히 마셔야겠다.

다시 펭귄을 만나는 일은 멋졌지만, 그 사이에서 작고 동그란 사체를 여럿 발견하는 일은 충격적이었다. 그 광경은 로켓이 걸려 있는 내 가슴을 날카롭게 파고들었다.

살아남은 펭귄은 공동체를 묘지로 만들어버린 그 요소들을 무시하고 시끌벅적한 행동을 이어나갔다. 상실이 생겨난 모든 자리에 새로운 생명도 피어났다. 군집지 이곳저곳에서 흔들거리는 조그마한 머리들이 알을 깨고 나타났다. 나는 어느 특별한 새끼 아델리펭귄의 우스꽝스러운 행동에 집중하며 평정심을 되찾았다. 이 녀석은 꽤 매력적이었다. 통통하고 솜털이 보송보송한 꼬마는 마치 상상 속의 나비를 쫓아다니듯 좁은 원을 그리며 여기저기 뛰어다녔다. 꼬마는 자기 자신이, 그리고 이 세상이 신나기만 했다.

커다란 날개를 편 그림자 하나가 눈 위로 미끄러지듯 나타났다. 나는 하늘을 올려다보며 눈으로 새가 날아가는 경로를 따라간 끝에 도둑갈매기임을 알아봤다. 도둑갈매기는 펭귄 공동체 깊숙이 날아들어 오더니 내가 지켜보고 있던 바로 그 새끼 펭귄을 낚아채 다시 하늘로 솟구쳤다. 나는 공포에 질려 숨이 멎는 듯했다. 불쌍한 새끼 펭귄은 청명하게 푸른 하늘에 대비

되는, 몸부림치는 그림자가 되어버렸다.

"놓아줘, 놓아줘! 이 잔인한 놈아!" 나는 도둑갈매기에다 대고 소리를 질렀지만, 고함은 소용없었다. 새끼 펭귄은 잠시 다리를 버둥거렸을 뿐, 목이 꺾여버렸고 도둑갈매기의 발톱 아래서 누더기처럼 대롱거렸다. 두 번째 도둑갈매기가 끼어들더니 둘은 함께 아기 새의 사지를 찢어버렸다.

충격으로 온몸이 떨렸다. 내 눈은 군집지를 향했다. 부모 펭귄의 아픔을 떠올리며 그들이 어디에 있는지 찾아내려 했다. 그러나 검은색과 흰색으로 들끓는 무리 사이에서 이들은 그저 이름 없는 펭귄일 뿐이다.

테리의 목소리가 나를 몽상에서 깨웠다. 테리가 방 반대편에서 펭귄 태그를 한 아름 들고 꾸물대는 동안 나는 (이제는 특히 더 소중해진) 다르질링차가 담긴 머그잔을 살살 흔들었다.

나는 보청기를 고쳐 꼈다. "뭐라고 했어요?"

"슬퍼 보인다고요. 뭔가 잘못된 게 있나요, 베로니카?"

나는 무슨 뜻인지 분명하게 알아듣지 못했다.

"잘못됐냐고요? 아뇨." 나는 대답했다. 어쨌든 평소와 다를 바 없었다.

그녀는 눈썹을 한데 모으더니 두 눈으로 내 얼굴을 샅샅이 훑어보았다. "뭔가 문제가 있는 거 같아요. 부인께선 제게 털어놓으셔도 돼요, 베로니카. 무엇이든지 비밀로요. 알아요. 상황이 부인을 여기까지 몰아왔다는 걸요. 감정들은 어쩌면 날 것 그대로 드러나기 마련이지요. 하지만 이야기를 나누는 것은 분명 도움이 될 거예요."

"그럴까요?" 나는 상당히 의구심을 가지고 있었다.

"만약 개인적인 일이라면…… 아무에게도 말하지 않을 거예요. 도움이 될지는 모르지만, 저는 사람들을 함부로 재단하지 않아요."

다른 사람을 재단하지 않는 사람이라. 처음이로군.

"부인은 부인 이야기는 그다지 하지 않으시네요." 그녀가 덧붙였다. "저는 부인에 대해 더 알고 싶어요."

그녀는 절대로 포기하지 않겠다는 기운을 풍기며 내 곁의 의자에 앉았다. 그 태도는 누군가를 떠올리게 했다.

그 순간 예의 맥크리디식 강인함이 무너져 내리는 것 같았다. 팔다리가 나를 짓눌러서 뭔가를 하기 위해서는 헤라클레스와 같은 노력을 들여야만 했다. 뇌 역시 녹초가 되어버린 것처럼 느껴졌다. 가끔은 다시 정렬할 수 없는 것들을 정렬하려고 애쓰는 것처럼 보였다. 지금쯤이면 과거를 떨쳐버릴 수 있을 거라 생각했지만, 오래된 일기장들을 읽고 난 뒤 나는 빼저린 과거의 모든것을 기억하고 있다는 걸 알았다. 나의 과거는 여전히 내 안에 있었다. 예전보다 더 강해진 모습으로, 마치 궤양처럼 존재감이 커져갔다. 매일매일 커지면서 내 모든 주요 장기에 압박을 가하고, 내 혈류를 타고 독을 퍼트렸다.

나는 이를 드러내는 것이 치유나 해독의 방법이 될 수 있다고 믿어보기로 했다. 분명 나는 펭귄들 사이에 머무는 것이 즐거웠다. 하지만 그것만으로는 부족했다. 나는 그 어떤 것도 충분할 수 없다는 것을 깨닫기 시작했다.

"이 모든 게 엄청난 낭비예요." 테리보다는 나 자신에게 중얼거렸다. "제 인생이요. 그 자체로 막대한 낭비예요. 고통스러우며, 설명할 수도 없고, 무의미해요."

"그건 사실이 아닐 거라고 장담해요, 베로니카." 그녀가 이렇게 외치면서 내 쪽을 향해 손을 내밀었지만, 나는 못 본 척했다. "부인은 경이로운 일들을 어마어마하게 많이 하셨을 거라고 확신해요."

"경이롭다고요? 그럴 리 없죠."

사건들이 벌어지면 나는 옳든 그르든 간에 내 나름대로 신속하고 충동적으로 그에 반응했다. 그리고 시간이 흘렀다. 전방을 향해 한 해 한 해가 흐르고, 그렇게 수십 년이 흐르고, 침묵 위에 침묵이 덧입혀졌다. 지구의 표면 위에 쌓이는 흙과 돌과 얼음의 층과 같았다. 불이 그 중심에서 깊게 타오르고 있다는 걸, 그 누가 알거나 관심을 가졌겠는가?

"패트릭에 관한 이야기인가요?" 테리가 물었다.

"패트릭이요?"

"네, 부인의 손자 이름이잖아요. 그렇죠?" 그녀는 기억력이 좋았다.

"생물학적으로 말해서 제 손자가 맞아요." 나는 인정했다.

"그리고…… 분명 자녀가 있겠네요……. 자녀들이었을까요? 아니면 한 명?"

그녀의 커다란 눈 안에서 푸른색과 은회색으로 만들어지는 모든 문양과 선(線)이 내게 와서 박혔다.

"아니, 꼭 그렇지는 않아요. 정확히는 아니에요." 내가 그녀에게 말했다.

그녀는 약간 놀란 모양이었다 "무슨 말씀인지 모르겠어요. 부인은 다크호스 같아요, 베로니카."

그녀는 내게 늘 다정했다. 나는 그녀에게 빚을 진 만큼 설명을 해줘야 하리라.

"전쟁이 있었고……."

나는 말을 멈췄다. 그녀가 제아무리 나를 구슬린다 해도, 나는 그 과거를 극복하고 큰 목소리를 낼 수 없었다. 인생은 우리가 속으로 삭이는 것과 내뱉는 것 사이의 조심스러운 균형이다. 나는 속으로 삭여야만 했다. 속으로 삭이는 것만이 내가 부서져 버리지 않게 붙들 수 있는 유일한 방법이었다.

그런데, 내가 왜 테리에게 이런 이야기를 해야 하지? 그녀에게 내 인생이 무슨 상관이라고.

"이제 좀 쉬고 싶어요." 나는 일어나서 방으로 향했다. 방으로 들어간 뒤 문을 꽉 닫았다.

27

패트릭

볼턴

나는 다시 일기를 읽기 전에 맥주로 무장했다. 대마초가 도움이 될까 궁금했지만 피우지 않기로 했다. 대마초를 완전히 끊으려고 노력 중이다. 심지어 위들덤과 위들디를 주디스에게 돌려주려고 한다. 그러면 다시는 유혹당하지 않을 테니까.

늦은 시간이지만, 뭐가 문제인가? 나는 맥주를 벌컥벌컥 마시고 침대에 팔다리를 쭉 뻗고 누워서 다시 한번 일기장을 폈다.

1940년 11월 20일

애글워스

오랫동안 일기를 쓰지 않았다. 그럴 수 없었다. 지금도 내 머릿속에서는 모든 것이 계속 요란한 소리를 내며 빙빙 돌아간다. 나를 미치게 만드는 사소한 것들. 문 앞에 붙은 '여자 교장'이라는 푯말. 해리슨 교장 선생님의 거친 피부. 그 작고 기민한 두 눈. 계속 손가락으로 잡아당기고 긁는 목덜미에 빽빽한 곱슬머리. 그리고 마거릿 고모할머니가 으스스할 정도로 허연 얼굴로 책상 옆에 서 계셨다. 너무나 강경한 모습으로.

교장 선생님 호출을 받고 나는 그저 내가 멜튼 선생님의 분필을 훔친 게 걸렸다고 생각했을 뿐이다. 심지어 그 벌로 런던으로 다시 돌려보내지 않을까 하는 일말의 희망까지 품었다. 하지만 아니. 그 대신 그 소식이 나를 기다리고 있었다. 소름 끼치고, 끔찍하고, 생각하고 싶지도 않은 그 소식…… .

아, 엄마. 아빠. 모든 게 괜찮을 거라고 말했잖아요. 약속했잖아요.

나는 해리슨 선생님과 마거릿 고모할머니에게 거짓말하지 말라고, 진짜일 리 없다고 소리치고 싶었다. 아빠와 엄마는 그럴 리가…… 그럴 수가 없어…….

아빠와 엄마는 나를 엄청나게 사랑하신다. 이런 일을 내게 저지를 리 없었다. 아빠와 엄마는 절대로 서로가 죽도록 내버려 둘 리 없었다. 아무리 하늘에서 폭탄이 무수히 떨어져도, 그 밖의 다른 세계가 아무리 무너지고 피를 흘리고 불태워져도.

해리슨 선생님은 그 보기 싫은 쪽머리를 다시 긁으며 말했다.
"이제 평화롭게 잠드셨단다, 아이야. 그 사실을 받아들여야 해."

그 어느 때보다 마거릿 고모할머니가 미웠고, 내가 바닥에 쓰러지는 순간 할머니가 한 이야기는 절대로 잊지 않을 것이다. "우는 건 이기적인 일이야, 베로니카. 이제 부모님은 하나님과 함께 있으니까. 눈물은 약하다는 뜻이야. 너희 부모는 네가 우는 걸 원치 않을 거야."

나는 아빠의 목소리가, 아빠의 다정하고 든든한 목소리가 들려오는 것 같았다. 지난번에 아빠가 나를 똑바로 바라보며 해주시던 말씀이.

"강해져야 한다."

나는 입을 꼭 다물었고, 이로 너무나 강하게 살을 씹는 바람에 피 맛이 났다.

나는 강해질 거예요, 아빠. 아빠를 위해서요. 절대로 울지 않을 거예요.

그때도. 지금도. 앞으로도.

1941년 1월 1일
이스트콧 농장

많은 시간이 흘렀다. 나는 여전히 이곳에 있다. 베로니카 맥크리디. 잔혹한 운명과 씨름하며 모든 것을 이해하려 애쓰는 수백만 전쟁고아 중 하나. 이제 나는 또 다른 1년을 위해 새로운 장을 펼쳐야 한다.

1941년은 이스트콧 농장에서 시작됐다. 나는 재닛의 제안 덕에 이곳에서 크리스마스를 보냈다(그 누가 마거릿 고모할머니와 크리스마스를 보내고 싶겠어?). 드램웰 가족은 친절하다. 심지어 선물로 비누까지 줬다. 재닛은 그 선물이 내가 다시 돼지들 때문에 엉망진창이 될 때를 대비한 것이라고 했다. 나는 가끔 돼지들과 소를 보러 바깥에 나간다. 동물들은 내 친구다. 하지만 엄마와 아빠 없는 크리스마스는 크리스마스가 아니다.

내 새해 결심은 이전보다 더 강해지는 것이다.

나는 어제 한밤중에 일어났다. 재닛과 노라는 둘 다 자고 있었다. 나는 이곳에 머물 때면 셋이 함께 쓰는 침대에서 슬며시 일어나 맨발로 살금살금 창문가로 갔다. 나는 로켓을 열고 조심스레 머리카락 두 가닥을 꺼냈다. 나와 사랑하는 부모님을 이어주는 유일한 선이었다. 머리카락은 내 손바닥 안에서 하얀 달빛을 받았고, 아주 평화로워 보였다. 나는 머리카락을 뺨에 문지르며 엄마의 숨결, 아빠의 숨결을 느끼려고 애썼다. 상실이라는 현실을 받아들이기는 어렵다. 마치 현실일 수 없는 이야기를 내가 읽고 있는 것만 같다. 현실은 날카롭고 잔인하게 산산조각 나 밀려오고, 내 마음은 다시 한번 무너져 내린다.

1941년 1월 28일

던윅 홀

지독하게도 춥다. 매일 아침 세수하기 전에 물 위에 생긴 얼음층을 깨는 시간까지 계산해야만 한다. 나는 다른 여자아이들과 함께 잠옷을 입고 오랫동안 벌벌 떨며 기다리는 게 싫다. 아침에는 너무 어둡기도 하다. 참을 수 없을 정도의 어둠이다.

이 모든 것에 맞서느라 나는 아주아주 시끄럽고 활기차게 굴려고 애쓴다. "조증이야." 재닛과 노라는 이렇게 말한다. 나는 내 슬픔에 대해 계속 떠들어대지 않기 때문에, 이들은 내가 속으로 얼마나 상처 입었는지 모른다. 마찬가지로 나도 그런 이야기를 하고 싶지 않다. 나는 두 친구와의 우정에 매달리고 있다. 모든 안 좋은 기억을 애써 지우는 데에 도움이 되기 때문이다. 나는 많이 웃는다. 선생님들에게 무례하게 굴고, 학교 규칙은 어길 수 있는 한 모두 어긴다.

우리는 영어 시간에 《햄릿》을 공부하기 시작했다. 햄릿과 나는 많은 공통점이 있다. 우리는 매우 슬프고 고독하며 약간은 미쳐 있다. 햄릿처럼 나는 '괴상한 거동을 취하고' 있었다. 나는 햄릿을 이해하고, 햄릿은 나를 이해한다.

주말을 이스트콧에서 지내고 있지만, 몇몇 주말에는 마거릿 고모할머니에게 가야 했다. 감사하게도 고모할머니는 내가 토요일마다 춤 수업에 갈 수 있도록 허락해 주셨다. 음악은 생명선이다. 나는 위풍당당한 왈츠나 명랑한 폭스트롯을 추며 나 자신을 잊는다. 리듬은 내게 위안이 되고, 어두운 생각은 잔잔한 하모니 속에서 녹아버린다.

애글워스에서 보내는 나머지 시간은 암담하다. 일요일에 교회 가는 것 말고도 고모할머니는 내게 끔찍한 설교를 끊임없이 해댄다. 할머니는 단조로운 목소리로 엄마와 아빠는 이제 천국에서 나를 지켜보고 있으며, 나 역시 천국에 가기 위해 최선을 다해야 한다고 되풀이한다. 고모할머니는 내가 천국에 가기 쉽지 않을 것이며 가련한 하나님은 나를 천국에 들이기 위해 특별히 더 자비를 베풀어야 할 것이라고 은연중에 말했다.

1941년 4월 23일
던윅 홀

다이아몬드 모양의 창을 통해 햇빛이 쏟아지고, 교외로 나가는 학교 행사가 다시 시작됐다. 우리는 달맞이꽃으로 바구니를 가득 채웠다. 그다음엔 자리에 앉아 이끼를 담은 상자들을 한 줄로 세웠고, 여기에 꽃을 꽂아서 전쟁에서 부상당한 군인들을 위해 병원으로 보냈다.

나는 최근 들어 이스트콧에서 많은 시간을 보내고, 재닛의 오빠인 해리와도 친해졌다. 해리는 잘생겼다고 말하기는 그렇지만, 나름대로 소박한 매력이 있다. 그는 키가 크고 힘이 세며 꽤 웃기다. 토요일에는 총으로 토끼를 잡았고, 나는 그게 싫었다. 하지만 나중에 드램웰 부인이 그것으로 토끼파이를 만들어주셨고, 나도 그 파이를 조금 먹기는 했다. 요즘은 음식에 까탈스럽게 굴 수 없는 상황이니까.

생각해 보면 나는 해리를 좋아하는 것 같다. 이 감정이 미래에 어떤 의미가 있을 것이다.

1941년 6월 22일

이스트콧 농장

나는 열다섯 살이지만 기분상 더 나이가 든 것 같다. 거울을 보면 나는 훨씬 성숙해 보이는 얼굴이라고 생각한다. 어쨌든 재닛과 노라보다는 나이가 많아 보였다.

어제 던윅 정문까지 우리를 데리러 온 것은 해리가 아니었다. 대신에 키가 크고 피부색이 어두운 남자가 노란색이 감도는 갈색 제복을 입고 나타났다.

"안녕, 조반니." 재닛이 말했다. "여긴 내 친구들이야. 노라와 베로니카."

"완녕, 재닛. 완녕, 노라. 완녕, 베로니카." 그는 활짝 웃으면서 과장된 발음으로 인사했다. 그는 내 이름을 따로 음절로 하나하나 발음했다. "베르-온-이-카"

우리가 마차에 오르는 동안 재닛이 설명했다. "조반니는 우리 농장에 새로 온 전쟁포로야. 전에 오던 포로는 일이 서툴러서 다른 사람을 보내달라 부탁했어. 조반니, 당신은 이탈리아에서 왔지?"

그는 신나게 고개를 끄덕였다.

재닛의 수다와 빠르게 걷는 말의 발굽 소리 뒤로 나는 그가 가는 길 내내 혼자서 "베르-온-이-카, 베르-온-이-카"라고 노래하는 것을 들었다. 농장에 도착하자 그는 길가에서 싱싱한 풀을 한 움큼 꺾어 말에게 주면서, 말의 콧잔등을 툭툭 두드리고 자기

네 언어로 다정하게 이야기했다. 나는 조반니가 좋았다.

우리가 도착하자 드램웰 부인은 내 생일인 만큼 즐겁게 지내도 된다면서, 젖소며 모든 농장 일을 도와줘서 고맙다고 덧붙였다. 여자 친구들을 위한 피크닉이었다. 해리가 우리와 함께했고, 우리는 이스트콧 농장 끄트머리를 향해 자전거를 타고 갔다. 그곳에서는 피크 디스트릭트 고원의 험준한 바위들이 보였다. 공기는 온화했고, 수많은 꽃이 흐드러졌다. 분홍 동자꽃과 몽글몽글한 하얀 야생화가 길가를 따라 피었다.

우리는 참나무 고목 그늘에서 소풍을 즐겼다. 신선한 빵 한 덩어리와 집에서 구운 감자파이, 양파절임, 사과와 생강케이크가 차려졌다. 해리는 내 발치에 자리 잡아 모든 음식을 날라주었다. 나 혼자서도 충분히 손이 닿는 거리인데도 그랬다.

해리가 내게 말을 걸 때마다 노라가 내 반응을 보기 위해 이쪽으로 눈을 돌린다는 것을 알았다. 그녀는 해리가 내게 반했다는 것을 안다.

누군가가 내게 반했다는 것은 좋은 일이다. 어쩌면 내가 사랑에 빠질 수도 있지 않을까? 그러면 기분이 나아질 수도 있을 텐데.

솔직히 말하자면 꼭 기분이 좋아져야 한다고 생각한다.

나를 계속 살아가게 할 뭔가가 필요하다. 삶에 너무나 큰 구멍이 생겼고, 뭔가로 그 구멍을 막아버리지 않는다면, 내 영혼이 그리로 빨려 들어가 버릴 것 같았다.

1941년 7월 12일 토요일
이스트콧 농장

마침내 일이 벌어졌다. 대단히 혼란스럽고 흥분된다. 우리의 계획은 기차역까지 자전거를 타고 간 다음 함께 기차를 타고 마을까지 가는 것이다. 해리와 나, 단둘이. 그러면 금방 걸어서 갈 수 있는 거리에 영화관이 있다. 해리는 이게 극도로 짓궂은 일이라고 했기에 나는 용기를 내야 했다.

“엄마한테 비밀로 하는 건 어렵지 않아.” 그가 말했다. “엄마한테 친구들 만나러 나간다고 말할 테니까. 엄마는 네가 위층에 재닛과 노라와 함께 있다고 생각하시겠지, 뭐.”

재닛은 이 모든 일이 아주 유쾌하다고 생각했고, 노라는 그다지 흥미롭게 여기지 않았다(왜 그런 걸까!). 친구들은 머리핀 수천 개로 단단히 고정해서 커다란 컬이 지도록 내 머리를 만져줬다. 나는 붉은 양귀비색 면 드레스를 입고, 그 위에 재닛이 빌려준 가장 좋은 베이지색 재킷을 입었다. 스타킹이 없었지만, 재닛은 다리 뒤쪽에 갈색 잉크로 선을 그어서 마치 내가 스타킹을 신은 것처럼 보이게 만들어줬다.

나는 외출하기 전 마지막 십 분을 채우기 위해 이 일기를 쓰는 중이다. 정말로 신이 난다. 드램웰 부인은 아래층에서 바느질하고 있다. 이제 곧 뒷문으로 슬며시 빠져나갈 것이다. 나는 준비가 됐다.

1941년 7월 14일 월요일
던윅 홀

누구에게 말해야 할지 모르겠다. 말할 사람이 아무도 없다. 언제나처럼 오직 너, 내 소중한 일기장뿐이다. 오직 너만이 내 고민에 귀를 기울이고 그 슬픈 하얀색 종이 위에 모조리 담아주겠지.

지난 토요일에 벌어진 일이다.

나는 약속대로 이스트콧 뒷문 바깥에서 해리를 만났다. 해리는 머리를 곱게 매만지려고 노력한 모양이지만, 불행히도 두 귀가 더 튀어나와 보일 뿐이었다. 그는 자전거를 한 대밖에 못 가지고 왔다. 다른 하나는 고장 났다고 했다.

"내가 페달을 밟는 동안 너는 내 뒤에 바짝 붙어서 타면 돼. 너는 겁이 없으니까. 그렇지?"

물론 겁이 없지. 나는 그의 뒷자리에 올라탔고, 자전거는 빠르게 속도를 내며 떠났다. 양귀비처럼 강렬한 붉은빛 치마가 산들바람에 흩날렸다. 나는 그의 등 뒤에 매달렸고, 셔츠 안의 근육이 느껴졌다. 등 뒤로 내 몸이 밀착되자 그가 기분 좋아 하는 것도 알 수 있었다.

"마거릿 고모할머니가 알았다가는 발작을 일으키시겠지!" 나는 고함을 질렀다.

기차에서 사람들은 우리를 못마땅한 듯 쳐다보며 우리 나이를 가늠해 보려고 했지만, 그 누구도 뭐라 하지 않았다. 나는 고모할머니의 인색함에 대해 해리와 마음껏 떠들어댔다.

"베로니카, 처음에 봤을 땐 네가 속물인 줄 알았어." 그가 말했다. "하지만 그렇지 않더라. 너는 좋은 사람이야."

영화는 지미 캐그니가 나오는 모험물이었다. 해리는 전혀 영화를 볼 생각이 없어 보였지만. 그의 팔이 계속 내 어깨 근처에서 슬며시 움직였다. 나는 처음에는 그게 좋아서 심지어 그에게 기대기까지 했다. 심장이 새로운 속도로 뛰었다. 심장 부근에 매달린 로켓이 느껴졌고, 더더욱 사랑을 절실히 갈구하게 했다. 해리는 점점 더 가까이 다가왔다.

해리는 내 얼굴 위에 자기 얼굴을 포개고 입술에 키스하기 시작했다. 그의 숨결이 마치 양파를 끓여낸 듯 지독하게 코를 찔렀다. 나는 그의 울퉁불퉁하고 거친 피부가 닿는 것을 더 이상 참을 수가 없었다.

"하지 마!" 나는 벌컥 화를 냈다. "나는 영화를 보고 싶어."

극장에서 나오는 길에 그는 다시 내게 들이댔다. 그의 손이 내 몸을 더듬자 나는 저만치 몸을 뗐다.

"아니, 해리. 그러기 싫어. 나한테서 떨어져!"

"뭐라고? 나를 달아오르게 만들더니 갑자기 왜 이래?"

집으로 돌아오는 기차 안에서 우리는 무거운 침묵을 지켰다. 나는 다시 자전거를 타야 하는 일이 두려웠다. 농장이나 학교로 돌아가는 또 다른 방법이 있는지 계속 머리를 짜냈지만…… 없었다.

1941년 7월 18일

던윅 홀

아, 더럽혀진 육체는 녹고 또 녹아 이슬이나 되어버렸으면…….

햄릿은 완전히 내 심정을 그대로 표현해 주는구나.

끔찍한 일이다. 재닛은 나와 말도 섞지 않을 거야. 나랑 눈도 마주치지 않겠지. 그녀는 내가 자기 옆에 앉을 때마다 비난하듯 돌아서 가버렸다. 예전처럼 콘비프샌드위치를 나눠 먹는 대신 재닛은 혼자 먹어치웠다. 노라 역시 나를 무시했다.

해리는 분명 내가 자기를 유혹했다거나 뭐라고 말한 게 틀림없었다. 학교는 추악한 뜬소문으로 들썩였다. 학교 친구들은 신나서 내게 창녀라는 딱지를 붙였다.

체면을 굽혀서라도 내 입장을 말하고 싶었지만, 친구라고 생각했던 사람들조차 귀를 기울이지 않는 마당에 어찌할 도리가 없었다.

속이 부글부글 끓었지만 어떻게 해야 할지 알 수 없었다. 해리가 배짱을 부렸다는 게 미웠다. 어찌 감히 이런 짓을 내게 저질렀지? 나는 온갖 상상 속의 대화와 복수할 방법들을 생각해 냈지만, 계획을 실행에 옮길 수 없었다. 그를 다시 볼 수 없었기 때문이다. 나는 더는 이스트콧 농장에 초대받지 못했다.

가끔 나는 부당함 때문에 내가 미쳐간다고 생각한다. 이 세상에 나를 옹호해 줄 사람은 하나도 없다. 아빠와 엄마가 내 곁에 있기를 바라고, 바라고, 또 바랐다. 밤이면 입으로 베개를 세게 물었다. 내 마음속 비명이 입 밖으로 새어나가지 않게 막을 수 있는 유일한 방법이었으니까.

1941년 7월 19일 토요일
고모할머니 댁

오늘 아침 나는 학교 정문 앞에 다른 여자애들 무리에서 멀찍이 떨어져서 우유 배달 차가 오기를 기다렸다. 재닛과 노라 역시 나를 무시하며 기다리고 있었다.

이스트콧 마차가 모퉁이를 돌아 덜커덕하며 다가왔을 때 나는 마부가 누군지 보지 않을 수 없었다. 해리가 아니었다. 이탈리아에서 온 전쟁포로인 조반니였다. “베르-온-이-카!” 그가 외쳤다. 나는 잠깐의 미소로 그와 인사를 나누었다. 내 이름을 기억하고 있다니 다정하기도 하지. 그러다가 해리 역시 마차에 타고 있음을 발견했다. 그는 신사인 척 점잖게 자기 여동생과 노라가 마차에 타도록 도왔다. 시종일관 그는 내 쪽으로 고개를 돌리지 않으려고 우습게 굴었다. 나는 허공을 향해 고개를 들고 있었다.

그러다가 재닛이 뱉은 말꼬리가 귓가에 들려왔다. “고고하고 센 척할 자격도 없는 더러운 창녀가…….”

나는 화가 났다. 조반니가 길을 따라 마차를 몰고 가는 동안, 해리가 보란 듯 노라 곁에 자리 잡더니 그녀에게 팔을 두르고 입술에 길고 늘어지는 키스를 해댔다. 둘은 내 반응을 보려고 뒤돌아봤다. 나는 분노로 부들부들 떨며 홀로 서 있었다.

1941년 7월 20일 일요일

애글워스

어제 춤 수업을 들으려고 집을 나섰을 때, 지난 한 주간의 요동치는 감정 때문에 지쳐 있었다. 얼굴에 쏟아지는 따뜻한 햇볕이 잔인하게 느껴지면서. 더는 인간들에게 다정함을 기대할 수 없다는 사실이 떠올랐다. 아직 춤을 출 수 있다는 것에 감사해야지.

마을회관에 가려고 빠르게 걸음을 옮기는데, 두 사람이 앞에서 걷는 모습이 보였다. 한 명은 길을 따라 채소가 가득 실린 외바퀴수레를 밀고 있었다. 노란 기 도는 갈색 제복을 입은 남자는 내 눈길이 느껴지자 뒤돌아 주변을 살폈다. 조반니였다.

그는 곧장 나를 알아보고는 앞머리가 눈을 덮을 정도로 깊숙이 허리를 숙여 인사했다.

"안녕." 나는 그의 방식에 따라 큰절하는 시늉을 하며 대답했다.

"벨라(Bella, 이탈리아어로 '미녀'라는 뜻 - 옮긴이)!" 그가 외쳤다. 그의 친구가 가자고 재촉했지만, 그는 조금 더 멈춰 서서 꽃을 꺾은 뒤 계속 걸음을 옮기기 전에 그 꽃을 길 위에 놓아두었다.

두 남자는 모퉁이를 돌아 내가 꽃이 있는 곳에 도달할 때쯤 사라져버렸다. 나는 꽃을 집어 들었다. 그저 민들레일 뿐이었지만 얼마나 사랑스러웠던지! 찬연한 노란색에 생기가 넘쳤고, 누구도 그 열정을 꺾을 수 없을 것만 같았다. 나는 그 꽃잎을 어루만지다가 조심스레 귀 뒤에 꽂았다.

춤 수업은 평소보다 지루했다. 수업이 끝난 뒤 고모할머니 댁으로 곧장 가는 대신 노천시장 쪽으로 찬찬히 걸었다. 노점 사이를 정처 없이 거닐다가 산처럼 쌓인 채소 뒤에 서 있는 그를 보았다.

그의 얼굴이 밝아졌다. 절망적이고 억압당하는 포로의 얼굴이 전혀 아니었다. 그는 즐겁고 활기차게 보였다. 나는 문득 조반니가 내가 만나본 가장 잘생긴 남자임을 깨달았다.

조반니의 눈은 깊은 갈색이고 명랑하면서도 열정적이다. 그의 코는 우아하다. 머리카락은 흐트러지고 뺨에는 짤막한 수염도 났지만, 그에게 어울리는 멋진 수염이었다. 그는 몸이 좋았다. 키가 크고 근육질에 강해 보였다. 어떤 각도에서 그를 바라보든 완전히 매력적인 남자였다.

"이제 혼자서 다닐 수 있게 된 거네요, 그렇죠?" 내가 흥미로워서 물었다.

"네, 맞아요. 그래도 된대요. 내 옆에 있는 저 노점의 사람들은 내가 돈을 가지고 달아나지 않는다는 걸 알거든요." 그는 자기 옆에서 줄무늬 앞치마를 입고 고깃덩어리를 팔고 있는 늙수그레한 남자에게 물었다. "저는 돈을 가지고 도망가지 않아요. 그렇죠, 하워드 씨?"

전쟁포로가 그러한 자유를 보장받는다는 것이 놀라웠다. 하워드 씨와 조반니는 아주 사이가 좋은 것처럼 보였다.

"채소를 사고 싶어요?" 조반니가 물었다. "여기 맛있는 감자가 있어요. 아주 싱싱한 비트도요. 토마토는 정말로 탐스럽지요. 당신이 탐스러운 토마토를 좋아할 거라 생각해요."

"네, 탐스러운 토마토를 좋아해요!"

나는 그의 손에 동전을 건네주었고, 그는 곧장 그 돈을 하워드 씨에게 넘겼다.

그 자리에서 토마토를 한 입 베어 물까 고민했지만, 그렇게 하지 않기로 했다. 빨간 즙과 씨가 얼굴에 튀었다가는 매력적으로 보이지 않을 것이었다.

"그리고 저는……." 물건들을 살피며 고민했다. "마거릿 할머니께 사다 드릴 것이 필요해요. 어떤 걸 추천하겠어요, 조반니?"

"그분은 어떤 걸 좋아하시나요?" 그가 나와 채소들을 번갈아 보며 물었다.

"뭘 좋아하시는지 모르겠어요. 하지만 제가 뭔가를 사다 드리고 싶다는 것은 알아요. 아주아주 오래되고 정말정말 맛이 없는 걸로요." 나는 대답했다. 그리고 또 물었다. "가장 오래되고 맛없는 채소는 뭐가 있죠?"

그가 솔직하고 신나게 웃음을 터트렸다. 우리가 공범이라도 되듯 친밀한 웃음이었다.

"오래되고 쭈글쭈글한 순무는 어떠세요?" 그가 제안했다.

나는 미소를 지었다. "완벽하네요."

1941년 7월 27일 일요일

애글워스

나는 토요일 오후를 목이 빠지게 기다렸다. 춤 수업 때문이 아니라 그 후의 시장 나들이 때문이었다. 조반니는 내가 특별히 그를 만나러 간다는 것을 알고 있을 것이다. 그는 어제도 다시 꽃을 꺾어놓았다. 조팝꽃과 야생장미, 많고 많은 민들레였다. 그는 과장된 몸짓으로 채소 가판 너머로 꽃다발을 내밀었다. 하워드 씨는 분주히 움직이며 못 본 척했다.

나는 가장 큰 영광을 조반니에게 선사하기로 마음먹었다. "조반니, 내 이름이 발음하기 어렵다는 걸 알아요. 앞으로는 나를 베리라고 불러줄래요?"

"베리요? 좋아요! 베리 사랑스럽고, 베리 아름다워요, 베리 가장 사랑스러운 당신!"

나는 만족스러워 쿡쿡 웃었다. 베리 가장 사랑스러운 나! 우리가 둘이서만 보낼 수 있는 시간이 있다면.

1941년 8월 3일 일요일

하고 싶은 말이 많다.

우선, 나는 사랑에 빠졌다. 이 세상에서 가장 아름답고 잘생긴 남자 조반니를 어찌 사랑하지 않을 수 있을까? 나는 그가 적으로 분류된다 해도 신경쓰지 않으련다. 이 전쟁은 너무나 터무니

없고 무의미하니까.

어제는 심지어 춤 수업에 가지 않고, 곧바로 그를 보러 시장으로 향했다.

"내가 당신이랑 있으려고 춤 수업도 빼먹었다는 걸 알아야 해요."

내가 그에게 말했다.

"그건 부끄러운 일이에요. 나는 그 어떤 아가씨도 춤을 추지 못하게 막고 싶지 않아요. 특히 당신이요, 베리. 당신이 춤추는 모습을 보는 건…… 그건 정말로 즐거운 일이 될 거예요."

나는 거리에서 잠시 빙글빙글 돌았다. 그는 열정적으로 손뼉을 쳤다.

"둘이 함께 춰보는 건 어떨까요?"

그는 한 발짝 다가오더니 나를 안고 춤추는 자세를 취했다. 아주 신나는 것 그 이상이었다. 나는 그 자리에서 조반니의 팔 안으로 녹아들기 시작했지만, 하워드 씨가 끼어들어 등을 쿡쿡 찔렀다. "아니, 거기서 그만두는 게 낫겠어, 조반니. 젊은 아가씨, 넘지 말아야 할 선이 있어요."

조반니가 나를 놓아주었다.

그는 내 귀에 속삭였다. "오늘 밤 마을회관에서 춤 모임이 있다는 이야기를 들었어요."

"우리가 갈 수 있을까요?" 기대에 차서 흥분한 내가 속삭였다.

"쉽지 않아요. 나는 포로니까, 허락받지 못할 거예요. 하지만 농장에서 몰래 빠져나오면 가능하죠……. 회관 뒤에서 만날 수 있을 거예요. 음악이 들려올 테니까, 그러면 함께 춤을 출 수 있지 않을까요?"

나는 매우 어려운 일이지만 그가 기꺼이 시도해 보려 한다는 사실이 좋았다.

"거기서 만나요." 나는 약속했다.

저녁에 나는 고모할머니에게 머리가 아파서 일찍 잠자리에 들겠다고 말했다. 소리를 내지 않고 살금살금 나가는 일은 쉬웠다. 공기는 따스했고 짙게 퍼지는 장미와 야생 인동덩굴 향에 취해버릴 것만 같았다. 나는 내내 달렸다.

그가 거기 있었다. 그가 그림자 밖으로 발을 내딛는 순간, 나는 그의 품속으로 뛰어가 안겨버렸다. 나는 나 자신을 어찌할 수가 없었다. 놀라면서도 환희에 찬 그가 황홀한 키스로 나를 감싸버렸다. 이곳이 천국이었다.

마을회관에서 음악이 흘러나왔다. 어스름한 해 질 녘, 조반니와 나는 뒷벽 너머, 그 누구도 우리를 볼 수 없는 곳에서 땅을 밟으며 함께 춤을 췄다. 너무나 친밀하고, 열정적이고, 대단히 무모했다.

"베리!" 그가 속삭였다. "나의 베리. 당신은 나를 살아 숨 쉬게 해요."

"저도요!" 흙내 나는 남자다운 체취를 한껏 들이마셨다. 몸의 세포 하나하나가 이 순간의 친밀감 속에서 환호했다.

우리를 감싸며 쏟아지는 은색 달빛 속에서 그는 더욱더 잘생겨 보였다.

"이 세상 모든 불빛은 꺼트린다 해도, 달과 별빛은 꺼트릴 수 없어요."

"아니, 그럴 수 없어요, 베리." 그가 말했다. "내가 당신을 향해 마음속에 품고 있는 불빛도 꺼트릴 수 없을 거예요."

별안간 밴드는 다른 곡을 연주하기 시작했다. 나는 그 자리에서 멈추었다.

"무슨 일이에요?" 조반니가 물었다. "뭐가 잘못된 건가요, 베리? 이 음악은 아름다워요. 행복한 음악이에요. 하지만 당신은…… 당신은 행복하지 않군요."

긴 한숨이 내 깊숙한 속에서부터 쏟아져 나왔다. 나는 문에 무겁게 기댔다. 이 음악은 람베스 워크를 위한 것이었다.

조반니는 나를 다시 감싸 안았다. "슬퍼할 때 더 아름답네요."

그는 나를 오래도록 안고 눈과 코와 머리와 입에 키스했다. 나는 감정을 내 안에 단단히, 아 정말로 단단히 품고 굳어버렸다.

그러다가 그에게 터놓았다. 엄마와 아빠에 관해 이야기했다. 어떻게 엄마가 내 머리를 따주었고 이야기를 들려주었으며, 어떻게 아빠가 벽난로 앞 깔개를 뒤집어쓰고 곰인 척하며 으르렁댔는지, 눈물이 나도록 얼마나 함께 웃어댔는지에 대해 이야기했다. 어떻게 함께 내 미래에 대해 이야기했는지도. 엄마는 내가 작가가 될 것이라 했지만, 아빠는 유명한 탐험가가 될 거라고 했다. 공습경보가 울리기 시작하면 어떻게 계단 밑에서 몸을 움츠렸는지, 어떻게 아빠와 엄마는 그 어느 것도 두려워하지 않았는지도 이야기했다. 어떻게 엄마는 언제나 위험한 순간에도 구급차를 몰고 다친 사람들을 도왔는지, 제1 차 세계 대전에서 가까스로 살아남았을 때 또 다른 전쟁이 일어날 수도 있다는 가능성에 아빠가 얼마나 슬퍼했는지. 두 분은 얼마나 나를 무엇보다 소중히 여겼는지. 어떻게 그 누구도, 어느 누구도 나를 소중히 여겨주지 않는지도 얘기했다.

마침내 조반니에게 우리 집이 산산이 무너져 내리는 바람에 두 분 다 돌아가시고 말았다는 이야기도 털어놓았다.

조반니는 들어주었다. 멍하니, 조용하게.

이야기가 끝났을 때, 그는 내 머리를 조용히 쓰다듬었다. 그가 나를 보게 하고 싶지 않았다. 내 얼굴은 보기 흉하게 일그러졌을 테니까.

"그래도 당신은 울지 않네요." 그가 말했다.

"울기 시작하면 멈출 수 없을 테니까요."

그는 자기 입술을 내 입술 위에 댔다. 내 고통을 모두 빨아들이려는 듯 다급한 입맞춤이었다.

나는 몸을 빼냈다. 그의 눈을 똑바로 바라봤다.

그의 눈은 어둡고 이해로 가득 차 있었다.

"조반니, 나는 당신을 원해요."

"나도 당신을 원해요." 그는 참기 힘든 듯 속삭임 같고, 흐느낌 같은 목소리로 대답했다.

나는 주변을 둘러보고 하늘 가까이에 윤곽처럼 보이는 헛간의 비스듬한 지붕을 찾았다.

어쨌든 사람들은 내가 창녀라고 생각해. 뭐가 문제야?

"지금요." 내가 재촉했다. "이 순간을 놓치지 말아야 해요."

나는 조반니의 손을 잡고, 달빛 비치는 들판을 건너 헛간을 향해 달려갔다.

그는 내게 확신하는지 물었다.

그래요.

그래요, 나는 살면서 이보다 더 확신이 든 적이 없어요.

28

패트릭

볼턴

2012년 12월

나는 목을 가다듬었다. “솔직히 말해줘.” 개브에게 말했다. “내가 지중해 사람처럼 보여?”

나는 그에게 일이 끝나면 잠깐 맥주 한잔을 하러 오라고 졸랐다. 그는 나를 이상하게 보았다. “예를 들어, 조금은 이탈리아 사람처럼 보인다든지? 내 코 말이야, 어쩌면?” 나는 덧붙였다.

“옆모습을 좀 보자.”

나는 고개를 돌렸다.

“아니, 아니라고 할래.” 그가 말했다. “로마 사람의 코는 아니야. 길기는 하지만 로마 사람 같지는 않아. 피부가 갈색이긴 하지. 확실히 올리브색보다 더 짙은 색이야.”

"알았어. 고마워."

"이탈리아 사람처럼 보이고 싶어?"

"내가?"

"그래. 너한테 묻잖아, 친구!"

세상에, 도저히 모르겠다고!

"그 일기장에 홀린 거 같아." 나는 대답의 의미로 말했다.

"뭐라고?"

"나는 부모 없이 자라서 그런지 할머니의 물건이 좀 중요해."

소리 내어 말해보니 진실을 깨닫게 됐다. 일기는 일종의 계시였다. 어떤 면에서 역사는 되풀이되고 있었다. 할머니처럼 나는 일찍 부모님을 여의고 혼자 살아남아야만 했다. 양부모님은 대체로 괜찮았다. 어린 베로니카에게는 그런 사람이 없었고, 종교에 미친 끔찍한 고모뿐이었다. 의지할 약도 없었다. 세상에, 너무나 암울했겠군. 할머니가 잠시 일탈한 것도, 어디에서든 사랑을 찾으려 애썼던 것도 놀랄 일은 아니었다.

나는 아버지에 대해 아무것도 모르지만, 베로니카가 자신의 아이를 맹목적으로 사랑했음이 분명했다. 나는 여섯 살에 엄마를 잃었다. 끔찍한 일이었다. 어떤 면에서 열네 살에 그런 일이 벌어졌다면 훨씬 더 힘들었을 거라 추측한다. 몇 년에 걸쳐 쌓아온 사랑과 모든 포옹과 대화, 함께했던 모든 일이 사라져 버리다니. 가혹해. 그 불쌍한 아이의 머릿속에 분명 영향을 미쳤을 것이다.

"그러니까 네 몸속에 이탈리아 사람의 피가 흐를 수도 있다고 생각하는 거야?" 개브가 물었다.

"그럴 가능성도 있는 거 같아. 하지만……."

베로니카는 해리와 단 한 번 데이트했지만, 어떻게 끝났는지 확실치 않았다. 할머니는 자전거를 타고 집에 돌아오는 과정에 대해서는 일기에 자세히 쓰지 않았다. 물론 기분이 좋지 않았다는 것은 명백했다. 해리는 설마…… 아니겠지……? 제기랄. 아니, 그럴 수는 없지. 할머니는 일기에 쓰셨을 거야. 그렇지 않았을까? 나는 학교에 관한 길고 지루한 이야기들 중 일부는 대충 건너뛰어 읽었지만, 그토록 중요한 이야기를 놓쳤을 리는 없다. 이제 그 끔찍한 의심이 내 둔한 머릿속에 떠오른 만큼, 내가 할 수 있는 일을 찾기 위해 나머지 일기를 훑어보아야만 한다.

나는 단숨에 남은 맥주를 들이켰다. "미안해, 친구. 빨리 가봐야겠어."

빌어먹을 놈의 심장은 미친 듯이 뛰었다.

나는 우스꽝스럽게 굴고 있었다.

내 할아버지는 반드시 조반니여야만 해. 그렇지 않은가?

테리의 펭귄 블로그

2012년 12월 18일

아델리펭귄들은 호기심이 끝없이 넘치고, 끝없이 바쁩니다. 오늘은 베로니카와 제가 둥지들을 표시하러 다니는 동안, 특별히 궁금한 게 많은 펭귄 한 마리가 졸졸 쫓아다녔답니다. 아직 가족을 이룰 나이가 되지 않은 녀석이다 보니, 우리의 활동이 녀석의 관심을 건드리게 된 것 같아요. 여기에 서로를 바라보는 베로니카와 녀석의 사진이 있어요. 보시다시피 베로니카는 녀석의 손에 닿지 않을 정도로 멀찍이 핸드백을 메고 있지요.

다른 곳에서는, 자연은 순리대로 흘러가고 있어요. 커플은 짝짓기하고, 알을 낳으면 새끼들이 부화하지요. 우리는 이곳 로켓섬에서 소란스러운 마을을 이루고 있답니다!

29

베로니카

로켓섬

나는 아델리펭귄들로 이뤄진 검은색과 흰색이 잔물결 치는 광활한 바다를 가만히 바라봤다. 바라보는 곳마다 펭귄들이 함께 어울려 있었다. 펭귄은 공동체 안에서 너무나 편안해 보였다. 녀석들은 내가 인간 동료들과 절대로 맞춰나갈 수 없는 방식으로 어울렸다. 나는 내 과거를 다시 한번 떠올렸다.

어떤 기억은 마음속 뒤편의 갈라진 틈 사이에 묻혀 있다. 가끔은 그림자처럼 우리 곁을 맴돈다. 가끔은 몽둥이를 들고 우리 뒤를 쫓아오기도 한다.

나는 조반니가 궁금하다. 그는 아직 이 세상 어느 곳에선가 살아 있을까? 많은 세월이 흐른 뒤에도 나는 마음의 눈으로 그를 선명하게 볼 수 있다. 그의 손을 기억한다. 크고 조금은 거칠지만 내 욕구에 너무나 민감하게 반응하던 그 손길. 그의 뺨에 희미하게 솟아 있던 짧은 수염, 입술에 맞닿아 있던 그의 입술, 젊음에 맞서던 젊음, 생생히 살아나 더 많이 갈망하던 수천 개의 신경 말단을 다시 떠올릴 수 있을 것만 같다.

그 당시 나는 더 강한 힘을 상상하지 말았어야 했다. 하지만 생명의 작용은 정말로 많은 것을 명령한다. 전인격이란 그저 독특한 화학물질의 혼합물에 지나지 않는 걸까? 사랑이란 단지 일련의 생체리듬이자 뇌에 대한 전기적 자극의 집합체일 뿐일까? 또는 호르몬의 과다분비? 아마도 어떤 조건으로 우리가 사랑이라 부르는 이 연금술은 더욱 강렬해질지도 모른다. 예를 들어 밝은 햇살로 가득한 기나긴 여름이라든지, 젊은 날의 반항과 전쟁에서 비롯된 극단적인 비극들로 인해 강렬해질 수도 있다. 그럴 수도 있다.

조반니와 내가 계속 함께할 수 있도록 허락받았다면 무슨 일이 벌어졌을까? 모든 것을 아우르는 자성(磁性)처럼 계속됐을까? 아니면 내가 그토록 절망적으로 그와 사랑에 빠지게 된 이유는 그저 그 시기의 광기, 즉 우리가 금지된 관계였기 때문일까? 이제 나는 이 문제의 진실이 여기에 있을 수 있다는 것을 알 만큼 노회하고 냉소적인 사람이 되어버렸지.

그는 어쩌면 전쟁에서 살아남지 못했을 수도 있다. 아니면 전쟁포로 대부분이 그렇듯 모국으로 돌아갔을 수도 있다. 지금쯤 그는 노인이 되었으리라. 아마도 허리는 구부정해지고, 주름이 자글자글하며, 파이프를 피우고, 지중해의 올리브 과수원을 찬찬히 걷고 있겠지. 그는 아주 오랜 옛날 자신이 사랑했던 영국의 소녀를 떠올릴까? 아무리 엉뚱한 상상을 펼친다고 해도 그 소녀가 지금 세 명의 과학자와 5천 마리의 펭귄과 함께 남극에 있다고는 생각 못 하겠지.

영국으로 돌아간다면 패트릭을 찾아준 그 회사를 고용해서 그를 찾아낼 수도 있다. 오래 묵혀왔던 이 일을 해야 할까?

아니다. 조반니가 전쟁에서 살아남았고 내가 필요했다면 그는 내게로 돌아왔어야 했고, 또 방법을 찾아냈어야 했다. 나는 이미 그 일기들을 다시 읽고 손자를 찾아내 엄청난 판도라의 상자를 열어버렸다.

생각이 다시 패트릭에게 닿았다. 켜켜이 묵은 때와 대마초의 매캐한 연기에 가려진 이 남자의 본성은 무엇일까? 내가 그 아이를 지나치게 가혹하게 평가한 것일까? 공항에서 그 애의 행동은 우리의 첫 만남과는 대조적이었다. 출발이 코앞에 닥친 남극 오디세이에 정신이 팔리지만 않았어도, 그 애의 갑작스러운 등장에 너무 놀라지만 않았어도 그 아이에게 좀 더 분명하게 집중했으리라.

이제 나는 내 과거를 십 대 소녀의 일기를 통해 그 애에게 맡겼다. 지금껏 내 일기를 다른 누구에게도 보여주려 하지 않았기 때문에, 내 결정에 다소 놀라기는 했다. 사실 그 아이가 내 일기를 읽는다고 생각하면 민망하기도 하다. 하지만 몇 겹의 공포 속 어딘가에는 마침내 내 이야기를 공유한 것에 대한 부인할 수 없는 안도감이 존재했다.

읽었을까? 궁금했다. 그 아이가 이해해 줄까?

"베로니카, 깊은 생각에 빠진 것 같아요."

"그걸 금지하는 법이라도 있나요?"

하늘은 푸른색에서 연보라색으로, 연보라색에서 짙은 먹색으로 물들었다. 테리와 나는 몇 시간 동안 바깥에 머물렀다. 여전히 일정한 간격을 두고 펭귄의 사체가 얼음 속에서 미라가 되어 불쑥 튀어나왔다. 나는 그것들을 보지 않으려 애썼다.

살아남은 펭귄들은 비탄에 잠기거나 자기연민에 빠져 있을 겨를이 없었다. 이들은 너무나 바빴다. 매일 점점 더 많은 새끼 펭귄들이 나타났다. 익살맞은 작은 생명체들은 부모들을 뭉툭하고 덥수룩하게 만든 버전과 같았다. 어른 펭귄들은 번갈아가며 먹이를 찾기 위해 바다로 나갔다. 펭귄은 옆으로 두둑해진 배를 하고 돌아온 뒤, 게워 낸 크릴을 공격적인 부리 대(對)부리의 움직임으로 새끼에게 먹였다. 처음에 태어난 새끼들은 몸집이 더 커져서 둥지 너머까지 모험을 떠났다. 녀석들은 끊임없이 꽥꽥대면서 웅덩이와 진흙 위를 아장아장 걸어 다녔다.

나는 펭귄 무리의 가장자리를 따라 힘없이 움직이는 아주 작은 존재를 눈여겨봤다. 이 새끼 펭귄은 거무튀튀한 회색에 후줄근한 모습이었다. 길을 잃었는지도 몰라. 더디게 나아가면서 몇 발짝 움직이고 나면 멈춰 서서 주변을 둘러보았다. 위를 향해 머리를 구부렸다가 다시 옆을 향했고, 곤궁한 기운을 풍기며 다른 펭귄들을 바라봤다. 다른 펭귄들은 일상적인 행동을 이어나갔다. 수다를 떨고, 싸움하고, 자기들의 둥지에서 꿈틀거리는가 하면 게워 낸 물고기를 주고받았다. 하지만 이 펭귄은 고립된 것 같았고, 두려워하는 것 같았다.

"저 아이의 부모는 어디 있을까요?" 나는 테리에게 물었다.

"아마도 죽었을 거예요. 바다표범에게 먹혔던지, 빙하 틈새에 빠졌든지 했겠죠. 어쨌든 부모가 돌아올 것처럼 보이지는 않아요. 부모가 새끼를 남겨두고 한꺼번에 가지 말았어야 했는데. 너무 어리잖아요. 불쌍한 것!"

새끼 펭귄은 둥지 위에 앉아 있는 어른 펭귄을 발견했지만, 그 어른 펭귄은 새끼를 부리로 쪼아 내쫓았다.

"오래 살지 못할 거예요." 테리가 말했다. "머지않아 굶어 죽거나 아니면 얼어 죽을 테지요."

"우리가 할 수 있는 일은 없나요?" 나는 깜짝 놀라 물었다.

"미안해요, 베로니카. 하지만 방법이 없어요. 개입하지 않는 게 우리의 방침이거든요. 자연은 가끔 모진 법이죠."

"방침이요?" 나는 그 말에 경멸을 가득 담아 물었다. 나는 방침을 혐오한다. 사람들은 일반적인 목적을 달성하기 위한 방침을 계속해서 만들지만, 그 방침에 갇히고 노예가 되어 맹목적으로 상식이나 정(情)을 무시하고, 모든 상황에서 무조건 복종해야 한다고 느끼게 된다. 이 방침은 그 부조리함을 보여주는 주요한 예가 되리라.

"그래요, 저희의 방침이요." 테리가 대답했다. "인간의 개입은 터무니없을 정도로 야생동물에게 해를 끼쳐왔어요. 자연이 해결하도록 내버려 두는 것이 최선이에요. 그렇지 않으면 인간은 좋은 영향보다 해악을 끼칠 수도 있어요."

나는 격분을 억누르려 노력했다. "당신네 그 소중한 방침이 아니었다면, 새끼 펭귄을 구해줄 수 있었겠네요?"

그녀는 슬프게도 고개를 저었다.

이것은 적절한 답이 아니었고, 나는 테리가 이를 무마하도록 내버려 두지 않을 것이었다. 나는 질문을 되풀이했다.

"글쎄요, 저 부화한 지 얼마 안 되는 새끼를 데리고 와서 먹이를 준다면 아주 희박한 확률로 살아남을 수도 있어요." 그녀가 인정했다. "하지만 그건 이론상 그렇다는 거예요. 저 새는 우리에게 의존하며 자라나겠죠. 우리가 원하는 바가 아니에요. 우리의 임무 중 하나는 펭귄들이 야생 상태에서, 고유의 서식지에서 살아남도록 돕는 거예요. 펭귄을 반려동물로 삼는 것이 아니라요."

나는 이를 받아들이려고 애썼다. 하지만 녹슨 못을 소화하려고 애쓰는 듯 부자연스럽게 느껴졌다.

그녀는 저 멀리 자리를 옮겨 두 마리의 부모 펭귄이 통통한 새끼 펭귄에게 생선을 먹이는 장면을 찍기 시작했다. 내 시선은 고아에게 못 박힌 듯 남아 있었다.

녀석(나는 이미 녀석이 '남자아이'라고 생각했다)은 우선 한 방향으로 비틀거리며 가다가 그다음에는 반대 방향으로 움직였다. 나는 저 펭귄에게 연결이라도 된 듯 그 자리에서 꼼짝도 할 수 없었다. 나는 녀석의 감정을 느낄 수 있었다. 춥고, 혼란스럽고, 외롭고, 어찌할 바를 모르겠지. 녀석은 곧 어디에선가 도움의 손길이 찾아올 거라 생각하겠지만…… 그렇게 되지 않을 거야.

나는 테리에게 성큼성큼 다가갔다. 내 목소리는 슬픔으로 목이 멘 것과는 다르게 귀에 거슬리도록 커졌다.

“테리, 저 작은 펭귄을 도와주기 위해 뭔가를 하지 않는다면, 나는 이제 당신의 블로그에 등장하지 않을래요.”

테리가 카메라를 내렸다. 그녀는 내 얼굴을 걱정스레 들여다봤다. 자신이 제대로 이해하지 못했다는 듯, 내가 나답지 않게 행동했다는 듯 두 눈으로 나를 빤히 쳐다봤다.

“정말로 걱정하시는 거예요?” 마침내 그녀가 물었다. “베로니카, 감상적이 되는 것은 좋지 못해요. 진지하게 개체 하나하나를 걱정하는 것은 아무 소용이 없어요. 자연은 누가 살고 누가 죽을지를 선택해요. 미안해요. 그게 현실인걸요. 저 새끼 펭귄을 잊고, 다른 행복한 펭귄들에게 집중해 보세요.”

그녀는 내게 불가능한 일을 요구했다. 지금, 이 순간 행복한 펭귄들은 내 관심 밖이었다. 내 모든 관심을 좌우하는 것은 저 가여운 영혼이었다. 녀석은 시들어갔다. 지금 당장 시들어가고 있었다. 날개는 양옆으로 처졌고, 부리는 자신의 무덤이 될 차가운 땅을 가리켰다.

테리가 비합리적인 사람이라고 생각하지 않았다. 그저 두 명의 멍청한 남자들에게 세뇌됐을 뿐. 내가 다른 관점의 방법으로 접근할 수 있다면, 그들이 더 많은 후원금을 얻어낼 수 있다고 생각하는 방법이라면, 어쩌면 그들도 분별력을 찾을 것이다. 나는 인간의 탐욕을 활용하는 것을 어렵게 생각하지 않았다.

“이 작은 친구를 구해주고, 그 사진을 블로그에 올릴 수 있다면 틀림없이 모두가 얘를 좋아할 거예요. 얘는 너무나…….”
나는 목소리를 가다듬었다. “당신이 얘를 방치했을 때보다 훨씬 더 긍정적인 홍보 효과를 얻게 될 거라고요.”

테리는 꼼짝도 하지 않았다. 그러나 그녀가 머릿속에 순간적으로 생각을 떠올린다는 것을 알 수 있었고, 그녀의 눈에서 가능성이 빛을 발하기 시작했다. “음, 홍보에 관해 이야기하자면 부인 말씀이 정확해요. 인생에서 새끼 펭귄만큼 중요한 것은 없지요. 대중은 이 펭귄에게 열광할 수밖에 없을 거예요.”

“당연하죠!” 나는 목소리를 높였다. “꼭 안아주고 싶은 작은 마스코트 인형을 가지고 있다면, 당신들의 프로젝트에 사람들이 돈을 줄 가능성이 훨씬 더 커질 거예요.” 나는 그녀가 무엇이 옳은지 그른지를 계속 판단할 동안 잠자코 기다렸다.

“마이크와 디트리히를 설득할 수 있을지는 의심스러워요. 하지만 성공할 가능성도 있어요. 시도해 볼 수 있을 것 같아요.”

“할 수 있다면 그렇게 해야지요.”

이 말은 나 자신을 위해 한 말이었다. 나는 내가 원하는 대로 나아갈 수 있는 사람이야.

테리는 짐을 바닥에 내려놓았다. “저 작은 친구를 잡을 수 있는지 볼게요.”

우리는 새끼 펭귄을 따라 조금씩 나아갔다. 녀석은 우리를 향해 고개를 돌렸지만, 겁내는 기색은 없었다. 테리는 재빠르게 뛰어들어 녀석의 발과 부리를 낚아채서 팔 아래에 꼈다. 펭귄은 작은 소리로 꽥 울고 놀라서 날개를 약하게 퍼덕였지만 이내 복종했다. 테리는 녀석의 목을 가볍게 쓰다듬었고, 그 손길이 녀석을 진정시킨 듯했다. 나도 가까이 다가가서 녀석을 쓰다듬었다. 녀석은 고작 찻잔 크기였고, 깃털은 솜처럼 부드러웠다.

"너를 위해 할 수 있는 일은 다 해줄게." 나는 녀석에게 진지하게 말했다. "약속할게."

테리는 살짝 미소를 지으며 곁눈질로 나를 보았다. "캠프로 데려가는 게 좋겠어요." 그녀가 말했다. "디트리히와 마이크에게 무전을 쳐서 만나자고 이야기할게요. 왜인지는 얘기하지 않을 거예요. 실제로 이 불쌍한 생명을 보고 난 후에 그 둘을 설득시키기 더 쉽기를 바라야죠."

30

베로니카

로켓섬

테리가 예언했던 대로 고집 센 마이크는 철벽을 쳤다.

"이것 때문에 우리를 여기로 다시 불러들인 거야? 완전히 돌아버린 거야?"

디트리히 역시 단호했다. "테리. 그러지 않기로 했잖아."

테리는 콧등으로 안경을 밀어 올리며, 파카의 지퍼를 살짝 내려서 속에 파묻혀 있던 작고 복슬복슬한 동물을 내보였다. "알아, 안다고. 하지만 얘를 봐! 시도해 본다고 나쁠 건 없잖아. 많은 사람이, 내 블로그를 보는 전 세계 사람들이 동의할 거라고 생각해. 이 작은 어린 새는 실제로 우리가 하려고 애쓰는 일을 보여주는 얼굴이 될 수 있어."

"길들인 펭귄이? 사람이 주는 먹이를 받아먹는 길든 펭귄 말이야? 그럴 수 없어! 혹시 잊었나 본데, 우리는 과학자야, 테리. 우리는 환경운동가라고. 우리는 어떤 경우도 인간의 개입을 믿지 않아. 그게 맞지 않아, 디트리히?"

"우리가 동의한 바가 그거지." 디트리히가 고개를 끄덕였다.

새끼 펭귄은 부리를 밖으로 빼꼼히 내놓더니 다음엔 머리 전체를 내밀었다. 자신이 처한 곤경도 모른 채 그 커다란 두 눈으로 우리를 살폈다. 부리를 벌렸지만 아무 소리도 새어 나오지 않았다. 다시 한번 부리를 벌리더니 가까스로 피리 소리 같은 애처로운 울음을 뱉었다.

마이크는 저도 모르게 새끼를 살피려 고개를 숙였고, 손가락을 내밀더니 새끼 펭귄의 머리를 쓰다듬었다.

무자비한 마이크의 마음이 녹아내린다고 믿어도 될까?

"테리, 정말 믿을 수 없군!" 그가 칭찬도 아니지만, 완전히 융통성이 없는 것도 아닌 목소리로 말했다. 그는 다시 테리를 올려다봤다. "정말 너 때문에 놀랐어. 대답은 '노'라는 걸 알고 있잖아."

나는 뭔가를 말하려고 입을 열었다가 다시 한번 생각했다. 누군가가 나를 억누르려고 위협하던 과거에 내가 했던 대로 격한 감정과 싸우고 있었다. 나는 이 상황에서 자제하는 것이 가장 큰 도움이 되리라는 것을 알았다. 내가 눈에 띄지 않아야 성공 가능성이 더 커졌다. 나는 마이크와 디트리히를 살폈다. 한때는 쉽게 마음대로 할 수 있었다. 눈을 조금만 크게 뜨고 입술을 뾰로통 내밀면 남자들은 내가 명하는 대로 움직였지. 이제는 내가 어떻게 해도 역효과만 날 뿐이다. 내게 남아 있는 힘은 오직 내 지갑일 뿐, 그조차도 이 특별한 상황에서는 소용이 없었다.

하지만 테리는, 테리는 이 둘을 자기편으로 만들 수 있을 텐데. 저 안경을 벗고 속눈썹을 조금만 깜빡여 주기만 한다면. 그녀만한 나이 때 내가 했던 것에 견줄 바는 아니어도, 나름의 수줍은 듯한 설득력을 갖출 수는 있을 것이라 확신했다. 세상에! 그녀는 아무 생각이 없었다. 가장 매력적이지 않은 모습으로 눈썹을 찡그리고 있었다.

"이봐, 디트. 그냥 생각해 보라고! 바로 코앞에서 어린 새의 구체적인 부분까지 자세하게 관찰할 기회가 될 거야."

"테리, 넌 전혀 논리적이지 않아." 디트리히가 답했다. "우리에겐 그런 종류의 정보는 필요하지 않잖아. 우리는 전체 종의 생존을 연구하고 있어. 펭귄 한 마리의 욕구를 살피고 충족시켜 줄 시간이 없어."

"알아, 하지만……." 테리의 목소리가 점차 줄어들었다.

그는 고개를 저었다. "미안해, 테리. 우리에겐 더 중요한 일이 있어."

새끼 펭귄은 자기가 중요치 않다는 사실을 이해하기라도 한 듯 무기력하게 고개를 숙였다. 나는 필사적으로 말을 삼켰다. 오직 나, 베로니카 맥크리디, 인기도 없고 간섭이나 좋아하는 늙은이만이 저 펭귄을 도와주고 싶어 했다. 나는 또다시 기이하고도 절실한 감각으로 가득 찼다. 디트리히와 마이크의 면전에 대고 소리를 지르고 싶은 충동이 너무나 강하게 생겨났다.

둘의 머리를 부딪치게 만든 다음, 종은 곧 그 개체라고 소리치고 싶었다. 중요한 것은 그 개체라고. 전쟁을 일으킨 것은 바로 이런 남자들이었고, 전쟁으로 수천 명의 개인은 소위 '고귀한' 명분 때문에 희생당하고 말았다. 역사는 뒤를 돌아보고 이쪽 편이 이겼고, 저쪽 편이 졌다고 말하지만, 아무도 승리하지 못한 것이 현실이다. 그 과정에서 학살된 무수히 많은 남자와 여자와 아이 들은 어떠한가? 아무도 이들을 신경쓰지 않는가? 그 사람들 하나하나가 중요하다. 각자가, 그리고 모두가.

개별적인 펭귄 역시 중요하다. 어쨌든 내게는 중요하다.

새끼 펭귄이 다시 고개를 들었다. 너무나 어리고 너무나 고독해 보였다. 이 순간, 세상 그 무엇도 새끼 펭귄의 안전만큼 내게 중요한 것은 없었다.

테리 역시 화가 나서 한숨을 내쉬었다. 그녀는 펭귄을 품에 안고 체온을 나누며 데리고 오면서 이 펭귄과 하나가 되기 시작했다.

"제발, 디트리히."

그는 스트레스를 받는다는 듯 수염을 잡아당겼다. "어떻게 할 건지 얘기해 줄게. 우리는 이걸 투표에 부칠 거야."

마이크는 혐오스럽게도 자신만의 편견에 가득 찬 방식으로 이 상황을 요약하겠다고 나섰다.

"그러니까, 우리는 밤에 잠도 거의 못 자고 저 새를 기르면서, 지칠 대로 지치고 감정적으로 유대감을 형성한 다음에, 저 새가 완전히 우리에게만 의지하게 만들겠다는 거지? 그게 아니면 자연의 방식대로 흘러가게 놔두든지?"

"저 아기를 죽게 내버려 두겠다는 얘기네요." 내가 끼어들었다.

"아기요? 새는 사람이 아니에요, 베로니카." 테리가 내게 상기시켜 주었다.

디트리히가 짜증 난다는 듯 손을 들었다. "좋아요, 그만해요! 우리는 그 사실들을 알고 있어요. 여기서 이 새끼 새를 돌보는 데에 찬성하는 사람?" 그가 물었다.

나는 곧장 손을 들었다. 테리 역시 손을 들었다. 그 외에는 아무도 없었다.

마이크가 노려보았다. "베로니카는 우리한테 속하지 않잖아요. 부인은 투표할 수 없어요."

디트리히가 무시했다. "다시 바깥에 내놓는 것에 찬성하는 사람?"

마이크가 손을 번쩍 들었다. 우리의 눈은 디트리히에게로 향했다. 아주 천천히 그도 손을 들었다.

"그쪽 둘에게 미안해요. 저 펭귄이 귀엽다는 건 알아요. 하지만 우리에겐 그럴 시간이나 여력이 없어요."

"딱 맞는 소리! 말 한번 잘했네." 마이크가 말했다.

테리의 눈에 분노가 잠시 비쳤다. "이게 뭐지요……. 남자 대 여자인가요?"

그녀는 갑작스레 몸을 돌려 여전히 파카 안에서 머리를 내밀고 있는 펭귄을 안고 문으로 향했다.

나는 그녀를 따라갔다. "어디 가요? 어떻게 하려고요?"

"죽일 거예요."

나는 방금 들은 이야기를 믿을 수 없었다. "뭐라고요?"

"나는 얘를 돌 아래 놓고 칠 거예요. 가장 친절하고 빠른 방법이니까요. 굶주리면서 오래도록 질질 끌다가 죽는 것보다 나아요."

나는 경악했다. "그럴 수는 없어요!"

"나도 그러고 싶지 않아요, 저를 알잖아요, 베로니카. 전혀 그러고 싶지 않아요. 하지만 선택의 여지가 없어요. 저 남자들이 말하잖아요." 그녀가 씁쓸하게 답했다.

나는 그녀를 잡아당겼다. "그래요, 맞아요. 저 남자들이 그랬죠. 하지만 주의를 주어야 하지 않을까요? 당신은 곧 이곳에서 진행되는 일들을 맡는 대장이 되잖아요. 리더십을 연습해 볼 겸 그냥 우겨보는 건 어때요?"

"이 작은 펭귄을 구하기 위해서 모두의 지지가 필요해요." 그녀가 체념한 기색이 역력한 목소리로 대답했다. "이게 과학적으로 합당한 일이 아니라는 게 보이니까요."

나는 그녀를 놓쳤다. 그녀는 걸어가 버리기 시작했다.

"아니에요!" 나는 비명을 질렀다.

"베로니카, 제발 이 일을 더 어렵게 만들지 말아요. 미안해요. 부인께 희망을 준 내 잘못이에요."

"당신은 잘못하지 않았어요. 저한텐 그런 게 없어요. 과학적으로 합리적이라고요? 글쎄요, 과학 따위 지옥으로 가버리라고 해요. 과학은 남에게 상처를 주려고 스스로를 해할 수 있어요. 자신이 적합하다고 여기는 방식으로 스스로를 망가뜨리지요. 싸움은 벌이지 않겠어요." 나는 격앙되고 말았다. "슬프고, 역겹고, 잔인한 놈들."

"베로니카!"

나는 내 막대기를 옆에 던지고 살짝 비틀거리다가 다시 균형을 찾았다. "당신은 과학자인지 몰라도 나는 아니에요. 마이크가 지적했던 것처럼요. 내게 그 펭귄을 줘요."

그녀는 얼이 빠져서 나를 바라봤다.

그녀를 향해 손을 뻗쳤다. "말도 안 돼. 그 아기를 제게 줘요. 내가 알아서 돌볼 거예요."

"베로니카, 그럴 수는 없어요."

"그렇지 않아요, 테리. 아뇨, 난 할 수 있어요. 진심이에요. 나는 결심했다고요. 무슨 일을 해야 하든지, 필요한 건 뭐든지 할 수 있어요." 그게 죽기 전에 내가 할 수 있는 마지막 일일지도 모르니까. "원한다면 나를 도와줘도 돼요." 나는 인정했다. "과학자가 아니라 친구로요." 나는 마지막 말을 하면서도 이런 말을 하는 나 자신에게 놀랐다.

테리의 안경에 약간 김이 서리고 입가는 일그러졌다. 그녀는 손가락을 뻗어 새끼 펭귄의 머리를 쓰다듬었다. 그러다가 재빠르게 녀석을 두 손으로 잡아 내게 불쑥 내밀었다.

"부인의 펭귄이고, 부인의 책임인 거죠?"

"당연하죠." 나는 작은 펭귄을 받아서 꼭 안으며 말했다. 펭귄은 기운 없이 움직였다. 날개와 발, 솜털로 만들어진 작은 뭉치 같았다. 내 가슴에 머리를 기대더니 편안히 긴장을 푸는 것처럼 느껴졌다. 심장은 터질 것만 같았다. 이 펭귄을 안고 있으려니, 매우 비이성적이지만 부인할 수 없는 기운에 의해 내가 이 펭귄을 그냥 보낼 수 없으리라는 것을 깨달았다.

테리가 보고 있다가 눈을 깜빡여서 눈물을 지웠다. 지팡이를 주워 다시 쥐여주면서 내게 몸을 기대왔다.

"내가 도울게요. 당연히 그럴 거예요." 그녀가 속삭였다. "친구로서요." 그녀가 음흉한 미소를 지었다. "베로니카, 도대체 뭘 한 거예요? 내가 가진 논리와 그동안 받았던 훈련에 어긋나게 행동하도록 만들고 있잖아요."

"그 대신 당신이 타고난 다정함에 따라 행동하게 하지요."

"부인에겐 무시할 수 없는 힘이 있어요."

"알아요."

그녀는 다시 펭귄을 쓰다듬었다. "혹시나 이 펭귄이 이겨내지 못한다 해도 너무 언짢아하지 마세요."

"이 녀석이 살아남지 못해도, 적어도 우리가 노력했다는 건 알겠죠." 나는 그녀에게 말했다. 내가 용서할 수 없는 것은 노력해 보지도 않는 것이다.

"이름은 뭐라고 부를까요?" 그녀가 물었다.

이름 하나가 의식 속에서 나타났다. 그 이름은 도저히 입 밖에 낼 수가 없었다. 또 다른 이름이 저절로 입에서 튀어나왔다. 최근 내 의식을 끊임없이 떠돌던 이름이었다. 미처 자제할 틈도 없이 그 이름을 큰 소리로 부르고 말았다.
"패트릭이요."

31

베로니카

로켓섬

“녀석은 내 방에서 지내게 할게요.” 안으로 다시 돌아가며 테리에게 단호하게 말했다. “이 아이를 위해 작은 둥지를 만들 수 있을 거예요.”

“먼저 가서 자리를 잡아주세요, 베로니카. 저장고에서 물고기를 찾을 수 있는지 좀 볼게요. 가능한 한 빨리 먹이를 먹여야 해요.”

새끼 펭귄은 내 품 안에 자리 잡았다. 발은 힘없이 늘어지고 머리는 내 가슴 위에 파묻혀 있었다. 나는 라운지를 거쳐 펭귄을 안고 갔다. 지나가는 길에 아무 의미 없는 다정한 말들을 속삭였고, 마이크와 디트리히의 언짢아하는 표정은 무시했다. 침실 문을 닫기 직전 디트리히가 마이크에게 하는 말이 들려왔다. “내버려 둬. 불쌍한 저 새는 어쨌든 죽을 테니까.”

나는 '불쌍한 새'를 바짝 당겨 안았다.

"넌 죽지 않을 거야." 나는 녀석에게 장담했다. 녀석은 꿈쩍도 하지 않았다.

어디에다 놓아야 할까? 고민하면서 녀석을 침대 위에 부드럽게 내려놓았다. 녀석은 반쯤 누운 자세로 두 눈을 반쯤 감고 가만히 있었다. 빈 슈트케이스들이 한쪽 벽에 세워져 있었다. 나는 허리를 굽혀 그중에서 가장 작은 가방을 들어 올렸다. 이에 항의하듯 허리가 삐걱거리는 소리를 냈다. 침대 발치에 가방을 놓고 활짝 열어서 금색 단추가 달린 청록색 모직 카디건을 깐 뒤, 이 북슬북슬한 고아를 눕혔다. 새끼 펭귄은 배를 깔고 주저앉았다. 분홍빛 액체가 녀석의 꽁무니에서 흘러나왔다.

"카디건 걱정은 말자." 나는 녀석에게 말했다. "다른 색깔로 두 벌이나 더 있거든,"

녀석은 그다지 죄책감을 느끼는 것 같지 않았다. 내가 펭귄의 표정을 읽을 줄 안다면 (내 생각에 읽을 줄 아는 것 같다) 지금 이 펭귄은 순전히 어리둥절한 표정을 짓고 있는 것 같았다. 헝겊 인형만큼이나 축 늘어진 모습이, 녀석이 인형이 아니라고 믿기 쉽지 않았다. 나는 펭귄 옆에 앉아, 녀석을 진정시켜 주려고 부드럽게 쓰다듬었다. 나중에 밖에 나가서 돌과 조개껍질과 이끼를 가져와야지. 좀 더 집처럼 느껴질 거야.

테리가 코를 찌르는 지독한 냄새가 나는 분홍색 죽 같은 것을 들고 내 방으로 들어왔다.

"오, 이미 카디건 하나는 희생시키셨군요." 그녀가 말했다.

"오래된 담요를 줄 수도 있었을 텐데요."

"전혀 중요하지 않아요. 어떤 먹이를 가져온 건가요?"

"참치 통조림이요. 데워서 물이랑 섞었어요……. 얘가 좋아했으면 좋겠어요. 어쨌든 몸에 좋을 테니까요. 이걸 먹일 수 있다면 어쨌든 얘한테 도움이 될 거예요."

그녀가 가방 옆에 걸터앉았기 때문에 우리는 펭귄을 사이에 두고 앉을 수 있었다.

테리는 주머니에서 자그마한 주사기를 꺼냈다. "실험실에서 가져왔어요. 이걸 한번 써보죠." 그녀는 주사기를 채워서 펭귄의 부리 앞에서 흔들었다. 녀석은 관심을 보이지 않았다. 여전히 쇠약한 상태였다.

정말로 이 녀석은 살기를 원하는 걸까? 나는 스스로 물었다. 나는 당연하게도 녀석이 살기를 원하리라고 추측했지만, 당연하다고 생각한 건 큰 잘못이었다.

"걱정했던 대로 억지로 먹여야 할 것 같아요." 테리가 말했다.

나는 그 역겨운 곤죽이 담긴 그릇을 자세히 살폈다. 나는 이 불쌍한 생명을 위해 베풀 수 있는 내 애정의 끝은 어디인가 의문을 품기 시작했다.

"힘내, 패트릭!" 테리가 응원했다.

새끼 펭귄은 음식에 아무런 흥미도 보이지 않았고, 그저 금방이라도 스러져 버릴 것처럼 보였다.

"힘을 내, 패트릭! 패트릭, 힘내!" 나는 다급히 말했다.

테리는 엄지와 검지를 이용해 패트릭의 부리를 부드럽게 비틀어 열었다. 패트릭이 반항하기도 전에 그녀는 곤죽 몇 방울을 그의 식도로 밀어 넣었고, 다시 부리를 닫고 한동안 붙잡고 있었다. 작은 패트릭은 꿈틀거리며 도리질을 하다가 꿀떡 삼켰다. 우리는 불룩한 혹이 녀석의 목을 타고 내려가서 그 둥근 먹이 덩어리가 안전하게 위장까지 도달하는 모습을 지켜봤다. 잠시 펭귄은 우리가 자유를 앗아갔다는 것에 모욕을 느낀 듯 보였다. 그러나 갑자기 올바른 결론에 도달한 듯 그는 더 달라는 분명한 표시로 부리를 한껏 벌렸다. 자기는 배가 고프고 방금 입에 들어온 것은 먹을 만했으며, 따라서 이 모든 굴욕적인 과정은 좋은 것으로 분류하기로 한 것 같다.

테리는 의기양양한 미소를 지으며 내게로 몸을 돌렸다. "자, 첫 번째 장애물은 해결됐네요!"

나는 신이 나서 손뼉을 쳤다. "대단해요! 와, 테리! 잘했어요!"

"아무것도 아니에요." 그녀는 그릇을 침대에 내려놓으며 겸손하게 말했다. 그리고 내게 주사기를 건넸다. "여기요, 패트릭은 부인의 펭귄이니까요. 부인께서 하세요."

그 이상의 격려는 필요 없었다. 나는 물고기 곤죽을 넉넉하게 주사기에 담아 패트릭이 번쩍 벌린 부리 안으로 밀어 넣었다. 패트릭은 이번에는 더 열심히 먹이를 삼켰고, 다시 부리를 열었다.

우리는 번갈아 가며 먹이를 먹였다. 충분히 먹이고 난 뒤 테리와 나는 악수를 했다.

"고마워요, 테리."

"고마워요, 베로니카. 부인께서 고집을 부려줘서 다행이에요. 패트릭은 그만한 고생을 감수할 만한 가치가 있어요. 그렇지 않니, 꼬마 패트릭?" 그녀는 우리가 새로 맡게 된 책임에 말을 걸었다.

벌써 패트릭은 더 튼튼해진 것 같았다. 나는 이 아이의 반짝이는 눈 속에 결단력과 완고한 의지력의 불꽃이 타오르는 것을 볼 수 있었다. 이 펭귄은 꼭 살기를 원한다. 이를 위해 최선을 다할 것이다. 열망을 품고 역경을 이겨내려 한다.

지금 이곳에서 고집 센 이는 나 하나가 아닌 모양이다.

나는 여전히 매일 다른 펭귄들 사이에서 시간을 보내기 위해 펭귄 군집지에 갔지만, 오래 머물지는 않았다. 펭귄 패트릭이 내 주요 관심사다. 나는 이제 기지에서 다른 물고기들이 어디에 저장되어 있는지 알게 됐다. 참치뿐 아니라 얼린 대구며 청어, 생선튀김도 있다. 우선 이것들을 해동해서 껍질이나 뼈를 제거하거나 필요에 따라 으깨기도 한다. 그다음에는 오븐에 데워서 조심스레 물과 섞은 뒤 주사기를 사용해 패트릭의 부리 안으로 곧바로 넣어준다. 같은 생명체에게 유용한 존재가 된다는 드물고도 만족스러운 기분이 든다.

테리는 패트릭에게 크릴을 먹일 계획을 세웠다. (게워 낸 형태의) 크릴은 녀석이 야생에서 섭취하게 되는 먹이이기 때문이다. 어떤 섬에는 어장들이 있었다. “보통은 그 사람들이랑 거래할 일이 없어요.” 그녀가 내게 알려주었다. “약간은 양면적인 감정이 있어요. 물고기 남획은 펭귄의 미래를 위협하는 커다란 요인 가운데 하나거든요. 그래도 패트릭을 도울 수만 있다면…….”

패트릭은 매일매일 힘이 세졌다. 녀석은 이제 바닥으로 옮겨진 슈트케이스 안 청록색 카디건에 바싹 붙어서 대부분의 시간을 보냈다. 물론 혼자서 문을 열지 못하고 노크한다는 개념도 이해하지 못했다. 만약 바깥에 나가고 싶다면 문에 바짝 달라붙어 기다리겠지. 이 점이 나를 두렵게 만들었다. 누군가가 갑자기 바깥쪽에서 문을 열었다가는 패트릭이 문에 끼어 납작해질 수 있기 때문이다. 한번은 디트리히가 이런 사고를 칠 뻔한 적도 있었다. 나는 위험을 피하고자 문을 열기 전에 언제나 “펭귄 이상 무?”를 외치자고 제안했다. 그러나 사람들이 늘 기억하리라고 믿을 수 없었다.

테리는 패트릭에게 광장공포증이 생기지 않는 것이 중요하다고 말했고, 녀석이 센터를 돌아다닐 수 있도록 해야만 했다. 이러한 이유로 나는 건물 안의 모든 문이 열려 있어야만 한다는 사실을 받아들였다. 처음에는 스트레스를 받았지만 점차 익숙해졌다. 펭귄 패트릭은 자신의 자유를 마음껏 누렸고 의지에 따라 돌아다녔다.

불행히도 패트릭은 똑같은 이름을 가진 사람과 마찬가지로 기본적인 위생 관념이 없었다. 언제나 작은 사건들이 벌어졌고, 강력한 세제와 걸레질이 필요했다. 에일린이 이곳에 있다면야 그녀 몫의 일이 되겠지만, 세 과학자는 하루 대부분을 바깥에서 보내기 때문에 그 책임은 내게 있었다. 나는 물 양동이를 들고 다니는 일이 즐겁지 않았지만 그래야만 했다. 놀랍게도 나는 억울함이라고는 추호도 없이 이 시련에 잘 대처하고 있었다.

더욱 놀라운 것은 새끼 펭귄이 나를 좋아하게 됐다는 사실이다. 내가 패트릭을 침대 위에 올려놓으면 녀석은 팔꿈치 안쪽으로 기어들어와 내게 기댔다. 어린 동물들이 자기를 감싸줄 따뜻한 뭔가를 찾는다는 것은 알고 있지만, 이 경우에 그 뭔가가 바로 나라는 사실에 기쁘지 않을 수 없었다.

이 소중한 존재는 아랫도리가 더러워져서 내가 대야 속에서 벅벅 문질러 닦아줄 때도 신경조차 쓰지 않았다. 이를 일종의 장난으로 생각하는 것 같았다. 패트릭은 물속에서 머리를 아래위로 흔들며 매력적인 방법으로 부리를 열었다 닫곤 했다. 그러다가 몸 전체를 흔들어 작은 물방울들이 공기 중으로 흩어지게 만들기도 했다. 나는 나를 젖게 했다며 부드럽게 꾸짖지만, 이 아이에게 화를 내기란 불가능한 일이었다.

테리는 여전히 나와 함께 먹이 주는 임무를 했지만, 많은 시간을 바깥에서 보냈다. 센터로 돌아올 때면 패트릭이 어떻게 지내는지 보기 위해 내 방으로 달려왔다. 가끔은 패트릭의 키를 재고 몸무게도 측정했다. 또 종종 우리가 함께하는 사진을 찍어 블로그에 올리기도 했다.

“그거 눈치챘어요?” 어제는 저녁을 먹으면서 테리에게 물었다. “패트릭이 자기 이름을 알아들어요. 우리가 ‘패트릭’이라는 단어를 말할 때마다 날개를 쭉 펴고 눈도 크게 떠요. 그리고 가끔은 부리도 벌리고요.”

“네, 봤어요.” 그녀가 대답했다. “음, 저 아이의 이름을 많이도 부르니까요.”

“당신은 가끔 ‘작은 소시지’라고도 부르잖아요.” 내가 지적했다. “하지만 아무런 반응을 보이지 않아요. 걔가 알아듣는 것은 ‘패트릭’이라는 이름이에요.”

“저 새는 자기 이름을 몰라요.” 마이크가 평소대로 신랄하게 우겼다. “파블로프의 개 알아요?”

“종을 울리는 거잖아요.” 내가 대답했다.

“하하, 아주 우스꽝스럽죠.”

디트리히가 자청해서 자세한 설명에 들어갔다. “베로니카, 부인도 기억하겠지만 파블로프는 언제나 개들에게 먹이를 주기 전에 종을 울렸어요. 개들은 재빨리 그 소리를 먹이와 연관지었고, 얼마 후엔 그저 종만 울려도 개들은 기대에 차서 침을 흘리게 된 거예요. 부인의 패트릭도 비슷할 거예요. 새끼 펭귄들은 아주 정교한 청력을 가지고 있어요. 귀청이 떨어질 것 같고 복잡한 난장판 속에서도 부모의 울음소리를 감지할 수 있답니다. 부인께서 패트릭의 대리 부모이고, 매번 먹이를 줄 때마다 이름을 부르지요. 펭귄이 그 단어를 그토록 빨리 알아듣게 된 것도 놀라운 일이 아니에요.”

마이크가 고개를 끄덕였다. "단지 원시적인 반응일 뿐이에요."

마이크는 부드러움이라고는 전혀 내비치지 않는 자기 성격에 전념했다. 그는 패트릭을 '저 새'라고 불렀으며, 시작부터 내 새끼 펭귄이 죽을 것이라고 확신에 차 있었다. 마이크는 자기 말이 틀렸다는 게 증명되는 걸 싫어했고, 우리는 모두 그 사실을 알고 있었다. 그러나 가끔 마이크는 누구도 보고 있지 않는다고 생각할 때면, 새 식구를 위해 음식 한 토막을 가지고 나왔다. 그럴 때면 그는 보기 드문 애정 어린 미소를 지었다.

테리의 펭귄 블로그

2012년 12월 26일

좋아요, 올해도 크리스마스가 지났군요! 우리는 크리스마스를 기념하기 위해 형식적인 시늉은 했답니다. 그럴듯하게 차려낸 크리스마스 식사에다 저녁나절은 보드게임을 하며 즐겁게 지냈고, 디트리히의 CD플레이어 덕에 캐럴까지 들었죠. 가장 큰 소식은 이제 우리가 새끼 펭귄 한 마리를 입양했다는 것이죠! 이 펭귄은 부모님을 모두 잃었어요……. 이곳 로켓섬에서는 슬프게도 흔히 벌어지는 일이에요. 보통 그런 어린 새끼를 돌보는 일은 염두에 두지 않지만, 지금은 일손이 더 생겼으니까요. 베로니카는 펭귄을 돕는 일에 아주 열성적이랍니다. 녀석의 행동을 연구하고 성장하는 걸 지켜보는 일은 아주 즐거울 거예요.

새끼 펭귄(우리는 패트릭이라는 이름을 붙여줬어요)은 원기 왕성한 소년이랍니다. 지난주에 여기 도착했을 때만 해도 몸무게가 고작 510그램이었지만, 이후 거의 두 배가 됐답니다. 베로니카가 크리스마스 만찬을 먹여주고 있는 패트릭의 사진을 보세요. 크릴과 청어로 만든 유동식이랍니다. 패트릭은 무엇이든 할 수 있고 (카메라를 위해) 파티 모자를 쓰는 것도 꺼리지 않는답니다……. 베로니카와는 달리요!

대개 우리는 아델리펭귄의 삶에 개입하지 않아요. 펭귄 패트릭은 예외적인 경우로, 베로니카와 함께하면서 아주 행복해 보여요. 상당히 놀라운 인연이라는 것에 모두가 동의할 거라 생각해요.

32

패트릭

볼턴

그래, 이 조반니라는 남자와는 일회적인 만남이었을까? 그가 할머니를 속였을까? 알고 보니 쓰레기 같은 놈이었을까? 그리고 할머니는 해리와 있었던 일을 무심코 털어놓고 말려나? 나는 그 답을 찾기 위해 일기장을 집어 들고 휙휙 넘기면서 중간중간 일기를 읽어나갔다.

1941년 8월 15일 금요일
던윅 홀

몇몇 소녀들은 여기에서 휴가를 보냈다. 나도 그중 하나다. 주말에만 고모할머니 댁으로 돌아갔다(단지 할머니가 나를 계속 감시하고 있다는 의례적인 형식을 보이기 위해서다. 그렇지 않으면 하나님이 노하실 테니까). 너무나 지겨운 두 선생님인 미스 필포츠와 미스 롱은 우리를 감독하기 위해 던윅 홀에 내내 머물지만, 이들을 피해 다니는 방법을 찾았다. 이 선생님들을 피해야만 나의 조반니와 만날 수 있기 때문이다. 토요일 시장에서의 밀회로는 충분치 않다. 나는 선생님들을 각기 다른 방식으로 속인다. 한쪽에게는 내가 아프다고 말하고, 다른 한쪽에게는 고모할머니가 애글워스로 오라고 부탁했다고 말한다. 그 과정에서 헷갈릴 만한 흔적을 남기지만, 선생님들은 너무 게으르고 어리석어서 내가 사실은 애인을 만나러 몰래 나갔다 온다는 것도 깨닫지 못한다.

이러한 인생의 새로운 사건은 그때까지 내가 경험하던 것들과는 다르다. 나는 거칠고 밝게 빛나는 마법의 바다에서 헤엄치고 있다. 찬란하고 짜릿하게 마음을 다해 사랑에 푹 빠져버린 것이다!

다행히 조반니는 혼자서 수레를 끌고 나올 수 있을 정도로 이스트콧 농장에서 신뢰받고 있다. 그는 구실을 찾는 데에 능해서 미리 계획된 장소와 시간에서 나를 만날 수 있다. 나는 일단 학교 정문을 빠져나오면, 비밀스러운 랑데부를 위해 시골길을 따라 몇 킬로미터고 걷는다. 그리고 우유 배달 차를 타고 다니면서 가장 로맨틱한 장소만 골라낸다. 때로는 넓게 드리워진 참나무 아래에서, 때로는 건초 향기 물씬 풍기는 헛간 안에서, 때로는 데이지 꽃이 흐드러지게 핀 개울둑 옆에서 만난다. 때로는 울타리 너머로 키스를 나누고 몇 마디를 속삭일 수 있을 만큼의 짧은 순간만 만날 수 있다. 서로를 그리워할 때면 연애편지를 써서 돌 아래에 넣어두고 민들레꽃 한 송이로 표시해 놓는다.

조반니에게 다가가기 어려울수록 더욱더 열정적으로 그를 원하게 된다. 미스 필포츠가 우리에게 내어주는 뜨개질과 청소일, 지루한 공부 따위를 헤쳐나가며 꿈을 꾸고 초조해했다. 식사 시간에 다른 소녀들에게 말을 걸 생각조차 하지 않았다. 오직 조반니를 만나기 위해 산다.

지난번 만남에서 나는 나무 뒤에 숨었다. 내가 오지 않는다고 생각할 때 조반니가 어떻게 행동하는지 보기 위해서였다. 그는 의기소침해 보였다……. 내가 노래를 시작하기 전까지 말이다. 그 순간 그의 눈은 어찌나 별처럼 반짝였는지!

"베리, 여기 있었군요! 정말 근사해요!" 그는 이렇게 외치면서 두 팔로 나를 안았다.

나는 그가 우스꽝스럽게 영어를 사용할 때, 특히 '근사하다'라는 단어를 계속 사용할 때 너무 좋다. 나 자신도 그 단어를 과도하게 사용하기 시작했다.

"다시 키스를 해주면 정말로 근사할 거예요"

"당신이 내 블라우스 단추를 풀어준다면 정말로 근사할 거예요."

"당신이 손으로 이곳과 이곳을 천천히, 하지만 단단히 만져준다면 정말로 근사할 거예요."

그는 언제나 기꺼이 내 말에 복종한다.

내 살갗 위에 조반니의 살갗이 닿는 것을 느낄 때 전쟁과 아픔과 증오는 모두 사라져버린다. 우리는 함께 있고 그 외에는 아무것도 중요치 않다.

1941년 8월 25일 월요일
던윅 홀

조반니와 나는 고모할머니가 교회 모임에 나가 있는 동안 가까스로 오후 내내 함께 시간을 보낼 수 있었다. 우리는 우리만의 꽃 민들레가 드문드문 핀 푸른 목초지를 거닐었다. 어떤 민들레는 강렬한 노랑이었지만, 솜털 씨앗 송이로 변한 꽃도 많았다. 손을 잡고 거닐고 있으니 수많은 솜털 씨앗이 쏟아지는 햇살 속에서 산들바람을 타고 콘페티(파티나 결혼식 등에서 뿌리는 색종이 조각 - 옮긴이)처럼 날렸다. 나는 이 틈을 타 조반니에게 그가 살아온 인생에 대해 물었다.

조반니는 1923년에 태어나서 지금은 열여덟 살이다(나보다 세 살 많다. 그는 나이 차가 더 적다고 생각하지만. 내가 열일곱 살이라고 말했거든). 그는 가족 모두와 친하지만, 특히 어머니와 가깝다고 했다.

"영장을 받았을 때 엄마는 울었어요. 큰 소리로 울부짖고 바다를 채울 만큼 눈물을 흘렸죠. 그래서 나는 집을 떠나는 게 더 힘들었어요."

그 이야기를 듣자니 내가 런던에서 피난 나온 일과 엄마의 빨갛게 충혈되고 부은 눈이 떠올랐다. 나는 머릿속에서 그 기억들을 애써 밀어내고 조반니에게 군대 생활을 즐겼는지 물었다.

그는 일단 새로운 생활에 익숙해지자 동료 병사들과 장난도

치며 즐거웠다고 말했다. 하지만 전쟁에 대해서는 너무나 무지했다. 제대로 된 군사훈련도 채 받지 못하고, 자신이 속한 소대와 함께 리비아로 가게 됐다고 했다.

나는 상상해 보려 했지만, 리비아가 어디에 있는지 알 수 없었다.

"무서웠나요?"

"무서웠어요." 그가 민들레 한 송이를 꺾어 하얀 솜털들을 공중으로 날려 보냈다. "누군가를 죽이게 될까 봐, 누군가가 나를 죽일까 봐 두려웠어요."

하지만 영국군은 기습공격을 해왔고, 조반니는 총 한 번 쏘아보지도 못한 채 소대 전체와 함께 체포됐다. 이들은 한꺼번에 이집트에 있는 전쟁포로 수용소로 보내졌고, 그 후에는 런던으로, 그리고 마침내 영국 전역으로 뿔뿔이 흩어지게 됐다. 그가 가게 된 수용소는 이스트콧 농장에서 24킬로미터쯤 떨어진 곳에 있는 반원형 막사였다. 이 막사는 이탈리아의 다양한 지역에서 온 200여 명의 포로들을 수용하고 있었다.

"포로의 삶은 정말, 정말로 끔찍하고 끔찍할 거라 생각했어요. 하지만 그다지 힘들지 않아요. 당신의 나라는 너무 많은 남자와 일꾼을 잃었어요. 예전보다 더 많이 여자 노동자들을 이용하지만, 그걸로는 충분치 않아요. 영국은 더 많은 일손이 필요해요. 그러니까, 보세요! 영국 사람들은 우리가 비록 이탈리아인 포로지만 우리에게 일한 대가를 줘요. 담배도 주고, 식품 교환표도 주고, 약간의 자유도 줘요. 그러니 영국 사람들이 우리에게 협력하겠냐고 물으면 뭐라고 대답했을 거 같아요?"

"당신은 알았다고 대답했군요."

"내 이탈리아 친구 중 일부는 여기에 동의했다가는 무솔리니가 어느 날 자기들을 총살할 거라 생각했고, 그래서 '아니'라고 대답했어요. 그들은 감시를 받으면서 일하도록 보내졌어요. 저는 그렇다고 대답했기 때문에 지금은 이스트콧 농장에서 머물면서 자유도 조금 누리게 됐어요……. 여기 아주 근사한 선물도 받게 됐죠." 그는 부드러운 손가락으로 내 뺨을 톡 쳤다. "당신의 얼굴." 그는 감탄하며 말했다. "당신의 아름다운, 아름다운 얼굴."

너무 우스꽝스럽긴 하지만 나는 내내 애교를 부리고 있었다.

키스를 나누고 그에게 머리카락을 달라고 부탁했다. 특별히 가위도 가져왔다. 나는 그의 머리를 싹둑 잘라내어 엄마와 아빠의 머리카락과 함께 로켓 속에 조심스레 집어넣었다.

조반니는 내 행동에 상당히 감동해서 벅차하는 것처럼 보였다.

"베리, 전쟁이 끝난 후에 나와 함께 이탈리아로 가서 살래요?"

나는 내 앞에 서 있는 그를 멍하니 바라보았다. 깃털 같은 민들레 꽃씨가 춤추는 요정처럼 그의 주변을 떠다녔다.

"좋아요." 나는 말했다. "당연하죠."

"아, 베리, 내 소중한 사랑!" 그가 나를 와락 껴안으며 소리쳤다. "…… 하지만 당신은 고향에 남고 싶을 수도 있을 거예요."

나는 얼굴을 찌푸렸다. "아니요. 전혀 그렇지 않아요."

"그러면 당신에게 근사한 광장과 분수 들을 보여주겠어요. 올리브나무 그늘 아래를 함께 거닐고……."

"올리브나무가 뭐예요?" 나는 물었다. 언젠가 이탈리아에서 살려면 더 공부해야 할 것 같다.

“올리브나무요? 당연히 올리브가 열리는 나무죠!”

“올리브가 뭔데요?”

“베리, 내 사랑, 이 세상에는 정말 많고 많은 종류의 올리브가 있어요. 초록이거나 검거나 보라색이에요. 이 정도 크기고요.” 그는 내게 손짓했다. “달콤하면서 씁쓸해요. 햇빛과 땅 같은 맛이고, 또…….” 그가 잠시 말을 멈췄다. “젊음과 같은 맛이 나지요.”

나는 그의 가슴을 두드렸다. “나는 근사한 당신을 정말 사랑해요.”

1941년 9월 4일 목요일
던윅 홀

다시 학기가 시작됐다. 큰 문제는 아니다. 나는 여전히 능숙하게 던윅 홀에서 탈출해 나가니까. 하지만 걱정이 생겼다. 오늘 나는 조반니와 함께 있으려고 지리 수업에 빠졌다. 우리가 만나기로 했던 덤불 가장자리에 다다를 때까지 길을 따라 서둘러 갔지만, 그는 나타날 기색이 없었다. 적어도 삼십 분은 기다렸다. 메시지도 없었다. 그 주변에 있는 돌마다 뒤집어서 확인해 봤다. 그에게 언제나 쉬운 일이 아니란 것은 알지만, 그래도 화가 났다. 비가 내렸고, 학교로 돌아왔을 때쯤 머리카락이 뺨에 찰싹 붙어버렸다. 몹시 지치고 속상했다.

1941년 9월 30일 화요일

던윅 홀

두렵다. 두려운 생각만 든다. 역한 냄새가 나는 액체처럼 두려움은 매일 점점 더 차올라 내 모든 생각을 채웠다. 나는 몇 주 동안이나 그를 보지 못했다. 그는 토요일에도 시장에 나오지 않았다. 하워드 씨 역시 없어서 물어볼 수도 없다. 조반니는 내가 어디 사는지, 고모할머니 댁이 어딘지 알고 있다. 그가 정말로 노력했다면 나와 연락할 방법을 분명 찾아내지 않았을까? 그는 이스트콧 농장에 있던 여자애들 중 하나와 사랑에 빠졌던 걸까? 나는 그 애들을 신경쓰지도 않았었지만, 그중 하나가 굉장히 예뻤던 것 같다. 나는 남자들에 대해 아는 게 너무 없다.

아니. 사랑하는 조반니가 나를 배신했을 거라 믿을 수도 없고, 믿지도 않을 거야. 그렇다면 무슨 사고라도 당한 걸까? 그는…… 어쩌면…… 죽었을 수도 있을까? 내 심장은 단순히 그 가능성만 생각해도 비명을 지르고 있다. 스스로를 최악에 대비하게 하려고 잔혹한 상상을 상세히 하고 있지만. 알지 못한다는 사실이 가장 힘들다. 재닛에게 물어볼 수도 있겠지만, 지금 그 애는 나를 미워하는 만큼 아무 얘기도 해주지 않을 것이다.

조반니, 어디 있는 거예요, 어디 있는 거예요, 내 사랑? 나는 당신이 너무 그리워서 죽을 것만 같아요.

1941년 10월 11일 토요일

애글워스

“슬픔이 찾아올 때는 한 명의 정찰병처럼 오는 것이 아니라 한꺼번에 대군처럼 찾아온다.”

마침내 오늘 오후 하워드 씨를 시장에서 만났다. 그는 조반니의 수용소가 다른 전쟁에 징발됐고, 모든 포로가 옮겨갔다고 했다.

“미안해요, 아가씨. 어디로 갔는지는 몰라요.”

나는 고통 때문에 어떻게 해야 할지 모르겠다. 언젠가 다시 조반니를 볼 수 있을지 전혀 알 수가 없다.

나는 지쳤어. 완전히 지치고 진이 빠져버렸어.

1941년 10월 31일 금요일

던윅 홀

나는 뭔가를 눈치챘고, 그 때문에 두려워졌다. 아무것도 먹지 못했음에도 내 배는 부풀어 오르기 시작했다.

나는 여자다. 더 빨리 눈치챘어야 했는데.

엄마와 아빠는 나를 어떻게 생각했을까? 몸서리치며 무서워하고 수치스러워했을까? 이런 일이 벌어진 건 엄마와 아빠 탓이다. 왜 두 분은 나를 떠나야만 했을까? 왜? 이제 조반니도 나를 떠났다. 모두가 나를 떠났어.

오늘 로켓을 열어 안에 있는 세 가닥의 머리카락을 끄집어냈다. 기숙사 창문 밖으로 날려 보내려 하다가 너무 늦기 전에 그 머리카락들을 다시 붙잡았다. 머리카락들을 다시 로켓 안에 안전하게 간직하자마자 화장실로 달려가야 했다. 나는 격렬한 통증에 시달렸다.

이 위기에서 벗어나려면 뜨거운 목욕물에 앉아서 진을 마시면 된다고 들었다. 하지만 학교나 마거릿 고모할머니 댁에는 욕조가 없었고 진도 당연히 없었다. 토요일에는 애글워스 교회에서 성찬식 포도주를 훔치려고 계획했고, 그 방법이 효과가 있길 바랐다. 그러나 포도주병은 제의실에 단단히 보관되어 있었다.

또 다른 유일한 방법은 자해하는 것이다. 매일 아침과 밤이면 나는 화장실 문을 걸어 잠그고, 내가 고통을 참을 수 없게 될 때까지 주먹으로 내 배를 쳤다. 지금까지는 소용이 없었다. 아기는 내 안에 단단히 붙어 있기로 한 모양이다.

1941년 12월 10일 수요일
애글워스

나는 어떻게 될까? 상상할 수가 없다. 나는 고모할머니 댁 욕실에 갇힌 포로다. 내 두려움을 누그러트릴 수 있는 유일한 방법은 글을 쓰는 것이기에, 오늘 일어난 모든 일을 다 적을 것이다.

이 모든 일은 오늘 아침 벌어졌다. 수학 수업에 가는 길에 말 그대로 노라와 맞부딪힌 것이다. 서로에게서 튕겨 나오면서 나는 나도 모르게 배를 감쌌다. 노라는 내 배를 보다가 눈을 들어 내 얼굴을 보았고, 곧바로 알아차렸다. 분노에 찬 그녀는 야생고양이처럼 내게 달려들었다. "해리는 네가 자기를 덮치려고 했지만, 자기는 하지 않았다고 했어. 해리가 거짓말을 한 거야, 그렇지? 그렇지?" 그녀는 나를 벽에다 밀쳤다. "너랑 걔는 같이 그 짓거리를 한 거야, 그렇지, 이 발랑 까진 계집! 이제 너는 그놈의 새끼를 밴 거고."

나는 그녀가 뿜어대는 독기에 너무 놀라서 대답도 할 수 없었다.

노라는 내 얼굴에 손가락질해 댔다. "너는 스스로를 자제할 수가 없었던 거야, 그치?"

노라의 주근깨가 그녀의 벌겋게 상기된 얼굴을 가득 채운 것처럼 보였다. 내가 대답하지 않자 그녀는 더욱 미쳐 날뛰었다.

"내가 너랑 끝장을 볼 때쯤이면 네 예쁜 얼굴은 남아나지 않을 거야!" 그녀는 울부짖으며 주먹을 휘둘렀다. 나는 맞서 싸웠다.

난폭하게 구타하고 할퀴며 싸우는 와중에 나는 복도를 따라 또각또각 걸어오는 발소리를 들었고, 미스 필포츠의 목소리가 들려왔다. "얘들아, 얘들아, 그만해! 당장 그만하라고!"

그녀는 우리를 비틀어 떼어냈다. 상기된 얼굴로 우리는 헐떡이며 서로를 노려봤다. 노라의 코에서는 피가 흐르고 머리카락은 머리망에서 삐져나왔다. 나는 왼뺨 위로 깊게 긁힌 상처를 느낄 수 있었다.

미스 필포츠는 교장 선생님의 사무실까지 우리를 데리고 올라갔다. 해리슨 교장 선생님은 자기 책상에 앉아 우리를 올려다보며 우리의 꼬락서니에 분노했다. "끔찍하구나, 얘들아. 너네는 뭐라고 변명을 할래?"

"정말로 죄송해요, 선생님." 노라가 코 위로 빨갛게 물든 손수건을 움켜쥐고선 신음 같은 목소리로 말했다. "저는 참을 수도, 어떻게 할 수도 없었어요. 정말로 화가 났거든요. 왜냐하면……." 그녀가 비난과 독선을 가득 담아 잠시 말을 멈췄다. "저 애가 내 남자 친구랑 한 짓 때문에요."

교장 선생님이 내 쪽으로 고개를 돌렸다.

"좋은 소리 같지 않구나. 베로니카, 너는 스스로를 뭐라고 변호하겠니?"

나는 얼얼한 뺨의 통증을 꾹 참으며 머리를 꼿꼿이 세웠다. 묵비권 행사 전략을 고수하기로 했다.

노라가 끼어들었다. "존경하는 선생님, 저 애를 보세요. 저 애는 뭐라고 해야 할지 모르고 있으니, 제가 말씀드릴게요. 저 애는 임신했어요."

교장 선생님의 목소리가 더욱 커지고 귀가 째지도록 날카로워졌다.

"그게 진짜니, 베로니카?"

이를 부인할 수 없었다.

"넌 열다섯 살이야! 그냥 애라고. 어찌 이런 일이 벌어질 수 있지? 믿을 수가 없구나……. 도저히 말이 안 돼!" 교장 선생님의 목소리는 거의 비명을 지르듯 높아졌다. "열다섯 살에 임신해?

열다섯 살이라고! 나를 역겹게 만드는구나, 베로니카 맥크리디. 우리는 몹시 어려운 환경 속에서도 너를 위해 최선을 다했다. 그래, 너는 끔찍한 상실 때문에 고통받아 왔고, 힘든 시간을 보냈지. 하지만 이건 품격 있는 소녀가 절대 저질러서는 안 되는 거야. 우리 학교와 네 부모님의 추억과 너를 돌봐주는 불쌍한 늙은 고모할머니를 떠올려 봐. 너는 신의라는 게 전혀 없니?"

내가 회환과 열등감에 시달려야 마땅하다는 식이었지만, 그렇지 않았다. 나는 반항심을 느꼈다.

"네가 이 학교에 남는 건 불가능해." 교장 선생님이 계속 말을 이어갔다. "우리 모두에게 불명예를 안겨줬어. 네 선량한 고모할머니께 전화를 드리고 여기 와서 너를 바로 데려가라고 말씀드려야겠다."

"원하시는 대로요."

노라가 나를 빤히 노려봤다. 그녀의 눈은 증오로 번뜩였다.

이들은 고모할머니에게 전화했지만, 고모할머니는 나를 데리러 오지 않았다. 대신 알아서 집으로 오라고 지시받았다. 나는 버스정거장까지 40분을 걸었고, 버스가 오기까지 한 시간을 기다렸으며, 그다음 애글워스까지 걸었다.

내가 도착했을 때 고모할머니가 문가에 서 계셨다.

"이 집에 한 발자국도 들이지 말아라."

"제발요, 마거릿 할머니, 저는 피곤해요."

"피곤해? 피곤하다고? 그건 누구 잘못이니? 나는 너를 본 순간 네가 믿지 못할 애란 걸 알았지. 천하고 은혜도 모르는 계집

애. 더럽고 역겹고 사악한 계집애야. 그런 짓을 저지르고 네 불쌍한 부모의 추억에 먹칠하고, 나를 수치스럽게 만들었어." 그녀는 엄청나게 장광설을 늘어놓으며 말을 이어갔다. 듣자 하니 고모할머니는 이스트콧 농장에 전화를 걸었고, 억지로 해리에게 나와 결혼하라고 압박을 넣었지만 물론 그는 거부했다.

"나 역시 그 남자와 결혼할 생각이 없어요." 나는 단언했다. "누구도 내 의견을 묻지 않잖아요?"

"그 녀석은 네가 가진 애가 자기 애가 아니라고 맹세하더구나. 내게 정말로 상스러운 태도로, 지금 내가 반복하고 싶지도 않은 단어를 써가며 자기는 다른 남자의 애는 키우지 않겠다고 했어. 그 애는 너를 건드리지도 않았다고 맹세했어. 내 눈을 똑바로 보고 얘기해 보렴. 애 아빠가 해리 드램웰이니?"

"아니요."

그날 밤 내가 몸부림을 쳐서 해리의 손아귀에서 도망쳐 나와 그의 얼굴에 침을 뱉지 않았다면 그랬을 수도 있지. 해리는 아이의 아버지가 아니었고, 그래서 기뻤다.

"하늘이시여, 이 아이를 용서하소서! 도대체 남자를 몇 명이나 만난 게냐? 해리가 아니라면 그럼 누구야?"

나는 할머니의 얼굴에 이렇게 내뱉었다. "해리보다 열 배는 나은 남자요. 내가 진심으로 사랑한 남자요. 걱정할 필요 없어요, 할머니. 왜냐하면 전쟁이 끝난 후엔 우리는 외국으로 나갈 거고, 여기서 아주 멀리 떨어진 곳으로 우리 아기를 데려갈 거니까요."

우리 아기. 처음으로 입 밖으로 내놓은 말이었다. 이 단어들은 내 심장 속에 스몄다.

빗방울이 내 머리와 어깨 위로 무겁게 떨어지기 시작했다. 고모할머니는 마지못해 나를 집 안으로 들였다.

"그 남자가 누구니?"

"군인이에요."

"도대체 어떻게 네가 군인을 만나니?"

나는 의자 위로 털썩 주저앉았다. "이 세상에 좋고 나쁜 건 없다. 생각이 그렇게 만들 뿐이다." 나는 웅얼거렸다. 할머니는 이 말을 전혀 이해하지 못했다.

"내게 말해 줄 때까지 너는 빵 한 쪼가리도 얻어먹지 못할 줄 알아라, 베로니카."

나는 이미 많은 것을 잃었고, 더는 잃을 것도 없었다.

"내 애인은 훌륭한 사람이에요. 고상한 사람이고요." 나는 칼날처럼 날카로운 목소리로 이렇게 대답했다. "모국을 위해 싸웠던 사람이에요."

"독일 사람이니?" 그녀가 숨을 꼴딱 삼키며 물었다.

"이탈리아 사람이에요."

할머니의 얼굴은 받아들일 수 없다는 듯 일그러졌다. 그런 고요한 분노는 지금껏 본 적이 없었다.

나는 조반니가 그리웠다. 그와 말을 할 수 있다면, 그의 팔이 나를 감싸는 그 느낌을 다시 느낄 수만 있다면 모든 게 괜찮을 텐데.

1941년 12월 11일 목요일

수녀원

어제 내가 일기를 쓰는 동안 할머니는 아래층에서 어디론가 전화를 걸었다. 한 시간 후 오스틴7 한 대가 집 앞에 섰다.

나는 몇 가지 물건을 가져가도 좋다고 허락받아서 일기장과 로켓, 옷가지를 챙겼다. 차에 올라타니 운전사(수수한 모직 옷을 입은 키가 작고 땅딸막한 여자)가 나를 아래위로 훑어보았다. "운이 좋구나. 기름이 충분했거든." 그녀는 시동을 걸며 이렇게 말했다.

"제가 운이 좋다고요?" 나는 조용히 물었다.

고모할머니는 작별 인사조차 하러 나오지 않았다.

내 새로운 집은 아무것도 없는 하얀 벽과 딱딱한 의자, 십자가상과 째깍거리는 시계로 만들어진 감옥이었다. 듣기로는 이 지역에는 모자원 같은 게 없어서 고모할머니가 교회의 아는 사람에게 상담했고, 이 수녀원을 찾았다고 했다. 수녀들이 당분간 나를 기꺼이 돌봐주겠다고 했으니, 고모할머니에게는 완벽한 곳이었다. 할머니는 자신이 올바른 일을 했다고 느끼겠지. 할머니의 양심은 홀가분해져서 이제는 평화롭게 그 따분한 삶을 계속 이어가겠지.

1942년 1월 1일

또 다른 한 해가 시작됐다. 내가 임신하고 수녀원에서 살게 될지 그 누가 알았을까.

나는 여기가 싫다.

학교에서 나는 아이 취급을 받았다. 여기에서는 개처럼 취급받는다. 수녀들은 나를 혐오스럽게 바라본다. 같은 방에 있으면 나를 피해 멀찍이 떨어져 있고, 또 나를 만지는 것만으로 더럽혀진다는 듯 신체 접촉을 피한다. 나는 응당 수치심을 느껴야 하지만, 내 영혼은 그에 맞서 솟아오르고 반항한다. 내겐 그저 분노만 남았다.

나는 억지로 매일 아침 작은 성당에서 열리는 미사에 참석해야 한다. 자리에서 일어나야 할 때 일어나고, 앉아야 할 때 앉고, 무릎을 꿇어야 할 때 무릎을 꿇는다. 하지만 그 누구도 내 머리 안에 맴도는 생각을 지배할 수 없다. 내 기도는 오직 하나다. '나의 조반니가 돌아와 나를 찾아내어 이탈리아로 함께 데려가게 해주세요.'

미사는 지루하지만 적어도 가혹한 노동에서 벗어나 쉴 수 있는 시간이다. 나는 바닥을 문질러 닦고, 세탁소에서 일하면서 수녀들의 의복을 빨고 짜고 너는 일을 한다. 내 손은 빨갛고 거칠어졌다. 나는 언제나 피곤하다. 아멜리아 수녀님이라고 불리는 비쩍 마르고 심술궂은 얼굴을 한 여자가 내 담당이다. 그녀는 이 일에 대한 혐오감을 전혀 감추려 하지 않는다.

"왜 당신을 위해 이런 일을 해야 하죠?" 어제 나는 팔꿈치까지 비누 거품을 담그고 물었다.

그녀는 참기도 지쳤다는 듯 두 손을 움켜쥐고 말했다. "현명하고 너그러우신 원장 수녀님께선 네게 가장 도움이 되는 일을 결정하신 거야. 원장 수녀님은 물질세계가 정신세계를 반영한다는 걸 아시지. 깨끗하게 치우는 일이 네 영혼을 정화하는 데에 도움이 될 거야."

"전 영혼이 없어요." 나는 대꾸했다.

"앞으로 그런 얘기가 내 귀에 들리지 않게 해라."

"저는 영혼이 없어요. 저는 영혼이 없어요. 저는 영혼이 없어요." 나는 빨래판에 젖은 옷가지를 문대면서 그 리듬에 맞춰 노래를 불렀다.

나는 스스로를 또 다른 적으로 만들었다.

나는 고모할머니나 학교 동급생들이나 수업이 그립지 않다. 하지만 예전에 누렸던 그 빈약한 자유가 그립다. 탁 트인 시골이 그립다. 여전히 조반니와의 은밀한 만남이 그립고, 그 어느 때보다 엄마와 아빠가 그립다.

1942년 4월 24일 금요일

나는 이곳에 와서 일기를 그다지 쓰지 않게 된다. 그 이유가 무엇일까? 지금 글을 쓰는 이유는 너무 지겹고, 모든 게 끝나버리길 바라서다.

이제는 빨래할 필요가 없다. 나는 작고 어두운 방에 갇혔다. 세 명의 수녀가 번갈아 가며 내가 아직 살아 있는지 확인하러 온다. 그리고 하얀 빵과 분말달걀, 스튜, 갈색 죽으로 된 식사를 가져다주면서 내가 침대에서 벗어나지 않았는지 계속 감시하고 확인한다. 창문을 열려고 시도했지만, 이들은 창문을 잠그고 열쇠를 가져가 버렸다. 이들은 신선한 공기와 햇빛을 이 방에서 몰아내려고 결심한 것처럼 보인다.

내 몸은 더는 내 것이 아니다. 그 누구도 멈출 수 없는 새로운 힘의 매개체가 됐다. 내 피부는 내 안에서 팽창하고 있는 볼록한 생명체를 감싸며 팽팽하게 당겨졌다. 어느 방향으로 돌아누워도 편하지 않다. 가까스로 잠이 들 때면 꿈속에서 아빠와 엄마와 사랑하는 나의 조반니가 나타나고, 이들은 산사태에 휩쓸려 내게서 멀어져 간다. 나는 이들을 목 놓아 부르다가 잠에서 깨어난다. 그래도 나는 약해지지 않을 거야. 울지 않을 거야.

내 현생의 폐쇄된 벽 바깥쪽으로 전쟁이 맹위를 떨치고 있다. 마거릿 고모할머니에게서는 아무런 소식도 없다.

나는 내가 아닌 것처럼 느껴진다. 인간 같지가 않다. 내 배 속에서 점차 커지는 존재는 내게서 모든 생명을 빨아들인다. 나는 이 혹이 앞으로 미래가 펼쳐질 작은 사람이라고 상상하려 애쓰지만 그럴 수가 없다. 그저 나와는 별개의 존재인 이 혹을 내 안에서 꺼내고 싶을 뿐. 그러고 나면 다시 생각할 수 있을 것만 같다.

1942년 5월 4일 월요일

나는 더 이상 이 세상에서 혼자가 아니다. 나는 엄마야! 내게는 사랑할 수 있는 작고 아름다운 아기가 있다. 우리 엄마가 여기 함께 있어서 이 아기를 볼 수만 있다면! 그리고 아빠도. 아빠는 이 아기를 정말로 사랑해 줬을 텐데. 그리고 조반니도. 나는 그가 자랑스러움으로 빛나는 눈으로 우리의 작디작은 아들을 번쩍 안은 모습을 상상할 수 있다. 그가 여기 함께 있어주길 얼마나 바라는가.

피와 고통은 진정으로 끔찍했고, 뿌리부터 나를 뒤흔드는 것만 같았다. 지금 와서 그때를 기억하고 싶지도 않지만. 이제는 모든 것이 달라졌으니까. 우리 아기가 여기 있다. 새로운 생명이자 바로 내 아들. 얼굴은 붉고 꿈틀거리지만 모든 면에서 완벽한 아기. 나는 아기의 자그마한 손가락과 자그마한 발가락에 감탄하고, 아기를 볼 때마다 갑자기 솟아오르는 극진한 사랑 때문에 깜짝 놀란다. 지금껏 내가 느껴본 사랑과는 다른 종류다. 강도는 극심하지만…… 또 너무나 부드러워 거의 고통스러울 정도다.

"너는…… 너는 고무 같으면서…… 너무 낯설어……. 하지만 아주 기분 좋은 향이 나지!" 내가 우리 아기에게 이렇게 속삭이면, 아기는 나를 보고 까르륵거린다.

나는 아들에게 이탈리아식 이름을 지어주기로 했지만, 내가 아는 이름은 두 개뿐이다. 조반니와 조반니의 아버지.

"엔조. 너는 엔조니?" 나는 아기에게 물었고, 아기는 신이 나서 하늘을 향해 손을 뻗고 버둥거렸다. 나는 이 이름을 부를 때 똑똑 끊어지는 소리를 아기가 즐길 것이라 믿는다.

나는 몰리 수녀가 탯줄을 끊을 때 사용했던 가위를 겨우 찾아냈다. 그리고 로켓에 넣으려고 엔조의 어두운 머리카락 몇 가닥을 조심스레 잘라냈다.

여기, 네 아빠의 머리카락 바로 옆에 놓아둘게, 꼬마 엔조. 내 사랑하는 작은 이탈리아 소년아, 너는 언젠가 아빠를 만나게 될 거야. 그럴 거라 확신해.

1943년 1월 1일

또 다른 해가 끝났고, 또 다른 해가 밝았다. 나는 열여섯 살이고 여전히 수녀원에서 살고 있다. 엔조와 나는 잘 지내고 있다. 우리는 서로를 돌본다. 더욱이 우리는 서로가 있어 즐거워한다. 나는 이제 외롭지 않다.

"세상에 맞서 싸우는 건 너와 나란다, 소중한 아가." 나는 그에게 속삭였다. "아빠가 오실 때까지 말이야. 아빠가 오실 때까지만."

수녀들은 엔조에게 그다지 관심을 기울이지 않는다. 나는 엔조를 가까이에 두고 다시 세탁실에서 일하고 있다. 엔조는 요람에서 꼼지락대거나 꺅꺅대고, 짧은 팔을 들어 마치 상상 속 바이올린을 연주라도 하듯 버둥거린다. 나는 할 수 있을 때면 엔조를 바닥에 내려놓고 아이가 기어 다니면서 세상 모든 것들을 탐색하는 모습을 지켜본다. 엔조가 웃을 때면, 나도 웃는다. 엔조가 울 때면, 이 아이가 다시 행복해질 때까지 꼭 안아준다. 저지레를 할 때면, 흠뻑 적신 깨끗한 천으로 닦아주고 티끌 하나 없도록 말끔히 씻긴다. 기저귀 때문에 세탁할 거리는 더 늘어났지만, 그 바보 같은 수녀들보다는 우리 아들을 뒷바라지할 때 훨씬 더 행복하다.

가끔은 나의 엔조를 팔에 안고 흔들어주기 위해 빨래를 던져버리기도 한다. '그대는 나의 태양(You are my sunshine)'이라든가 머릿속에 떠오르는 아무 노래나 부르고, 엔조는 내 노래를 좋아한다. 그는 손가락을 뻗어 내 엄지손가락을 꽉 잡고, 아니면 삐쭉 삐져나온 내 곱슬머리를 쥔다. 나는 예전의 절반밖에 일하지 못한다.

불쌍한 엔조는 장난감이 하나도 없지만, 지금은 내가 오래된 양말로 꼭두각시 인형을 만들어주었다. 나는 양말에 고양이 얼굴을 붙이기 위해 밤을 새웠다. 커다란 웃음을 띠고 풍성한 수염을 가진 고양이 얼굴이었다. 꼭두각시 인형을 손에 끼고 야옹 소리를 내면 엔조는 즐거워서 비명을 지른다.

또한 수녀원에 도서관이 있다는 것도 발견했다. 대부분은 종교 서적이지만 고전소설도 몇 권 있어서 좋다. 저녁이면 나는 아들을 무릎 위에 앉히고 조용히 흔들며 《아이반호》를 큰 소리로 읽어준다. 엔조는 크고 짙은 눈으로 나를 올려보다가 내 목소리에 진정이 되어서 폭 안긴다. 그러면 나는 잘생긴 아빠에 대한 모든 이야기를 들려주면서 언젠가 우리 셋이 이탈리아에서 함께 살면서 근사한 올리브를 먹을 것이라고 말한다.

33

패트릭

볼턴

뭐라고? 이게 끝이야? 더는 없었다. 그저 빈 종이들뿐.

나는 믿을 수가 없었다. 왜 갑자기 일기를 중단했을까? 정말 당혹스럽군. 할머니는 그 아기를 사랑했고 완전히 푹 빠져 있는 것처럼 보였다. 그러나 나는 어느 순간 할머니가 아이를 포기하고 입양 보냈다는 것을 알고 있다. 빌어먹을, 도대체 왜……?

내 머릿속이 계속 빙빙 돌았다. 할머니가 남극에서 돌아오면 만나러 가서 그 후의 이야기를 들려줄 수 있는지 꼭 물어봐야겠다. 나는 여자를 전혀 이해할 수 없다.

34

베로니카

로켓섬

내 시들시들한 늙은 심장에 무슨 일이 벌어졌다. 70년 동안의 휴지 상태에서 벗어나 다시 깨어난 것처럼 보였다. 작고 동글동글하고 폭신한 펭귄이 계속 함께하기 때문이라고 생각하지 않을 수 없다.

사실 나는 내가 사랑하려고 했던 것보다 훨씬 더, 받아들이려고 준비했던 것보다 훨씬 더 펭귄 패트릭을 사랑하게 되었다. 녀석을 공동육아하며 테리와도 더 가까워졌다.

12월 26일 저녁이었다. 내가 모두를 로켓섬에 남겨두고 스코틀랜드를 향해 떠나야 하는 날이 얼마 남지 않았다. 테리는 내 침대에 걸터앉아 있고, 꼬마 패트릭은 양쪽 날개를 쭉 편 채 내 무릎 위에 늘어져 있었다. 우리는 방금 녀석에게 저녁 식사로 으깬 생선튀김을 주었고, 녀석은 순수하고 더없이 행복한 표정을 지었다.

테리는 빈 접시를 집어 들었다. "이제 가서 작업을 좀 해야겠어요."

"아뇨, 아직 가지 말아요!"

그녀는 접시를 내려놓고 흥미롭다는 듯 나를 쳐다봤다.

나는 완전히 새로운 느낌에 사로잡혀 버렸다. 테리와 펭귄 모두에게 솔직하게 털어놓고 싶은 바람이 생긴 것이다. 나는 기분대로 하기로 마음먹었다. 잃을 게 뭐가 있는가?

나는 느릿하고 침착한 목소리로 말을 시작했고, 조심스레 문장을 만들어갔다. 내 입 밖으로 나올 수 있을 것이라 상상하지 못했던 이야기들을 했고, 더비셔와 던워 홀로 피난 갔던 이야기를, 마거릿 고모할머니의 이야기를, 소위 친구였던 재닛과 노라의 이야기를, 내 부모의 끔찍한 죽음에 관한 이야기를 털어놓았다. 해리와 조반니에 대해서도 이야기했다. 십 대 시절에 임신했고, 결국에는 수녀원으로 강제로 가게 되었다는 이야기도 털어놓았다.

패트릭은 뒤뚱거리며 내가 이토록 말을 많이 한다는 데에 흥미로워했다. 너무나 흔치 않은 상황이었으니까. 패트릭은 옆으로 굴러 한쪽 눈으로 나를 바라보았다. 녀석의 발이 내 무릎 위에서 미끄러졌고, 무의식적으로 내게 가까이 다가온 테리는 다정하게 그를 들어 자기 무릎에 올려놨다. 패트릭은 우리 둘을 다리처럼 잇고 있었다.

나는 말하면서 테리를 보지 않았다. 그게 더 쉬웠으니까. 대신 꼬마 펭귄에게 눈을 고정하고 손가락 하나로는 멍하니 그 가슴팍을 어루만졌다. 나는 어리고 간절한 패트릭의 얼굴에서 위안을 구했다.

다음 이야기를 하기는 어려웠다.

나는 내 아기에게 벌어진 일을 누군가와 나눌 수 있을 거라 생각한 적이 없었다. 어쩌다 보니 지금 남극반도 로켓섬에 있는 연구센터에서, 안경 쓴 과학자와 아주 작은 펭귄 앞에서 이야기하게 됐다. 나와는 상관없이 이 서사는 자신만의 흐름을 획득했고, 결론에 이르고 나서야 잠잠해졌다.

나는 엔조에 대해 이야기했다. 그 아이가 내게 어떤 의미였는지, 가장 작은 부분조차 표현할 수 없는 짤막하고 단편적이고 얼음처럼 차가운 말투로 전한 이야기였다.

"1943년 2월 24일 엔조는 요람에서 깊이 잠들어 있었어요. 그 목소리를 들었을 때, 나는 더러워진 옷을 삶느라 바빴어요. 비음 섞인 낯선 억양의 쾌활하고 큰 목소리였어요. 방문을 마치기 전에 몇 가지 약초 견본을 보고 있다는 이야기를 하는 것 같았죠. 아멜리아 수녀는 이 사람들을 데리고 복도를 지나쳐 정원 안뜰로 나가고 있었어요. 나는 수증기가 빠져나갈 수 있도록 세탁실 문을 활짝 열어뒀었죠. 바보 같아요. 바보 같은 나. 문을 열어두다니…… 그 사람들이 아기를 보게 하다니…… 내가 그 문만 닫았어도……."

나는 마음을 추스르고 이야기를 계속했다. "그 사람들이 얼굴을 들이밀었어요. 남자와 여자였는데, 나보다 훨씬 나이가 많았죠. 나의 꼬마 엔조를 보았을 때 놀랍고도 기쁜 표정을 지었어요. 엔조는 자기 담요를 끌어안고 자고 있었거든요. 그 사람들은 아기를 안아봐도 되냐고 물었어요. 나는 마지못해 그러라고 했죠. 어찌 알았겠어요? 나는 너무나 무지했지요! 그 사람들은 엔조를 안아 올리고 뭐라고 속삭였어요. 엔조는 입을 오므리고 미소를 지었어요. 사랑스러운 미소를…… 그 사람들이 넋을 잃고 너무나 오래 들여다보던 그 미소를요. 그러다가 2주 후에…….”

나는 그 자리에서 다시 과거로 돌아갔다. 1943년 3월 11일. 상처가 있지만 강한 열여섯 살의 엄마. 그때까지 그 모든 일을 겪었어도 여전히 희망과 꿈에 가득 차 있던 그 소녀. 오늘 오후는 약간 지친 느낌이었지만, 혈관을 타고 열의가 흘렀다. 나는 빨래 짜는 기계에 수녀들의 옷가지를 넣고, 천천히 핸들을 돌리면서 원통이 빙글빙글 돌며 물줄기가 양동이로 쏟아져 나오는 모습을 지켜보느라 분주했지만, 마음은 온통 엔조에게 쏠려 있었다. 아멜리아 수녀는 의사가 아기의 새로 난 젖니를 검사하러 왔다면서 서재로 엔조를 데려갔다. 어떤 이유인지 모르게 나는 불편한 기분이 들었다. 선반의 도르래를 내린 뒤 빨래를 말리려고 꺼내서 펼쳤다. 두 번째 옷도, 세 번째 옷도, 네 번째 옷도 똑같이 했고, 곧 축축한 검은 그림자들이 줄지어 내 앞에 걸렸다. 다섯 번째 옷을 꺼냈을 때 나는 불현듯 엔조의 이에 문제가 생겼을지도 모른다고 걱정하기 시작했다. 아홉 번째 옷을 꺼냈는데도 여전히 엔조가 돌아오지 않았다. 나는 겁에 질려 어쩔 줄 몰랐다. 흠뻑 젖은 빨래들과 빨래 짜는 기계, 선반을 내팽개치고 수녀원 안을 질주했고, 서둘러 계단을 올라 서재로 향했다. 고요한 그곳에는 텅 빈 책상과 장식 없는 벽뿐이었다. 나는 쿵쾅대며 전속력으로 계단을 달려 내려왔다. 복도에서 바로 아멜리아 수녀와 마주쳤다.

"엔조는 어디 있어요?" 목이 메 날카롭게 다그치는 내 목소리가 들렸다.

아멜리아 수녀는 천천히 고개를 저었다. 그녀는 가슴에 걸린 은십자가를 두 손으로 감싸고 있었다.

나는 미쳐 발광하며 그녀를 노려보았다. "내 아기에게 무슨 짓을 한 거예요?"

그러자 그녀가 말을 해주었다.

복도 전체로 내 비명이 울려 퍼졌다. 내 아기.

내 아기.

35

베로니카

로켓섬

"저런! 아, 베로니카!"

테리의 울부짖음에 깜짝 놀란 펭귄 패트릭이 바닥으로 스르륵 미끄러져 내려갔다. 녀석은 두 발로 우아하게 착지해서 부리로 물건들을 쿡쿡 찌르며 어슬렁어슬렁 돌아다니기 시작했다.

"어떻게 참고 견딜 수 있으셨던 건가요?" 테리가 물었다. "부인의 아기를 빼앗긴 거잖아요."

어떻게 참고 견뎠느냐고?

"선택권이 없었어요." 나는 대답했다. "수녀들은 그게 최선이라고 했어요. 자기들이 올바른 일을 했다고 믿었죠. 그들 눈에는 그날 방문했던 부부가 아이를 절실하게 바란다는 사실이 하나님이 주신 기회로 보였던 거예요. 어쨌든 수녀들은 우리를 어떻게 해야 할 것인지 고민했을 거예요. 그곳에서 우리를 영원히 돌봐줄 수는 없었고, 나는 아기를 혼자 돌볼 수 없는 처지였으니까요. 내겐 돈도, 직업도, 남편도, 미래도 없었어요. 수녀들은 아들이 훌륭한 기독교 집안으로 갔다고 저를 설득했어요. 수치스러운 십 대 소녀인 나와 함께 있는 것보다 훨씬 훨씬 더 좋은 삶을 누릴 거라고요. 내가 생각하기에도 수녀들이 옳았어요. 그 당시에는 모든 것이 달랐거든요. 지금 당신이 상상할 수 있는 것과는 완전히 달랐어요."

테리는 1940년대에 여자아이가 남편도 없이 아기를 가지는 것이 어떤 의미였는지 몰랐다. 여자아이의 인생은 모든 면에서 망가져 버린다. 수치심이 꼬리표처럼 붙어서 절대로 떨어지지 않고, 나병처럼 그 일부가 된다. 사람들은 그 여자아이를 만지지도, 말을 섞지도 않으려고 길을 건너가 버린다.

"하지만 수녀들이 부인을 속였잖아요!" 그녀가 분개하며 외쳤다.

"수녀들은 그렇게 하지 않으면 내가 절대로, 설사 죽는 한이 있어도 아기를 아무 곳으로도 보내지 않으리라는 것을 알고 있었으니까요."

나는 피부에 맞닿아 있는 로켓을 의식했다. 내 안 깊숙한 곳에 있는 동굴 속에서는 뭔가가 녹은 용암처럼 들끓으면서 밖으로 나갈 길을 찾으려 애쓰고 있었다.

엔조를 빼앗긴 뒤의 내 인생을 짤막하게 설명하는 동안 테리는 얼이 빠져서 귀를 기울였다. 나는 어떻게 수녀원에서 탈출해서 지역 은행에서 일자리를 얻고 승진할 수 있었던가. 그 누구도 내게 일어난 일들을 모르고 있었다. 나는 전쟁 전이나 도중에 알았던 사람들의 연락을 피했고 다시는 마거릿 고모할머니와 만나지 않았다.

나는 아들을 찾으려고 몇 년에 걸쳐 여러 차례 시도했지만, 그 당시 입양 법령에 따르면 생모가 자식을 찾는 것은 불가능했다. 게다가 엔조의 양부모는 아이의 이름을 바꾸고 자신들의 신분을 비밀에 부치기로 수녀들과 합의했다. 나는 돈이 결부됐을 거라 믿지만, 어쨌든 수녀들은 내게 그 어떤 정보도 주지 않았다. 10년 후 같은 수녀원에 요청했을 때조차 그들은 엔조가 입양된 가족의 정보를 잃어버렸다고 우겼다. 나는 엔조가 크면 스스로 나와 연락할 방법을 찾아낼 것이라는 희망을 품고 살았지만, 그런 일은 벌어지지 않았다. 이 희망과 꼭 닮은 다른 하나는 조반니가 어느 날 내게 돌아오리라는 것이었다. 그가 여전히 살아 있고 여전히 나를 사랑한다면, 분명 나를 찾으러 오지 않을까? 우리가 결혼한다면, 엔조를 찾을 수 있는 확률은 훨씬 높아질 거야. 하지만 세월이 흐르고 두 희망은 정보의 부족으로 사그라지고 결국 사라져버렸다.

창백하고 깡마른 모습도 발그레한 뺨의 열정적인 모습만큼이나 내게 잘 어울렸나 보다. 나는 수많은 남자의 관심을 한 몸에 받았다. 나는 그럴 때마다 뒷걸음질 쳤고, 차가운 여자라는 평판 외엔 아무것도 얻은 것이 없었다.

그러나 포기하지 않는 남자가 있었다. 많은 여성을 정복했던 그는 나를 만난 첫 순간부터 반드시 나를 가지겠다는 목표를 정했다. 그 의지는 은행으로 걸어 들어오던 그의 태도 전체에서 명백하게 풍겨왔고, 그는 매일 찾아와 내게 추파를 던질 핑곗거리들을 찾아냈다. 은행에서 일하기 시작한 후, 무의미한 금융거래를 그렇게나 많이 본 것은 처음이었다.

"휴 길퍼드 차트는 매력적이고 결단력 넘치는 미남이었어요." 나는 테리에게 말했다. "여러 가지 면에서 그는 유명한 자산가보다 강했고, 내 허영심을 채워주었어요. 내 퉁명스러운 태도와 계속된 거절을 신경 쓰지 않았고, 사실 그런 걸 좋아하는 것처럼 보였죠. 어쨌든 내게 칭찬을 퍼부었어요. 칭찬은 언제나 좋잖아요." 나는 그런 것에 면역이 없었고, 내가 감정을 무시하는데도 계속 관심을 가져주는 남자가 있다는 것은 더할 나위 없이 기쁜 일이었다. 그때는 내가 조반니를 본 지 12년이 흐른 뒤였다. 나는 조반니가 절대로 돌아오지 않을 것임을 알았다.

"나는 휴를 사랑하지 않았어요. 하지만 끌렸죠. 그가 샴페인과 다이아몬드, 파리의 호사스러운 호텔 여행을 준비해 프러포즈하자, 음, 결심하는 건 어렵지 않았어요. 프러포즈를 받아들였죠. 완벽한 결혼생활을 기대하지 않았지만, 그가 제공해 주는 안정감에 감사했어요."

"그는 실질적으로 내 삶을 너무나도 많이 개선해 줬어요. 호화로운 생활방식과 여러 가사도우미, 이국적인 곳에서 보내는 휴가를 누리게 됐죠. 나는 남편의 일에도 관심을 기울였어요.

돈과 투자와 부동산에 관한 책을 읽어가며 혼자 공부를 했거든요. 내가 영리한 사업적 통찰력을 가진 것을 보고, 남편은 자기 사업 중에서 농업 분야를 맡겼어요. 내 주된 역할은 시골집을 사서 임차인들에게 빌려주는 것이었어요."

"불행히도 남편은 나뿐만 아니라 모든 여자를 사랑했어요. 결혼한 지 일 년 후 그는 처음으로 바람을 피웠어요. 나는 단번에 알아챘어요. 남편은 추잡스럽게도 자기 흔적을 지우려고 했지만, 그 여자는 립스틱 자국과 레이스 가터를 남겨놨거든요. 여자는 남편의 비서였어요. 흔하고 진부한 이야기예요. 놀라지는 않았지만 역겨웠어요. 비서에게 질린 다음에도 남편의 바람은 썩은 나무에 꼬인 쥐며느리처럼 수없이 많았어요. 나는 지긋지긋했고, 8년 동안 남편의 거짓말과 배신을 참고 참은 뒤 이혼소송을 제기했어요. 은행에서 일한 경험 덕에 나는 그가 저지른 금융 사건의 아주 작은 부분까지 알고 있었고, 거기에서 도움을 얻었어요. 그래서 지방 부동산을 상당량 확보할 수 있었어요."

"그다음에는 부동산 대부분을 처분했어요. 그렇게 수백만 파운드를 손에 넣게 된 거예요." 나는 테리에게 설명했다. "몇 년간 저는 현명하게 투자했고, 나 자신에게는 거의 돈을 쓰지 않았어요." 어쨌든 나는 쓴 돈이 얼마 안 된다고 정리했다. 에일린이나 테리보다는 훨씬 더 많이 썼겠지만 말이다.

"다시 결혼하겠다는 생각은 절대로 하지 않았지요."

테리의 두 눈은 공감으로 가득 찬 호수 같았다. "뭐라고 비난

할 수가 없네요.”

“몇 년 후 제 아들에 대한 소식을 듣게 됐어요. 입양한 가족의 사촌이 나를 알아낸 거예요. 하지만 알게 된 건 아이의 죽음뿐이었어요.”

나는 그날을 똑똑하게 기억한다. 우편함을 살피다 이제는 조 풀러가 된 엔조의 인생을 요약한 세 장의 편지를 받게 된 그 날. 아들이 등반 사고로 죽었다는 것을 알게 됐고, 아이와 가까워질 가능성은 영영 사라져버렸다.

테리는 소매 끝으로 눈가를 훔쳤다. “명복을 빌어요. 부인께선 그토록 많은 일을 겪어왔군요! 하지만 베로니카, 당신은 절대로 울지 않는군요.”

“안 울어요.”

사실이었다. 나는 마거릿 고모할머니가 우는 건 나약한 짓이라고 말한 그 날 이후, 단 한 번도 울지 않았다. 나는 나약해지고 싶지 않았고 여전히 나약해지고 싶지 않다. 나는 언제나 나약함을 경멸해 왔다.

“절대로 울지 않다니요! 그런 건 불가능해요. 어떻게 그럴 수 있을까요?” 그녀가 큰 소리로 코를 훌쩍이며 물었다.

“다년간의 연습 덕이에요.” 나는 그녀에게 말했다. “한 해, 또 한 해요.”

나는 다시 이야기를 시작했다. “편지에 따르면 엔조에게 아이가 없다고 했고, 나는 그걸 의심할 이유가 없었어요. 하지만 최근에 그 양가족의 사촌이 이렇게 확실하게 알 리가 없다는 생각이 번뜩 들었고, 다시 한번 확인해 보기로 했어요. 그렇게 손자 패트릭을 찾게 된 거예요."

또 다른 패트릭이 자기 이름을 알아듣고는 방을 돌아다니다 멈춰 서서 나를 올려다봤다. 나는 패트릭에게 손을 뻗었고 녀석은 가만가만 다가와서 머리를 내 손가락에 문질렀다. 그 촉감이 좋았고, 작고 뾰족한 부리와 헝클어진 아기 새의 솜털이 좋았다.

"모든 세월을 거쳐 손자를 발견하고 정말로 감격하셨겠군요." 테리는 내 고통스러운 이야기 끝에 한 줄기 빛을 찾았다고 확신하며 외쳤다. 그녀는 나와 손자가 영원히 행복한 나라에 살게 됐다고 굳게 믿고자 했다.

나는 그녀의 말에 답하지 않았다. 기묘한 냉기가 피부 아래서 꿈틀거리며 마치 겨울 안개처럼 나를 차갑게 식혀버렸다.

혼자 있고 싶었다.

펭귄 패트릭은 평화롭게 잠들었다. 한쪽 발은 살짝 들려져 슈트케이스 가장자리로 튀어나왔다. 가슴팍은 숨을 쉴 때마다 오르내렸고, 살짝 벌린 부리에서 펭귄 특유의 코 고는 소리가 꼴록꼴록 흘러나왔다.

나는 천천히 몸을 폈다. 모든 것이 변했다. 과거가 다시 모습을 드러냈고, 나의 아빠, 엄마, 조반니, 소중한 아들 엔조의 기억들이 내 의식 속에서 고통스럽게 싹을 틔웠다. 다시는 찾을 수 없었던 내 어린 아들은 엄마 이름을 부르는 법을 알기도 전에 떠났고, 내가 자기를 얼마나 원하는지 알기도 전에 죽어 버렸다.

나는 얼마나 그들을, 그 삶을 그리워했는가. 내가 너무나, 너무나 빨리 빼앗겨 버린 그 삶. 나는 폐부 깊숙한 곳이 옥죄어 오는 기분을 느꼈다.

이 방은 너무 작았다. 폐쇄공포증이 일었다. 숨이 막혀버릴 것 같았다.

멀지 않은 곳에 끝없이 펼쳐지는 남극 하늘 아래로 아델리펭귄의 넓은 군집지가 나를 기다리고 있었다. 펭귄들이 도와줄 거야, 나는 확신했다. 펭귄들은 인간들이 혼란스럽게 고군분투하는 것을 초월하는 고대의 지혜라는 이미지를 가지고 있다. 나는 바깥에 나가 펭귄들과 함께 있어야만 했다. 오직 나 하나, 베로니카 맥크리디와 자연의 힘과 5천 마리의 펭귄들만. 그 외에는 필요 없었다.

디트리히가 컴퓨터실에 있었다. 테리와 마이크가 부엌에서 대화를 나누는 소리가 들려왔다. 나는 조용히 재킷을 입고 머클럭을 신었다. 지팡이를 쥐었지만, 이번에는 거추장스럽게 핸드백을 들지 않았다. 가장 부드러운 발걸음으로 슬금슬금 밖으로 나갔다.

차가운 바람이 내 얼굴을 향해 눈가루를 날렸다. 나는 가능한 한 빠르게 걸어서 기지에서 멀찍이 떨어졌다. 뒤돌아보지 않았다. 숨이 가빠왔고 차가운 공기 속에서 입김이 피어올랐다. 힘을 내어 언덕을 올랐다. 발걸음을 옮길 때마다 지팡이에 무겁게 몸을 의지해야 했다.

얼굴이 얼얼해졌다. 그 어느 때보다 추웠다. 하늘은 낮았고, 어두컴컴한 구름으로 뒤덮였다. 바람은 앞으로 나아갈수록 더욱 거세졌고, 귓가에서 휙휙 소리를 내며 나를 공격해 왔다. 하지만 나 역시 맹렬한 내면의 힘으로 나아가고 있었다. 나는 펭귄들을 만나야만 했다. 홀로 펭귄들과 남아야만 했다. 나는 한 발 한 발 움직였다. 다시, 또다시, 또다시. 폐의 저항에도 굴하지 않고 나는 언덕 꼭대기에 도착했다.

그리고 그곳에 있었다. 저들이 내 앞에 펼쳐져 있었다. 거대하게 물결치는 생명의 무리. 엄마와 아빠와 부부와 아기 들이 이루는 흑백의 왕국.

나는 언덕을 내려가 어둑어둑한 눈보라 속에서 펭귄들 사이를 걸었다. 일부는 나를 바라보기 위해 고개를 들었지만, 대부분은 아랑곳하지 않고 자기 할 일에 계속 집중하고 있었다. 함께 서로를 보호하고, 함께 부양하고, 함께 떠들며, 함께 자는 펭귄들.

이거구나, 나는 깨달았다. 이것이 펭귄들의 삶의 목표로구나. 내 삶에는 저 '함께'라는 것이 빠져 있었다. 내가 가진 유일한 존재는 은제품 속에 간직된 채 줄 끝에 매달려 내복 아래 내 살갗을 누르고 있었다. 네 가닥의 머리카락.

슬픔이 폭풍처럼 내 안을 휩쓸었다. 갑자기 나는 바람과 함께 울부짖고, 뜨거운 슬픔의 눈물을 흘리기 시작했다. 눈물은 내 안 깊숙한 곳에서 세찬 급류처럼 격정적으로 분출되어 나왔다. 내 안에 그토록 많은 눈물이 있었는지 미처 몰랐다.

숨을 쉬기 점차 어려웠다. 갈비뼈 안쪽으로 이상한 일이 벌어지고 있었다. 커다란 설산이 변하기 시작하는 듯한 차가움이 느껴졌다. 그러다가 예고도 없이 내면의 큰 덩어리가 쪼개져 정확히 중앙을 따라 갈라졌다. 고통이 커다란 낫처럼 나를 베었고, 나는 날카로운 비명을 질렀다. 추진력을 얻은 고통은 멈추지 않았다. 산산이 부서진 얼음은 바늘과 같은 파편 수천 개가 됐고, 내 몸을 갈기갈기 찢었다. 나는 바닥으로 쓰러지고 말았다.

36

패트릭

볼턴

보통 월요일 아침 출근 전에는 컴퓨터를 켜지 않았다. 적어도 아침 6시 반에는 그랬다. 하지만 수면 패턴이 이상해지고 말았다. 아래층 커플들은 서로 날카로운 소리로 싸우고 쿵쿵거리고 돌아다녀서, 엄밀히 말하면 푹 쉬는 데 도움이 되지 않았다. 게다가 나는 할머니에 대한 생각을 멈출 수가 없었다.

일기장에 더 자세한 이야기가 있을 거라 생각했다. 아기 엔조, 나의 아버지 엔조에게 무슨 일이 생긴 건지. 내게 피부색을 물려준 그 남자. 또 어떤 특징을 물려줬는지 그 누가 알까. 나는 할머니가 그를 포기하고 입양을 보냈다는 것은 알았지만, 이해가 되지 않았다. 일기장을 보면, 할머니는 놀라울 정도로 아기를 사랑하는 것 같았다. 수녀나 다른 누군가에게 설득을 당해 입양을 보내는 그런 나약한 아가씨도 아닌 것 같은데.

머릿속으로 완전히 비참한 생각이 요동쳤고 아래층에서 올라오는 소음들과 합쳐져서 도저히 잘 수가 없었다. 침대에서 일어나 앉아 인터넷 서핑을 하면서 정신을 다른 곳으로 돌리려고 애썼다. 전기회로와 LED 전등에 관한 몇 가지 재미있는 웹사이트들을 돌아다녔고, 다리의 구조에 관한 유튜브 영상을 몇 개 보았다. 이제는 잠에서 깨어날 시간이었다.

컴퓨터를 끄기 전에 이메일을 확인했고, 이게 뭐람, 펭그룹4앤트에서 온 이메일이 하나 있었다. 나는 핸드백이 또 펭귄에게 공격을 당했는지 궁금했다. 아니면 할머니의 최근 임무인 입양한 어린 펭귄에 관한 이야기일 수도 있지. 하지만 전혀 예상치도 못했던 소식이 나를 기다리고 있었고, 갑자기 속이 메슥거렸다.

"무슨 일이야, 친구?"

나는 미소를 지으며 냉정을 유지하려고 했지만, 개브를 속일 수는 없었다. 나는 그에게 할머니에 대해 말했다.

"편찮으시다고?"

"응. 심각하게 안 좋은 상태래. 곧 돌아가실 수도 있다네."

그는 내 어깨에 손을 올렸다. "안타깝구나, 친구야. 쉽지 않겠어. 네가 할머니와 가까워지려고 애썼을 때처럼 말이야."

약간은 찔렸다. 나는 할머니를 알지 못했다. 고작 두 번 만났을 뿐이었다. 그 일기장을 읽으며 십 대 소녀였던 할머니의 머릿속에 들어갔다 나왔지만.

“할머니는 지금 세 명의 과학자랑 그놈의 5천 마리 펭귄들이랑 같이 남극에 있어. 정말 희한하지!” 나는 농담처럼 말하려고 애썼지만, 둘 다 웃지 않았다.

“가혹하네.” 그가 말했다.

나는 삼각형 광고판을 끌고 나가서 가게 앞에 세워둔 후, 다시 돌아와 오늘 수리할 목록을 살폈다.

“거기로 갈 거야?” 개브가 물었다.

나는 그를 멍하니 쳐다봤다. “뭐라고?”

“거기 갈 거냐고? 남극으로. 할머니에게 작별 인사 하러.”

“겨우 첫인사를 한 사이인데.” 나는 이점을 언급했다. 얼마나 희한한 생각인가. 내가 남극이라니!

“뭐, 그렇게 이상한 생각은 아니야.” 그가 내 생각을 읽은 듯 말했다. “그분은 네 할머니잖아. 너는 유일한 가족이고.”

“이봐, 친구. 그건 현실적이지 못해. 세 가지 이유가 있다고. 하나, 할머니는 내가 그곳에 오길 원치 않을 거야. 둘, 내가 그곳에 도착할 때까지 버티지 못하실 거야. 셋, 나는 돈이 없어. 넷, 나는 추위를 못 견뎌.”

“그렇다면 네 가지 이유네.”

우리는 평소처럼 아침나절을 보냈다. 다섯 명의 가족이 와서 혹시 전기자전거 할인 판매를 할 예정이 있는지 알고 싶어 했다(할인판매는 계획에 없었다). 우리는 별거 아닌 제품 몇 가지를 팔았다. 한 청년이 오더니 자전거 자물쇠용 열쇠를 잃어버렸다면서 새로운 잠금장치를 사기보다는 그에 맞는 새 열쇠를 사고 싶어 했다. 자물쇠와 열쇠 전체가 보안장치고 그의 오래된 자물쇠에 맞는 똑같은 열쇠는 없다는 것을 설명하는 데 꽤 오랜 시간이 걸렸다. 이런 경우라도 우리는 자물쇠나 열쇠를 따로 팔지 않는다. 내가 계속할 의지를 잃어갈 때쯤 개브가 끼어들었다. 이 사람은 어찌나 장사 수완이 좋은지.

나는 가까스로 집중했지만 집중력을 오래 유지할 수 없었다. 솔직히 말하자면 대부분은 집중할 수가 없었다. 나는 할머니에게 뭔가를 말해줄 수 있으면 하고 바랐다. 개인적으로 한 번만 만나서, 그냥 말을…… 음, 무슨 말을 해야 할지 알 수 없었지만 뭔가를 말하고 싶었다.

"아직도 할머니 생각이야?" 점심을 먹으려고 샌드위치를 꺼내는데 개브가 물었다.

"응, 그런 거 같아. 할머니를 더 빨리 알았으면 좋았겠다는 생각이 자꾸 들어. 질문을 더 할 수 있었다면 하고 말이야. 이제 나는 무슨 질문을 해야 할지 알고 있으니까. 그리고 할머니가 더 가까이에 계셔서 내가, 그러니까 그 전보다 우리 사이를 더 낫게…… 그러니까…… 넌 무슨 말인지 알겠지."

"할머니께 작별 인사를 하고 싶구나."

"그럴 수 있으면 좋겠지." 나는 인정했다. "하지만 돈 문제도 그렇고 그래. 겨우 월세나 내는걸. 거기에 가려면 적어도 천 파운드는 들 거야."

"돈이 있으면 남극까지 가겠다는 거잖아? 네가 아무리 추운 게 싫어도 말이야."

나는 끄덕였다. "제기랄, 난 그렇게 했을 거야. 네 말대로 유일한 내 혈육이니까. 막 할머니를 찾았는데 이제 잃게 됐어. 내가 알게 된 것보다 할머니는 더 많은 모습을 가졌어. 그리고 내 기분에 우리에겐 아직 해결하지 못한 숙제가 있는 거 같아."

개브는 오래도록 나를 바라봤다. "패트릭, 이 친구야. 둔감하게 굴어서 미안해. 하지만 이제 너는 곧 백만장자가 될 거야."

그런 생각을 추호도 하지 않았다고는 못 하겠다. 하지만 그 생각을 다시 몰아냈다. 왜냐하면 음, 솔직히 너무 허황된 생각이기 때문이다. 어쨌든 미리 김칫국부터 마시지 않을 것이다.

"할머니가 내게 수백만 파운드의 재산을 남길 거라 생각하는 거니?"

"응."

"이봐, 정신 차려. 할머니는 나를 싫어한다고."

그는 고개를 저었다. "나는 그렇게 생각 안 해. 너는 공항까지 가서 할머니를 보는 노력을 쏟았잖아, 그렇지? 할머니는 인정하지 않았어도 그 점에 감동하셨을 거야. 그리고 네게 그 일기장을 보내셨지. 네 말대로 그 일기장에는 자물쇠와 비밀번호가 걸려 있었고, 그러니 그건 할머니가 온 세상 사람들에게 다 까발리려고 했던 내용은 아닌 게 분명하지. 그러고 나서 네게 비밀번호를 보내셨어. 누구도 그 일기장을 본 적이 없어. 네 말대로, 심지어 그 충성스러운 도우미도. 잘 생각해 봐, 패트릭. 할머니가 네게 재산을 남길 게 뻔해!"

그럴듯한 말이었다. 미쳤군! 백만장자가 된 나라니, 남극에 있는 나보다 더 특이하잖아. 나는 설레는 마음으로 살짝 허공에 뛰어올랐고, 개브가 손바닥을 맞부딪칠 수 있도록 손을 내밀기에 우리는 하이파이브를 했다.

하지만 그 시간은 오래가지 않았다. 나는 그 추운 곳에서 할머니가 돌아가시려 한다는 생각을 하고 싶지 않았다.

"들어봐, 개브. 나는 할머니를 꼭 만나고 싶어. 네가 도와줄 방법이 있을 거라 생각하지는 않지만……."

"친구야, 뭐? 빨리 말해."

돈이 문제였다. 나는 아무것도 확신할 수 없었다. 할머니는 괴짜인 데다 충동적이라는 점은 잘 알 수 있었다. 내게 유산을 남길 수도 있지만, 돌아가시면서 보육원 같은 곳에 남길 수도 있었다.

내 입에서 그 말이 튀어나왔다. "혹시, 음, 비행기푯값을 빌려줄 수는 없겠지, 있으려나?"

개브가 등을 찰싹 때렸다. "당연히 되지, 이 친구야. 네가 안 물어볼까 봐 걱정했어!"

세상에, 내가 뭘 하는 거지? 나는 완전히 멍청이인가? 할머니의 유산이 고아들에게 돌아간다면 개브에게 그 돈을 어떻게 갚을 것인가?

"넌 더 생각해 봐야겠지." 나도 모르게 말이 나왔다.

개브는 그런 친구가 아니었다. "아니, 괜찮아, 친구. 사실

타이밍이 기가 막히네. 엄마의 유산을 막 상속받았거든. 좋은 곳에 쓰고 싶어."

우리는 몇 차례 더 옥신각신했다. 나는 진지하게 할머니가 내게 1페니도 남기지 않을 거라 생각했고, 개브에게 빚을 지고 싶지 않았다. 그러나 개브는 아무도 막을 수 없는 독불장군이었다. 앞으로 20년 동안 언제든 갚으면 된다나. 할부로든 뭐든. 전체적으로 그다지 큰돈이 아니라고도 했다. 또한 자전거 가게는 내가 아니었으면 절대로 버티지 못했을 테니 어쨌든 자기가 내게 큰 빚을 지고 있다고도 덧붙였다. 파격적인 제안이었다.

개브의 이야기를 들으면서 나는 점점 남극으로 떠나는 생각에 빠져들었다. 스스로가 영웅처럼 느껴지기도 했다. 나, 용감한 패트릭은 어느 노부인의 소란한 영혼에 평화와 화합을 가져다주기 위해 용감한 모험에 착수하리라. 그러다가 문득 떠오르는 생각이 있었다.

"이봐, 잠깐만. 꼬마 데이지는 어떻게 하고? 이 돈을 데이지를 위한 최신 치료에 써야 하는 거 아냐? 어떻게 해서든 그 애를 낫게 할 방법이 있다면, 그게 나를 지구 끝으로 보내는 것보다 훨씬 중요한 거라고."

어차피 개브는 내 말을 듣지 않았다. 듣기로는 현재 데이지가 받는 치료 외에는 더는 시도해 볼 다른 방법이 없었다.

나는 여전히 죄책감을 느꼈다. "치료가 아니라 선물이라도 말이야." 데이지가 나 때문에 좋은 기회를 놓치는 게 싫었다.

"데이지는 선물도 엄청나게 많이 받았어. 더 사줄 돈도 엄청 많아. 그냥 입 닥치고 비행기표나 예약하라고!"

더 이상 입씨름을 벌이지 않으리라. 이제는 베로니카 할머니와의 관계를 바로 잡으리라.

남극아, 기다려!

37

베로니카

로켓섬

나는 작은 점들의 보기 흉한 집합체다. 작은 점은 하나하나 찌릿하고 따끔거리고 따가운가 하면 쓰라렸다. 어마어마한 두께의 담요들로 덮여 있지만 춥다. 너무나도 추워. 숨을 쉴 때면 공기가 내 안을 드나들 방법을 찾기 위해 고군분투하느라 쉰 소리를 내며 얕게 헐떡여야만 했다.

한 여자가 야단법석을 떨고 있었다.

“봐요, 베로니카. 여기 우리 꼬마 펭귄이 부인을 보러 왔어요. 이 꼬마는 볼 때마다 몸집이 더 커지고 활발해지네요. 아주 훌륭하게 자라고 있어요.”

나는 억지로 눈을 뜨려고 노력했다. 가느다랗게 뜬 눈꺼풀 사이로 빛은 마치 고문하듯 밝게 타올랐다. 형태는 알아볼 수 있었지만, 모든 테두리는 흐릿하게 보였다. 작고 보송보송한 형체가 뒤뚱뒤뚱 방을 돌아다니고 있었다. 손을 뻗어 만지고 싶었지만 그럴 수 없었다. 눈을 뜨고 있을 수가 없었다. 다시 밝은 빛 위로 셔터가 무겁게 닫혔다.

"베로니카, 부인도 아주 훌륭하게 잘하고 계세요." 내 눈꺼풀은 그 여자의 모습을 담을 만큼 오래 열렸다. 친숙한 얼굴이었다. 힘없는 금발 머리가 어깨까지 늘어져 있었고 안경 사이로 그 푸르고 슬픈 눈이 크게 확대되어 보였다.

거짓말쟁이로군. 나는 훌륭하게 잘하고 있지 않아.

그녀는 억지로 즐거운 척하며 말했다. "베로니카, 깜짝 선물이 있어요. 부인의 손자분이 올 거예요! 남극까지 그 먼 길을 올 거라고요. 부인을 보려고요."

단어들이 둥둥 떠다니다가 느리게 빙글빙글 돌았다. 그러다가 뭔가 구체적인 존재로 명확해졌고, 나는 그 의미를 이해할 수 있었다.

내가 어디 있는지, 왜 이러고 있는지 알았다. 이 여자는 남자 같은 이름을 가졌지. 내가 좋아하던 여자고, 친구로 생각했는데. 테리. 그래, 테리야. 남극 로켓섬의 과학자. 테리가 뭐라고 한 거지? 그녀의 말은 여전히 내 머릿속에서 메아리처럼 울리고 있었다. 테리는 내 손자가 나를 보러 온다고 했어.

손자라고! 세상에! 생각했던 것보다 내 상태가 더 안 좋은 모양이었다. 나는 입을 열어 "그 애에게 굳이 그러지 말라고 해주세요."라고 말하려고 했지만, 내 목구멍 뒤에 막혀서 입 밖으로 나오려고 하지 않았다.

죽는다는 건 이런 거로군. 이토록 수치스럽고 지루한 과정이라고 그 누가 알았을까? 빨리 끝내버리고 싶지만, 의심할 것도 없이 가능한 한 길게 질질 끌게 생겼네. 내 삶처럼 말이야. 얼마나 끔찍하게 지루할까.

어디선가 신음이 들렸다. 내 신음이었다.

눈썹을 덮은 머리를 뒤로 넘겨주는 손길을 느꼈다.

테리는 내 귀 가까이에서 부드럽게 이야기를 들려주었다. 그녀는 종잡을 수 없는 생각의 흐름에 따라 짧은 문장으로 띄엄띄엄 말했다. "곧 올 거예요. 우리는 또 다른 침대를 마련해야겠어요. 그분이 비좁은 환경 때문에 불편해하지 않으셨으면 좋겠네요. 어쨌든 임시변통으로 때워야만 해요. 그래도 그분을 만난다니 기뻐요. 저는 기대하고 있어요……. 그렇게 생각해요. 그분이 어떻게 하실지 궁금해요."

그녀가 그만 말했으면 싶었다. 대신 내 아기를 바닥에서 들어 올려 내가 그 솜털 같은 머리를 쓰다듬을 수 있게 해주었으면 했다. 죽기 전에 녀석을 꼭 다시 만져보고 싶다.

"베로니카, 꼭 힘을 내어 회복하셔야 해요. 부인의 손자를 위해서요."

손자라고? 아, 그 아이. 나는 그에 관한 뭔가가 기억나는 듯했다. 나는 어이없이 변덕을 부리면서 에일린을 시켜 그 애에게 내 일기장을 보내주라 했지. 심하게 어리석은 짓이었을까? 생각을 가닥가닥 나눠서 할 때면 머리가 깨질 듯이 아팠다. 누군가가 그 애가 온다고 하지 않았던가? 그 애가 여기 온다면 나는 소스라치게 놀라고 말 것이다. 그 애가 올 생각을 했다는 것만으로도 깜짝 놀랐는걸. 아마도 뭔가 오해가 있겠지.

뒤편에서 목소리가 크게 들려왔다. "캠프에 패트릭이 두 명이 되었다가는 얼마나 헷갈릴까 생각했어요. 우리는 1번 패트릭과 2번 패트릭으로 부를 수도 있겠어요. 우리의 폭신폭신한 작은 소시지가 이름을 바꿔야만 할까요? 어떻게 생각하세요, 베로니카?"

나는 조금도 상관없었지만, 그런 말을 할 수도 없었다.

"너를 어떻게 불러줄까, 소시지?"

그녀가 고민하느라 잠시 말을 멈췄다. 나는 멍한 상태로 빠져들기 시작했다. 머릿속에 패트릭과 숫자와 소시지 들이 한꺼번에 버둥대고 있었다.

테리가 다시 지껄이기 시작했다. "알았어요! 내가 생각해 냈다고요, 침대맡 탁자에 놓인 책은 《위대한 유산》이잖아요. 이 작은 소시지도 위대한 유산이 되길 바라고요. 그러니 이 책의 주인공을 따라 이름을 붙여줘야겠어요. '핍'이라고 불러야 해요." 그녀가 고개를 돌려 바닥에 있는 땅딸막한 등장인물의 이름을 바꿔 불렀다. "우리가 이제부터 너를 핍이라고 불러도 괜찮겠니?"

방구석에서 대답이 들려왔다. 그 자체로 '핍'처럼 들리는, 피리처럼 울리는 짧고 높은 울음소리였다.

"그럼 '예스'로 받아들일게!" 그녀의 말에서 애정이 묻어났다.

다시 정신이 들었다. 소시지도 펭귄이고, 패트릭도 펭귄이고, 핍도 펭귄이지. 다 같은 한 마리의 펭귄이야. 모두가 내게 소중해. 나는 내가 죽은 뒤에도 이곳 사람들이 녀석을 돌봐주기를 간절히 바랐다. 또 그럴 거라는 생각이 들었다. 테리는 어쨌든 도와주겠지. 다른 사람들은 남자였던 것 같다. 당장 그 남자들의 이름은 기억나지 않았다. 그들 역시 소시지 베이비 패트릭에게만큼은 약한 모습을 보였던 것이 기억났다. 이제 이 부드럽고 폭신한 녀석의 이름은 핍이었다. 부드럽고 폭신폭신한 핍, 커다란 눈과 커다란 발을 가진 핍. 열심히 집중한다면 들려오는 그 작게 꼼지락거리는 소리.

"안 돼, 핍, 베로니카의 슬리퍼를 그냥 놔둬."

내 슬리퍼를 가지고 뭘 하는 거지? 나는 보고 싶었지만, 눈을 뜨기가 너무 힘들었고 머리를 돌리기란 불가능했다.

한숨이 폐를 통해 빠져나가는 방법을 찾으려고 애썼지만, 그러지 못했다. 얕게 숨을 쉬는 것조차 쇠톱으로 내장들을 긁어내는 것 같았다.

아델리펭귄들을 위해 유산 문제를 미리 정리해 놓지 못한 것이 너무나 수치스러웠다. 미리 살폈어야 했다. 또다시 잘못 생각해 버렸다. 전 재산은 결국 손자에게 가버릴 것이다. 내가 전혀 원치 않은 결과다. 나는 내 재산이 가치 있는 명분을 위해 쓰이기를 바랐다.

켜켜이 쌓인 후회를 뚫고 다시 말들이 전해져왔다. "베로니카, 모든 게 미안해요." 그녀의 목소리가 애처롭고 절망적으로 들렸다. “부인은 먼 길을 거쳐 여기까지 왔고, 우리가…… 우리가 그런 식이었다는 게 후회스러워요. 저는 몰랐지만, 부인은 정말로 굳세고 강해 보였고…… 이렇게 될지 몰랐어요. 물론 부인은 우리에게 어려움을 주었지만, 동시에 신선한 기운을 불어넣어 주었어요. 저 혼자 그랬는지 모르지만…… 저는 부인이 좋았어요. 부인이 정말로 좋았고 여기 계속 머무시길 바랐어요.”

테리가 그렇게 과거형으로 말하는 것을 멈춰주길 바랐다. 전혀 예의 바르지 않았다.

“부인이 펭귄들에게 푹 빠졌을 때, 우리는 모든 면에서 너무나도 다르지만 한편으로는 닮은 영혼이라는 것을 알게 됐어요.”

그녀는 감성에 차올랐고, 눈물로 목이 메어왔다. 나는 이전까지 알아채지 못했던 것을 이제야 깨달았다. 테리는 외롭다.

“부인이 내게 이야기를 들려주었을 때 가슴이 찢어질 것 같았어요.” 그녀는 말을 이어갔다. “과거로 돌아가 그 옛날에 부인이 그토록 절실했던 시기에 친구가 되어주고 싶었어요. 부인이 부모님 때문에 비탄에 잠겨 있을 때조차 끔찍하게 굴었던 그 모든 사람이라니. 잔인하고, 잔인하고, 너무 잔인했어요. 부인은 너무나 어렸죠. 부인의 아기를 데려간 것은…… 그건 너무…… 모든 면에서 너무 큰 잘못이에요.”

내가 더 오래 견딜 수 있을지 모르겠다.

갑자기 저 멀리 방구석에서 덜컥 소리가 났다.

“어머, 패트릭!” 테리가 소리쳤다. “내 말은, 핍! 세상에 어디 올라가는 거니? 와, 베로니카, 한번 봐야 해요! 쓰레기통으로 기어들어 가서는 고개만 쑥 내밀고 있어요. 진짜 웃기는 모습이에요!”

38

패트릭

로켓섬

내가 왔다.

나, 패트릭이 여기, 남극에. 믿을 수 없군.

긴 여정이었다. 겨우 막판에 비행기를 탔는데, 사람들 사이에 끼어 비좁고 지루하고, 가혹한 시간이 흘러갔다. 그럼에도 마지막 부분, 배를 타고 가는 구역은 서사시 같았다. 다양한 모양과 크기로 둥둥 떠다니던 그 모든 빙하. 어떤 빙하는 크림치즈 덩어리 같았고, 어떤 빙하는 하얀 빵 조각 같았다. 어떤 것은 이처럼 날카로웠고 어떤 것은 결대로 조각조각 나뉘어서 마치 부서진 유리처럼 햇빛 아래 번쩍였다. 야생동물도 말도 안 되게 멋졌다. 바다표범은 바위 위에 축 늘어졌고 거대한 새들이 머리 위를 빙빙 돌았으며, 펭귄들은 물속을 빠르게 드나들거나 가장자리를 따라 대열을 맞춰 서 있었다. 거대한 혹등

고래도 한 번 나타났다. 아직도 믿을 수 없어 내 뺨을 꼬집어본다.

이제 나는 현지 기지인가 하는 곳에 와 있다. 할머니는 감사하게도 그곳에서 잘 버티고 계신다. 이런 모습의 할머니를 보는 것은 비참한 일이다. 할머니는 눈을 통해 내가 왔다는 것을 인지하는 듯했지만, 말을 못 하신다. 할머니가 나를 알아보시는지 아닌지 모르겠다. 확실히 말하기가 어렵다.

나는 과학자들을 통해 무슨 일이 벌어진 것인지 조금 더 알게 됐다. 할머니는 아무도 모르게 혼자 나가셨다고 했다. 이들이 알았더라면 특히 눈보라가 머지않아 닥칠 것으로 보이는 상황에서 절대로 허락하지 않았을 것이라고 했다. 가끔 마주치는 '걸리적거리는 것은 몽땅 다 쓸어버리는' 수준의 거대한 눈보라는 아니었지만, 상당히 심각했다. 과학자들이 극도로 공포에 질려 구급함을 들고 서둘러 나설 정도로 심했고 땅에 쓰러진 할머니를 발견했을 때 기지까지 살아서 돌아가지 못할까 봐 걱정할 정도로 심했다. 의사를 태운 헬리콥터가 네 시간 동안 출동하지 못했을 정도로 악천후가 기승을 부린 상태였다.

그럼에도 그들은 기지로 할머니를 데려왔고 훌륭하게도 할머니의 체온을 따뜻하게 유지하고, 응급처치를 했다. 마침내 이곳에 도착한 의사는 할머니가 저체온증과 폐렴에 걸렸다고 진단했고, 할머니는 엄청난 양의 페니실린 주사를 맞고, 항생제를 처방받았다. 할머니를 아르헨티나의 병원으로 후송하자는 논의도 있었지만, 옮기려고 시도하는 중에 할머니가 비명을 질렀고, 의사는 할머니가 쉴 수 있도록 내버려 두는 게 낫겠다고 판단했다. '쉴 수 있도록'이라는 말이 '하늘나라에서 편히 잠드소서'를 암시하는 것이었을까? 어쨌든 의사는 이들에게 할머니의 가족에게 연락을 해보라고 했고, 그래서 내가 여기 오게 된 것이다.

나는 과학자들이 약간 짜증이 났을 거라 생각한다. 처음에는 카레만큼이나 신랄하고 야생염소만큼 고집 센 여든여섯의 할머니를 받아야만 했고, 다음에는 혼자 나가서 위독한 상태에 빠져 버렸으니까. 그러다가 할머니가 떠날 때 타기로 되어 있던 배를 타고 대신 내가 도착해 버렸다. 세상에서 가장 어리석은 손자 놈이.

뭐랄까, 이 남극 삼총사 자체도 기묘한 무리였다. 내가 좋아하는 순서대로 소개하자면 테리와 디트리히와 마이크였다. 테리는 귀여운 타입이었다. 아무렇게나 뻗친 금발 머리는 모자 속에 쑤셔 넣고 있었고, 웃을 때마다 작은 보조개가 졌다. 눈도 반짝였다.

"테리라니, 당신이 남자라고 생각했어요." 테리가 자기를 소개하자마자 이렇게 먼저 말해버렸다.

"모두가 그래요." 그녀가 활짝 보조개 핀 미소를 지으며 말했다. "뭐, 그랬으면 더 좋았을 테지만요." 나보다는 스스로에게 그렇게 말하는 듯했다. 자기연민에 빠졌다기보다는 그저 실질적으로 하는 이야기였다. 그녀를 바라보고 있자면 남자로 착각할 리 만무했지만. 와, 절대 아니지!

"할머니께 생긴 일에 대해서는 정말로, 정말로 미안해요." 이렇게 말하는 그녀에게서 진심이 느껴졌다. 마치 자기 잘못이라도 되는 듯 얼굴을 붉혔다.

"걱정하지 마세요." 나는 말했다. 내가 전혀 신경 쓰지 않는 것처럼 들릴까 봐 얼른 다음과 같이 덧붙였다. "할머니는 강한 여성이세요. 아주 좋은 상태로 회복하실 거예요." 이 말이 경솔하게 들리길래 이번에는 이렇게 말했다. "지금껏 잘해주셨어요. 할머니를 돌봐주셔서 감사해요!" 영혼 없이 들릴 말이었지만, 그 밖에 무슨 말을 해야 할지 알 수 없어서 그만 입을 다물었다.

할머니를 만나고 난 후에 그들은 현지 캠프를 보여주었다. 꽤 큰 건물이었다. 적어도 밖에서 보는 것보다 안쪽은 훨씬 컸다. 타임머신처럼 보이는 이곳에 컴퓨터실도 있고(사실 벽장에 가까웠다), 화장실이 붙은 일종의 욕실도 있었으며, 이들이 라운지라고 부르는 방에 연결된 부엌도 있었다. 라운지라고 하니 호화롭게 들리지만, 실상은 그렇지 않았다. 생각해 보면 꽤 신기하긴 한데, 사람마다 침실도 하나씩 있었다. 심지어 내가 쓸 침실도 있었다. 이전까지는 저장실이었지만, 이곳을 정리해 야전침대를 놓아주었다. 세상에, 나는 할머니와 함께 방을 쓰지 않을 수 있어 기뻤다. 할머니는 룸메이트가 있었지만.

희한하게도 이곳에는 꼬마 펭귄이 있었다. 펭귄은 우리가 볼 수 있는 가장 이상하고 귀여운 생명체로, 커다란 발과 당당한 성격을 가진 작고 폭신폭신한 공 같았다. 이들은 이 펭귄을 핍이라고 불렀다. 듣자 하니 핍은 센터에 산 지 열흘이 됐다고 했다. 과학자들은 그게 완전한 규범인 양 펭귄의 존재를 받아들였다. 사실 그 모습이 약간은 초현실적으로 느껴졌다. 이들이 살아가는 방식을 머리로 이해하기는 어려웠다.

"애초에 이곳에 오게 된 이유는 뭐예요?" 나는 안정을 되찾은 뒤 진한 커피를 마시며 디트리히에게 물었다. 디트리히는 대장이었고 친절한 사람이었다. 개브가 생각나기도 했지만, 털도 더 많고 좀 더 외국인다웠다(마이크는 '내가 대장이 될 거야' 풍의 남자였다. 전혀 친절하지 않았다. 비슷한 사람이 딱히 떠오르지는 않았다. 젊은 시절의 피어스 모건[영국의 방송인이자 언론인 - 옮긴이] 정도?).

디트리히는 질문에 대한 답을 고민하면서 턱수염을 매만졌다. "하아, 그러니까, 과학적 발견의 짜릿함 때문이었어요. 이 정도 수준에서도 생물이 기능할 수 있는 방식, 생명의 극단성에 매료됐다고나 할까요. 그러다가 대단치 않은 방법으로도 야생동물과 환경을 도울 가능성이 있어서……."

"당신은요?" 마이크에게 물었다. 마이크는 길게 커피 한 모금을 들이키더니 나와 눈을 마주치며 대답을 생각했다.

"저는 특별히 이 업무에 맞는 능력을 갖췄어요." 그가 말했다. "그런 기술을 활용하지 않는다면 낭비나 마찬가지죠." 겸손한 자식(일 리가).

테리가 눈알을 굴리다 충동적으로 짧게 한숨을 내쉬었다.

"당신은요, 테리? 왜 로켓섬에 오게 됐나요?" 그녀에게 물었다.

"제 꿈의 직업이었어요. 저는 그냥 펭귄을 사랑하거든요." 그녀는 콧잔등 위로 안경을 밀어 올리며 간단히 대답했다.

남은 오후를 할머니의 침대 곁에서 보냈다. 일기장에 대해 생각하며, 할머니가 갑자기 돌아가시면 무슨 말을 해야 할까 고민했다. 여행 중에도 생각할 시간이 있었지만, 말이 떠오르지 않았다. 개브라면 무슨 말을 해야 할지 알고, 적절한 방식으로 정확히 말을 했을 텐데, 나는 그런 일엔 젬병이었다. 그 자리에 그냥 꿔다 놓은 보릿자루처럼 앉아 있었다. 어쩌면 내가 어려움을 헤치고 여기까지 왔다는 것만으로도 할머니 기분이 조금이라도 나아질 수 있을 것이다. 그러길 바랐다.

저녁을 먹으면서 마이크가 질문 공세를 퍼부었다.

"그래서 패트릭, 직업이 뭐예요?"

나는 의자에 앉아 꿈지럭댔다. 마이크가 나를 그다지 좋아하지 않는다는 것을 알았다. 테리는 내게 '마이크는 캠프의 균형을 뒤집어 놓는 새로운 사람에겐 무조건 적대적'이라고 말했었다. 겨우 할머니한테 익숙해진 차에 이제는 나를 대해야만 했다. 그래, 힘들겠군, 이 친구야!

"월요일마다 자전거 가게에서 일해요. 실업수당도 받고요." 나는 그에게 말했다.

"실업수당이요? 그 가게에서 일하는 게 유일한 직업이에요?"

"정확해요."

"그러면 나랏돈으로 먹고사는 거예요?"

단번에 나를 불편하게 만드는 방법이 여기 있네.

"마이크!" 테리가 외쳤다. "무례하게 굴지 마!"

마이크가 포크를 한번 휘두르더니 스파게티를 꼼꼼하게 돌돌 말았다. "미안해. 무례하게 굴려던 건 아니야. 새로 온 손님이 궁금할 뿐이야. 그게 다라고. 우리는 손님을 받을 일이 별로 없잖아."

"수당으로 때워요, 맞아요."

"먹여 살려야 할 가족이나 아내가 없는 모양이네요?"

"없어요."

마이크가 입술을 삐죽거렸다. 웃음을 짓는 것 같기도 했다.

"단칸방에서 온종일 뭐 하며 지내요?"

"뭐 이것저것이요. 전화도 하고, 수다도 떨고, 화초도 키우고요. 특별히 내세울 건 없지만요."

식사 후 테리가 나와 함께 할머니 방으로 갔다.

"그런 식으로 캐물어서 미안해요." 그녀가 내 귀에 속삭였다.

나는 씩 웃었다. "그 마이크라는 사람…… 좀 까칠하네요. 그렇죠?"

"아, 그런 인상을 주긴 해요. 일단 친해지면 괜찮아요."

"둘이 사귀나요?"

"세상에, 아니요! 마이크는 런던에 여자 친구가 있어요. 꽤 중책을 맡은 분이래요. 재계에서 회의를 주최하고, 뭐 그런 일 하는 것 같아요."

"아." 나는 말했다. "놀랍군요. 저는 그 사람이 당신에게 꽤 애정을 품고 있다고 생각했거든요."

그녀는 흥미를 보였다. "마이크가요? 저한테 애정을요? 이상한 소리 마세요!"

"음, 당신에게서 눈을 떼지 못하는 거처럼 보이길래요."

그녀는 내게 완전히 못 믿겠다는 눈빛을 보내더니 할머니 방으로 재빨리 사라졌다. 나는 그 뒤를 따랐다. 핍은 바닥에 놓인 슈트케이스 침대 안에 있었다. 녀석이 우리를 올려다봤다. 우리가 누구인지 확인하는 듯하더니 환자에게 가까이 가도 좋다는 허락을 내리고, 다시 고개를 내려놓았다.

할머니는 아까하고 똑같이 보였다. 완전히 꼼짝도 하지 않고 똑바로 누워계셨다. 할머니의 피부는 반점으로 뒤덮이고 온몸이 축 늘어져 있었다. 머리카락은 베개 위로 삐죽삐죽 뻗쳐 있었다. 눈 주변은 회색이었다. 세상에, 할머니의 상태는 극도로 나빠 보였다.

테리가 할머니의 이마에 손을 올렸다. "몸이 너무 뜨거워요. 할머니에게 물을 좀 드릴 수 있나 봐야겠어요. 도와줄래요?"

나는 할머니 머리 아래로 팔을 집어넣어서 조심스레 들어올렸다. 할머니를 만져본 것이 처음임을 깨달았다. 맙소사, 할머니가 이토록 연약하다는 게 너무나 슬펐다. 할머니가 눈을 조금 깜빡였다. 손에 뭔가가 걸렸다. 할머니 목에 두른 체인이었다.

"이게 뭐죠?"

"아, 부인이 걸고 다니는 로켓이에요." 테리가 답했다. "부인에게 불편할 수도 있다고 생각해서 빼놓으려고 했어요. 하지만 제 손을 쳐내셨어요. 싫다는 뜻을 상당히 분명하게 밝히셨죠. 뭔가 감성적인 가치를 가진 물건이 틀림없다고 생각했어요."

"그럴 거예요." 나는 할머니 일기에서 읽었던 내용을 밝히지 않았다.

테리가 할머니 입술에 물잔을 가져다 댔고, 우리는 할머니가 한두 모금 물을 넘기는 것을 지켜보았다. 불룩한 덩어리가 목을 따라 천천히 내려갔고, 할머니는 마치 그 정도면 충분하다는 듯 살짝 움직였다. 나는 할머니 머리를 베개 위에 다시 뉘었고, 할머니 손을 살짝 잡았다. 내 상상인지는 몰라도 (약간 애매했다) 할머니도 내 손을 쥐는 것 같았다.

"그래요, 할머니." 내가 말했다. "이제 좀 나아요?" 할머니는 아무 말도 하지 않았다.

나는 할머니가 얼마나 알아듣는 건지 궁금했다.

좋아 보이지 않았다. 전혀 그렇게 보이지 않았다.

39

베로니카

로켓섬

죽음의 매력에는 여러 가지가 있다. 고통이 없다. 스트레스도 없다. 추억도 없고, 결정해야 할 일도 없다. 햄릿 말대로 (내가 학교 다닐 때 공부했던 셰익스피어를 상당히 정확하게 기억하고 있음을 이제 보여주련다) "이는 진정으로 바라던 바가 아니던가!" 죽는다는 것. 잠을 잔다는 것. 상당히 매력적이다. 느긋해질 수 있지. 이제는 고통을 겪을 필요가 없다는 뜻밖의 소득도 있어. 아, 내가 벌써 말했던가?

지금 이 순간 극심하고 무자비한 고통을 겪고 있으니까. 고통은 내 몸의 구멍마다 스며서 내 폐를 할퀴고 화끈거리는 산(酸)처럼 심장막을 태워버렸다. 나는 진심으로 죽음이 빨리 찾아와 주기를 바랐다.

남극의 동료들은 그럴듯한 장례를 치르기 위해 내 시체를 에어셔로 옮기는 수고를 해야만 하리라. 굳이 그렇게 하지 않을 수도 있다. 나는 여기 눈 밑에 묻힐 수도 있다. 펭귄 부대가 내 무덤 위를 서성이겠지. 아무도 따라 할 수 없는 펭귄만의 방식으로 썩어가는 내 몸을 무시하고 교미와 생식, 배변 같은 일을 계속할 것이다. 내 주변에서 수없이 죽음을 맞이할 것이다. 내 영혼은 일어나 이들과 어울리게 되리라. 물론 내게 영혼이란 게 있고 (이론의 여지가 있다) 펭귄들도 영혼이 있다는 (이 역시 개연성이 낮다) 가정하다.

내 인생을 잠시 되돌아봤다. 이 정도 단계에서는 심오한 계시가 내려와야 하는 법이지만, 전혀 구체적으로 나타날 것 같지 않다. 과거는 전혀 훌륭한 지혜를 남기지 않았고, 후대를 위해 전해질 정도로 훌륭한 마지막 말도 없다. 나는 생각만 할 뿐이다. 그래, 그게 다 무슨 소용이었지?

패트릭이 여기 있다. 내 손자 패트릭. 침대맡에 있는 커다랗고 어색한 존재. 테리는 그의 입에서 좋은 이야기라도 나올까 봐 내게 보청기를 끼워주었다. 패트릭은 사실 내게 "안녕하세요, 할머니."라는 말은 했지만, 그 외에는 거의 아무런 말도 하지 않았다. 나는 대답할 수 없었지만 그 애를 알아봤다는 것을 알려주려고 가까스로 눈꺼풀을 깜빡였다. 그 애는 놀라울 정도로 서툴렀다. 침대 옆 의자에 앉아서 뭔가를 쥐고 있었다. 그 흔들리는 모양새로 봐서는 신문이나 잡지일 거라 생각했다. 그 애는 한숨도 많이 내쉬었다.

나는 손자가 와서 무척 당황했다. 분명 내가 유산 정리를 하기에 너무 아프다는 것을 알고 있었을 것이다.

오랜 침묵 끝에 다른 누군가가 방에 들어오는 소리를 들었다.

"두 분 괜찮으세요?"

테리의 목소리는 가볍고 따뜻해서 편안한 느낌을 주었다. 손자는 빠르게 대답했다. "네, 좋아요, 그러니까…… 조용해요."

"핍은 지금까지 한 시간 동안 제가 청소하는 모습을 지켜봤어요. 잠시 여기에 데려왔어요. 베로니카는 핍이 여기에 있는 걸 좋아할 거라고 생각했거든요. 부인은 핍의 존재에서 위로를 얻는 것 같아요. 핍이 여기 있어도 괜찮나요?"

"음, 네, 괜찮아요. 아주 귀엽네요."

"핍의 침대를 좀 털어줘야겠어요. 잠깐 얘를 안고 있어줄래요?"

"어……."

부스럭거리는 소리가 들리더니 패트릭에게서 "아얏!" 소리가 들려왔다.

"안 될 수도 있겠어요." 테리가 말했다. "핍은 아직 당신에게 익숙하지 않아요. 잠시만 기다리세요. 제가 핍을 안고 있으면, 이런 식으로 부드럽게 쓰다듬으세요."

"펭귄이 다시 저를 공격하지 않으리라는 걸 확신해요? 부리가 날카로운데요!"

"당신이 너무 꽉 안아서 저 애에게 겁을 준 거예요. 보세요. 이제 행복해하죠. 목을 쓰다듬으면 누그러진답니다. 그렇지, 핍?"

짧은 침묵이 이어지고 그녀가 싱긋 웃었다. "보세요, 핍은 당신을 정말로 좋아해요."

나는 핍이 작게 짹짹거리는 소리를 들었고, 녀석이 바닥에 내려달라고 부탁하고 있음을 느꼈다.

"잠시 여기를 돌아다니게 해줘야겠어요. 그렇게 할까요?"

"바닥에 실례하는 건 아닌가요?"

"에이. 그러면 제가 바로 치울 거예요. 별문제 아니에요."

"아니, 그러니까…… 비위생적이거나 뭐 그렇지 않나요?"

"음, 저는 핍이 베로니카를 행복하게 만들어준다면 핍이 하고 싶은 대로 여기 와야 한다고 생각해요. 그렇지 않나요?"

"그렇죠. 당신 말이 맞아요. 음, 테리, 맞아요. 정말 그래요."

패트릭의 목소리는 겸연쩍게 들렸다. 지금까지 새끼 펭귄을 안은 젊은 여자를 만나본 적이 단 한 번도 없다는 것이 확실했다.

테리가 다시 말했다. "잠시만 핍을 지켜봐 줄래요? 차 한잔 마셔야겠어요. 한잔 드실래요?"

"오, 어, 네. 좋아요. 고마워요."

나는 저 애가 다시 자리에 앉았음을 감지했고, 잡지 몇 장을 넘기는 소리를 들었다. 그 후에 문가에서 테리의 발소리가 들렸다.

"여기요. 우리가 마실 차예요. 이건 핍을 위해 가져왔어요. 지금이 저녁 먹을 시간이거든요."

강렬한 물고기 냄새가 다양한 딱딱 소리와 짹짹 소리, 꿀떡 넘기는 소리와 함께 온 방에 퍼졌다.

죽어가는 여든여섯 살 노인 곁에서 펭귄 먹이 주기라. 그 죽어가는 사람이 나만 아니었다면 큰 소리로 웃고 말았으리라.

40

패트릭

로켓섬

2013년 1월

묵은해가 가고 새해가 밝았다. 큰 변화는 없었지만. 그 누구도 축하할 기분이 아니었다. 이곳에 온 지 나흘째고, 그동안 할머니는 아무것도 드시지 않았다. 할머니는 화가 난 표정으로 그저 누워만 계셨다. 그게 좋은 신호는 아닐 거라고 추측했다.

나는 여기서 예비품이 된 것만 같았다. 할머니 곁에 앉아서, 내가 그곳에 있다는 것을 할머니가 알아주시길 바라는 것 외에는 내가 할 수 있는 일이 없었다. 할머니가 들었다가는 엄청나게 경멸했을 바보 같은 말들이나 늘어놨는데, 들었을 리 없겠지. 과학자들은 내게 시간을 많이 주었다. 엄청나게 바쁜 사람들이었으니까. 매일 밖에 나가서 펭귄을 세고, 펭귄에게 태그를 달고, 펭귄의 몸무게를 재는 일은 근본적으로 중요한 일들처럼 보였다. 이들은 그래도 내게 친절했다. 음, 어쨌든 테리와 디트리히는 친절했다. 마이크는 나를 그냥 참아주는 셈이었다. 그 남자에겐 문제가 있다. 펭귄학 박사학위가 없는 사람을 업신여긴다.

펭귄 핍이 함께해주어서 다행이었다. 핍은 여기서 아주 편하게 지냈다. 많이 자고, 많이 먹었으며, 원을 그리며 많이도 돌아다녔고, 우리 발아래로 많이 숨었다. 그리고 그래, 인정할게. 나는 가끔 이 펭귄에게 말을 걸었다. 나를 미쳤다고 해도 좋다. 하지만 펭귄에게 말을 거는 것이 꽤 위안이 된다는 것을 정말로 깨달았다. 혼수상태에 빠진 여든여섯의 할머니에게 말을 거는 것보다는 훨씬 쉬웠다.

테리에 의하면 핍은 내가 도착하기 전까지 패트릭이라고 불렸다고 했다. "베로니카가 당신 이름을 따서 지었거든요." 그녀가 말했다.

나는 깜짝 놀라서 간이 떨어질 뻔했다. 할머니는 의심의 여지 없이 정말로 특이한 사람이었다. 진지하게 특이한 사람.

헬리콥터를 타고 의사가 왕진을 오기도 했다. 전에 왔던 의사와 같은 사람이었다. 그는 더 많은 항생제를 처방했고, 할머니가 편안한 상태이기 때문에 우리는 곁에 머무는 것 외에는 더 해줄 수 있는 게 없다고 했다. 그는 할머니가 표현할 수는 없어도 다 알고 계신다고 말했다. 할머니는 좋든 나쁘든 간에 조만간 변화를 보일 거라고도 했다. 그는 어느 쪽이든 다시는 호출받고 싶지 않다는 뜻을 넌지시 전했다. 우리는 그저 할머니를 따뜻하게 하고 탈수가 오지 않도록 돌보는 수밖에 없었다.

대소변을 가리기 위해 침대 밑에는 플라스틱 대야가 준비되어 있었다. 인성이 훌륭한 테리는 대소변 문제를 도맡아 처리했다. 내가 하겠다고 했지만(그래야만 한다고 느꼈다), 우와, 테리가 하겠다고 주장했을 때 나는 기뻤다! 테리는 남자가 손대는 것을 할머니가 싫어할 것이라고 말했고, 내 생각에도 그녀 말이 맞았다. 내가 짐작하기론 할머니는 현재 처한 모든 상황이 싫을 것이었다. 부당한 취급을 받으며, 이렇게 늙고 아픈데, 게다가 집에서 백만 킬로미터나 떨어져 있으니 말이다.

"온종일 베로니카의 침대맡에서 지낼 수는 없어요." 테리가 어제 내게 말했다. "미쳐버리고 말 거예요. 어쨌든 지금은 안정된 상태니까요. 아델리펭귄을 보러 한두 시간 정도는 나가도 될 거예요."

솔직히 말해서 나는 너무나 펭귄의 서식지에 가보고 싶었다. "음, 그렇게 말씀하신다면야." 나는 플리스 재킷을 얼른 걸쳤다.

"그렇게 입어서 따뜻하겠어요?"

"스웨트 셔츠를 두 벌 겹쳐 입었어요. 하지만, 아마 추울 거예요. 저는 이런 추위는 그다지 좋아하지 않아요." 왜 항상 이상한 말이 내 입에서 튀어나오는 걸까? 이 말을 하면 내가 약골처럼 보이잖아.

“여분의 파카가 있어요. 도움이 될 거예요.” 그녀는 내가 입었던 것보다 열 배는 두꺼워 보이는 재킷을 가져다줬다.

“고마워요.”

그녀는 내 운동화도 내려다봤다. “당신은 할머니만큼 철저히 준비하지 않았군요. 마이크의 남는 머클럭을 빌려 신는 게 낫겠어요.”

“제가 빌려 신으면 화내지 않을까요?”

“아뇨, 이해할 거예요.”

머클럭은 잘 맞았고, 솔직히 도움이 됐다.

눈이다! 나는 잊고 있었다. 바깥에 발을 내딛자마자 환한 빛이 나를 덮쳤고, 풍광이 나를 삼켜버리는 듯했다. 숨결 하나하나가 폐를 날카롭게 찔렀다. 이봐, 이건 정말 대박이야.

어슴푸레 빛나는 높은 기슭에 오르자, 그곳 펭귄 나라에 우리가 있었다. 펭귄들은 굉장히 멋졌다. 내가 기대했던 것보다 수천 마리나 더 많았고, 새들 사이로 땅이 보이지 않을 정도였다. 소리도 엄청나게 시끄러웠다. 왁자지껄하고, 뒤뚱뒤뚱 걷고, 제멋대로였다. 인간과 비슷하지만 더 작고 부리가 더 뾰족하고, 더 희고 검으며, 더 우스꽝스럽다. 맹세하건대, 누구도 이 녀석들을 좋아하지 않을 수 없으리라.

나는 “우와”라든지 “멋지다”라든지 “대박”같이 바보 같은 말들을 계속했다. 어떤 펭귄들은 우리의 존재에 흥미를 느끼고선 주변을 둘러싸기도 했다. 우리는 그 녀석들을 바라보고, 그 녀석들은 우리를 바라보았다. 무엇에 홀렸는지 몰라도 나는 몸을 구부려 작게 눈을 뭉친 후 개중 하나에 던졌다. 세게 던지거나 그런 게 아니라 그저 장난이었다. 눈덩이는 펭귄의 발치에 떨어졌다. 펭귄은 놀라서 아래를 내려다보다가 내게로 시선을 옮겼다. 적대적인 눈빛이 아니라 얼떨떨한 눈빛이었다. "미안해, 친구." 나는 녀석에게 말을 걸었다. "공격하려던 건 아니야. 그저 과학적 실험이었어. 네가 화를 내나 안 내나 보려고. 잘했어, 친구. 참을성 시험에서 만점을 받은 거야."

나는 테리에게 몸을 돌려 그녀의 공책을 가리켰다. "거기에 기록하는 게 좋겠어요." 나는 그녀에게 말했다. 그녀는 웃음을 터트리며 말했다. "재미있는 분이군요."

계속 걸어가면서 나는 그 펭귄이 내 등에다 눈덩이를 던지길 반쯤 기대했지만, 녀석은 그러지 않았다.

잠시 후 테리가 말했다. "패트릭, 저는 궁금했어요……."

"테리, 뭐가요?"

"당신의 할머니, 베로니카에 대해서요. 저는 당신이 할머니를 정말로 좋아한다고 생각해요. 그렇죠?"

"아……, 그리고 그 이유가 할머니의 따스하고 밝은 성격 때문일 거고요?"

테리가 깔깔대며 웃었다. 내 농담을 제대로 알아들은 것이다. "음, 당신은 이 먼 길을 찾아왔잖아요."

"맞아요. 그건 왜냐하면…… 음…… 복잡한 이야기예요."

테리는 어떻게 말해야 할지 잘 모르겠지만, 어쨌든 말을 꺼내기로 했다는 듯한 표정을 지었다.

"할머니가 재산에 대해 당신에게 다 이야기를 했겠죠?"

"돈이 아주 많다는 얘기요? 네, 그럼요, 하셨죠."

잠시 침묵이 흘렀다. 테리가 지평선을 응시했다. "유언장에 대한 계획도 말씀하셨나요? 유산에 대해서요?"

"세상에, 아니요!"

테리의 목소리는 완전히 가라앉아서, 그녀가 그다음에 하는 이야기를 알아듣기가 어려웠다. "베로니카에게는 사실 유언장이 없어요. 제게 말씀하신 바로는요. 댁으로 돌아가서 쓰실 계획이었거든요."

나는 테리가 그러한 주제에 대해 열심히 떠든다는 데 조금 놀랐다. 내가 보기에 그녀는 돈을 몹시도 밝히는 사람 같지는 않았으니까 말이다.

나는 어깨를 으쓱였다. "할머니의 계획이 무엇이었는지 우린 알 수가 없겠죠."

테리가 씩씩하게 발걸음을 옮겼다. "그럴 거라 생각해요." 그녀는 얼어붙은 공기에 대고 단언했다.

테리는 오늘 아델리 군집지에서 제일 먼저 돌아온 사람이었다. 그녀는 "안녕, 패트릭."이라고 외친 뒤 바로 사무실로 들어가 버렸다.

20분 후 그녀가 다시 나타났을 때 나는 '라운지'에 서서 멍하니 허공을 바라보고 있었다. 그게 어떤 것인지 다들 알겠지. 가끔은 베로니카 할머니의 침대맡을 지키는 즐거움을 두고 잠시 휴식을 취해야만 하는 법이니까.

“세상에, 블로그에 쓸 말이 하나도 생각 안 나요.” 테리가 털어놨다. “베로니카는 제 블로그의 진정한 일부가 되어버렸어요. 하지만 부인이 아프다는 말은 쓰고 싶지 않아요.”

이쯤에서 내가 제안할 수 있는 보석 같은 조언이 있어야 하건만, 나는 찾을 수 없을 것 같다.

“어렵네요.” 내가 말했다.

“부인에 대해서 아예 쓰지를 않는 게 가장 좋겠죠. 거짓말은 하고 싶지 않으니까요……. 그냥 너무 짜증 나요.” 그녀는 애써 참았지만 눈물을 글썽이고 말았다. 나는 위로해 줄 수 있는 가장 좋은 방법이 무엇일까 고민했다. 잠깐 안아줘도 괜찮을까? 이 상황에서는 그럴 수도 있었다. 하지만 마음을 굳히기도 전에 마이크와 디트리히가 들어와서 부츠에 묻은 눈을 털어냈다. 그 순간이 사라져버렸다.

우리가 모두 피할 수 없는 “네 하루는 어땠니”와 “베로니카는 어떠니”와 “펭귄들은 어떠니” 대화를 나누고 난 뒤, 나는 한동안 생각해 왔던 말을 꺼냈다.

“제가 여러분들을 위해 요리를 해도 될까요? 할머니를 돌봐주신 것에 대한 감사의 인사로 뭔가를 해드리고 싶어요.” 어쨌든 나는 돈으로 기여할 방법이 없었다. 돈이 없었으니까.

테리가 활짝 웃었다. “어머, 정말로 좋은 분이세요.”

마이크는 비웃었다. “요리할 줄 알아요?”

“나쁘지 않게는 해요.” 나는 그의 말에 울컥하며 대답했다.

나를 완전히 공간이나 차지하는 쓸모없는 인간으로 보는 것이 분명했다. "전혀 나쁘지 않게 하죠."

"와, 아주 좋은 소식이에요." 디트리히가 목소리를 높였다. "특히 우리가 평소에 하지 않는 그런 음식을 내어줄 수 있다면 더요. 우리는 비엔나소시지랑 깡통에 든 콩이랑 파스타의 굴레에 갇혔거든요. 우린 그런 음식들이 지긋지긋해요."

"저장 선반을 좀 봐도 될까요?"

"그럼요. 당연하죠. 저를 따라서 오세요." 그는 나를 데리고 뒷방으로 갔다. 이들은 그저 통조림과 건조 파스타와 쌀, 미리 만들어져 있는 소스만 사용하는 것처럼 보였다. 다른 식료품들 가운데 개봉된 것이라고는 큰 상자에 든 땅콩버터뿐이었다.

"냉동식품들도 있어요." 디트리히가 나를 뒤쪽의 별채로 데려가면서 말했다. "고기 조금 하고, 채소 조금 하고……, 괜찮게 냉동된 것들이요. 저라면 냉동 콜리플라워는 피하겠어요. 썩었거든요."

냉동 콜리플라워 같은 건 먹다가 식도에 들러붙어 버릴 거라고 해도 믿을 거야. 그래도 괜찮은 고기 몇 덩어리도 발견했다.

"나쁘지 않아요. 아르헨티나에서 온 거예요." 디트리히가 말했다.

여기엔 빨간색과 노란색의 얼린 고추도 한 상자 있었다. 나는 머릿속으로 계획을 세우기 시작했다.

한 시간 후 진짜 음식 냄새가 풍겨왔다. 소고기와 고추를 넣은 굴라시(고기와 채소로 만든 스튜인 헝가리 전통요리)였다. 이 냄새는 과학자들을 건물의 다양한 공간에서 나와 화로 근처로 모이도록 끌어당겼다.

나는 음식을 수북이 가득 담았다. 여기에 신선한 허브잎 같은 것을 뿌려주면 좋겠지만, 이곳에 신선한 허브가 있을 리가. 양을 잔뜩 만들었기 때문에 모두에게 두 그릇씩 돌아갔다. 과학자들은 독수리처럼 먹어치웠다. 나는 정말이지 자랑스러웠다.

"내일 또 먹어도 될 만큼 많아요. 똑같은 음식을 두 번 먹어도 괜찮다면요."

"좋아요!" 테리가 입안 가득 음식을 우물거리며 외쳤다.

"또 해줘도 좋아요!" 디트리히가 말했다.

마이크는 음식에 대해 아무 말도 하지 않았지만, 나는 그가 걸신들린 듯 먹는 모습을 지켜봤다.

"맛있어요?" 나는 대놓고 물었다.

"네, 아주 좋아요. 사실 정말 맛있어요. 고마워요." 그가 딱딱하게 대꾸했다.

테리의 펭귄 블로그

2013년 1월 13일

펭귄 핍의 최근 사진입니다. 맞아요, 우리는 녀석의 이름을 바꾸기로 했어요. 요즘 이 섬에 우리와 함께 머무는 패트릭이 한 명 더 생겼거든요(사람이에요).

보다시피 핍은 몸집이 더 커졌고, 이제는 몸무게가 1,700그램이나 나간답니다. 녀석은 열정적인 탐험가로 잠을 청할 수 있는 새로운 장소를 찾아내길 좋아해요. 최근 발견한 곳은 바로 쓰레기통이랍니다…….

요즘 연구센터의 생활이 너무 바쁘고, 저는 조금 시간이 부족하네요. 그래서 사랑스러운 펭귄 사진을 몇 장 더 남겨두고 가보려고 해요.

41

베로니카

로켓섬

아빠가 여기 계신다. 그리고 엄마도. 두 분은 부엌에서 함께 람베스 워크 춤을 추고 계신다. 발걸음이 바닥에서 시끄럽게 딸깍딸깍 울린다. 창문이 열리고 광활한 사파이어빛 하늘이 그 뒤로 펼쳐진다. 세찬 바람이 들어와 아빠와 엄마가 얇은 종잇장인 것처럼 바닥에서 날려 보냈다. 나는 엄마, 아빠를 붙잡으려 애쓰면서 뒤를 쫓았다. 하지만 리본처럼 내 손가락 사이로 미끄러져 나가더니 창문을 통해 바깥으로 빠져나갔다. 춤추는 그림자는 끝없는 파란 하늘 속으로 빨려나갔다.

나를 부르는 목소리를 들었다. "베르-온-이-카!" 처음에 이 소리는 내 앞에서 나더니 그다음은 뒤에서 났다. 나는 빙글빙글 돌고 또 돌았다. 그러다가 위에서 천둥처럼 소리가 울렸다. "수녀원으로 가거라, 가!"

이제 재닛과 노라, 해리가 보였다. 진짜 사람처럼 보이지는 않았지만 커다란 인형이 되어, 음흉하게 웃으며 내 불룩 튀어나온 배를 비웃듯이 손가락질했다. 이들은 늑대처럼 빙빙 돌았다. 노라가 내게 달려들었다. 나는 피를 흘리고, 또 흘렸지만 내 핏줄에서 흘러나오는 것은 피가 아니었다. 딸기잼이었다.

갑자기 수녀들이 나타났다. 검은색과 흰색으로 된 수녀들이 강이 되어 내 곁을 흘러 지나쳤다. 수녀마다 안고 있던 아기를 내게 들이밀었지만, 그게 엔조인지 확인하기도 전에 다시 낚아채 가버렸다. 나는 이 상황을 더는 참을 수 없었다. 나는 소리를 지르며 강으로 내 몸을 던졌다. 흑백의 흐름이 내 위로 가까이 다가왔다. 나는 수녀들의 발에 밟히길 기다렸지만…… 그건 사람의 발이 아니었다. 물갈퀴가 있는 그 발은 부드럽고 가벼웠다. 나는 수녀들이 날렵하고 빽빽한 깃털과 작고 짤막한 꼬리를 가지고 있다는 것을 깨달았다. 이들은 수녀가 아니었다. 아델리펭귄들이었다.

이곳에 나와 함께 있는 사람은 조반니일까? 잘 볼 수는 없지만, 그가 침대 위로 몸을 굽히는 것 같았다. 그가 내게 키스하려 했고 나는 그의 이름을 부르려 했지만, 입술이 너무 말라 있었다. 그가 다시 몸을 세웠다. 키스하지도 나를 만지지도 않았다. 이제 그가 조반니가 아니라는 것을 알 수 있었다. 덥수룩한 머리에 면도도 하지 않는 상스러운 젊은이가 생선 냄새를 풍기며 뭔가를 웅얼거리고 있었다. 누군지 전혀 모르겠군. 아니, 알고 있을까?

"패트릭!" 누군가가 불렀다. 여자 목소리였다. 명료하면서도 다정함이 묻어 있었다. "떼까마귀 숲으로 나가는 길이에요. 혼자 괜찮겠어요?"

"네, 문제없어요." 내 위로 얼굴을 내밀고 있던 남자가 대답했다. 잠시 내 이마에 손을 대는 것이 느껴졌다. 그러더니 "맙소사, 열이 나요!"라고 말했다.

조반니일까? 머리 색깔은 비슷했고 어딘지 모르게 닮은 눈…… 하지만 아니었다. 그가 아니란 것을 확신할 수 있었다. 어쨌든 내가 기억하는 모습은 아니었다. 내 기억력은…… 햄릿의 구절을 외울 만큼 좋지 않던가.

나는 다시 입술을 움직여 뭔가를 말하려 했지만 소용없었다.

패트릭. 그 이름이 내 머릿속에서 메아리쳤다. 패트릭이라는 이름의 아이가 있었던 것 같은데. 맞아, 내게 오아시스가 되어주길 바랐지만, 결국에는 내 영혼의 메마른 사막에 나타난 또 다른 신기루일 뿐이었지. 나는 다시 공포와 싸우고 있었다. 한때 희망을 품었던 누군가는 대마초를 피우는 끔찍하고 더러운 망나니인 것으로 판명됐다. 내 머릿속 이미지가 지금 여기 있는 이 남자와 맞아떨어지는 것 같았다.

초점을 맞추기가 힘들었다. 생각을 억지로 정리하려 했지만, 그저 얽히고설킨 덩어리일 뿐. 잠깐…… 뭔가가 떠오른다. 패트릭이라는 단어와 손자라는 단어가 연결됐다. 하지만 희한하잖아! 패트릭은 새야, 작고 복슬복슬한 펭귄이라고. 확실해.

내 손자가 펭귄일 리는 없지.

42

패트릭

로켓섬

아니, 세상에! 안 돼! 때가 온 건가? 할머니는 섬뜩해 보였다. 얼굴은 오래된 휴지조각처럼 쪼그라들었고, 입은 기이하게 비뚤어졌다. 거칠게 숨을 내쉬고 나면 다음 숨을 내쉬기 전까지 무서울 정도로 간격이 길었다. 나는 몸을 기대어 할머니의 이마를 쓰다듬었다. 할머니의 이마는 불처럼 뜨거웠지만, 손은 얼음처럼 찼다. 눈곱 가득 낀 눈으로 할머니는 나를 올려다봤지만 흐릿하고 혼란스러워 보였다. 애원하는 눈이다. 내가 무엇을 할 수 있을까?

이봐, 나는 비참하다고. 이 고통을 지켜보며 혼자 있고 싶지 않아.

테리가 늦장 부리고 있길 바라며 막사의 문을 벌컥 열었지만, 오직 환한 빛과 고요함만이 나를 기다릴 뿐이었다. 테리는 내 시야에서 사라졌다. 그녀는 펭귄들과 시간을 보내면서 몇 시간 동안 돌아오지 않을 것이었다. 다른 과학자들은 오늘 아침에 먼저 군집지로 떠났다. 핍은 쓰레기통에서 졸고 있었다. 할머니의 마지막을 지켜보는 건 나와 펭귄뿐일 것 같았다.

할머니 방으로 재빨리 돌아왔다. 할머니는 뭍으로 튕겨 나온 물고기처럼 허우적대고 있었다. 나는 차가운 물에 흠뻑 적신 천으로 할머니 얼굴을 닦아드렸다. 할머니가 몸서리치다가 멈칫하고 축 늘어졌다.

"할머니, 할머니, 안돼요!" 나는 눈물을 가까스로 참았다. 어떤 파충류가 내 목구멍을 헤집어놓기라도 하는 듯 목이 꽉 메어버렸다.

나는 할머니가 죽기를 원치 않았다. 몇 년 동안이나 느끼지 못했던 그런 감정이 솟아올랐다. 불현듯 가족의 연(緣)이 절실했고, 할머니에 대해 더 알고 싶다는 열망이 솟았다. 처음 우리가 만난 날에 내가 했던 행동이 수치스러웠고, 내가 얼마나 그날의 일을 만회하고 싶은지 알려주지 못해 슬펐다. 할머니가 남극에 왔다는 사실이 떠올랐다. 할머니는 남극에 왔다. 세상 끝에 있는 이 기이하고 거친 장소. 그 사실이 예기치 못하게 감동적임을 깨달았다. 그뿐 아니라 마음속에는 할머니의 일기장에서 본 소녀의 모습이 소용돌이치고 있었다. 젊은 베로니카. 활기 넘치고 불타는 열정의 그녀. 모든 것, 모든 사람과 싸울 준비가 된 그녀. 지금과는 전혀 달랐다.

할머니는 뭔가를 내뱉으려고 애쓰는 듯 눈썹을 한데 모아 찡그렸고 입으로 모양을 만들어냈다. 나는 절실하게 할머니의 말을 알아듣고 싶어 귀를 가까이 댔다.

할머니의 숨이 다시 얕게 헐떡였다. 마침내 거칠고 쉰 소리로 단어 하나가 할머니의 입에서 튀어나왔다. "패트릭!" 바로 내 이름이다.

테리의 말에 따르면, 그동안 이름이 갑작스레 바뀐 탓에 정체성의 혼란을 겪으며 고통스러워했던 핍이 그 소리에 벌떡 일어났다. 녀석은 쓰레기통에서 기어올라 바닥으로 툭 떨어졌다. 그러고 나서 깜짝 놀랄 힘과 에너지로 몸을 날려 침대 꼭대기에 안착했다. 할머니가 먹이를 주려고 자기 이름을 불렀다고 생각하는 게 분명했다. 열성적인 꼬마 녀석. 녀석은 이불 위로 몸을 날리더니 할머니의 얼굴 위로 배를 밀며 나아갔다. 깜짝 놀란 할머니가 눈을 뜨고 녀석에게 초점을 맞췄다. 둘은 코와 부리, 부리와 코를 거의 맞대고 있었다. 마치 소리 없는 대화에 빠져 있는 듯했고, 나는 그저 바라만 보는 구경꾼이었다.

맹세컨대 나는 할머니가 변하는 모습을 지켜보았다. 내 눈앞에서 어떤 변화가 벌어지고 있었다.

43

베로니카

로켓섬

나는 이제 지쳤고 떠날 준비가 되어 있었다. 누구를 위해 이 세월의 괴로움과 경멸을 견딘단 말인가……. 인간이 물려받은 그 심적 고통과 수천 가지 태생적인 충격을.

나는 아니야. 더는 아니지. 그 누구도 내 인생을 성공했다고 부를 수 없을 것이다. 왜 이 삶을 더 오래 붙잡고 있으려고 노력해야 하는가?

그렇다 하더라도, 어린 펭귄이 내 축 늘어진 육신 위로 대포알처럼 돌진해 와서 반짝이는 눈으로 얼굴을 들여다본다면, 그 순간 무슨 일을 하고 있든 멈춰야만 하는 법이다. 설사 그 일이 죽어가는 일이라도 말이다.

따뜻하고 작고 둥글둥글한 녀석은 담요 위에 가로로 누워 있다. 내 가슴이 지그시 눌릴 정도의 알맞은 무게감이다. 녀석은 내 심장 바로 위에 있다.

한동안 세상은 거칠게 흔들렸지만, 순간 가만가만 진정되다가 멈춰 섰다. 방이 더 선명하고 밝고, 믿기 어려울 정도로 분명하게 보였다. 누군가가 모든 사물에 펜으로 테두리를 그려준 것 같았다. 머릿속이 맑아졌고, 모든 고통은 사라져버렸다. 확실히 가볍고 편한 느낌이었다.

핍. 아기 새의 이름은 핍이지. 그것은 의심의 여지 없이 알고 있었다. 핍. 사랑하는 나의 펭귄. 그리고 뒤에서 슬그머니 나타나 내 위로 몸을 굽힌 단정치 못한 남자는 패트릭이었다. 사랑하는 내 손자.

사랑하는 내 손자라고? 내가 완전히 미쳤나?

나는 환영을 보는 것이 틀림없었다. 굵은 눈물이 남자의 얼굴 위로 끊임없이 흘러내리는 것이 보였다. 나는 확인하고 싶어서 다시 핍을 바라보았다.

저게 나 때문에 슬퍼하는 게 맞니?

“네, 맞아요.” 핍이 대답했다.

핍이 말했다고 확신했다. 아니면 말을 안 했을까? 아니, 실제로 입 밖으로 큰 소리로 낸 말은 아니었다. 아마도 눈빛으로 이야기했으리라. 그래, 그게 맞는 것 같다. 얼마나 흥미로운가……. 나는 귀를 기울이려고만 하면 펭귄의 눈이 너무나 많은 이야기를 할 수 있음을 깨닫기 시작했다.

내 무의식 속에서 생각이 솟아올랐지만, 다시 그 생각들이 핍을 통해 내게로 전해지는 것처럼 보였다. 핍은 온몸으로 웃었다.

“당신은 우리랑 함께 있을 거예요! 지금 죽지 않을 거예요, 그렇죠?”

“안 죽는다고?” 약간은 성급한 가정처럼 보였다.

“안 죽어요.” 핍이 바로 대답했다. “안 그랬으면 좋겠어요.”

뿌듯했다. 사실은 무척이나 기뻤다. “넌 안 그러길 바라니?” 이런 식으로 펭귄과 소통할 수 있다는 것은 귀한 재능이었다. 입술을 움직이지 않고 아무도 듣지 못하게 소통하는 재능.

“이렇게 생각해 보세요.” 핍이 제안했다. 나는 녀석이 하는 말을 흥미롭게 들었다. “한참 전에 당신이 나를 구해주었죠.” 핍이 말을 이어나갔다. “틀림없이 죽을 뻔했던 나를요. 나는 한낱 펭귄이었지만, 당신은 내 삶이 소중하다고 판단했어요. 그러니 나도 당신의 삶이 소중한 것인지 아닌지 판단하는 게 공평한 거예요. 내가 어떻게 생각하는지 알아요? 확실히 소중하다고 생각해요.”

내게 그렇게 말해주는 펭귄을 키운다는 것은 상당히 멋진 일이었다.

“선택하세요.” 핍은 흔들리지 않는 눈빛으로 나를 바라보면서도 한쪽 날개를 살짝 움직여 내 뺨을 스쳤다. “당신이 최선을 다해 회복해 주기를 정중하게 부탁해요. 나는 당신이 꼭 살았으면 좋겠거든요.”

“그러니?” 나는 어리벙벙해서 물었다.

“그럼요! 여기 이 남자, ‘패트릭’이라고 불리는 당신이 사랑하는 손자도 같은 생각일 거예요."

"아직도 패트릭 얘기를 하고 있니?"

"그게 요점 아니었어요?"

나는 패트릭에게 초점을 맞췄다. 그의 눈가에 아직도 눈물이 가득 고여 있었다. 나는 무엇이 현실이고, 무엇이 현실이 아닌지 아주 헷갈리기 시작했다.

나는 다시 핍을 바라보았다. "보세요." 녀석이 말했다. "당신이 아무리 힘들게 굴어도 누군가가 당신을 사랑하는 게 가능하답니다. 그렇게 외로워할 필요 없어요."

나는 상상하는 걸까? 아니면 그저 한 줄기 햇살이 방을 가로지르는 걸까?

"제발요. 더 오래 사세요. 그러면 알게 될 거예요."

핍은 희미해지면서, 가장자리부터 흐릿하고 모호해졌다. 이 희한한 사건은 끝이 난 듯했다. 현실의 시간이 다시 흐르기 시작했고, 혈관을 타고 고통이 다시 밀려옴을 느꼈다. 하지만 내 머릿속에서 그 말이 계속 파문을 일으켰다.

더 오래 사세요. 그러면 알게 될 거예요…….

44

베로니카

로켓섬

“정말로 할머니의 얼굴이 완전히 바뀌었었다고요.” 패트릭의 목소리다. “할머니는 확실히 환해 보였어요. 그리고 이 작은 녀석에게서 눈을 떼지 못하셨어요.”

“흥미롭네요.” 테리가 대답하는 소리가 들렸다. “할머니는 죽음을 목전에 둔 사람에게 가끔 일어나는 현상을 겪고 있었는지도 몰라요. 일종의 행복감이에요. 어떤 사람에게는 빛의 터널일 수도 있고, 또 어떤 사람에게는…… 글쎄요. 제 생각에 베로니카는 핍에게 상당히 사로잡혀 있으니까요. 그 자체로 다르게 나타났을지도 모르죠.”

“음, 그게 뭐였던지 간에 완전히 희한했어요.”

“조금 원기를 회복하신 것처럼 보이잖아요. 그렇죠?”

나는 실제로 아주 미약한 힘이라도 모으려고 애썼다. 앞으로 며칠을 더 사는 게 가능할 수도 있다……. 심지어 앞으로 몇 년을 더 살 가능성도 어렴풋이 보였다.

지금까지 나는 그다지 삶을 소중히 여기며 살아오지 않았다. 하지만 핍이 말한 바(그건 말한 게 아닌가?)를 마음에 품고, 한 번 더 노력해 볼 참이다.

핍의 존재는 내게 위안을 주었다. 내가 눈을 감고 있을 때나 녀석이 내 시선에서 벗어난 곳에 있을 때도 핍이 가까이에 있음을 느낄 수 있었다. 가끔 테리는 녀석을 들어 올려 침대 위에 놓아주었고, 녀석은 내 팔 아래로 파고들어 따스함을 만끽했다. 어쩐지 핍은 나의 생존 게임을 격려했고, 내 늙은 심장이 계속 살아 있도록 해주었다.

내 폐가 낡고 늘어진 풍선처럼 느껴졌다. 적당한 양의 공기를 빨아들이다가 터져버릴 수 있는 그런 풍선. 근육은 아팠고 목구멍은 사포로 문지르는 것 같았다. 말할 수도 없었고, 앉을 수도 없었다. 내 하루는 극도로 지루했다. 즐거움을 누릴 수 있는 유일한 방법은 주변에서 일어나는 일에 귀를 기울이는 것이다. 내 평생 이렇게 남의 이야기에 귀를 기울인 것은 처음이라고 말하는 편이 타당하겠다. 이렇게 상세한 부분까지 남에게 집중한 적은 단 한 번도 없다.

나는 친절함 때문에 혼란스럽다는 것을 깨달았다. 나는 친절함을 믿는 것에 익숙하지 않았다. 사람들이 내게 잘해줄 때면 뒤로 뭔가를 바라기 때문이라고 여기곤 했다. 요즘 들어 사람들이 보통 원하는 것은 돈이었다.

이제 나는 그 점에 의문을 품게 됐다. 로켓섬에서 내 주변에 있는 사람들은 내가 기대하지 않았던 방식으로 친절을 베풀었다. 이 사람들도 다른 내심이 있었을지 모르지만, 그래도 이 사람들은 천성적으로 친절이 몸에 배어 있는 듯했다.

디트리히는 내 방에 자주 들렀다. 그는 잡담으로 시간을 낭비하거나 내가 어찌 지내는지 묻지 않았다. 내가 대답할 수 없다는 것을 아니까. "맥크리디 부인." 그는 열의에 차서 큰 소리로 말했다. "《위대한 유산》에서 또 한 편 읽어드릴게요. 이 책을 분명 좋아하실 거예요." 그는 목을 가다듬은 후 대뜸 읽기 시작했다. 나는 꿈과 희망으로 가득 찬 어린 소년의 이야기에 빠져들었다. 이야기는 나를 즐겁게 해주었다. 내 젊음을 회상하고 그 젊음이 얼마나 빠르게 사그라졌는지 생각했다. 내 젊음이 달랐더라면 나는 어떤 사람이 되었을까? 부모님이 살아 계셨다면? 전쟁으로 조반니를 만나지 못했다거나, 아니면 우리가 헤어지지 않았더라면? 아들을 계속 키울 수 있었다면?

내 눈 뒤쪽으로 압력이 서서히 가해지고, 액체가 표면으로 차오르는 것이 느껴졌다. 액체는 두 개의 뜨거운 웅덩이 안에 모였다가 얼굴을 타고 베개까지 흐르기 시작했다. 나는 멈추려고 하지도 않았다. 아무런 힘이 없었다.

디트리히가 책을 계속 읽어나갔다. 나는 이제 그의 목소리가 좋았다. 오스트리아식 억양은 어딘지 다정하다. 그가 책을 읽어나가면서 단어를 하나하나 어루만지는 방법이 좋다. 이야기 중에 사랑이 등장할 때면 그는 생각이라도 하는 듯 잠시 멈췄다. 그는 오스트리아에 아내와 아이들이 있다. 그가 얼마나 가족들을 그리워하는지 나는 예민하게 알아차렸다.

시간이 흘러갔다. 분이, 시간이, 날이 지났다. 이를 기록하는 것은 불가능했다. 마이크와 패트릭, 테리는 디트리히보다도 더 자주 들락거렸다. 이들은 서로 다른 조합으로, 저마다 나름의 원동력을 가지고 나타났다.

마이크의 방문이 나를 가장 놀라게 했다. 그가 나를 좋아하지 않는다는 것을 알고 있으니 분명 다른 이유가 있을 거라 생각했다. 처음에 내게 너무 냉랭하게 굴어서 죄책감을 느꼈을까? 아니면 누군가에게 뭔가를 증명하려고 하는 것일까?

"베로니카, 안녕하세요. 어떻게 지내는지 보러 왔어요." 그는 내 침대 곁에 있는 의자 끄트머리에 걸터앉아서 말을 시작했다. "오늘 날씨는 따뜻해요. 영상 1.8도에 가깝고요……." (내게 아무런 의미도 없었다. 나는 화씨만 알아들으니까) "그래도 햇빛이 많이 들지는 않아요. 잠깐 떼까마귀 숲에 다녀올 거예요." 그는 사실에 기반을 둔 펭귄 군집지의 최신 뉴스를 내게 계속 전해주었다. 수티라는 펭귄은 여전히 둥지에 쓸쓸히 앉아 있었다. 더 많은 새끼 펭귄들이 매일 부화했다. 그들 중 다수는 굶주림을 못 이기거나 포식자에게 목숨을 내놓고 말았다. 다른 새끼 펭귄들은 잘 자라났다. 나는 마음의 눈으로 그 모습을 그리면서 언젠가 다시 펭귄들을 볼 수 있을 정도로 회복되길 바랐다.

마이크는 패트릭과 우연히 마주칠 때마다 짤막하고 간결한 안부 인사를 주고받았다. 마이크의 입에서 약간 가시 돋친 말이 나가면, 패트릭은 완고하게 저항했다. 다양한 종류의 기 싸움이었다. 그러나 나는 마이크가 테리와 마주칠 때면, 더 부드럽고 훨씬 다정한 목소리로 말한다는 것을 눈치챘다.

내가 이전에 의심했듯 마이크는 자기감정을 부정하고 있을 뿐이다.

테리는 아무 생각이 없었다. 그녀는 스스로를 매력이 없고 거의 무성(無性)에 가깝다고 여겼다. 그녀는 잡지에 나올 법한 전형적인 미인이 아니었다. 그녀는 자기를 괴짜라고 여겼고, 자신의 에너지를 핍과 나를 돌보는 데에 쏟았다("제발 뭐 좀 먹어봐요, 베로니카. 버섯수프를 가져왔어요. 핍, 잠깐 기다려. 곧 네 차례가 올 거야."). 그녀는 쓸모 있다고 느끼는 것을 좋아했다. 심지어 간이변기를 비우고 스펀지와 천을 사용해 나를 깨끗하게 닦아주는, 유쾌하지 못한 일을 하면서도 신경 쓰지 않는 것처럼 보였다. 나는 당연히 그래야 하는 만큼 순순히 따랐고, 이 아가씨의 세심함과 신중함에 감사했다. 내가 내 늙은 몸의 흉측함에 반감을 품듯, 아마 테리도 나와 비슷한 생각을 했을 것이다. 하지만 테리는 조금도 그런 내색을 비치지 않았다. 그녀는 참을성이 많았고, 남을 돌보는 일에서 즐거움을 찾는 것 같았다.

손자는 내 곁에 가장 많이 머물렀다. 분명 이것 말고는 할 일이 없겠지. 저 애가 왜 남극에 와 있는지 이해할 수가 없었다. 힘든 여행을 오직 나를 위해 감수했다는 것을 믿기 어려웠지만, 정황상 그렇게 받아들이는 게 좋을 것 같았다. 처음에는 저 애와 함께 있다는 것이 귀찮았지만, 점차 익숙해지고 있다. 패트릭은 예전보다 훨씬 말이 많아졌다. 가끔은 누구에게 이야기하는 것인지, 핍에게 하는 말인지 나에게 하는 말인지 헷갈릴 때도 있다. 패트릭은 이곳의 기본적인 재료를 가지고 제대로 된 음식을 만들어내는 자신의 시도에 대해 떠들어댔다. 자기가 일하는 자전거 가게에 대해서도 이야기했다. 자신의 동료('친구')인 개빈('개브')과 암에 걸린 어린 소녀인 데이지에 대해서도 말했다. 심지어 내가 잠들었다고 생각했는지 자신의 수양 가족과 예전 여자 친구에 대해서도 털어놓았다. 천천히 그 애 인생의 더 많은 부분이 드러났다.

나는 눈을 꼭 감고 귀를 기울였다. 그게 환각이었든 아니었든 간에, 나는 내가 죽어가는 동안 핍이 내게 말을 걸었던 일을 잊을 수가 없다. 그가 패트릭에 관해 이야기했던 것들, 그리고 내 입에서 흘러나와서 핍이 다시 따라 했던 그 단어를 기억하고 있다. 바로 '사랑하는'이라는 단어다.

나는 그저 죽음을 잠시 유예받은 것인지도 모른다. 내가 조금이라도 더 살 수 있다면 그다음에 할 일이 무엇인지는 의심할 필요도 없었다. 모든 것에 대한 내 의견을 다시 검토해 볼 것이다.

45

패트릭

로켓섬

할머니와 나는 공통점이 적어도 하나 있다. 우리 둘 다 펭귄에게 반했다는 점이다. 솔직히 예전에는 펭귄에 대해 깊이 생각해 본 적이 없었지만, 이제는 모든 게 바뀌었다. 도대체 펭귄의 어떤 점이 그럴까? 그게 펭귄들의 인간을 닮은 듯한 습성 때문인지, 아니면 별난 새다움 때문인지는 몰라도, 펭귄들을 보고 있자면 완벽하게 치유됐다. 펭귄들은 나를 웃게 했고, 어떻게 보면 속을 흐물흐물하게 녹여버렸다. 펭귄들은 너무나 자그맣지만, 생명력이 넘쳐흘렀다. 아름다운 생명체다.

과학자들은 기지에서 일지를 쓰느라 많은 시간을 보냈다. 여기엔 티브이도 없을 뿐더러, 과학자들은 주로 초저속 인터넷으로 일을 하는 중이었기 때문에, 나는 책장을 들여다보기 시작했다. 소설들은 대부분 디킨스와 《제인 에어》 같은 지루한 고전이었다. 오래되고 케케묵은 아가사 크리스티와 셜록 홈스 몇 권을 제외하고는 범죄물이나 액션물은 전혀 없었다. 그러나 펭귄에 관한 책은 수도 없이 많았다. 나는 그중 한 권을 읽기 시작했다. 사실 꽤 재미있었다.

"당신 할머니는 책 읽어주는 걸 좋아하세요." 디트리히는 어느 날 내가 책 읽고 있는 모습을 지켜보다 말했다.

"농담이죠?"

"음, 부인은 《위대한 유산》을 좋아하는 것처럼 보여요. 그래도 할머니가 더 관심을 기울이는 건 역시 펭귄이니까 《펭귄에 대해 우리가 알고 싶은 모든 것》을 한번 읽어드리는 것도 좋을 거예요."

"고마워요. 그래야겠어요."

그래서 그렇게 됐다. 두꺼운 책을 펴놓고 매일 할머니에게 펭귄에 대한 사실들을 읽어드렸다. 핍을 침대 위에 털썩 내려놓으면 핍은 꽤 행복하게 우리와 함께 머물렀다. 자기 종족에 대해 더 많은 것들을 배우는 일에 푹 빠진 것처럼 보일 정도였다. 가끔은 마치 "이봐, 그 얘기는 상당히 정확해. 하지만 저 얘기는 완전히 헛소리라고, 친구."라고 말하듯 냉소적으로 보이기도 했다. 다른 때는 종이의 맛과 질감을 보려고 부리로 종이를 뜯어 먹기도 했다.

할머니의 뺨에 약간의 혈색이 돌아왔다. 힘겨워 하시기는 했지만, 오늘은 미네스트로네(파스타나 쌀을 넣어 만든 이탈리아 수프)를 한두 숟가락 넘기기도 했다. 여전히 말을 많이 하지 않았지만 아주 깜짝 놀란 목소리로 이 말은 자주 했다.

"훌륭한 요리사로구나, 패트릭."

나는 뛸 듯이 기뻤다. "와, 고마워요, 할머니!"

할머니는 그 외에도 다른 말을 웅얼거렸지만, 목소리가 너무 쉬어서 내가 제대로 알아들을 수가 없었다.

"뭐라고요, 할머니? 뭐라고 말씀하셨나요?"

"뭐라고 말했냐면……." 할머니는 목에 걸린 가래를 뱉어냈다. "네 안에 이탈리아인의 피가 흘러서 그렇다고 말했지."

내 안의 이탈리아인이라니! 그런 생각은 해본 적이 없었다. 당연히 없고말고!

테리와 나는 다시 펭귄을 보러 나왔다. 눈은 가볍고 고운 게 마치 체로 친 슈거파우더 같았다. 바다는 떠다니는 빙하라는 거창한 장신구로 치장한 채 은청색으로 빛났다.

"여기 로켓섬에 와서 좋은가요?" 부츠 밑으로 뽀득 소리를 내며 함께 걸으면서 테리가 물었다.

"아뇨." 주머니 속에 손을 쑤셔 넣고 입꼬리를 아래로 당기며 대답했다. "완전히 우울해요."

그녀는 이 모든 상황들이 얼마나 속상했느냐며 내게 미안해하기 시작했다. 나는 웃으면서 끼어들었다.

"테리, 그만이요! 제가 완전히 슬픔에 젖어 있다는 뜻은 아니에요." 나는 테리에게 내가 할머니를 실제로는 두 번밖에 만나보지 못했고, 그 만남이 얼마나 낭패였는지 설명했다. "그럼에도 전 할머니를 좋아하기 시작했어요." 나는 속마음을 털어놨다. "이 말을 하게 될 줄은 전혀 몰랐지만요."

"패트릭, 그런 이야기를 들으니 정말 기뻐요."

테리에게는 특별한 마력이 있었다. 그녀에게는 뭐든지, 정말로 뭐든지 털어놓아도 될 것처럼 느껴졌다. 그녀라면 괜찮겠지.

"저는 오직 한 가지 이유로 여기 왔어요." 나는 고백했다. "할머니가 제게 십 대 시절 일기장을 보내왔어요. 그 행동에는 뭔가 의미가 있었죠. 할머니는 끔찍하게도 비참한 과거를 살았어요. 제가 여기에 와서 할머니의 마지막 시간 동안 함께 있는 게 온당하다고 봐요."

"마지막 시간이라니요?!"

우리는 행복하게 킬킬댔다. 할머니는 곧 회복하실 것 같다.

군집지에 도착했다. 나는 몇 에이커에 달하는 펭귄적인 풍경을 바라보고, 코를 자극하는 구아노 냄새를 들이마셨다.

"오늘은 펭귄 몸무게 재는 일을 좀 도와줄래요?" 테리가 물었다. 테리는 내게 어떻게 펭귄들 사이에 뛰어들어서, 부리에 쪼이거나 날개에 얻어맞지 않고 펭귄을 붙들 수 있는지 보여줬다. 펭귄이 생각할 틈도 없이 무게 재는 가방에 집어넣는 법, 몸무게를 재고 다시 놓아주는 법을 보여줬다. 이 일에는 절대적으로 기술이 필요했다. 나는 펭귄에게 쪼였고, 몇 마리는 미처 어찌 통제하기도 전에 내 손아귀에서 빠져나가 종종걸음으로 도망가 버렸다. 그렇지만 괜찮았다. 사실 괜찮은 것 이상이었다. 세상에, 난 이 일이 좋아!

테리는 내가 위대한 펭귄 조련사 역할을 맡는 동안 무게를 재고 기록을 하는 일을 해나갔다. 나는 나 혼자 하는 소리지만 꽤 그 일에 익숙해졌다. 우리는 웃고, 또 웃었다.

펭귄 열 마리 정도의 몸무게를 재고 난 뒤 테리가 불쑥 말했다. "베로니카에 대해 생각했었어요."

"음, 그러니까?" 이건 개브가 내게서 의견을 끌어내려고 격려할 때 쓰는 말이었다. 나는 이 말이 테리에게도 통하는지 보고 싶었다. 세상에, 통했다.

"부인은 제게 자신의 어린 시절에 대해 들려주셨어요. 전쟁에 대해서도요. 그리고 부모님과 조반니와 아기도요."

"할머니가 당신께 털어놓았어요?" 할머니조차 테리라면 괜찮을 것이라고 본 것이다.

테리는 어깨를 으쓱했다. "베로니카는 오랫동안 자기 얘기를 하지 않았어요. 하지만 어느 날 모든 이야기가 쏟아져 나온 거예요."

"아마도 이 친구들이 도움이 됐겠죠." 나는 어리둥절해 보이는 뚱뚱한 펭귄 한 마리를 테리에게 전달해 주며 말했다.

"맞아요, 저도 그렇게 생각해요." 그녀는 펭귄을 붙잡아 몸무게를 재는 가방 속에 집어넣었고, 숫자를 읽은 뒤 공책에 적었다. "베로니카는 상처를 입고, 입고, 또 입었어요." 그녀는 말을 이어갔다. "부인이 사랑하는 사람들은 모두 사라졌어요. 제 생각에 부인은 오랜 시간에 걸쳐 모든 사람에게서 최악의 부분만 찾아내는 법을 익힌 것 같아요. 정들지 않기 위해서요. 더 이상의 상실을 견딜 수 없었던 거예요."

"테리, 당신이 정확히 짚은 것 같아요."

그녀가 한숨을 내쉬었다. "저는 아기를 빼앗겼다는 사실을 갑자기 알게 됐을 때, 그 고통을 상상도 할 수 없어요."

"빼앗겼다고요?"

"네, 베로니카에게 벌어진 일이에요. 수녀들이 아기를 채어 가서는 캐나다인 부부에게 보냈대요. 베로니카는 작별 인사조차 할 수 없었대요."

나는 테리가 들려주던 이야기가 요점에 도달하자 그녀를 빤히 쳐다봤다. "그러니까…… 할머니에게는 선택권이 없었다는 말이에요?"

"부인이 이야기 안 하셨나요? 일기에 안 쓰여 있었어요?" 테리는 놀라서 눈을 크게 떴다. 그리고 무슨 일이 벌어졌는지 내가 전혀 모르고 있었다는 것을 깨닫자 그녀의 입은 쩍 벌어지고 말았다.

"저는 할머니가 아기를 포기하고 입양 보내려고 한 장본인이라고 생각했어요. 자기 아들을 사랑하는 것처럼 보였지만요. 이제 알겠어요. 세상에, 불쌍한 할머니! 불쌍한 아기!"

우리는 잠시 생각에 잠겼다.

"당신도 알 거라 믿지만." 테리가 마침내 입을 열었다. "결국 그 아기가 당신의 아버지예요. 아버지가 돌아가신 건 알고 있죠. 그렇죠?" 그녀는 걱정스레 덧붙였다.

"네. 40대에 등반 사고로 돌아가셨어요."

그녀는 다시 한숨을 내쉬었고, 짐짓 철학적인 표정을 지었다. "인생은 잔인해요, 그렇지 않나요? 한 가지 일을 극복했을 때 또 다른 일이 벌어져요. 너무 많은 사람이 죽고요."

"음…… 염세주의자가 되고 싶지는 않지만, 결국 우리는 모두 죽어요." 내가 말했다.

그녀는 내게 미소를 지어 보였다. 장난기 어리고 깜짝 놀랄 정도로 아름다운 미소였다. "아직 죽을 필요는 없잖아요. 그렇죠?"

"그럼요." 나는 동의했다. "우리는 우리에게 주어진 시간을 꼭 즐겨야 해요."

"앗, 펭귄이요!" 우리는 잡담을 나누는 데에 열중한 나머지 뚱뚱보 펭귄을 휴대용 체중계 안에 넣어둔 채 잊고 있었다. 그녀는 펭귄을 꺼내주었고, 녀석이 잠깐 비틀거리다가 친구들 사이로 돌아가는 모습을 지켜보았다.

우리는 적어도 펭귄 서른 마리의 무게를 재면서 좀 더 그곳에 머물렀으며, 나는 매 순간을 즐겼다. 이 모든 일은 환상적이었고, 왜 테리와 마이크, 디트리히가 여기에 흠뻑 빠지게 됐는지를 완전히 이해했다. 이 프로젝트를 그만두게 된다면 비극일 것이다.

내 멍청한 뇌가 마침내 이해하기 시작했다. 지난번 테리가 돈에 관해 이야기를 꺼냈을 때 그녀가 하고 싶은 말이 여기에 있었다. 하지만 그녀는 그 말을 내뱉기에는 너무 사려 깊었다.

할머니는 분명 그녀에게, 수백만 파운드의 재산을 내가 아니라 펭귄 프로젝트에 남길 계획이라고 말했을 것이다. 테리는 틀림없이 죄책감에 시달려 왔으리라. 자기가 사랑하는 펭귄들을 위해서는 돈이 절실하게 필요하면서도 그 돈을 가지는 것은 내 권리라고 느꼈을 테니까. 할머니와 나를 모두 보면서. 테리는 그런 사람이니까, 그렇게 느꼈을 것이다. 내가 돈 걱정을 한다고 추측하면서.

내가 걱정하냐고? 글쎄, 이렇게 생각해 보자. 나는 몇 달 전까지 내게 할머니가 있는지조차 몰랐다. 내가 여기까지 올 수 있도록 들인 돈을 개브에게 돌려주는 일(내가 걱정하는 일)만 제외하고, 나는 그 돈을 가지고 뭘 할지도 사실 모르겠다. 아마도 쓸데없는 일에 낭비하겠지. 비디오 게임이나 체육관 회원권, 맥주, 자전거, 사치스러운 주방 도구 같은 것들에.

할머니는 얼마든지 자신의 수백만 파운드 재산을 아델리펭귄에게 남겨도 좋다. 나보다는 펭귄들에게 엄청나게 더 필요한 돈일 테니까.

46

베로니카

로켓섬

“내게 친절하게 대해주는구나.”

“그다지 놀라신 것처럼 들리지는 않는데요, 할머니.”

나는 ‘할머니’라는 단어가 손가락이 오그라들 정도로 끔찍하다고 느꼈다. 특히나 내가 그렇게 불릴 때, 그것도 특히 저 애가 그렇게 부를 때는 더 그랬다. 하지만 점차 그 말에 익숙해지고 있다. 이 아이는 후하게도 내게 관심을 기울였고 조심스럽게 나를 돌봤다.

“솔직히 말하면 조금은 놀랐단다.” 나는 패트릭에게 말했다.

나는 산더미처럼 쌓인 베개 위에 어깨와 머리를 뉘고는 구부정하게 침대에 앉았다. 회복된 건강이 온몸으로 흘렀다. 물론 여전히 아주 좋은 상태는 아니지만 다시 숨을 쉬고 먹을 수 있게 됐다는 것은 굉장한 위안이었다. 패트릭은 내 옆의 의자에 앉아서 핍의 날개에 붙은 밝은 주황색 태그를 고치고 있었다. 이제 핍은 밖으로 나갈 수 있게 되어, 우리가 녀석을 계속 추적하는 것이 중요해졌다. 나는 핍의 안전이 너무나 걱정스러웠다. 수많은 펭귄이 죽음을 맞게 되는 모습을 보아왔고, 특히 처음에 도둑갈매기가 새끼 펭귄을 날카로운 발톱으로 채가는 것을 본 뒤, 그 모습이 기억에 깊게 새겨져 버렸다. 우리 사랑하는 핍에게 무슨 일이 벌어진다면 견디기 어려울 것이었다. 나는 그 생각을 머릿속에서 떨쳐버리려 애썼다. 혈압에 안 좋을 테니까.

"한 번이라도 사랑해 보고 잃는 것이 단 한 번도 사랑해 보지 못하는 것보다 낫지." 이 문구가 머릿속을 지나갔다. 어디서 나온 말이었더라? 생각이 나지 않았다. 햄릿은 아니었는데.

핍은 조금 더 커지면 밖으로 나가 동료 펭귄들 사이에서 살아가야만 했다. 테리는 우리가 영원히 녀석에게 먹이를 먹여줄 수 없으며, 그렇게 하는 것은 틀린 일이라고 지적했다. 녀석은 우리 중 하나가 아니었다. 펭귄이니까. 자신의 펭귄다운 잠재력을 발휘할 수 있어야 하고, 인간에게서 멀리 떨어져 스스로 살아남을 수 있어야만 한다. 때가 되면 군집지를 뒤덮고 있던 펭귄 전체가 바다를 향해 움직일 것이다. 아델리펭귄들은 유빙 위에서 겨울을 난다. 유빙은 육지보다 기온이 높은 곳이다. 펭귄들은 물고기를 잡기 위해 유빙 위에 난 균열을 찾아낸다. 인간이 핍에게 가르쳐줄 수 없는 기술인 만큼 핍은 자기 동료들을 따라 배워야만 한다.

나는 손자에게로 관심을 돌렸다. 패트릭의 얼굴을 찬찬히 살펴보면 그 눈이 아주 조금 조반니와 닮았다는 것을 알아볼 수 있었다.

"솔직히 너의 첫인상은 그다지 좋지 않았어." 나는 그 애에게 허심탄회하게 말했다. "당시에 청결한 것과는 거리가 먼 네게 정이 떨어졌었지. 그 이후로 나아졌다는 게 눈에 보여서 기쁘구나."

그 애는 이 사실을 인정하면서 머리를 푹 숙여 인사했다. "황송하옵니다."

"가장 큰 문제는 네가 마약을 한다는 점이었어." 나는 이 시점에서 어떤 견해를 가져야 할지 알고 싶었다. "네 아파트에 도착했을 때 너는 대마초를 피우는 것처럼 보였거든. 네가 마약중독이라고 생각했어." 그 애가 여기 도착한 이후로 그러한 흔적은 볼 수 없었지만, 어쩌면 패트릭은 그 역겨운 습관을 바깥에서만 하기로 정했는지도 몰랐다.

그 애는 곰곰이 생각했다. "음, 저는 반중독자였던 것 같아요. 제 말이 무슨 뜻인지 이해하신다면요. 궁금하시다면 지금은 괜찮아요. 저는 그저 대마초를 다시 피웠던 거예요. 왜냐하면…… 가끔은 상황이 나를 그렇게 만들거든요. 할머니가 제 인생에 나타나기로 하셨던 그때, 제 여자 친구가 다른 남자랑 도망갔고, 인생이 지독히도 힘에 부쳤거든요, 할머니."

"그랬구나." 나는 다르질링차를 한 모금을 마셨다. 감동적인 맛이었다. 패트릭은 아주 정확한 색깔이 우러나도록 차를 만들었다. 풍미가 너무 강하거나 너무 약하지도 않았다.

나는 테리를 바라보았다. 테리는 핍에게 태그가 단단히 부착됐는지 확인하기 위해 살며시 그 태그를 누르고 있었다. 동시에 우리 대화에 반쯤 귀를 기울이고 있었다.

"여기에 와서 나는 대마초를 피우는 사람들에 대한 평가를 다시 생각하게 됐어." 나는 말했다. "테리 덕분이지." 내 인생의 어떤 시점에서 그런 마약을 제안받는다면 의심의 여지도 없이 나는 그 기회를 덥석 물었으리라. "중독은 심각한 문제야. 하지만 우리는 모두 가끔은 나약해지지. 나 자신도 좋은 차에 중독된걸."

패트릭이 씩 웃었다. "글쎄요, 그건 훌륭한 중독이에요."

테리가 끼어들었다. "어떤 중독은 좋을 수도 있겠죠?"

"어떤 중독은 그렇게 나쁘지 않다고 생각하기 시작했어요." 나는 대답했다. "예를 들어, 당신이 걸린 중독 같은 것 말이죠, 테리."

그녀가 놀라서 눈썹을 치켜세웠다. "무슨 중독이요?"

"펭귄 중독."

"글쎄요, 부인할 수 없네요." 그녀가 인정했다. "펭귄들은 내 모든 생각과 에너지를 가져가 버리니까요." 그녀는 핍의 부리를 장난스럽게 잡아당겼다. 우리 셋은 애정을 담아 핍을 바라보았다. 녀석은 새로운 태그가 달린 날개를 펴고선 제대로 작동하는지 시험해 보는 것처럼 위아래로 날갯짓을 했다. 그러다가 시험 결과가 상당히 만족스러웠는지 머리를 태연하게 숙이고 깃털의 매무새를 다듬기 시작했다.

테리가 벌떡 일어났다. "좋아요, 이제 해봅시다. 군집지로 데리고 가서 다른 펭귄들에게 소개해 주는 게 낫겠어요."

"꼭 그래야 해요? 이렇게 빨리요?"

"물론 다시 데려올 거예요. 하지만 동지들과 어떻게 친해지는지 지켜봐야 하는 시간이에요. 저 녀석이 스스로를 인간이라고 생각하도록 길러서는 안 돼요. 그리고 이제는 제대로 걸어보러 밖에 나가도 될 정도로 충분히 컸어요."

"저도 가도 될까요?" 패트릭 역시 자리에서 일어나 물었다.

"당연하죠."

나는 침대에서 일어나려고 애썼다.

"할머니 뭐 하세요?"

"너랑 같이 나가련다."

"아니, 안돼요!" 테리와 패트릭이 한꺼번에 외쳤다.

"여기에 머물면서 체온을 유지하셔야 해요." 테리가 덧붙였다.

나는 반항했지만, 다시 침대 위로 무너졌다. 지금 제아무리 절실하게 느껴도 신체적으로는 떼까마귀 숲까지 갈 정도가 되지 못했다.

패트릭이 내 몸을 담요를 꾹꾹 눌러 덮어주었다. 그의 크고 부드러운 손길은 어쩐지 나를 안심시켰다.

나는 핍에게 손을 내밀었다. 핍은 당장 폴짝 뛰어와서는 내 손에다 대고 자기 몸을 문질렀다.

“펍을 잘 돌봐줄 거지, 그렇지?” 나는 패트릭과 테리를 번갈아 보며 다급히 물었다. “바짝 붙어 있으렴. 도둑갈매기나 바다표범 옆에 절대 가까이 가지 못하게 해라. 다른 공격적인 어른 펭귄도 조심하고. 배고파 보이거나 외롭거나 불편해 보이면 바로 집으로 데려와야 해.”

“당연히 그럴 거예요, 할머니.”

“내가 잠든 거 같아도 집에 돌아오자마자 바로 데려오렴.”

나는 잠들지 않을 것이다. 걱정하느라 한숨도 못 잘 것이다.

“괜찮을 거예요, 베로니카.” 테리가 나를 안심시켰다. “저희를 믿으세요.”

나는 잠들지 않고 기다려야만 할 것 같다.

문 쪽에서 소리가 나는 거 같은데? 애들이 돌아왔나? 나는 보청기를 찾아 귀에 끼운 후 음량을 최대한으로 높였다.

“……아이가 처음으로 학교 가는 모습을 지켜보는 엄마 같았어요.”

“맞아요, 힘든 일이에요.”

“부인이 그토록 애정을 품게 내버려 둔 건 제 잘못이에요.”

“스스로를 탓하지 말아요. 할머니가 어떤 분인지는 잘 알아요. 할머니는 완전히…….”

“이봐!” 나는 소리를 질렀다. “너희 둘이니? 펍도 함께 있니?”

“네, 저에요, 베로니카!” 테리가 대답했다. “지금 막 신발을 벗고 있어요. 곧 방으로 갈게요. 핍은…….”

종종걸음 치는 소리가 들려왔고, 핍의 자그마한 얼굴이 침실에 나타났다.

“핍!” 나는 소리쳤다.

핍은 날개를 털더니 고개를 흔들었다.

“잘 갔다 왔구나! 잘 갔다 왔어!” 내 뺨이 눈물로 축축해졌다. 눈물을 멈출 수가 없었다. “아, 너무 바보 같네. 이렇게 약한 모습을 보이다니.” 나는 패트릭과 테리가 들어오자 뿌루퉁하게 말했다.

“약한 모습이요?” 테리가 되물었다. “그 누구도 부인이 약하다고 생각 못 해요, 베로니카.” 나는 베개 밑에서 손수건을 찾아내어 눈가를 마구 문질렀다.

“울어도 정말 괜찮아요, 할머니.” 패트릭이 핍을 들어서 침대 위에 놓아주며 강경하게 말했다. “우는 건 약한 거랑 아무 상관 없어요.”

테리가 끄덕였다. “맞아요. 정반대예요. 부인이 너무 오랫동안 너무 강한 모습으로 지내왔기 때문에 눈물이 나오는 거예요.”

“신경 쓰지 마.” 나는 쏘아붙였다. “핍이 떼까마귀 숲에 가서 어땠는지나 몽땅 보고해 주면 고맙겠어.”

둘의 말에 따르면, 핍은 처음에 수줍어서 이들 발에 아주 가까이 붙어 있었다. 하지만 곧 호기심이 발동했고, 자기와 비슷한 나이의 새끼 펭귄들이 모여 있는 곳을 향해 살살 움직였단다. 펭귄들은 함께 술래잡기를 하고 있었고, 핍은 그 사이에 끼지는 않았지만 홀린 듯이 무리를 구경하면서 점점 더 가까이 다가갔다고 했다.

테리는 카메라를 꺼내 내게 사진들을 보여줬다.

그녀는 빙긋 웃었다. "핍은 어른 펭귄들을 무서워했지만, 이 정도면 순조로운 시작이에요."

"완전히 영웅이에요." 패트릭이 덧붙였다.

"핍을 돌봐줘서 고마워요." 나는 모두에게 말했다. 목소리가 살짝 떨렸다.

손자가 핍의 머리를 쓰다듬었다. "천만의 말씀이에요, 할머니."

세상에 이런 일이! 패트릭이 발전기를 고쳤다! 테리 말에 의하면 그 애가 사다리를 올라가서 풍력발전용 터빈을 살피고는 축과 중심과 플라이휠에 대해 알아듣지도 못할 말을 중얼거리며 내려왔단다. 그러고 나서 마이크에게는 원통한 일이지만, 부서진 울타리와 오래된 서랍 레일 같은 고철들을 가져와 이어 붙였다. 우리는 이제 정상적으로 전기를 공급받을 수 있게 되었다. 디트리히가 원하는 만큼 CD를 들을 수 있고, 테리는 원하는 만큼 컴퓨터를 쓸 수 있으며, 나 역시 원하는 만큼 차를 마실 수 있다는 의미였다. 생각만 해도 기분이 좋았다.

"이상하죠. 그렇지 않나요? 자격이나 뭐 그런 것도 없는 애가 당신들처럼 훈련받은 사람들도 어떻게 할 수 없었던 발전기를 고치다니요." 나는 마이크에게 콕 짚어서 말했다.

"우리를 놀라게 했어요." 마이크가 골이 난 듯 말했다. "변명하자면 저는 생화학자예요. 정비는 몰라요, 베로니카."

패트릭, 브라보!

나는 맥크리디의 유전자 속에 뭔가 특별한 게 있다고 생각했다. 사업가 기질이자 개인의 영역을 넓혀나가고 싶은 욕구다. 나는 내 인생에서 그러한 욕구를 여러 차례 경험했다. 예를 들어, 남극에 오는 것처럼 말이다. 내가 잘 모르는 내 아들의 인생에서도 그가 그런 욕구를 경험했음을 알 수 있다. 그 애의 사촌은 내게 보낸 편지에서 내 아들 엔조('조'라는 이름을 썼지만)는 고집이 세고 자신의 한계를 절대로 인정하지 않았다고 했다. 항상 전력을 다했고 야생의 장소를 좋아했는데, 그래서 등반가가 된 것이다. 패트릭은 여기까지 와서 뭔가를 고치기 위해 사다리에 올라가면서 그 비슷한 특성을 드러냈다.

그래, 인정하도록 하자. 나는 자랑스러웠다.

다시 대화를 나눌 수 있게 되었으니 손자와 논의하고 싶은 문제가 있었다.

"패트릭, 네 아버지에 대해 기억하는 게 아무것도 없다고 했지."

그 애는 고개를 저었다. "없어요. 전혀 없어요. 할머니는요?"

"기저귀를 갈았던 기억이 나네."

그리고 그 아이의 느낌, 그 따스한 느낌, 그 짧은 팔로 내게 매달리던 느낌도 기억하지. 내 소중하고 작은 희망이었지.

"할머니가 아들을 포기한 게 아니란 걸 알아요. 억지로 빼앗겼다는 것도요. 그 문제에 대해 아무런 결정권도 없었다는 것을요." 패트릭이 단언했다.

음, 내겐 분명히 결정권이 없었다. 그 문제에 대한 결정권이 내게 있었더라면, 모든 상황이 완전히 달라졌을지도 모른다.

잠시 혼란스러움을 느끼며 로켓을 열어 패트릭에게 자기 아빠의 머리카락 한 가닥을 보여줄까 고민했지만 그럴 수 없었다. 적어도 아직은 아니었다. 너무 과한 일이 될 것이다. 패트릭이 내 일기를 읽었다는 사실을 알자 위안이 됐다. 이 애는 내가 엔조를 사랑했고, 소중히 여겼다는 것을 아는 것이다.

패트릭은 나에 대해 많은 것을 알고 있었지만, 나는 패트릭에 대해 아는 것이 거의 없었다.

"네 엄마는……?" 나는 말을 꺼냈다.

"제가 여섯 살 때 스스로 목숨을 끊었어요." 그 애가 말했다.

"저런."

너무 안타까웠다. 누군가가 그렇게까지 한다는 것은, 특히 많은 사람들이 선택의 여지도 없이 그들의 삶이 찢겨져 나가는 상황에서 그렇게 한다는 것은 비극이었다. 이 세상에 어린 아들을 남기고 떠난다는 것은 너무나 큰 잘못처럼 보였다. 하지만 나의 엔조 역시 자기 자식인 패트릭을 버렸음을 깨달았다. 자기가 낳은 아들을. 왜 그렇게 했을까? 도대체 왜?

"어렸을 때 네 엄마가 아빠에 대해 했던 이야기를 기억하니?" 나는 물었다.

"엄마는 전혀 말하지 않았어요. 그래도 할머니, 이것만큼은 말할 수 있어요. 저는 아빠가 뻔뻔스러워서 싫었어요! 엄마의 죽음을 모두 아빠 탓으로 돌렸어요. 아빠가 엄마를 버리고 가버렸기 때문에 엄마가 죽은 거라고 생각했으니까요. 하지만…… 요즘 들어 많이 고민해 봤는데, 뭔가 다른 문제가 충분히 있었을 거라는 생각이 들었어요. 그러니까 엄마가 극도로 우울해했던 게 문제였을지도 몰라요. 돌이켜 생각해 보면 알 수 있어요. 아마도 아빠는 최선을 다했지만, 엄마의 변덕스러운 행동에 대처할 수가 없었던 거죠. 결국 아빠는 떠날 수밖에 없었던 거예요."

나는 내 앞에 있는 이 초라한 아이를 바라봤다. 감탄할 수밖에 없었다. 이 아이는 희한할 정도로 이 상황을 선하게 해석했다. 몹시 너그럽고, 사려 깊은 아이다.

"어쩌면 언젠가는요, 할머니…… 그리고 이건 제안일 뿐인데, 싫으시면 말씀하셔도 돼요. 우리가 같이 캐나다에 가서 아빠와 아빠의 인생에 대해 더 알아볼 수 있을 거 같아요."

"패트릭, 아주 마음에 드는 제안이야. 그래, 꼭 그렇게 하자."

테리의 펭귄 블로그

2013년 1월 9일

지금 가장 중요한 것을 발견했어요. 새끼 펭귄들은 끊임없이 호기심 넘쳐서 둥지에서 벗어나 점점 더 멀리 모험을 떠난답니다. 우리의 친구 핍을 포함해서요. 핍은 군집지에 두 번이나 다녀왔고, 우리는 핍이 친구를 사귀기 시작했다는 것이 자랑스럽고 안심이 됩니다. 녀석은 여전히 사람 친구들도 좋아하지만요.

여기에 여러분들이 좋아할 만한 사진이 있어요. 베로니카가 핍에게 《위대한 유산》의 한 장을 읽어주고 있는 모습이에요. 핍은 꽤 재미있게 듣고 있는 것 같아요. 녀석은 최근 베로니카가 폐렴으로 힘들어하는 동안 엄청난 위안이 되어주었답니다. 물론 그녀의 건강을 더 이상 걱정할 필요는 없어요.

핍이 얼마나 커졌는지 보세요. 아기 솜털 밑으로는 진짜 깃털을 볼 수 있어요. 이 깃털들은 핍에게 꼭 필요하고, 또 아주 적합한 잠수복이 되어줄 거예요.

보통 어린 펭귄들이 처음으로 바다와 만나는 일은 녀석들의 신체에 충격을 줍니다. 청소년 펭귄들은 헐떡거리면서 파도 속에서 허우적거리고, 자기 능력을 깨닫지 못하고 파도에 세게 내동댕이

쳐지거나 조류에 휩싸여 빙빙 돌아가기도 하죠……. 그러다 갑자기 잠수를 하게 되고, 자기들 스스로도 경이롭게 생각할 정도로 수중발레 같은 묘기를 펼치게 되지요.

핍은 수도꼭지와 대야를 이용해 이미 여러 번 물을 만나 보았답니다. 우리는 핍이 커다란 도전에 뛰어들기 전에 친구 펭귄들과 편안해질 수 있도록 최선을 다할 거예요. 곧 그런 날이 올 테니까요.

47

베로니카

로켓섬

테리는 활짝 웃고 있었다.

"마지막으로 블로그에 올린 글이 846번이나 리트윗됐어!"

마이크가 공책에서 얼굴을 들더니 눈썹을 꿈틀거렸다. "거짓말하지 마."

"정말이야! 핍과 베로니카가 《위대한 유산》을 읽고 있는 사진이었거든. 좋은 답글도 엄청나게 달렸어."

"우와! 잘했어, 테리!" 그가 평소답지 않게 열정적이고 너그럽게 외쳤다.

그는 인정한다는 듯 내 쪽을 보고 고개를 끄덕였다. 나는 마침내 라운지까지 나올 수 있었고, 의자에서 보라색 담요를 덮고 있었다. 저녁 시간에 맞춰 함께 영화를 볼 계획이었다. 선반 하나에는 납작한 상자들이 올려져 있었는데, 듣자 하니 DVD라고 했다(그게 무슨 뜻인지 알아듣지는 못했다). 테리가 컴퓨터 스크린을 가져와서는 DVD플레이어인가 뭔가에 연결해서 탁자 위에 올려놨다. 패트릭은 부엌에서 '영화용 저녁'을 준비했다.

그러는 동안 디트리히는 방 한쪽 구석에서 핍과 함께 줄다리기를 하고 있었다. 둘 사이를 잇는 줄은 디트리히의 주황색 목도리였다. 이 게임이 어떻게 시작됐는지 몰라도, 절대로 놓을 생각이 없는 핍은 한쪽 끝을 부리로 단단히 물었다. (손을 대고 무릎 꿇고 앉은) 디트리히는 핍의 머리가 앞으로 숙여지도록 다른 한쪽 끝을 잡아당겼고, 핍은 균형을 잡기 위해 날개를 쭉 펴고선 바닥을 뒤뚱거리며 미끄러져 다녔다. 디트리히가 손의 힘을 빼자 핍은 허둥지둥 목도리를 뒤로 당겨 자신의 영역을 다시 확보했다. 디트리히가 또다시 당기자, 핍은 배를 대고 엎어지기로 했다. 다리를 미친 듯이 버둥대면서 녀석은 점차 목도리에 이끌려서 앞으로 미끄러져 나갔다. 목도리는 팽팽해졌다가 점점 더 늘어났다.

"좋았어, 이 꼬마 녀석아. 네가 이겼다." 디트리히가 혀를 끌끌 차며 승자에게 상품을 수여했다. "제발 조각조각 씹지만 말아줘." 핍은 기뻐하며 콧방귀를 뀌었다. 녀석은 똘똘 말린 목도리를 구석으로 끌고 가더니 샅샅이 뒤져보느라 바빴다.

"블로그가 어떻게 됐다고 말한 거야, 테리?" 디트리히가 주섬주섬 자리에서 일어나면서 물었다.

"완전 대박." 그녀가 대답했다. "846번 리트윗됐다니까."

테리는 트위터와 트윗, 리트윗에 대해 내게 설명해 줬는데, 내게는 그 모든 것이 무의미해 보였다.

"Mein Gott(세상에)! 로버트 새들바우가 '곤경에 빠진 펭귄'을 보도했을 때보다도 더 많네!"

"내 말이!" 그녀가 자랑스러움을 내비쳤다. "새로운 팔로워도 많이 생겼다고! 이 펭귄 프로젝트가 자금 때문에 얼마나 고군분투하고 있는지 힌트를 던져주는 것도 좋을 것 같아." 방의 분위기는 즉각 쾌활함에서 침울함으로 몇 단계나 곤두박질쳤다. 프로젝트 종결이 언급될 때마다 벌어지는 일이었다. 테리는 새로운 역할을 맡게 된 후 앵글로-남극조사위원회에 자금 지원을 신청했지만, 벽에 부딪혔다고 내게 고백했다. "어떻게 생각해, 친구들?"

디트리히가 턱을 긁적였다. "음, 우리는 탐욕스럽다는 인상을 주고 싶지 않잖아."

"아마도." 마이크가 제안했다. "로켓섬 연구뿐 아니라 일반적으로 펭귄이, 아니면 지구까지도 위태로운 상황에 처해 있다는 것을 강조하는 것이 가장 좋을 수도 있어." 그녀는 내게로 고개를 돌렸다. 나는 마이크의 두 눈이 열정으로 이글거리는 것을 볼 수 있었다. 선인장처럼 까칠한 태도를 보이기는 해도 그는 정말로 염려하고 있었다. "공룡이 멸종한 이래로 우리가 최악의 멸종 위기 시대에 살고 있다는 걸 아세요? 백 년 안에 현존하는 생물의 반은 사라질 수 있어요."

백 살이 다 되어가는 나에게 백 년은 놀랄 만큼 짧은 기간이다. 그 황폐해진 모습을 목격할 때까지 오래 살지는 못하겠지만, 그래도…….

현존하는 생물의 반이 사라진다니. 나, 베로니카 맥크리디는 변화를 가져올 수 있으리라 생각했지만, 이제 깨닫기 시작했다. 아델리펭귄과 그 환경을 구하기 위해 한 명의 노파와 몇백만 파운드의 유산 가지고는 턱도 없을 것이다.

"앞으로 15년에서 40년 사이에 동물들 가운데 엄청 많은 수가 멸종될 거예요." 마이크가 말을 이어갔다. "북극곰, 침팬지, 코끼리, 눈표범, 호랑이……. 그 외에도 많아요."

"세상에!" 나는 비명을 질렀다. 다시 몸이 아픈 것처럼 느껴질 정도로 두려웠다.

"다음 세대에게 우리가 얼마나 슬픈 유산을 남기는 걸까요." 디트리히가 덧붙였다. 나는 그가 자기 아이들을 떠올리고 있음을 알 수 있었다. 그의 눈가가 촉촉해졌다.

"그러면 블로그 따위가 무슨 소용이 있는 거예요?" 나는 테리에게 물었다. "도대체 그 SNS를 하는 사람들이 뭘 할 수 있죠?" 나는 그 사람들이 자연보호 단체에 수백만 파운드를 기부하는 일이 벌어질지 의심스러웠다. 그 어떤 평행우주에서라면 몰라도.

테리는 깊은 근심에 빠진 듯 보였다. "그 부분에 대해 블로그를 더 쓸 수 있을 거예요. 저는 사람들이 어떻게 라이프스타일을 바꿀 수 있는지 그 팁들을 줄 수도 있어요. 무엇을 먹고, 무엇을 사고, 무슨 산업을 지지해야 하고, 어떻게 여행해야 하는지도요. 아주 작은 도움들이요."

나는 이 상황이 정말로 해결될 수 있는 것인지 궁금했다. 전쟁 중에는 대다수가 공동선을 위해 희생했다. 충분한 수의 사람들이 충분히 관심을 가질 때만 다시 가능한 일이리라.

나는 에어셔 해변에서 집게로 쓰레기를 줍지만 이러한 일들에 대해 분명 깊이 생각해 보지 않았다. 더 나은 습관을 기르기 위해 노력해야만 하겠지. 집에 돌아가면 에일린에게 더 이상 킬마녁에 있는 상점에서 생강비스킷을 사 오라고 하지 말아야겠다. 아무리 내가 그 과자를 좋아해도, 생강비스킷은 비닐 코팅 된 종이상자에 포장되어 있으니까. 내 기억으로, 그 상자 안에는 비스킷이 틀 잡힌 플라스틱 통에 담겨서 그 위로 비닐이 한 겹 더 싸고 있었다. 틀림없이 불필요하게 지구를 반쯤 가로질러 수송됐을 것이다. 나는 지구를 위해 생강비스킷은 기꺼이 포기하기로 했다.

"자연과 우리 모두에게 가장 끔찍한 위협은 기후변화예요." 마이크가 강경하게 말했다. "우리는 정치인들에게 압박을 가하고 있어요. 그 사람들이 걱정하는 건 오직 다음 선거의 결과뿐이니까요. 우리에겐 이 지구가 중요하다고 그 사람들에게 계속 말해야 해요."

분명 그랬다.

"무엇이 더 중요할 수 있을까?" 테리가 열정적으로 물었다.

"뭐보다 더 중요한 거요?" 패트릭이 와인병과 치즈 스틱, 각

양각색의 소스와 미니 피자를 가득 올린 쟁반을 들고 방으로 비틀비틀 들어오면서 물었다.

"호화롭군요!" 테리가 갑자기 다시 명랑하고 발랄해진 목소리로 소리쳤다. 나는 그녀가 질문에 답을 한 건지, 아니면 요리에 감탄하는 것인지 확신할 수가 없었다.

마이크는 내가 뭐라고 해석할 수 없는 눈빛으로 테리를 바라봤다. 그는 뭔가에 맞서 고군분투하는 것처럼 보였다. 그리고 나서 마이크는 패트릭을 바라봤는데, 그 애의 얼굴 하나하나를 뜯어보는 것 같았다.

"뭐가요? 내가 해온 게요?" 손자가 말했다. 패트릭이 탁자 위에 퉁 소리를 내며 쟁반을 내려놓고는 의아하다는 듯 우리를 둘러보았다. 그 애의 눈이 테리에게 가서 꽂혔다. 그녀는 콧잔등 위로 안경을 밀어 올리며 얼굴을 약간 붉혔다. 그녀는 음식을 뚫어지게 쳐다봤다. "패트릭, 당신은 또다시 우리를 망쳐버렸어요!"

"맛있어 보여요." 디트리히가 말했다. "냄새도 최고예요. 먹기 시작하죠. 배 속에서 요동치는 소리가 들리는 것 같아요."

패트릭이 치즈 스틱을 나눠줬다. 나는 과자를 초록색 크림처럼 보이는 소스에 푹 찍어 야금야금 먹었다. 기막히게 맛있었다.

"무슨 영화를 보기로 했어요?" 그가 물었다.

"아직 결정 못 했어요. 딴 이야기로 샜어요." 테리가 대답했다. "어떤 영화가 좋아요? 우리는 다 본 것들이라서, 당신과 베로니카가 결정하면 돼요."

패트릭이 선반을 훑어보더니 몇몇 영화 제목을 읽어나갔다. "〈돌아온 핑크팬더〉, 〈007 퀀텀 오브 솔러스〉, 〈미션 임파서블〉, 〈그린 마일〉……."

나는 귀를 기울였다. "마지막 게 재미있을 거 같네."

"할머니가 좋아하실 거 같지 않아요. 그 영화는 조금…… 음, 재미있지는 않아요. 이 영화는 어떨까요……." 그 애가 고민하더니 말했다. "〈베니티 페어〉요."

"아주 잘 만든 영화로 보이는구나."

사실 영화는 정말로 재미있었다. 적어도 개인적으로는 그랬다. 훌륭한 의상들이 등장하는 드라마로 눈요깃거리가 많았고, 등장인물들이 흥미로웠다. 나는 패트릭이 의자 안에서 몸을 배배 꼬면서 한숨을 내쉰다는 것을 눈치채고, 손자가 내 취향에 따라 영화를 선택했다는 것을 알았다.

오늘은 죽과 토스트로 된 훌륭한 아침을 먹었다. 남은 음식은 쟁반에 담아 침대 곁에 놔두었다. 다시 피로가 쌓여 낮잠을 자고 싶었다. 패트릭과 테리는 침실 문가에 서서 목소리를 낮춰 이야기를 나누고 있었다.

"다시 핍을 밖으로 데려갈까요?" 나는 테리가 부드럽게 묻는 소리를 들었다. "핍이 점점 더 가만히 못 있는 거 같아요."

"좋은 생각이에요. 할머니를 깨워야 할까요?"

둘은 가까이 서 있었다. 말하는 목소리 크기로 알 수 있었다.

나는 이야기를 들으려고 잠을 쫓았다.

"아뇨." 테리가 답했다. "우리와 함께 나가려고 하시다가 스트레스만 받으실 거예요. 그리고 아직은 그게 불가능해요. 그냥 조용히 나가는 게 제일 좋겠어요."

"할머니에게 메모를 남기는 게 낫겠어요. 아니면 핍이 없다는 걸 알고선 기겁하실 거예요."

"당신 말이 맞아요. 좋은 생각이에요."

패트릭과 테리는 잘 지내고 있었다. 둘 사이의 분위기에 조금이라도 로맨스의 조짐이 있지 않을까? 패트릭은 감정을 내비치지는 않았지만, 나는 마치 초봄의 따스한 기운 속에서 나무가 싹 틔우기 시작하는 것처럼 점차 커지는 열망을 알아차릴 수 있었다. 테리 역시 저 애를 좋아했다. 그건 분명했다. 하지만 테리는 모든 사람을 좋아했다. 한 사람 한 사람이 특별한 것처럼 모두를 대했다. 그녀는 나와 정반대였다.

패트릭이 쓰레기통까지 걸어와서 핍을 들어 올리는 소리를 들었다. "그럼 가자, 이 꼬마 녀석. 오늘 우리랑 가는 거야!" 테리와 패트릭은 정다운 소리를 냈다. 나는 둘이 펭귄을 어루만지고, 배와 뺨을 톡톡 두드리는 것을 알 수 있었다. 핍은 그 모든 순간을 즐거워했다. 나는 그 모습을 훔쳐보려고 살짝 눈꺼풀을 들어 올렸다. 이들은 새로 태어난 아기를 두고 요란을 떠는 부모 같았다.

나는 둘이 핍을 데리고 바깥으로 나가면서 조심스레 문을 닫는 동안 곰곰이 생각했다. 패트릭과 테리. 테리와 패트릭. 묘한 2인조였다. 핍과 나는 둘을 가깝게 이어주는 역할을 했다. 곰곰이 생각해 볼수록 더욱 확신할 수 있었다. 패트릭과 테리는 컵과 컵 받침처럼 잘 어울렸다.

얼마나 많은 시간이 지났는지 혼란스러웠다. 달력은 여전히 1월이라고 알려주었다. 나는 영국으로 돌아가려고 예약했던 원래 날짜를 지나쳤다는 것을 알았다. 일주일 안에 또 다른 배가 도착한다는 이야기를 들었고, 내가 확실하게 회복하고 있었기 때문에 (우리는 의사와 전화로 상담을 했고, 의사는 여기에 동의했다) 패트릭과 나는 그 배를 타고 떠나기로 했다. 패트릭과 테리 간의 가능성을 보건대, 결실을 볼 시간이 없으리라는 점이 가장 안타까웠다. 패트릭이 원한다고 해도 방문을 연장하도록 승인받을 길이 없었다. 그는 과학자도, 백만장자도 아니었으니까.

테리와 패트릭은 불가피하게 헤어져야만 한다.

이는 운명이 벌이기 좋아하는 야비한 장난이었다. 나는 오랜 세월 동안 씁쓸한 경험을 하며 운명이 잔인하게 굴기로 작정했을 때, 그 운명에 저항하려면 얼마나 큰 힘이 필요한지를 알고 있다.

그러나 패트릭과 테리는 이 점을 깨닫거나 어떤 행동을 취하기에는 둘 다 너무 어리고 나약했다.

48

패트릭

로켓섬

할머니가 세상을 하직하지 않아서 기쁘긴 하지만 집으로 돌아가는 길에 배와 비행기, 그 외 모든 것들에서 할머니와 동행하는 것은 정확히 말해 즐겁지는 않을 것이다. 그래도 나는 할머니의 편협한 방식에 조금 익숙해지긴 했다. 어떻게 보면 예상치 못하던 것들을 예상할 수 있게 됐다고 하는 게 맞을 것이다.

"여길 떠나는 우리의 뒷모습을 보면서 당신들이 좋아할 게 눈에 선하네요." 과학자들에게 말했다. 우리는 아침 식사를 마쳤고, 나는 할머니를 위해 무엇을 해 드릴지 생각했다. 베이컨 몇 조각만 남은 할머니 접시를 보고는 할머니가 드실 다르질링 차 한 주전자를 끓였다.

디트리히가 웃었다. "분명, 이제는 맥크리디 부인을 걱정할 필요가 없다는 점에서는 안심이겠죠. 하지만 두 분 없이는 정말 지루할 거예요."

"당신의 요리가 그리울 거예요." 마이크가 덧붙였다.

디트는 윙크했다.(디트리히는 최고의 남자다. 개브의 딸 데이지에 관해 이야기했더니 그 애를 위해 펭귄 그림을 그려주었다. 어제 그 그림을 개브에게 이메일로 보내줬다)

"우리는 변화에 익숙해요." 그가 내게 말했다. "앞으로 몇 주가 지나면 새끼들은 새로운 깃털 옷을 입고 부모를 따라 바다로 향할 거예요. 그때 정말로 슬퍼지기 시작하죠."

테리는 먼 곳에 있는 벽을 응시했다. "매년 그 펭귄들이 돌아온다는 걸 알지만, 언제나 이상할 정도로 감상적이 돼요."

마이크는 테리의 마음을 헤아리며 한숨을 쉬었다. "올해는 더욱 슬프겠어요. 이게 마지막이라는 걸 아니까요."

그는 복합적인 심정인 것처럼 보였다. 영국에 여자 친구가 있고, 프로젝트가 이렇게 끝나버리면 런던으로 돌아가 그녀와 함께 결혼도 하고 아이도 낳고 하며 살 수 있을 것이다. 그럼에도 나는 그가 독립적으로 지내면서 얼음과 추위 속에서 펭귄 일에 몰두해 있는 것이 그의 성향에 맞는다는 느낌이 들었다. 그의 안전지대는 여기였다.

요전 날 디트에게 흥미로운 사실을 들었다. 그 치명적인 운명의 날, 모두가 할머니를 찾아 나섰지만, 할머니가 눈 위에 쓰러져 있는 것을 발견한 것은 마이크였다. 응급처치하고 기지까지 할머니를 데려온 것도 마이크였다. 다시 말해, 마이크는 할머니의 생명을 구한 것이다. 그는 그런 척했을 뿐 심술궂은 것과는 거리가 멀었다. 그는 그저 늘 시비조에 불만에 차 있었고, 그 불만으로 책 한 권을 써도 부족할 정도였지만 괜찮은 남자였다. 이제 가끔은 그와 즐거운 대화도 나눌 수 있었다.

테리는 접시를 치우기 시작했다. 그녀는 너무 슬퍼 보였다. 펭귄들을 정말로 아꼈으니까. 로켓섬 펭귄 프로젝트가 끝나고 그녀가 영국으로 돌아오면 그녀에게 만나자고 제안하고 싶었다. 그녀와 시간을 함께 보낼 수 있다면 환상적일 것 같았다. 물론 아무 말도 하지 않았다. 나는 프로젝트가 끝나길 바라는 사람처럼 보이고 싶지 않았다.

할머니는 내가 할머니 침실에 들렀을 때 일어나서 무릎에 담요를 덮고 의자에 앉아 계셨다. 핍이 무릎에 바짝 붙어서 엎드려 자고 있었다. 세상에, 핍은 더없이 행복해 보였다. 할머니는 핍을 내려다보면서 애정이 듬뿍 담긴 미소를 짓고 있었다. 이 장면을 보며 나는 내게 할머니가 있다는 사실이 말할 수 없이 기뻤다. 할머니가 완전히 정신이 나간 사람이라도 기뻤을 것이다.

할머니는 나를 올려다봤다. 할머니의 눈은 뭔가 의도에 찬 듯 반짝였다. "지금 말이지, 패트릭. 네가 함께 있어서 다행이야." 할머니는 곁에 있는 의자를 툭툭 쳤다. "몇 가지 실질적인 일을 해야 하거든."

나는 앉았다. "훨씬 좋아 보여요, 할머니."

"좋단다. 아주 좋아. 사실 한참은 더 살 수 있을 것 같다고 확신하고 있어. 아마도 몇 년은 말이야. 앞으로 10년은 가뿐하게 살 것 같으니 말이야."

"와! 그런 말씀을 해주시다니 기뻐요!" 나는 다시 벌떡 일어나 할머니에게 안겼다. 할머니가 잘 안아주는 포근한 사람이 아닌 걸 알면서도 그러지 않을 수 없었다. 놀랍게도 할머니는 내게 팔을 둘러서 일종의 포옹을 해주셨다. 분명 이건 꿈이 아니었다.

이러한 움직임이 핍을 깨웠다. 녀석은 할머니 무릎에서 바닥으로 내려와 부리로 가슴을 단장하기 시작했다. 자잘한 솜털들이 빠지고 새롭고 매끈한 깃털들이 드러났다.

할머니는 의자 옆에 있던 핸드백 속을 더듬거렸다. (펭귄들이 공격한 예의) 선홍색 핸드백이 아니라 흉측한 형광 분홍과 금색 가방이었다. 할머니는 손수건을 꺼내 요란스레 코를 풀더니 내 눈을 똑바로 바라보았다. "그러니까 업무적인 얘기지. 집에 돌아가자마자 유언장을 쓸 작정이라는 걸 네가 알아두는 게 타당하다고 생각했거든."

"아, 그래요." 내가 말했다. 이제 시작이구나.

할머니는 나를 바라봤다. 예전까지는 할머니 눈동자가 몇 가지 색으로 빛나는지 몰랐다. 짙은 회색빛이기도 하고 바다 같은 초록색이기도 했지만, 거기에다 순수한 금색이 함께 번득였다.

"나는 한참 전에 내 모든 유산을 펭귄 프로젝트에 남기는 조항을 넣으려고 결심했단다." 할머니가 말씀하셨다.

나는 고개를 끄덕였다. 놀라지 않았다고는 말 못 하겠다.

"그래요."

"아델리펭귄들과 특별히 강한 유대감을 형성했거든." 할머니가 계속 말을 이어갔다. "어찌 되었든 이 새들이 오래 살아남는 게 꼭 필요하다고 믿어. 꼭 그렇게 됐으면 좋겠어."

"할머니, 그 모든 걸 설명하실 필요는 없어요." 할머니는 분명 내가 할머니의 돈을 차지하지 못해서 화를 낼 것이라고 생각하는 것 같았다. 하지만 나는 그렇지 않았다. 중요한 것은 할머니가 괜찮으신 거니까.

"과학자들은 대체로 자기들이 하는 일들을 잘 알고 있고, 또 나는 저 사람들을 믿는단다." 할머니가 말을 이어갔다. "나는 내가 죽을 때 저들한테 넉넉하게 남기고 가려고 한다……."

"할머니, 그만요!"

"패트릭, 굳이 말을 돌려 할 필요 없잖니. 우리는 그런 일이 거의 일어날 뻔했다는 걸 알잖아. 언젠가는 벌어질 일이야. 그 사이에 나는 펭귄 팀이 계속 연구를 해나갈 수 있게 매달 정해진 돈을 주려고 해."

내가 바라는 바 그대로였다. 어느 정도는. 하지만 이는 세 명의 과학자 모두가 영원히 로켓섬에 머무르게 된다는 의미였다.

"테리가 기뻐할 거예요." 나는 말했다. 사실이었다. 그녀는 좋아서 펄쩍펄쩍 뛰겠지. 볼턴에 있는 자전거 가게로 돌아가서 초라하게 늙어갈 나는 까맣게 잊을 것이다.

할머니가 말을 이어나갔다. "단서를 하나 달고 프로젝트의 미래를 위해 넉넉하게 지급할 거야." 할머니가 선언했다. "'매년 과학자들은 부모 잃은 새끼 펭귄을 적어도 한 마리 구해준다.' 그들에게도 따뜻한 마음이 있다는 사실을 잊지 않도록 하려고."

나는 웃었다. "할머니는 확실히 모든 사람의 삶을 고달프게 만들기를 좋아하시는군요."

할머니는 그게 칭찬인 듯 즐거워했다.

테리가 라운지 바닥에 앉아서는 방수 바지를 끙끙대며 입고 있었다. "아이젠 좀 던져줄래요?"

나는 공포에 질린 척하며 아이젠을 자세히 들여다봤다. "이걸로 심하게 다칠 수도 있겠는데요." 그녀는 아이젠을 내게서 받아서 발에 부착하고 나를 향해 발을 흔들어댔다. 뾰족한 스파이크가 허공을 뚫고 갈랐다. 테리는 마녀처럼 낄낄 웃었다.

"잘했어요. 하지만 악마는 당신 성미에 맞지 않아요, 테리."

나는 재킷을 꿰어 입고 마이크가 빌려준 눈 장화를 신었다. 솔직히 말하자면, 마이크는 그에 대해 아무 말도 하지 않았다.

"둘이 같이 나가요?" 마이크가 문가를 맴돌고 있었다.

그의 목소리 톤을 듣고 잔털이 쭈뼛 섰다.

"지금 나가야 해요." 테리가 말했다. "베로니카는 지금 상태가 좋거든요. 군집지의 북쪽 끝까지 이 사람을 데리고 가봐야겠다고 생각했어요. 패트릭은 아직 거기에 가보지 못했는데,

아마도 이게 마지막 기회일 거예요. 수티가 어떻게 지내는지 볼 수 있겠죠."

"같이 갈래요?" 내가 마이크에게 물었다.

"아니요. 그냥 둘이 다녀와요. 구아노를 분석해야 해요."

우리는 베로니카의 방에서 핍을 데려왔다. 테리는 우리가 할 수 있는 만큼 녀석에게 군집지를 모두 보여줘야 한다고 했다. 핍은 이제 얼마 지나지 않아 그리로 돌아가 혼자서 살아남아야만 할 것이다. 가끔 우리는 '어린이집'에 핍을 놓고 왔다. 부모 펭귄들이 물고기 사냥을 나간 사이 어린 펭귄 무리가 모여 있는 곳을 과학자들은 그렇게 불렀다. 핍은 점차 용감해졌다. 다른 새끼 펭귄들과 터덜터덜 돌아다니는가 하면, 잡기 놀이도 하고 웅덩이 뛰어넘기 같은 장난도 했다. 매번 핍을 데리고 나올 때마다 우리는 할머니에게 핍을 계속 지켜보겠다고 약속해야 했다. 나는 할머니가 어떻게 저 펭귄과 헤어질 수 있을지 모르겠다.

테리와 나는 천천히 걸었다. 핍이 우리 뒤에서 뒤뚱뒤뚱 걷는 강아지처럼 속도에 맞춰 쫓아왔다. 오늘은 그다지 춥지 않았고 청량한 날씨였다. 눈이 군데군데 쌓여 있는데, 어떤 곳은 마시멜로처럼 불룩하게 모여 있는가 하면 다른 곳은 종잇장처럼 얇게 쌓여서 뾰족뾰족한 풀과 둥글둥글한 자갈이 비쳐 보였다.

"당신이 이곳에 온 걸 후회하지 않길 바라요." 테리가 말을 꺼냈다. "베로니카가 그토록 강인한 줄 알았더라면 당신을 호출하지 않았을 텐데요."

나는 하늘을 올려다봤다. 오트밀 같은 색의 하늘은 화소로 나눠진 것처럼 보였다.

"테리, 잘했어요. 당신은 정말로 잘한 거예요."

"제가요? 잘 모르겠어요."

할머니는 테리와 다른 과학자들에게 지금부터 로켓섬 프로젝트에 자금을 지원할 것이라고 말했다. 이들은 너무나 고마워서 뭐라고 말해야 할지도 몰랐다. 마이크조차도. 이 모든 관대한 일들이 조금은 부담스러웠을지도 모르니까.

"제가 베로니카에게 아무것도 부탁하지 않았다는 걸 제발 믿어주세요." 테리가 간청했다. "부인이 그 많은 돈을 내어줄 거라고 전혀 기대하지 못했어요. 부인이 유언장에 대해서 뭐라고 말씀하셨지만요. 제가 할머니를 이용했다고 생각하는 건 아니죠?"

테리는 자신이 얼마나 대단한 사람인지 전혀 모르고 있었다. "세상에나, 테리! 전혀요! 뭔가 일이 있었다면 오히려 그 반대였겠죠! 당신은 언제나 진실하고 솔직하고 착하고 또……." 이번에는 내가 말을 끊을 차례였다. 나는 그녀를 바라봤고 모든 것이 조금은 묘하게 흘러갔다. 무슨 일이 벌어졌는지, 왜 분위기가 달라졌는지 알 수 없었다. 우리는 보통 함께 시간을 보내는 것을 아주 편하게 생각했다.

나는 서둘러 아무 말이나 지껄여댔다. "당신은 내가 할머니를 알고 이해하게 되는 데 그 누구보다 도움이 됐어요. 할머니를 기쁘게 해주고, 할머니가 마음을 열 수 있는 유일한 사람은 당신이니까요. 할머니는 그 오랜 시간 동안 자신을 돌봐준 에일린에게조차 마음을 열지 않았어요."

이 점은 중요했다. 나는 이제 내가 얼마나 할머니와 함께하기를 바라는지 알 수 있었다. 엄마와 아빠 모두 나를 버렸고, 다른 방식으로 나를 떠나갔다. 하지만 우리 할머니는…… 그래, 할머니가 나를 찾았지, 그렇지? 시간은 걸렸지만, 할머니가 그렇게 한 것이다.

우리는 언덕 꼭대기에 도착했고, 태양이 구름 뒤에서 조금씩 모습을 드러내고 있었다. 저 멀리 로켓 구멍처럼 보이는 호수 위로 햇살이 엷게 물 위를 가로지르며 퍼졌다.

"할머니를 알게 된 것은 엄청나게 놀랍고도 흥미로운 사건이었어요." 내가 테리에게 말했다. "여기까지 온 건 나로서는 미친 짓이었어요. 하지만 여기에 와서 다행이에요. 볼턴에 있었더라면 이 모든 것을 절대로 보지 못했을 테니까요!" 나는 내 눈앞에 펼쳐진 풍경을 향해 손을 흔들었다. 뾰족하게 올라온 지평선과 흩뿌린 듯 바위를 덮고 있는 색색의 이끼, 우리 아래 널리 퍼져 있는 펭귄들의 군집지도. 나름대로 분주한 저 생명의 중심지와 그 사랑과 고통까지.

"게다가 남극에 오지 않았더라면 만나지 못했겠죠……." 나는 내 시선이 그녀를 향하고 있음을 깨닫고는 말을 멈췄다. 혹시 그녀도 나와 같은 감정을 느낄지 궁금했다. 그녀의 눈에서 그렇다는 증거를 찾을 수가 없었다. 하지만 저 두 눈은 얼마나 반짝이며 깊은가……. 이봐, 나는 저 눈에 빠져버릴 수도 있을 거야. 나는 그렇게 되기 전에 재빨리 눈을 돌렸다. 핍을 마주 보도록 오른쪽으로 몸을 틀고선, 내 날개 달린 친구가 따라오려고 애쓰는 동안 두 팔을 활짝 벌렸다.

"……이 작은 꼬마 녀석을요!"

나는 그를 번쩍 두 팔로 안았다. 녀석은 놀라서 꽥꽥거렸다. 나는 눈 위에 벌렁 누워서 핍을 내 위로 들어 올려서는 마치 날아가는 것처럼 잡아주었다. 녀석의 뭉툭한 발은 뒤로 쭉 내밀고 날개는 바깥으로 아치를 그리며 뻗었다. 핍이 웃기라도 하듯, 부리에서 옹알이 소리가 흘러나왔다. 테리는 어깨에서 카메라를 내려 그 순간을 담기 위해 렌즈를 우리에게로 향했다. "이봐요, 정말 마음에 들어요!" 그녀가 불렀다. "커다란 환희와 아이다움, 인간과 펭귄 간의 애정이 훌륭하게 혼합된 이 장면. 그 누구라도 감동하지 않을 수 없겠죠!" 그녀는 다른 쪽으로 달려가 또다시 사진을 찍으려다가 그만 돌부리에 걸렸다. 그 충격 때문에 그녀의 입에서 날카로운 비명이 터져 나왔고, 이내 그녀는 큰대자로 땅 위에 엎어지고 말았다.

"괜찮아요?" 그녀가 넘어지면서 꽤 큰 소리가 났다. 다쳤나? 잠시 적막이 흘렀다.

나는 핍을 내려놓았다. 테리는 고개를 돌린 채로 얼굴을 눈 속에 파묻고 있었다. 그녀는 움직이지 않았다. 그녀에게 가장 빨리 다가갈 방법은 굴러가는 것이었기에, 나는 그렇게 했다.

나는 그녀의 몸을 내 쪽으로 당겼다. 그리고 옆으로 틀어진 안경을 조심스레 벗겨 곁에 놓아두었다. 그녀는 미소를 짓고 있었다. 아니, 웃고 있었다. 이곳에는 그저 하얀 세상, 그리고 테리와 나만 존재했고, 그녀의 얼굴이 내 얼굴 가까이에, 그녀의 입술이 내 입술 가까이에 있었다. 아니, 내 아래 있었다. 우리의 몸은 겹겹이 껴입은 방한복으로 막혀 있었지만, 우리의 입술은 만나 포개졌다.

그녀는 한동안 말을 할 수 없었다. 마침내 입술이 다시 자유로워졌을 때, 테리는 내 질문에 답했다. "네, 패트릭. 나는 아주 괜찮아요. 고마워요."

49

패트릭

로켓섬

그 순간에는 상황이 그저 충돌한 셈이었고, 내가 할 수 있는 일은 없었다.

하지만…… 이봐! 그 결과란!

우리는 펭귄 군집지의 한가운데에 이를 때까지 계속 걸었다. 때때로 테리는 걸음을 멈추고, 나와 입을 맞추기 위해 고개를 들었다. 우리를 바라보는 것에 거리낌 없는, 턱시도를 입은 이 작은 신사들을 관객으로 모시다 보니, 조금은 공개적으로 느껴졌다. 하지만 테리 같은 여자가 키스해 달라고 입을 내민다면 젠장, 내가 해야 할 일은 그 입술에 키스하는 것이다. 그리고 키스할 때마다 점점 그녀의 기대를 알게 되고 내가 그 기대를 채울 수 없으리라는 생각에 당황스러워졌지만, 동시에 그녀를 더욱 원하게 됐다. 육체적으로, 정신적으로, 감정적으로,

그 외 모든 면에서 그녀를 원했다. 하나님이 그때 내게 나타나서 "나의 아들 패트릭이여, 네게는 두 가지 선택지가 있다. 첫 번째 선택은 세계 평화고, 두 번째 선택은 테리와 함께 남극에 영원히 머무는 것이다."라고 말한다면 맹세코 테리와 함께 남극에 영원히 머물겠다고 강력하게 우겼을 것이다. 농담이 아니고, 나는 당장 두 번째 선택지에 '예스'라고 대답했으리라.

스무 번쯤 키스를 한 뒤 테리가 말했다. "이제 숨기기 어렵겠어요."

"음, 당신의 환상을 깨기는 싫어요, 테리. 하지만 얘들은 이미 알고 있는 것 같은데요." 나는 그녀에게 이렇게 말하면서 우리를 바라보고 있는 수천 마리의 뾰족한 부리들을 향해 내 팔을 들어보였다.

"펭귄들 말고요, 이 바보! 다른 과학자들이요."

"숨길 필요가 있어요?" 나는 물었다. 지붕 꼭대기에서 이 사실을 외치고 싶은 기분이었으니까. 아니면 빙하 꼭대기라든지, 그 어디에서든.

"그럼요, 패트릭. 그래야 해요." 그녀가 고민할 필요도 없다는 듯 말했다.

"테리, 몰래 사귀는 건 정말 제 스타일이 아니에요."

"저도 그래요." 그녀가 말했다. "하지만 그래야만 해요."

"왜 그래야만 하죠?"

"우선 사람들은 걱정할 거예요. 내가 자기들과 일을 버릴 수도 있다고 생각할 테니까요. 심지어 당신과 함께 영국으로 돌아갈 거라고 걱정할 수도 있어요."

왜 항상 미래는 불시에 찾아와서 모든 것을 망쳐놓을까? 인생은 언제나 우리에게 문제들을 안겨준다. 그렇지 않은가? 모든 것이 순조롭게 흘러갈 때 또 다른 문제가 갑자기 튀어나오고, 당신은 무조건 최선을 다해 무슨 빌어먹을 방법이 통할까 하고 애쓰게 되는 것이다.

어디 보자……. 할머니와 함께 지구 반대편으로 돌아가기 전까지 닷새하고 반나절 치의 연애를 테리와 할 수 있었다.

"그렇다면 이게 끝인가요? 이게 전부군요. 눈 속에서 몇 번 키스하는 걸로?"

"다시 키스해 주세요." 그녀가 말했다.

나는 순종했다.

우리는 또 다른 언덕에 함께 기어올랐고, 눈과 반들반들한 조약돌로 가득 메워진 도랑들을 건넜다. 햇살이 우리의 등을 따스하게 덥혀줬다. 어느 모로 보나 눈의 성벽은 화려한 초록빛과 파란빛과 청록빛이 어우러진 채 하얗게 빛났다. 테리는 자신이 어디로 가는지 정확히 알고 있었다.

"보세요!" 그녀가 손가락으로 가리키며 말했다. 전체가 새카만 펭귄 수티가 자기 둥지에 앉은 채 우리 앞에 있었다. 그에게는 어쩐지 우쭐한 기색이 보였다.

"여전히 알이 있을 만한 기색은 없네요." 테리가 말했다. "그래도 꽤 단호해 보여요. 짝을 찾았는지 아닌지 그 누가 알겠어요?" 그녀는 이런 것들을 엄청나게 걱정했다. 나는 테리의 그런 점이 좋았다.

우리가 왔던 길을 힘겹게 되돌아가면서 나는 번들거리는 바다표범 한 마리가 바위 위에서 일광욕하는 모습을 발견했다. 녀석은 지루한 눈빛으로 우리를 바라보았다. 완전히 땅딸막하고 뚱뚱한 모습에 나는 크게 웃음을 터트렸다. 테리는 바다표범들은 아델리펭귄들에게 가장 큰 적이라고 말했다. 땅에서는 그다지 상관없지만, 물밑에서는 치명적이라고 했다. 바다표범은 해수면 아래에 숨어 있다가 눈치 없는 펭귄을 발로 움켜쥔다. 그리고 펭귄을 양옆으로 격렬하게 흔들어 대다가 숨이 끊어질 때까지 얼음 위에 내리치면, 붉게 고인 물이 하얀 물보라 속으로 스민다.

"핍에게로 돌아가요." 우리는 동시에 말했다. 너무 오랫동안 우리끼리 즐거움을 나눴다.

다행히 핍은 잘 있었다. 녀석은 우리의 독려 없이 펭귄 어린이집 중 하나에 머물러 있었는데, 이는 핍의 미래에 대한 청신호였다. 핍은 새끼 펭귄 무리와 신나게 달리는 중이었다. 핍이 사람 손에서 자랐음에도 사회생활에 그다지 큰 어려움을 겪지 않는 모습에 크게 안심했다. 날개에 주황색 태그를 달아서 다행이지, 그러지 않았으면 다른 펭귄들과 금세 섞여 버렸을 것이다. 우리는 핍을 너무나 사랑하지만, 핍은 나머지 펭귄들과 아주 흡사하게 보였다. 녀석의 주황색 태그는 다른 펭귄들이 단 노란색 태그 사이에서 눈에 띄었다.

어른 펭귄들이 어린이집 근방으로 돌아와서 각자 자기 자식을 불렀다. 어린이 펭귄들은 바로 목소리를 알아듣고, 부모에게 놀라울 정도로 정확하게 최단 코스로 돌아갔다. 게워 낸 크릴을 마음껏 먹을 기회를 놓칠 리가 없었다. 핍도 어른 펭귄들에게 몇 번이고 다가가서 시도해 봤지만, 어떤 펭귄에게도 통하지 않았다. 핍이 아무리 귀엽다 한들 이들은 소중한 토사물을 침입자에게 낭비할 수는 없었다.

"안됐군, 친구!" 나는 핍에게 외쳤다. "스스로 물고기 잡는 법을 배울 때까지 우리랑 돌아가야 해."

핍은 고개를 들어 나를 찬찬히 보았다. 맹세컨대 핍은 내 말을 모두 이해했다. 아무튼 녀석은 우리에게로 돌진했다. 우리에게 도달한 핍은 애정을 듬뿍 담아 테리의 무릎에 기댔다. 그러더니 마치 "봐봐, 얘들아, 여기 우리 부모님이야."라고 말하는 듯 동료들을 되돌아봤다.

우리는 핍의 눈높이에 맞춰 몸을 구부린 후 야단법석을 떨며 녀석에게 애정 공세를 했다. 아기 솜털이 한 움큼 바닥으로 떨어지더니 바람에 날아갔다.

얼마 후 테리는 나를 잡아 세우더니 팔을 내 몸에 둘렀다. 나는 오래오래 그녀를 가까이 안고 있었다. 감정이 조용히 소용돌이쳤다.

그녀는 길게 한숨을 쉬었다. "이건 너무 힘들어요. 난……아, 하나님, 난 당신이 여기 계속 있으면 좋겠어요."

멋진데.

"나를 하나님이라고 부를 필요는 없지만요." 내가 말했다.

그녀는 내 정강이에 대고 장난스럽게 발길질을 했다. 내가 해야 할 말은 "나도 정말 머물 수 있으면 좋겠어요."겠지만 이미 좀 늦은 것 같았다. 그 대신 눈 위에 하트를 그리고 그 안에 T와 P라는 글자를 썼다. 괜찮게 선방했다. 테리는 어쨌든 좋아하는 것 같았다.

펍은 아주 흥미로워하면서 내 그림을 보려고 고개를 아래로 숙였다.

"P가 너라고 생각하는 걸 알아. 하지만 사실은 나란다, 친구." 나는 펍에게 말했지만, 녀석은 맘에 들지 않는 듯 했다. 하트 위를 마구 돌아다니면서 바깥 테두리와 그 안의 글자들을 흐릿하게 만들어버렸다. 이런 파괴자 같으니라고.

"우리는 어떻게 해야 해요?" 테리가 물었다. 우리의 관계에 관한 질문이라는 것을 알고 있었다. 좋은 질문이었다.

"어찌 되든 앞으로 닷새를 함께 즐겨요." 내가 제안했다. "우리가 확보할 수 있는 1분 1초를 즐겁게 보내요. 우리가 할 수 있는 만큼 많은 시간을 빼서요."

지옥과도 같은 닷새가 될 것이었다. 우리가 새로 깨닫게 된 열정을 탐닉하기는커녕, 아픈 할머니와 돌봐야 할 새끼 펭귄에다 마음대로 할 수 있는 공간도 전혀 없이 과학자들로 꽉 찬 오두막에서 말이다.

나는 장갑을 벗고 맨손으로 그녀의 머리카락을 얼굴 뒤쪽으로 넘겨주었다. 그녀의 뺨은 차고 부드러웠고, 두 눈은 약간 촉촉해 보였다.

나는 물어봐야만 했다. 세상에, 그래야만 했다. “당신은 나와 함께 영국으로 돌아가고 싶지 않겠죠?”

펭귄 떼가 배경으로 사라지고, 그 시끄러운 소리는 잠시 조용해졌다. 이들은 모두 나와 함께 그녀의 대답을 기다리는 것 같았다.

그러다가 나는 느꼈다. 그 철렁하는 느낌. 누구나 한 번쯤은 겪지. 마트에서 맥주를 세 병 사면 하나를 더 준다고 해서 여덟 병을 집었는데, 계산대에서 내가 잘못 읽었음을 발견하는 일. 세 병을 사면 하나 준다는 것은 맥주가 아니라 작게 포장된 땅콩이었거든.

“안돼요, 패트릭. 그렇게는…… 아니, 할 수 없어요. 이제야 우리 프로젝트는 미래가 생긴걸요. 나는 그 미래에 함께해야만 해요. 내겐 그게 전부예요.”

이 모든 것이 내 머릿속을 복잡하게 만들었다. 어쩔 수 없지. 내가 테리에게서 멀어지는 수밖에 없겠다. 나는 시계를 쳐다봤다.

“와, 몇 시간이나 바깥에 있었네요. 할머니를 보러 가기에 딱 좋은 시간이네요.”

나는 엄청난 속도로 눈 속을 헤치며 기지로 돌아갔다.

50

패트릭

로켓섬

도대체 무슨 일이야? 할머니가 점차 나아진다고, 이제 위험한 고비는 넘겼다고 생각했다. 다음 주에는 돌아가는 비행기 안에서 펭귄들을 추억하게 될 것이고 상황이 모두 괜찮으리라 생각했다. 틀렸나 보다. 할머니는 내가 군집지에서 돌아왔을 때 침대로 돌아가 깊은 잠에 빠져 있었다. 한참 후 다른 사람들이 돌아왔을 때도 깨어나지 않았다. 우리가 핍에게 먹이를 먹이고, 그 때문에 핍이 꽤 떠들썩하고 시끄럽게 굴었는데도 마찬가지였다. 우리는 할머니가 주무시게 했다. 나는 쟁반에 가벼운 식사를 담아 가져갔지만, 음식은 오늘 아침까지 손도 안 댄 채 그대로였다.

할머니는 오늘 아무것도 드시지 않았다. 베개에서 고개조차 들지 못했다. 얼굴은 다시 창백해졌고, 조금은 눈이 멀겋고 먼

곳에 가 있는 듯했다. 테리와 마이크, 디트리히는 온종일 나가 있었기 때문에 죽은 듯이 고요했다. 나는 두꺼운 책을 가져와서 할머니에게 펭귄에 관한 사실을 몇 가지 읽어드리려고 했다. 할머니는 아무런 반응도 없었다.

문이 열리고 세 명의 과학자들이 한꺼번에 도착하는 소리를 들었을 때는 거의 5시였다.

"저기요, 할머니가 다시 아파요." 나는 이들에게로 뛰어가서 말했다. "온종일 아무것도 안 드셨어요. 그리고 조금도 움직이지 않으셨어요."

테리는 서둘러 할머니 방으로 갔고, 연거푸 할머니 이름을 부르는 소리가 들렸다. 그녀는 창백한 얼굴로 돌아왔다.

"패트릭 말이 맞아. 아무리 말을 걸어도 대답을 안 하셔. 편찮으신 거 같아."

디트리히가 얼굴을 찡그렸다. "세상에, 안 돼. 믿을 수 없어."

마이크가 갑자기 저돌적으로 움직였다. "다시 의사를 불러야겠어. 무전을 쳐볼게." 마이크는 위기가 생겼을 때 잘 대처할 줄 아는 사람이었다. 무전기를 가지러 서둘러 부엌으로 갔고, 우리는 상대방에게 질문을 던지는 그의 다급하고 나지막한 목소리를 들을 수 있었다. 그는 몹시도 짜증 난 얼굴로 돌아왔다.

"오지 않겠대. 비상상황이라나 봐. 베로니카가 편안한 상태고 체온이 유지되는 이상 자기들이 해줄 수 있는 게 없대."

“뭔가 방법이 있을 거에요!” 나는 울부짖었다. 세상에나, 나는 이런 게 너무 싫었다.

그는 고개를 저었다. “저 사람들은 부인이 노인이라고 다시 강조했어. 할머니를 평화롭게 보내드리는 게 최선이라는 이야기를 은연중에 풍기더군. 정말로 미안해, 패트릭.”

그의 목소리에서 진심이 느껴졌다. 테리는 곧바로 다가와 나를 안았다. 솔직히 말하면, 그건 좋았다. 하지만 즐길 수가 없었다. 최악의 순간을 이겨냈다고 생각하자마자 할머니가 다시 떠나려 한다고 도저히 생각할 수가 없었다. 나는 처음부터 다시 시작할 수 있을 거라는 희망을 품었다. 할머니에게 최고의 레몬폴렌타케이크를 만들어드리려고 했고, 이번에는 르넷 때문에 골머리를 앓는 일 없이 할머니가 하시는 모든 이야기에 귀를 기울이려고 했다고! 나는 이제 새 발의 피 만큼도 르넷에게 관심이 없었다.

우리가 이제 막 서로를 알아가는 시점에 할머니가 다시 시들어간다는 것을 믿을 수 없었다. 현실이 뺨을 후려갈기는 것 같은 이상한 기분이 너무나 강하게 다가왔다. 내 인생은 다시 예전과 같아질 수 없을 것이다.

51

패트릭

로켓섬

어쩌면 그 의료진들이 오지 않은 게 차라리 다행일 수도 있다. 이곳에 왔다가는 꽤 짜증을 냈겠지. 할머니는 그날 갑자기 정신을 잃었지만, 다음 날은 훨씬 더 생기를 되찾은 듯 보였다. 적어도 수프 조금을 넘기고, 나와 몇 마디를 나눴다.

하지만 다음 날 완전히 상황이 악화됐다. 할머니는 먹지도 않고 반응하지도 않은 채 침대에 미동 없이 누워 있었고, 다시 죽음의 문턱에 섰다.

할머니는 인간 요요 같았다. 우리 모두 미칠 것만 같았다. 하루는 말처럼 많이 먹고 활기와 자신감이 넘치는가 하면, 갑자기 축 늘어져서 아무것도 하지 못하는 것처럼 보였다. 어쩌면 우리가 할머니 임종을 남극에서 맞이할 수도 있다고 체념하면, 할머니는 다시 일어나 앉아 배가 고프다면서 괜찮아졌다고 말했다. 알 수가 없군. 무슨 일이 벌어지는 거야?

“긴장을 놓지 못하게 만드시네요, 그렇죠?” 디트리히는 연속 세 번째로 할머니가 기복을 보이자 이렇게 말했다.

“하아, 정말로요.” 나는 말했다.

나는 개브에게 이메일을 써서 이야기했다. 개브는 답장을 보내서 “잘 견뎌봐, 친구. 그냥 해야 할 일을 해.”라고 했다. 어린 데이지는 펭귄 그림에 대한 감사의 말을 전하면서 그 그림과 함께 찍은 사진을 보내왔다. 나는 그 사진을 출력해서 디트에게 보여줬고, 그는 아주 기뻐했다. 그 사진을 할머니에게도 보여주었더니 할머니는 그 사진을 보고 완전히 기운을 차리는 것 같았다. 그다음에 다시 축 처졌지만.

상심(傷心)은 가장 좋은 시절에 나타나는 기괴한 동물이다. 그리고 죽을 만큼 (이런 말장난을 용서하길) 틀림없다고 생각할 때 더 기괴해지지만, 다음번에 다시 당신의 등 뒤에 달려들 기회를 기다리며 사라진다. 상심은 감정의 번지점프와 같다. 사방으로 거침없이 튕겨 나가면서 배 속부터 아픈 느낌을 주고, 초조하고 불안정하게 만들며, 수면 패턴을 아수라장으로 만든다. 나는 대마초나 한 대 피우고 싶다.

그리고 테리가 있다. 나는 이토록 무섭게 빠른 속도로 엄청난 감정들에 빠질 수 있으리라고 생각해 본 적이 없다. 테리 역시 마찬가지라고 했다. 우리의 관계가 계속될 수 없다는 것을 알면서도 둘 중 누구도 그 마음을 억제할 수 없다. 우리는 이성을 유지하려 노력하면서 서로가 그저 위안을 얻기 위해 가까워진 것뿐이라고 주장하고 있지만…… 그보다 서로를 향한 마음이 깊다는 것을 나도 알고, 그녀도 알고, 또 내가 알고 있음을 그녀도 알고 있다.

묵직한 고통이 눈앞에서 나를 덮칠 수 있을 때를 기다리고 있다. 나는 그 고통을 향해 똑바로 나아가고 있다. 할머니가 좋아지시더라도, 테리에게 작별 인사를 해야만 하는 나는 망가지고 말 것이다.

할머니는 이겨내실까? 우리를 집으로 데려다주기로 되어 있는 배는 내일 로켓섬에 도착한다. 솔직히 나는 우리가 그 배에 탈 수 있을지, 없을지 전혀 감을 잡을 수 없다.

52

베로니카

로켓섬

나는 언제나 모험적인 일이나 철학적 성찰을 얻게 될 일을 참지 못한다. 지난밤 사람들이 저녁을 먹는 동안 사랑하는 핍에게 그 비밀을 털어놓았다. 핍은 이야기 듣는 것을 진짜로 좋아했고 말 한마디 한마디에 귀를 기울였다. 녀석은 생각에 푹 잠겨 발로 머리를 긁었고, 나는 내 엉큼한 계획이 녀석의 승인을 얻었음을 확신했다.

지난 며칠간 내 손자와 과학자들은 끊임없이 조바심을 내며 무전기를 통해 의학적 조언을 얻으면서 교대로 나를 보살폈다. 디트리히는 다시 《위대한 유산》을 읽어주기 시작했고, 마이크는 다시 바깥의 섭씨온도를 말해주기 시작했다.

그러는 동안 나는 날짜를 신중하게 셌다. 내가 무엇을 먹고 내 얼굴이 (화장품 가방의 도움을 받아) 어떻게 보이는지 관리했다.

나는 보고, 또 들었다. 내가 노력을 기울이면 사람 보는 눈이 꽤 예리하다는 것을 깨닫기 시작했다.

테리와 패트릭은 함께 시간을 맞춰 오는 경우가 많았다. 무수히 많은 의미가 담긴 눈길이 둘 사이를 오갔고, 내가 잠들었다고 생각할 때면 가끔 애정이 담긴 말을 서로 속삭였다. 때때로 오랜 침묵이 이어질 때도 있었다. 나는 눈을 뜨지 않으려고 조심했지만, 키스를 나누는 소리를 들었다고 확신한다.

어제는 조금 힘을 길렀으니 이제는 내 대의명분을 위해 또다시 작은 희생을 해야 할 차례였다. 오늘은 조금도 음식을 먹지 않을 것이다. 나는 침대 탁자 위의 상자에서 클렌징 티슈를 꺼내 모든 화장의 흔적을 지워버렸다. 찬찬히 거울을 들여다봤다. 좋았어, 훨씬 더 아파 보였다.

우리는 오늘 오후 떠나기로 되어 있었고, 조금이라도 의심의 여지를 남기지 않고 이 사태를 해결하기 위한 내 '피에스 드 레지스탕스(Pièce de résistance, 가장 중요한 부분 - 옮긴이)'를 행할 차례였다. 다른 사람들은 아침 식사를 하고 있어서 소중한 10분 동안 나는 혼자 있을 수 있었다.

나는 조용히 침대에서 나와서 타탄 무늬의 모직 실내복을 보라색 실크 잠옷으로 바꿔 입었다. 더 극적인 효과를 낼 것 같았다. 그러고 나서 조심스레 바닥에 몸을 눕혔다. 머리카락은 사방으로 뻗치고 머리는 한쪽으로 비틀어졌다. 잠옷은 주변으로 부풀려 떨어졌다. 나는 천천히 다리를 뻗은 후 있는 힘껏 발을 들어 올려 침대 옆 탁자 가장자리에 올려 있는 유리잔을 쿡쿡 찔렀다……. 조금 더 조금 더…… 유리잔이 가장자리로 넘어져서 우레와 같은 굉음을 내며 바닥으로 떨어질 때까지.

요란하게 달려오는 발걸음 소리와 "베로니카? 베로니카! 무슨 일이에요?"라고 부르는 소리가 들려왔다.

그리고 내 모습을 보자마자 "아, 안 돼요!"와 "Mein Gott!"와 "젠장맞을!"이라는 말이 한꺼번에 터져 나왔다.

53

베로니카

로켓섬

보름 후

나는 황소 같은 체질이지만, 몸이 버티는 데에는 한계가 있기 마련이다. 나는 마침내 장난치는 것을 그만두고 내 몸이 제대로 회복할 기회를 얻기로 했다. (나 혼자 하는 소리지만) 내가 요령 있게 강약을 조절해 온 건강은 달성하고자 한 바를 정확히 달성했다.

우리는 돌아가는 배를 놓쳤다. 패트릭은 예정했던 것보다 더 길게 이곳에 머물렀다. 그 기간은 패트릭이 '기술적인 문제'들을 해결하며 극적으로 능력을 과시할 수 있을 만큼 길었을 뿐 아니라, 그와 테리가 서로에게 아주 예스러운 방식으로 완전히 푹 빠지기에도 충분했다.

나의 두 번째 회복, 하지만 기적은 아니었던 회복이 마무리

됐다. 나는 과학자들과 함께 떼까마귀 숲으로 모험을 떠났고, 지난 두 주 동안 패트릭과 핍하고도 여러 차례 나갔다. 나는 내 작은 펭귄이 펭귄 친구들과 얼마나 잘 어울리는지를 지켜보면서 즐거운 동시에 감상에 젖었다. 내 상상일지 몰라도 나는 핍이 자신의 인간 가족들을 새로운 눈으로 보게 됐다고 확신한다. 마치 우리가 이상한 모습을 한 거대하고 호리호리한 펭귄들은 아닌지 자기 자신과 토론을 벌이는 것 같았다.

새끼 펭귄들은 이제 모두 상당히 몸집이 커졌고, 점점 더 사교적으로 변했다. 로켓섬의 부산한 공동체 생활은 이어졌다. 문득 이곳에 도착한 이후 나 자신이 공동체 생활에 대해 많은 것을 배웠음을 깨달았다. 그리고 펭귄들과 마찬가지로, 나 베로니카 맥크리디는 혹독한 환경에서 살아남았다.

그러나 나는 내 개입 없이 상황이 순리대로 흘러가도록 내버려 두는 것에 익숙해져야만 한다. 그래서 오늘 아침, 내 물건을 정리하느라 연구센터에 남았다. 내 생각은 지구 반대편에 있는 내 집 발라하이즈로 향했다. 이곳에서 남극의 황무지는 유일한 현실이지만, 집은 환상이고 머나먼 꿈처럼 느껴졌다. 곧 그 반대가 되겠지.

매일의 단조로운 생활이 다시 시작되리. 거실 탁자 위에 장미를 꽂고 카탈로그를 보고 관목을 주문하며 《텔레그래프》의 십자말풀이를 채우며 바쁘게 지내야겠지. 지팡이와 핸드백, 쓰레기 집게를 들고 바닷가 산책길을 따라 걷겠지. 내복이나 머클럭도 전혀 필요치 않을 것이다. 에일린과 함께 먼지와 거미에 대해 불평을 늘어놓겠지.

그러나 절대로 똑같아질 수 없는 일도 있다. 나는 두 눈으로 보지 않고서는 믿기 어려울 정도로 '조아 드 비브르(Joie de vivre, 삶의 기쁨)'를 드러내는 수천 마리 펭귄들과의 우정에 한껏 빠져 있었다. 지구의 가장 남쪽 끝에서 세 명의 과학자들과 살면서 그들이 연구하는 방식을 지켜보았다. 더욱 놀라운 것은 세상에 있는 줄도 몰랐던 내 손자와 함께 생각과 경험을 나누는 그 만족스러운 과정에 착수했다는 점이다.

게다가 나는 새끼 펭귄과 논쟁을 벌였고, 결국 죽음을 거역했다. 적어도 당분간은 말이다. 이러한 일들은 여자를 바꿔놓는다. 나처럼 아주 나이 많고 성미가 고약한 여자조차도.

패트릭이 도착하기를 기다리고 있다. 그 애는 점심(듣자 하니 영양가 넘치는 스튜란다)을 준비하기 위해 다른 사람들보다 먼저 돌아온다고 약속했다.

나는 문가에서 패트릭이 들어오는 소리를 듣고 준비했다. 그 애가 가까스로 코트와 부츠를 벗었을 때, 지난 여섯 시간 동안 숙고했던 이야기를 꺼냈다. 말하려던 것이 머릿속에서 사라지기 전에 확실히 모두 털어놓아야 한다.

"패트릭, 너와 나는 꽤 오랜 시간을 보내며 로켓섬에서 너무 신세를 진 거 같구나. 고향으로 돌아가야지. 너는 볼턴으로 돌아가고 싶은 게 틀림없지?"

패트릭은 의자에 털썩 주저앉았다. "저는…… 음…… 그러니까…… 그렇기도 하고 아니기도 해요. 어려운 문제예요."

나는 변죽은 두드리지 않을 작정이었다. 이 아이의 심중을 꼭 알아야만 했으니까.

"어렵다고? 그래, 알았다. 혹시 테리 때문이니?"

패트릭은 소위 '아차 싶은' 표정을 지었다. 숨을 크게 들이마시더니 천천히 내뱉으며 "테리 때문에요"라고 털어놨다.

"나도 그렇게 생각했지." 그 누구도 베로니카 맥크리디를 속일 수 없지. 나는 늙은 얼간이일 수도 있지만, 사랑이 무엇인지는 기억한다. 그 헤어짐의 고통도 기억하지. "절대로 그 아가씨를 펭귄들에게서 떼어낼 수는 없을 거다." 나는 이 점을 분명히 했고, 패트릭은 그 사실을 이해해야 했다. "그 아가씨의 사랑이고, 인생이고, 사명이니까. 네가 그 아가씨를 데리고 나올 수 있다 해도 마지막에는 테리가 너를 미워하게 될 거야."

패트릭의 어깨가 축 처졌다.

"그렇겠지요."

나는 이 아이를 샅샅이 뜯어보았다. 아이의 마음이 어떻게 돌아가는지 이해하기 시작했다. 조심스레 접근해서 내가 이 아이에게서 선택권을 앗아가는 것으로 보이지 않아야 했다. "생각해 보렴, 패트릭." 나는 힘주어 말했다. "생각해 봐. 이렇게 되면 안 되는 거야. 대안이 있단다." 패트릭이 스스로 그 대안을 떠올릴 수 있다면 나는 이 아이가 진지하다는 것을 알게 되겠지.

"뭐요? 제가 여기 머무는 거요?" 패트릭은 절망적으로 고개를 저었다. “저를 그렇게 할 수 있게 해준다면요. 그러지 않을 거예요. 그렇게 할 수 없을 거예요.”

이 아이는 자신의 장점을 완전히 잊고 있었다. “저들은 네 요리를 좋아해.” 내가 지적했다. “그리고 발전기도 고쳐줬잖니. 여기서 가장 유용하고 실용적인 기술을 네가 가졌어. 보렴, 너는 펭귄과 실랑이를 벌이는 기술에도 능숙해졌고, 게다가 책을 읽어나가면서 펭귄학에 대해서도 상당히 다양한 지식을 갖추게 됐지.” 내가 말을 이어나가는 동안 패트릭의 눈썹이 천천히 올라갔다. 나는 더욱 열을 올렸다. “너같은 인력은 여기서 꽤 큰 자산인 걸로 증명됐어. 센터에는 적어도 한 명이 더 머무를 수 있는 공간이 있고. 자금만 조금 있다면…… 아마도 어떤 개인이 너를 후원해 줄 수 있다면…….”

패트릭은 신체 구조상 가능한 곳까지 눈썹을 치켜세웠다. “할머니, 무슨 말씀하시는 거예요?”

나는 목청을 가다듬고 조심스레 단어를 골랐다. “그러니까 과학자들이 예상했던 것보다 훨씬 더 오랫동안, 극도로 어려운 상황 속에서 나를 돌봐줬다는 사실을 생각했을 때, 프로젝트를 계속 이어갈 수 있도록 자금 지원을 하는 것 말고도 특별 연구자를 위한 후원금을 내주고 싶구나.”

패트릭은 의자에서 벌떡 일어섰다. “그렇게 해주신다고요?” 아이는 커다랗고 생기 넘치는 강아지가 가장 좋아하는 장난감을 받은 모습을 연상시켰다.

“한 가지 조건이 있어. 그 특별 연구자가 너여야만 한다는 거야. 그렇게 한다면 너는 여기 머물고 싶니?"

그 애는 내게 달려와 포옹을 했다. 이런 행동은 이번이 두 번째였다. 나는 신경질적인 노인네에서 빛나는 천사로 곧장 변신했다.

"패트릭, 제발 부탁이야. 그만해."

패트릭은 순순히 공손하게 뒤로 물러섰다. 나는 손수건을 집어 재빨리 눈물을 훔쳤다. 눈물이라는 것은 계속 내게 문제를 일으키는군.

그 사이 패트릭은 이 계획의 결과에 열중하기 시작했다. 다시 의자에 푹 주저앉은 이 아이는 이제 풀이 죽어 보였다. 가장 좋아하는 장난감을 다시 빼앗긴 강아지처럼. "할머니는 대단하세요. 그런 아이디어를 생각해 내시다니요. 정말로 멋져요. 하지만 계획대로 되지 않을 거예요. 과학자들은 여기서 나름의 역할이 있어요. 적합한 자격이 있는, 그러니까 과학자들이죠. 저는 그저 날라리고요. 할머니가 돈을 낸다고 해도, 제가 여기 머물 수 있게 허락을 안 할 거예요."

나는 손수건을 조심스레 접어서 핸드백 안에 다시 넣었다. "저 사람들은 그렇게 해줄 거야."

"그럴까요? 어떻게 아세요? 저를 여기에 머물게 해줄 거라고요?"

나는 고개를 끄덕이며 확인시켜 줬다.

"디트리히와 이야기했어요?" 패트릭은 숨이 막히는 듯했다.

"그랬지. 디트리히는 근사한 생각이라고 하더라."

“디트리히가요?” 이 아이는 강아지다운 열정이 되살아나 꼬리를 마구 흔들더니 다른 생각이 떠오른 것 같았고, 또다시 풀이 죽었다. “마이크는 동의하지 않을 거예요. 제가 뻔뻔스럽다고 싫어하니까요.”

“정반대란다, 패트릭. 마이크와도 상담했어. 마이크는 네 가치를 완전히 인정하고 있단다. 네가 이곳에 남아 프로젝트를 보조해 주는 걸로 우리가 너를 설득해야 한다고 고집을 피울 정도였어.”

이는 약간 진실을 각색한 것이다. 이 아이는 나와 디트리히가 마이크를 상당히 설득해야 했음을 알 필요가 없으니까.

나는 이 애가 대답하길 기다렸다. 너무 오래 기다릴 필요는 없었다.

“그리고…… 테리는요? 그녀는 금방 대장이 될 테니까요. 그녀에게도 이야기를 꺼내 보셨어요?”

상상 속 꼬리가 허공에서 멈칫 멈췄다. 이 아이의 얼굴 위에 긴장과 불안과 희망이 서로를 쫓고 쫓는 모습을 지켜보는 건 조금 즐거웠다.

“아직 테리에게는 계획을 얘기하지 않았단다.” 내가 말했다. “다른 사람들의 지지를 먼저 확보하는 게 최선이라고 생각했거든. 그 아가씨는 자기의 사욕을 채우는 걸까 봐 너무 걱정해서 억지로 아니라고 말할 거라 생각했지. 내가 예상했던 만큼 네가 간절히 머물고 싶어 하는지도 확인해야 했고.”

“저는 간절해요, 할머니. 정말로, 완전 대박으로, 진짜로 간절해요!"

모든 게 만족스럽게 잘 풀리고 있군.

"정말 멋지세요, 할머니. 믿을 수가 없네요."

"그 자전거 가게 친구는 너 없이도 꾸려나갈 수 있을까?"

"아, 개브는 괜찮을 거예요. 제 자리를 메워줄 다른 사람들을 많이 알아요. 걱정 없어요."

"그래, 잘됐네."

"그렇지만 저는 개브에게 엄청나게 큰 빚을 졌어요." 패트릭은 곰곰이 생각하며 덧붙였다. "개브가 매우 그리워요."

이 아이가 나를 그리워해 준다면 정말로 만족스럽겠지만, 나는 그 점에 대해서는 그 어떤 기대도 하지 않기로 마음먹었다. 그러다 보니 이 아이가 다음과 같은 말을 툭 던졌을 때 기분 좋게 놀랄 수 있었다. "할머니는요? 저는 할머니와 더 만날 수 있으면 좋겠어요. 이제야 우리는 함께 있게 됐으니까요."

그래, 아주 기분 좋은 놀라움이었다.

패트릭은 더벅머리를 긁적였다. "할머니는 생각 안 해보신 거죠……. 할머니가 여기에 계속 머문다는 생각은 하실 수 없으신가요?"

사실 그 생각을 하지 않은 것은 아니다. 그러나 기행(奇行)에도 한계가 있는 법. 게다가 내 나이에는 어느 정도 육체적인 편안함도 필요하다는 것을 깨달았다. 남극의 '여름'에 살아남는 것만으로도 충분히 힘들었다. 로켓섬의 겨울은 과연 어느 정도일지 생각하기조차 두렵다.

"내 역할은 펭귄 프로젝트가 계속되는 한 자금을 지원하는 것뿐이야." 패트릭에게 설명했다. "나는 계획대로 스코틀랜드로 돌아갈 거란다."

"음, 저는 북반구에 갈 때마다 할머니를 보러 갈 거예요." 패트릭이 약속했다. "제가 찾아갈 때면, 우리는 아빠에 대한 조사를 시작할 수 있지 않을까요?"

나는 고개를 끄덕였다.

우리는 마음속으로 미래의 가능성을 고민하며 침묵했다. "나는 내 상황에 대해 많이 생각했어." 패트릭이 자신의 새로운 가망을 향해 천천히 나아갈 여유가 조금 생기자 나는 말했다. "이제 내 근사한 집을 잘 활용해야 할 것 같구나. 외로운 곳이 될 수도 있고, 아니면 어린아이들의 웃음으로 채울 수도 있겠지. 네 친구 개브가 가끔 가족들을 데리고 우리 집에 놀러올 수 있겠니? 특히 그 친구의 딸 도라를 만나보고 싶구나."

"흠흠, 데이지예요, 사실."

그런 기억하기도 어려운 이름을 가진 여자애라니 어찌나 화가 나는지. 나는 짜증을 털어버려야 했다. "도라든 데이지든 간에 말이야. 가끔 우리 집에 놀러 와서 머물 수 있을 거라 생각하니? 어쩔 수 없이 나와 친구가 되는 걸 감수해야겠지만, 그 아이와 그 아이 오빠는 뭔가 재미 비스름한 것들을 생각해낼 수 있지 않을까."

"할머니, 당연히 좋아할 거예요! 할머니와 데이지는 아주 사이좋게 지낼 거예요."

그러면 조금은 위안이 되겠지. 나는 코앞에 닥친 모든 이별이 두려웠다. 핍에게 작별 인사를 하는 것이 가장 힘든 일이었다. 우리가 다시는 만나지 못할 것을 알기 때문이다. 이런 식의 여행을 다시 하기란 불가능할 것이다. 그리고 장담하건대, 우리가 어린 펭귄에게 느낄 수 있는 애정에는 끝이 없는 법이다.

나는 테리와 다른 과학자들이 가능한 한 핍을 계속 지켜볼 것이라 확신한다. 하지만 자연의 여러 위험에서 그를 보호하는 것은 불가능할 것이다. 운이 좋다면 핍은 나보다 오래 살 수 있겠지. 펭귄들은 20년이나 그 이상 살 수 있다고 들었으니까. 로켓섬 팀은 매년 녀석이 돌아오는 모습을 볼 것이고, 그렇다면 내게 핍의 소식을 전해줄 것이다. 그럼에도 나는 나를 찾아올 공포에 대비해야 한다. 핍은 이제 몸집이 너무 커져서 도둑갈매기한테 잡혀가지는 않겠지만, 가장 위협적이고 위험한 존재인 얼룩무늬물범한테는 공격당할 수도 있다.

나는 강해져야 한다. 아마도 데이지라는 여자아이가 내 새로운 관심사가 되겠지. 상상해 보건대, 심지어 그 아이에게 내 인생 이야기를 털어놓게 될지 몰라. 나는 사람들에게 가끔은 내가 어떻게 느끼는지 이야기하는 게 좋다고 생각하기 시작했다. 적어도 신중하게 사람들을 선택할 수 있다면.

패트릭은 아직도 극도로 흥분한 얼굴이다. 내가 언급하려고 했던 또 다른 문제가 있었는데, 그게 뭐더라? 그 문제가 뇌리에서 완전히 사라져버렸기에, 나는 좌절했다. 중요한 문제였다는 건 알고 있으니까.

54

패트릭

로켓섬

“할머니와 데이지는 사이좋게 지낼 거예요.” 나는 할머니에게 말했다. 진심이었다. 둘이 함께 있는 모습이 눈에 선했다. 새로운 미션은 할머니에게 도움이 될 것이다. 할머니는 지금까지 핍을 돌봐왔듯 새롭게 돌봐줄 누군가가 필요했다. 그럴 때 할머니는 가장 큰 장점을 발휘했다.

할머니가 뭔가를 깊이 생각하느라 잠시 침묵이 이어졌다.

“너의 테리 말이지.” 마침내 할머니가 말했다.

테리라. 그 사랑스러운 단어. 나를 희망으로 가득 채워주는 그 단어.

“그 아가씨는 백만 명 중에 한 명 나올까 말까 한 여자야. 백만 명 중에 하나라고. 내 얘기 알아들었니?”

“크게 말씀하실 필요 없어요, 할머니. 알아들었어요.”

할머니는 못마땅한 표정을 지었다. "그 아가씨에게 잘해줘. 아니면 남극까지 다시 쫓아올 거야. 무덤에서 다시 일어나서 널 괴롭힐 거라고."

테리의 펭귄 블로그

2013년 2월 6일

전해드릴 펭귄 뉴스가 많네요. 핍은 행복하게 잘 지냅니다. 점점 더 많은 시간을 친구들과 보내고 있지요. 녀석의 깃털은 지저분하게 자라서 이제는 머리 모양이 모히칸 스타일이 되었어요.

그리고 우리가 수티라고 부르던 펭귄을 기억하시나요? 이 친구가 드디어 짝을 찾았다는 소식을 전할 수 있어 정말 기쁘네요. 아름답고 반짝이는 눈을 가진 숙녀 펭귄이에요. 마지막으로 녀석을 보았을 때 아주 자랑스럽고 조금은 놀란 모습을 하고 있더군요. 그 짝은 완전히 헌신적으로 보였고요. 소피라고 부를게요. 저는 펭귄들의 사랑이 엄청나게 아름답다는 것을 알게 됐어요. 아마도 올해는 알을 낳아 품기 시작하기에는 조금 늦은 것 같아요. 하지만 앞으로 다가올 그 세월 동안 둘은 행복하게 잘 살 거라 확신해요.

55

베로니카

로켓섬

나 같은 여든여섯 살의 늙은이에게도 인생의 매력은 다양하다. 여러분이 내 장광설을 양해해 준다면 조금만 늘어놓겠다. 그래, 인생은 고통과 골칫거리를 한꺼번에 선사하지만 (햄릿은 '대군처럼'이라고 말했지) 가끔은 우리가 포기하기 직전에 절대적인 기쁨을 안겨주기도 한다. 어떻게 해서든 나를 이해해 주려 하는 젊은 아가씨라든지, 생각했던 것보다 훨씬 사려 깊은 과학자 집단이라든지, 아니면 문득 내가 사랑하고 있음을 깨달은 손자의 모습으로 나타나 놀라움을 선사 할 수도 있다. 어쩌면 땅딸막하고 큰 소리로 울어대는 새들의 무리가 당신에게 계시를 내릴 수도 있다. 모든 인간은 악하다고 확신했던 마음, 이 세상에 신물이 나버린 마음에서 갑자기 새로운 희망이 싹틀 수도 있다.

인생은 관대하다. 상처 입은 마음을 치유해 주면서, 우리는 언제든 다시 시작할 수 있고 변화를 끌어내기에 너무 늦은 때는 없다고 속삭여 준다. 또한 우리가 살아내야만 하는 많고 많은 이유가 있다고 단언한다. 그런 이유 중의 하나, 가장 예상외로 즐거운 모든 것 중 하나가 펭귄이다.

우리는 바다를 바라보았다. 거대한 회색 배가 빙하들에 둘러싸여 만(灣)에 정박해 있었다. 슈트케이스는 내 옆에 차곡차곡 쌓여 있다.

《햄릿》의 한 구절이 내 머릿속에 잔잔히 퍼져나갔다. 전에 언급한 적은 없지만, 어린 시절 읽은 셰익스피어에서 수많은 구절을 기억해 낼 수 있다는 것이 내 기억력의 장점이다.

나는 혼자서 그 대사를 중얼거렸다. "무엇보다도 이를 명심하라. 너 스스로 진실해야 한다." 이 구절이 꼬리에 꼬리를 물고, 아빠의 말을 생각나게 했다. 산책하러 나갈 때면 쓰레기 집게를 챙기게 만드는 바로 그 말. "이 세상에는 세 종류의 사람이 있단다, 베리. 이 세상을 더 나쁜 곳으로 만드는 사람, 그냥 아무런 변화도 만들어내지 못하는 사람, 그리고 이 세상을 더 좋은 곳으로 만드는 사람. 가능하다면, 이 세상을 더 좋은 곳으로 만드는 그런 사람이 되렴."

나는 그 말을 할 때 아빠의 얼굴이 떠올랐다. 아빠의 따스한 미소, 부엌으로 부드럽게 퍼져나가는 우드바인 담배 연기도. 나는 아빠와 엄마가 오래오래 살아서 인생의 갖가지 혼란 속에서 나를 인도해 주길 얼마나 바랐던가. 지금까지도 두 분을 얼마나 그리워하는가.

나는 목이 멘 채로 사람들에게서 몸을 돌렸고, 바위투성이인 로켓섬의 모습을 바라보았다. 끝없이 펼쳐진 부드러운 청회색 하늘을 배경으로 험준한 바위들이 튀어나와 있었다. 갈매기들은 눈과 다채로운 이끼로 뒤덮인 언덕 위로 날아올랐다. 눈 녹은 물이 어두운 화산석 위로 희미한 빛으로 일렁이면서 흘렀다. 나는 이 모든 광경을 마음속에 그러모아 기억 속에 간직하고 싶다. 잠시 그곳에 서서 숨을 고른다.

나는 패트릭에게 유산 상속에 대한 마음이 바뀌었다는 말을 하지 않았다. 스코틀랜드의 초록빛 해안에 도착하자마자 유언장을 쓸 예정이지만, 그 많은 재산을 펭귄 프로젝트를 위해 남기지 않을 것이다. 나는 마지막 1페니까지 내 손자에게 남기기로 했다. 그 돈을 어떻게 쓸지 선택은 패트릭에게 달렸다. 나는 언제나 인간들이 지구에 저지른 끔찍한 짓거리와 지구에 대해 걱정하겠지만, 돈이 할 수 있는 일에는 한계가 있기 마련이다. 가끔은 마음 가는 대로 무슨 일을 해야 할지를 정해야 한다.

나는 패트릭을 믿는다. 혹여 그 아이가 궤도를 벗어나게 된다면, 내가 더 믿는 테리가 있다. 내 느낌이 틀렸을지 몰라도, 아델리펭귄들은 어쨌든 상당한 혜택을 받을 것이다.

이제 작별 인사를 나눠야 할 때다. 집으로 가는 여행길에는 다양한 조력꾼들이 배치되어 나와 슈트케이스를 배와 비행기에 싣고 내리는 데에 도움을 주기로 했다. 내 짐은 출발했을 때보다 가벼웠다. 금단추가 달린 청록색 카디건은 특별히 훌륭한 명분하에 기증됐고, 수리할 수 없을 정도로 망가진 선홍색 핸드백도 사라졌다. 또한 비누와 다르질링차가 줄어든 만큼 가벼워지기도 했다.

핍은 우리와 함께 있다. 나는 차마 핍을 바라볼 수 없다.

"할머니, 정말로 우리와 함께 여기에 머무르고 싶지 않은 게 확실해요?" 패트릭이 물었다.

나는 세 명의 과학자들이 내 등 뒤에서 패트릭에게 정신없이 신호를 보내고 있음을 감지했다. 틀림없이 머리를 흔들고 손으로 목을 긋는 시늉을 하고 있겠지. 나는 "그래, 죽는 날까지 여기 로켓섬에 머물기로 마음먹었단다"라고 말하고 싶은 유혹에 시달렸다. 하지만 마이크가 그 공포를 견딜 수 있을지 알 수 없어서, 진실을 말했다. "아니, 이제 집에 가야 할 때야. 로켓섬은 너희 젊은이들을 위한 곳이지. 네 미래와 펭귄들의 미래와 지구의 미래를 해결해 주렴. 여긴 이제 나를 위한 곳이 아니야. 나는 콸콸 쓸 수 있는 뜨거운 물과 신선한 채소, 가짜 불꽃이 달린 전기 벽난로, 훌륭한 품질의 다양한 차 세트가 포함된 라이프스타일이 필요해. 발라하이즈의 푸르름이 그리워지기 시작했거든. 게다가 에일린에겐 내가 필요하단다."

테리가 한 걸음 다가왔다. "이메일 보내주실 거죠?"

"이메일이라니!" 전혀 생각지도 않았다.

"할머니는 이메일을 사용 안 하세요." 패트릭이 설명했다.

"맥크리디 부인, 컴퓨터를 한 대 사는 걸 생각해 보세요." 디트리히가 제안했다.

얼마나 끔찍한 생각인가. 나는 인상을 썼다. "그런 일은 절대 일어나지 않을 거요." 내가 대답했다. "펜과 잉크를 사용해서 제대로 된 편지를 쓰도록 할게요. 분명 에일린은 친절하게 그 편지를 컴퓨터로 옮겨줄 거예요……. 여러분이 답장해 주면 에일린에게 출력해 달라고 부탁할 거예요. 테리, 난 에일린한테 당신의 그 블로 어쩌구를 복사해 달라고 부탁할 거예요."

"블로그 말씀이세요?"

"맞아요." 그 단어가 잠시 생각나지 않았군.

"베로니카, 부인 없이는 예전 같지 않을 거예요."

"그 무엇도요." 마이크가 윙크하며 덧붙였다.

"부인이 보고 싶을 겁니다." 디트리히가 내 손을 감싸며 장담했다.

마이크가 그다음으로 내 손을 잡았다. "몸조심하세요!" 그가 말했다. "믿지 않으시겠지만, 부인께서 오셔서 저는 정말로 좋았어요."

나는 깜짝 놀라서 그를 쳐다봤다.

패트릭과 테리는 나를 안아준 후 핍을 들어서 내게 내밀었다. 나는 손가락으로 녀석의 깃털을 쓰다듬었다. 아기 솜털은 거의 남지 않았고, 익살맞은 머리 꼭대기 털만이 녀석이 고개를 까딱거릴 때마다 바람에 맞춰 물결쳤다.

나는 이 펭귄을 다시는 보지 못할 것을 알고 있다. 세상을 다르게 만들어준 이 작고 똥똥한 친구. 녀석도 마치 그 사실을 아는 듯 애정의 표시로 자기 머리를 내 손에 갖다 댔다.

나는 몇 겹이나 껴입은 옷 사이로 로켓을 만졌다. 살갗 위로 매끄러운 금속 느낌을 전해주는 로켓. 로켓은 꽉 찬 상태다. 원래 들어 있던 네 가닥의 머리카락에 더해, 새로운 두 사람의 머리카락과 펭귄에게서 나온 아주 작은 솜털 뭉치까지 자리하게 됐으니까.

다시 내 눈이 촉촉하게 젖어들었고, 조금은 짜증이 났다. 눈물이 습관이 되어가는 것 같다.

나는 배를 향해 몸을 돌렸다.

테리의 펭귄 블로그

2013년 2월 9일

로켓섬 현지 센터에서는 많은 변화가 일어났답니다. 젊은 펭귄들은 충분히 훈련을 받고, 곧 바다로 첫 여행을 떠날 거예요. 커다란 파도가 걱정이지만 힘을 내 앞으로 나아가겠죠. 펭귄들은 진짜로 '두렵지만 어쨌든 해버릴 거야' 하는 태도를 갖추고 있으니까요. 이들이 떠나는 모습을 지켜봐야 하는 게 정말 아쉽습니다. 우리의 펭귄 핍도 그중 하나지요. 우리는 천천히 핍을 군집지에 소개했고, 녀석은 점점 더 많은 시간을 친구들과 보내고 있어요. 정말로 다행이고, 또 안심입니다.

우리는 펭귄들을 흰색과 검은색으로 차려입은 작은 인간으로 보지 않으려고 노력하고 있어요. 우리와는 완전히 다르고, 또 특별한 권리를 가지고 태어났으니까요. 핍 역시 예외가 아니에요. 핍에게는 자기 종족과 상호작용하고, 또 인간들이 절대 제대로 이해할 수 없고, 그저 흠모할 뿐인 신비로운 '펭귄적 삶'에 익숙해지는 것이 필수랍니다. 바다에서 보내는 몇 달은 녀석에게 새로운 모험을 선물할 겁니다.

우리는, 특히 베로니카는 핍을 아주 자랑스러워해요.

아쉽지만 베로니카는 이곳에서의 생활을 마무리 짓게 됐어요. 하지만 새로운 조력자 패트릭이 우리 펭귄 팀에 합류해서 정말 기쁩니다. 패트릭은 베로니카의 손자예요.

베로니카는 스코틀랜드 서쪽 해안에 있는 집에서 펭귄들을 응원하겠다고 약속했어요. 베로니카와 함께 이곳에서 지낼 수 있었던 것은 대단한 영광이었어요. 우리는 베로니카와 함께한 시간을 절대로 잊지 못할 거예요.

56

베로니카

발라하이즈

2013년 3월

"맥크리디 부인, 정말 확실해요?"

"그렇단다, 에일린."

에일린은 그녀만의 어리둥절한 표정을 지었다. 그녀는 내 변덕스러운 행동에 대해 생각해 낼 수 있는 가장 그럴듯한 표현을 고르고 고르는 동안 손을 꼼지락거렸다.

"펭귄 때문인가요?"

"어떤 면에서는 그렇지. 펭귄이 모든 것을 바꿔놓았단다."

"좋은 방향으로요?" 그녀가 머뭇거리며 물었다.

"그렇지. 정말로 확실하지. 심지어 펭귄이 나를 구했다고 볼 수 있어."

에일린의 표정이 풀어졌다. "아, 맥크리디 부인. 정말로 아름다운 얘기예요!"

나는 대답하지 않았다. 대신 벽난로 위에 걸린 금테 두른 거울 속의 내 모습을 찬찬히 살폈다. 나를 쏘아보는 저 베로니카 맥크리디는 립스틱과 눈썹연필로 덕지덕지 치장했음에도 그 어느 때보다 볼품없었다. 그렇지만 내면에서는 의미 있는 커다란 변화가 일어났음을 알 수 있었다.

"그러니까, 제가 부인의 말씀을 제대로 알아들었는지 볼게요." 에일린은 내가 그녀에게 내린 지시가 사실이 아니라고 말해주길 기대한다는 듯 말을 이어나갔다. "장미정원이 내려다보이는 방 두 개에 이부자리를 준비해 두라는 말씀이시죠?"

"정확해. 그리고 에일린, 반드시 화장대 위 먼지를 털고 반질반질하게 닦아놓아야 한다. 그 가구들을 쓴 지가 너무 오래됐거든."

"분부대로 하지요!" 그녀는 문가에 잠시 섰다. "아마도 시끄러울 거예요." 그녀가 경고했다.

"화장대가?"

"아뇨, 아이들이요."

"어리석은 소리 하는구나, 에일린. 내가 이런 생각을 했다는 걸 대단하게 여겨주렴."

분명 나는 아이들이 정신없이 날뛰면서 발라하이즈의 평온함을 뒤흔들어 놓는 것이 달갑지 않을 것이다. 하지만 나는 데이지라는 소녀에게 강한 책임감을 느꼈고, 그 아이를 만나보고 싶었다. 데이지는 고작 여덟 살이기 때문에 가족 중의 한 명과 함께가 아니면 여기까지 오는 것은 무리였다. 그래서 다소 걱정되지만 네 식구 모두를 초대하기로 마음먹었다. 나는 손으로 쓴 초대장을 보냈고, 영국 우정공사를 통해 아주 정중하고 열정적인 수락의 편지를 받았다. 패트릭이 자전거 가게에 있는 친구에게 이메일로 설명한 모양이다. 테리의 블로그는 소수지만 정예 팔로우 멤버가 생긴 모양이다. 또한 나는 개빈과 정산을 마쳐야 하는 계산서가 있다는 것도 알게 됐다(나는 도저히 그 사람을 '개브'라고 못 부르겠다. 요즘 사람들이 왜 자기 이름을 그렇게 못나게 바꿔버리는지 이해하는 걸 포기했다).

에일린은 세탁소에서 깨끗한 시트를 한가득 가져왔다. "걱정하지 마세요, 맥크리디 부인. 일단 손에 든 것 좀 내려놓고 다시 와서 문을 닫을게요." 그녀는 방에서 나가면서 이렇게 말했다.

"귀찮게 그러지 않아도 돼, 에일린. 문이 열려 있어도 괜찮아."

그래야 핍이 드나들 수 있지……. 하지만 아니지. 나는 마음을 다잡아야 했다. 핍은 나와 함께 있지 않아. 핍은 지구 반대편에 있어. 나는 그저 마음을 다해 핍이 살아 있으며, 잘 지내고 있기를 바랄 뿐이다. 펭귄들은 기억할까? 나를 떠올리기는 할까? 나는 다소 마음이 아팠다. 핍의 모습을 선명하게 떠올릴 수 있었다. 신이 나서 날개를 활짝 편 모습, 검은색과 흰색 깃털로 이루어진 새 코트가 반짝이는 모습, 결단력으로 불타는 그 눈까지. 지금쯤이면 핍은 펭귄 친구들과 함께 눈 위에서 썰매를 타고 있을지도 몰라. 어쩌면 파랗고 초록인 바닷속 깊숙이 물고기 뒤를 쫓으며 잠수하고 있을 수도 있지. 거친 남극해 위로 햇빛 비치는 파도를 거침없이 가르고 있을 수도 있으리라.

아이들이 얼마나 작은지 잊고 있었다. 서로 소개를 하고 인사하는 동안 남자아이는 (덩치가 큰 편인) 아버지 뒤에 숨었지만, 데이지는 앞으로 폴짝 뛰어나왔다. 아이는 정말로 왜소한 몸집이었는데, 노란 무명천으로 만든 옷을 입고 머리에는 물방울무늬 스카프를 두르고 있었다. 데이지는 결단력 있고 호기심이 넘쳤다. 민머리에 창백한 피부는 아이가 아프다는 사실을 보여줬지만, 넘치는 기운을 깎아내리지는 못했다. 아이는 빠르게 말하고 빠르게 움직였다. 데이지는 복도에서 나를 지나쳐 달려가면서 수다스럽게 말을 쏟아냈다. 아이의 부모는 연신 수줍게 사과했다.

나는 차를 끓였다.

어떤 찻잔 세트를 사용할까 고민하다가 콜포트 도자기 세트로 결정했다. 고급스러운 생활에 익숙지 않은 사람들에게 부담스럽지 않으면서도 우아했다. 에일린은 현명하게도 컵케이크를 가져오겠다고 자청했다. 현란한 분홍색과 보라색 아이싱을 얹고 작은 은색 구슬로 장식된 끔찍한 컵케이크는 치아 건강에 심각한 해를 입힐 것처럼 보였다. 나는 그 컵케이크들을 장식용 깔개 위에 진열하고 캐러멜웨하스와 (생강비스킷이 아니라!) 쇼

트브레드를 곁들였다. 우리는 트롤리에 모든 음식을 담아 응접실로 옮겼다. 에일린은 케이크와 비스킷을 나눠주면서 그 자리에 모인 손님들에게 에어셔의 날씨가 보통은 이렇게 궂지 않다고 알려줬다.

"속지 마세요." 내가 손님들에게 경고했다. "날씨가 이보다 훨씬 안 좋은 날도 있어요."

"남극보다 춥지는 않지요?" 개빈이 물었다.

나는 조용히 수긍했다. "스코틀랜드 날씨가 알아서 둔갑했나 봐요. 여행을 다녀온 이후에 날씨가 확실히 온화해졌거든요."

우리는 차를 마시면서 패트릭에 관해 이야기했다. 나는 개빈과 그의 아내에게 손자가 로켓섬 팀에 훌륭한 팀원으로 합류했음을 스스로 증명하고 있다고 안심시킬 수 있었다. 패트릭은 바쁘고, 내가 아는 한 행복했다. 개빈은 테리에 대해 다양한 질문을 던졌는데, 나 역시 대답할 준비를 해둔 차였다. 나는 내가 그곳에서 만들어낸 잠재적인 미래에 대해 얼마나 우쭐한 기분을 느끼는지는 털어놓지 않았다. 어른들이 대화를 나누는 동안 아이들은 재빨리 얼굴 전체를 분홍색과 보라색 아이싱 범벅으로 만드는 데에 성공했다.

"밖에 나가서 탐험해도 돼요? 이 큰 집을 구경해도 될까요, 제발?" 아이들이 떠들어댔다.

내 허락이 떨어지자마자 아이들은 흥분해서 사방으로 튀어 나갔다. 아이들이 다양한 발견에 환호성을 지르고, 쿵쿵거리면서 계단을 올라가고, 메아리를 만들려고 작은 골방에서 함성을 지르는 소리가 들려왔다. 나는 애써 공포심을 억눌렀다.

개빈과 그의 아내는 아이들이 곧 진정될 것이고, 차에 실어 온 장난감들을 꺼내놓으면 아이들이 말썽 부리는 일을 잠시 막을 수 있다고 말했다. 부부는 나머지 짐과 함께 앞서 언급한 장난감을 가져오느라 이슬비 속으로 사라졌고, 에일린이 그 뒤를 따라갔다. 남자아이는 엄마, 아빠가 나가는 소리를 듣고는 '로보사우르스'에 관한 알아들을 수 없는 말을 쏟아내며 뒤를 따랐다. 나는 그게 무슨 말일까 궁리했다.

그러는 동안 데이지가 응접실로 돌아와 옷장 서랍을 열어보는 모습을 지켜봤다. 그 애가 커다란 촛대를 쳐서 넘어뜨릴까 봐 겁이 났다.

소파에 앉아서 내 옆자리를 툭툭 쳤다. "여기 한번 앉아볼래, 데이지? 네게 들려주고 싶은 이야기가 있거든."

"뭔데요, 베로니카?"

이렇게나 작은 아이가 나를 이름으로 부른단 말이지! 내가 자기보다 수십 년은 더 살았는데, 게다가 만난 지 고작 20분인데. 그러나 그냥 봐주기로 했다.

"네게 아주 중요한 이야기를 해주려고 해." 나는 다시 말했다.

"얼마나 중요한데요?" 데이지에게는 설득이 필요했다.

"온 세상에 중요한 거야." 나는 대답했다. "지구와 지구에 사는 모든 사람에게 중요해. 개인적으로도 중요하지. 왜냐하면 데이지, 너는 곧 미래니까, 너한테도 중요하단다."

데이지에게서 관심을 얻어내는 데 성공했다. 아이는 달려와서 내 옆에 털썩 앉았다.

"네가 아주 조용하고 아주 얌전히 있어야 얘기해 줄 수 있어."

"그렇게 할 수 있어요." 데이지는 열정적인 큰 목소리로 장담했다. "가만히 있을 수 있어요. 보세요." 그러면서 우스꽝스러운 자세로 꼼짝 안 했다. "정말로 조용히 할 수도 있어요." 이번에는 속삭였다. "쥐처럼요. 보실래요?"

나는 잠시 아이가 기다리게 했다. 침묵은 꽤 달콤했다. 아이의 눈은 커다랗고 열망에 차 있었다.

이 모습을 즐겨봐야지.

"들어봐, 데이지. 펭귄에 대한 모든 이야기를 해줄게……."

에필로그

조반니는 나폴리 병원 침대에 누워 있었다. 그는 주변에 모인 사람들을 거의 알아보지 못했고, 마지막 숨을 내쉬는 동안을 함께 하기 위해 4대에 걸친 가족들이 모였다는 사실을 인지하지 못했다. 그의 마음은 제대로 짝이 맞지 않는 눈부신 과거의 조각들로 가득했다.

머릿속에는 영국 북부에서 전쟁포로로 보낸 세월의 기억이 빙빙 돌아가고 있었다. 그는 그 어느 특별한 해, 아름다운 영국 소녀를 만난 그해로 돌아갔다. 그 소녀의 이름이 뭐였더라? 베로니카, 그래 그랬지.

조반니는 그 연애가 어떻게 끝났는지 기억해 내지 못했다. 전쟁이 끝난 후 집으로 돌아와서 어머니에게 고백하고, 영국으로 돌아가 베로니카를 찾겠다는 계획을 선언한 일을 기억해 내지 못했다. 어머니는 그의 말을 듣지 않았다. "베로니카는 너를 잊었을 게다." 어머니는 우기면서 이렇게 말했다. "사랑스러운 이탈리아 여자랑 결혼하렴." 그를 다시 만나고 싶어 안달이 난 적당한 여자가 기다리고 있었다. 조반니는 어머니의 조언을 따랐다. 가끔 자기가 잘 한 것이었는지 의문을 가졌고, 오래도록 베로니카를 행복하게 만들어줄 수 있었을지 궁금했다. 우리는 잘 살았을까? 우리는 미친 듯이 사랑에 빠졌지……. 하지만 둘 다 너무 어렸고 너무나 궁핍했어…….

그는 점차 새로운 삶이 더 중요해졌다. 행복하고 시끌벅적한 일가를 이뤘고, 긴 세월 동안 그에게 수없이 많은 골칫거리와 끝나지 않는 기쁨을 안겨주어 그 외의 것에 대해 생각할 겨를이 없었다.

이제, 베로니카가 다시 그의 머릿속으로 돌아왔다. 미소가 그의 입가에 떠올랐다. 그녀의 이미지는 생생하고 선명했다. 아름다운 베로니카! 더비셔 시골길을 따라 걸어오는 베로니카의 눈은 결의로 불타고 있었고, 그녀의 강렬한 붉은빛 치마가 산들바람에 날려 하늘거렸다. 베로니카. 진실하고 고집 세며 찬란하게 생기 넘치는 소녀. 저 빛나는 소녀! 인생이 그 무엇을 그녀에게 선사해도 그녀는 역경을 이겨내리라. 무엇을 하든 그녀는 특별하리라.

감사의 말

이 책을 읽어주신 모든 독자 여러분, 고맙습니다. 여러분은 이 모든 작업을 가치 있게 만들어주셨습니다. 이 책을 읽는 매 순간이 즐거웠기를 간절히 소망합니다.

이 책이 탄생하기까지 많은 분이 도와주셨습니다. 훌륭한 출판담당자인 달리 앤더슨과 그의 팀에 진심 어린 감사를 전합니다. 그분들이 없었더라면 이 책은 널리 읽히기는커녕 쓰이지도 못했을 것입니다.

능력 있는 편집자 사라 애덤스와 대니엘 페레즈가 내어준 지혜와 지도에 고맙습니다. 모든 것을 더 선명하고 더 훌륭하게 다듬어주었습니다. 이 소설을 쓰기 시작한 때 프란체스카 베스트와 몰리 크로포드에게, 마무리 지을 때쯤에는 이모젠 넬슨에게 큰 도움을 받았습니다. 트랜스월드사와 버클리사와 함께 일할 수 있었던 건 어마어마한 특권이었습니다. 많은 아이디어를 주고 열심히 일해준 멋진 마케팅 팀과 홍보 팀(앨리슨, 루스, 타라, 대니얼, 파리다, 제시카)에게 감사합니다. 정말로 만족스러운 경험이었습니다. 또한 펭귄랜덤하우스 캐나다의 뛰어난 팀, 특히 헬렌 스미스에게 큰 빚을 졌습니다. 그는 재미있는 책과 함께 제게 가장 필요했던 완전한 열정을 보내 주었습니다.

제가 두려움에 떨고 있을 때, 처음 몇 장을 읽고 제 글을 지지해 준 니아 윌리엄스에게 특별한 감사 인사를 전합니다. 당신의 끊임없는 격려가 없었더라면 끝까지 끌고 가지 못했을 겁니다.

멋지고 놀라운 펭귄들이 지금 이대로의 이야기를 만들어주었습니다. 소중한 친구 어설라 프랭클린에게 정말로 고맙습니다. 어설라의 펭귄 사랑은 제게 초기 아이디어를 제공해 주었고, 그녀가 소유한 펭귄 책들이 도움이 됐습니다. 또한 그녀의 펭귄 사진들은 경이로움이자 즐거움이었고 영감이었습니다.

토키에 있는 리빙코스트 동물원은 진짜 펭귄을 가까이에서 만날 수 있는 잊지 못할 경험을 안겨주었습니다. 펭귄 순찰자 로런에게 많은 일화를 들을 수 있었고, 또 제이슨 켈러 덕에 인간이 새끼 펭귄을 기르는 일에 대한 사실들을 넉넉하게 알 수 있는 행운을 누렸습니다. 노아 스트라이커의 책 《펭귄 틈에서(Among Penguins)》는 매우 유용했고, 노라는 남극에 사는 펭귄 연구가에 대해 제가 던진 우스꽝스러운 질문들에 모두 답해주었습니다. 오스트레일리아 남극연구소의 루이스 에머슨은 새끼 아델리펭귄에 대한 데이터들을 제공해 주었습니다. 백배,

천배 고마워요, 모든 뛰어난 펭귄 전문가들.

로켓섬은 진짜로 존재하는 섬은 아니지만, 사우스셰틀랜드의 정신을 담아내기 위해 최선을 다했습니다. 영국 남극자연환경연구소에도 큰 빚을 졌습니다. 그 웹사이트에는 남극에서 일하는 과학자들이 쓴 매혹적인 블로그들이 많이 있습니다. 또한 데이비드 애튼버러가 진행한 티브이 프로그램 덕분에 영감을 얻을 수 있었습니다. WWF(World Wide Fund for Nature:세계자연기금)는 또 다른 역작이었고, 아델리펭귄과 펭귄 입양 캠페인에 대한 많은 정보를 주어 감사했습니다. 나는 이 소설이 사람들에게 펭귄을 입양하고 싶은 마음을 불러일으켜 주길 바라마지않습니다. 또한 지구를 돌보는 일에 관심을 갖게 하기를 바랍니다.

역사적인 정확성을 위해 저는 수많은 책과 웹사이트를 참고했습니다. 운 좋게도 부모님이 기억하는 이야기들을 전해 듣거나 제2 차 세계 대전을 겪은 많은 사람과 대화를 나눌 수 있었습니다. 전쟁 기간의 다양한 기억들을 저에게 전해주신 마인헤드에 있는 웨스털리 요양원분들께 감사합니다. 또한 제게 일기장을 읽게 해주시고, 앤더슨 대피소와 글리세린 시럽 케이크에 대해 이야기해 주신 매리 애덤스에게도 감사드립니다.

다른 분야의 조사를 도와주신 니아 윌리엄스(다시 한번), 에드 노먼, 스와티 싱을 비롯한 많은 분께 감사드립니다. 혹여 실수가 있다면 다 제 탓입니다.

책을 사랑하는 많은 분들이 제 글을 지지해 주신 데 기쁜 마음입니다. 동료 작가인 트리샤 애슐리, 패트라 패트릭, 사이먼 홀, 레베카 티넬리와 조 토마스에게 감사합니다. 또한 톤턴의 브랜든 서점의 라이오넬 워드, 티버튼의 리즈노잔 서점의 캐일리 디글, 애플도어 도서 페스티벌의 미케 톰킨스, 요빌의 워터스톤스 서점의 마커스와 스튜어트에게 감사합니다. 물론 서머싯 도서관의 모든 분께도 감사합니다. 모두가 최고입니다.

가끔 제가 '저세상'의 상태일 때도 그 괴팍함을 참아주고 응원해 준 모든 친구에게 고맙고 미안합니다. 제가 글을 쓰는 동안 항상 함께해 주는 우리 퍼시가 늘 갸르릉대고 우스꽝스럽게 굴면서도 자신만의 도의적인 응원을 보내주었다는 것을 잘 알고 있습니다. 동물을 사랑하는 사람이라면 누구나 이해할 엄청난 도움이었습니다.

무엇보다 조너선에게 감사합니다. 저와 제 엉망진창인 작업을 위해 자신을 희생하고, 컴퓨터 문제니 물류니 청구서니 빨래니, 그 외 정원 가꾸기와 수백만 가지의 다른 일들을 해결해 준 덕에 저는 글을 쓸 수 있었습니다. 모든 상황에서 당신은 늘 내 곁에 있어주었고, 이 책을 쓸 수 있게 해주었어요. 모든 게 당신 덕분이에요.

옮긴이 김문주

연세대학교 신문방송학과 석사를 수료하였으며 현재 전문 번역가로 활동하고 있다. 옮긴 책으로는『거울 앞에서 너무 많은 시간을 보냈다』,『올 더 빌딩스 인 파리』,『불안에 지지 않는 연습』,『캣치』,『방탄소년단 BTS: Test Your Super-Fan Status』,『설득은 마술사처럼』,『담대한 목소리』,『셰이프 오브 워터』,『마음챙김과 비폭력대화』,『나는 남자를 잠시 쉬기로 했다』,『인생이 빛나는 마법』 등이 있다.

초판 1쇄 발행 2021년 5월 25일
초판 3쇄 발행 2021년 12월 5일

지은이 헤이즐 프라이어
옮긴이 김문주
펴낸이 박경준
펴낸곳 미래타임즈

주소 경기도 고양시 일산동구 장진천길 22-71
전화 031-975-4353 팩스 031-975-4354
메일 thanks@miraetimes.com
출판등록 2001년 7월 2일 (제2001-000321호)

ISBN 978-89-6578-178-3 (03840)